스피노자로
영국 소설 읽기

지은이 **이혜수**

건국대 영어영문학과 교수. 연세대 영어영문학과와 서울대 대학원 영어영문학과에서 공부하고 미국 뉴욕대(New York University)에서 영국 소설 연구로 박사 학위를 받았으며, 영국 케임브리지대 방문 교수를 지냈다. 『단순한 이야기』(문학동네), 『걸리버 여행기』(을유문화사), 『들뢰즈 이후 페미니즘』(이상북스, 공역)을 번역했고, 『18세기의 방』(문학동네), 『영미 소설 속 장르』(신아사), *Robinson Crusoe in Asia*(Palgrave)에 공저자로 참여했다. 스피노자, 들뢰즈, 불교의 친연성에 관심이 많으며, 현재 영어권 문학과 스피노자-들뢰즈 미학을 연결하는 연구를 하고 있다.

다시 만난 문학이라는 세계 02

스피노자로
영국 소설 읽기

- 신, 정서, 픽션 -

이혜수 지음

그린비

아버지 어머니께

스피노자 철학과 함께 영국 소설을 읽는 기쁨

바뤼흐 스피노자의 주저 제목이 『윤리학』(*Ethics*)이고 스피노자에 대한 질 들뢰즈의 두 번째 책 제목이 『스피노자: 실천철학』(*Spinoza: Practical Philosophy*)인 점이 시사하듯, 스피노자의 철학은 견고한 존재론일 뿐 아니라 실천의 사유, 즉 좀 더 자유롭고 행복한 삶을 향한 사유다. 이 책에서 많이 다루지는 못했으나 스피노자 사유가 정치철학으로서 유효하다면 이 역시 그의 철학이 단단한 지적 모험인 동시에 삶에 대한 실천적 관심을 견지하기 때문일 것이다. 돌아보면 그동안 내가 영문학을 공부하고 읽어 온 것도 한편으로는 학문적 관심에 기인한 것이지만, 다른 한편 현재 이곳과 다른 어떤 삶에 대한 궁구 혹은 더 자유로운 삶의 길잡이를 찾고자 함이었다. 프로페셔널이기보다 아마추어 독자, 문학 선생이기보다 문학을 공부하는 학생의 마음이 스피노자 철학을 뒤늦게 파고들게 한 마중물이 아니었을까 싶다.

　　스피노자의 『윤리학』 및 그의 다른 저서들과 관련 글을 본격적으로 읽으면서 문학과 철학과 수행(영성) 사이의 어떤 지점, 내가 머무르던 작은 모퉁이 공간이 광활하지만 구체적인 사유의 대지로 활달하게 펼쳐지는 느낌이었다. 이런 사유가 있구나. 다니던 회사를 그만두고 대학원에서 영문학을 다시 공부할 때 느꼈던 희열과 몰입이 고스란히 느껴졌고, 스피노자를 공부하러 다니던 밤길의 가로등 빛은 낯설고 오묘했다. 무엇보다 스피노자를 읽을수록 그의 사유에서 발견되는 욕망과 정서의 중요성, 상상과 픽션의 역량에 대한 이해, 이성에 대한 발생론적 인식 등이 나 역시 오래도록 물어 왔던 문학적 질문들과 맞닿아 있다고 생각되었다. 스피노자의 통찰로 문학 작품을 새롭게 읽고, 문학적 관점에서 스피노자 사유를 들여다보고 싶은 욕망이 몽실몽실 피어났다. 이 책은 문학을 좋아하고 오래 가르쳐 온 영문학 전공자가 '스피노자'라는 귀하고 드문 사유와 만나, 좋아하는 영국 소설 몇몇을 기쁨과 긍정의 윤리학과 함께 새롭게 읽어 나간 과정의 한 매듭이다.

　　지난 몇 년간 주변 사람들에게 영국 소설과 스피노자 철학을 연결하는 공부를 하고 있다고 말하면 많은 경우 "아, 내일 지구가 망해도 오늘 사과나무 한 그루 심겠다는 사람?"이라고 반응했다. 사실 이 말은 스피노자가 아니라 16세기 독일 종교개혁가 마틴 루터가 한 말이라고 한다(적어도 영어권에서는 그렇게 알려져 있다). 하지만 기후 위기를 비롯한 심각한 환경 문제와 자본주의 심화로 인한 양극화에 몸살을 앓고 있는 현 지구가 처한 상황에서, 우직한 믿음과 맑은 섬세함이 담긴 위 구절은 철학자 스피노자와 무척 어울리는 듯하다. 오랫동안 무신론자, 범신론자 혹은 '사과나무 철학자'로 알려졌던 스피노자는, 1960년대 이후 마르샬 게루, 알렉상드르 마트롱, 들뢰즈 등의 새로운 해석과 더불어 인간 중심주의를 벗어나 탈주체 철학을 구축하려는 후기구조주의 사유에 주요한 영감을 주는 철학자로 다시 소환되었다. 20세기 초의 실존주의−현상학과 구조주의를 넘어서는 대안적 사유를 모색하던 다양한 입장의 주체들이 '새로운 옛길' 혹은 '오래된 새길'로 스피노자를 다시 불러낸 것이다. 스피노자 사유의 굵직한 마디들, 예를 들어 초월론에 정면으로 맞서는 내재성과 일의성의 존재론, 신체에 대한 정신의 지배에 대항하는 '심신평행론', 신체 및 정신에 대한 발생적·역량적 이해, 혹은 자유의지와 선악 이분법을 비판하는 코나투스(conatus) 이론 등은 다양한 후기구조주의 사유의 강력한 원천이 되었다. 나아가 인간 실존과 인식의 핵심이 되는 정서와 상상, 자신을 사랑하라는 이성의 명령에 기반한 덕(훌륭함), 필연성의 이해에서 나오는 자유와 능동적 기쁨에 대한 그의 논의 역시 새로운 사유에 활력을 주었다. 앞서 언급한 게루, 마트롱, 들뢰즈를 이어 피에르 마슈레, 에티엔 발리바르, 안토니오 네그리 등은 스피노자 사유의 정치적 급진성과 실천 역량에 주목한다. 또 브라이언 마수미의 정동 이론이나 안토니오 다마지오의 뇌 과학은 스피노자의 정서(정동, affectus/affect) 논의를 근간으로 새로운 문화 담론을 생산해 왔다.[1] 최근의 포스트휴머니즘이나 신유물론 혹은

---

1   스피노자의 affectus/affect는 들뢰즈의 철학을 비롯하여 신유물론적 문화 연구나 감정에 대한 학제 연구 등에서 핵심적 위치를 차지하는 개념으로, 코나투스만큼이나 스피노자 사유의 현재성을 집약하는 개념이다. affect는 '정서' '감정' '감응' '정동' '정감' '변

인류세 연구 같은 소위 '비-인간주의 담론' 역시 인간 중심주의를 전면으로 비판하는 스피노자의 문제의식을 공유한다고 할 것이다. 국내에서도 스피노자 연구는 2017년 발행된 『스피노자의 귀환: 현대 철학과 함께 돌아온 사유의 혁명가』라는 책 제목이 암시하듯 현재 많은 관심을 받고 있으며, 학계 안팎에서 꾸준한 연구 성과를 쌓아 올리고 있다.[2]

반면 영문학 연구에서 스피노자의 이름은 동시대의 르네 데카르트나 18세기의 데이비드 흄 또는 장 자크 루소에 비해 거의 언급

용체' '아펙트' 등 다양하게 번역되면서 현재까지 논란의 대상이 되고 있는데, 그중 최근 가장 많이 쓰이는 번역어는 '정동'인 듯하다. 필자 생각에 스피노자의 affect를 정동으로 번역할 경우 장점은 다음과 같다. 먼저 스피노자의 affect는 인간의 정서를 어떤 실체가 아니라 신체의 변용과 변용 관념에 따른 역량의 증감 이행으로 이해한다는 점에서, **기존의 관습적 '감정'(feeling)이 아닌 감정의 발생과 이행에 대한 역동적 이해를 드러내는 새로운 번역어가 필요하다.** 그러한 번역어로 '정동'은, 일본어 번역이라는 약점이 있지만, 정신분석학적 맥락을 내포하고 이미 상당히 널리 쓰이고 있다는 장점을 지닌다. 무엇보다 스피노자의 affect는 들뢰즈의 affect 개념이 담지하는, 실효화된 감정(feeling) 차원이 아닌 비인격적이고 전 개체적 차원의 정동(affect)의 뿌리가 되기에, **스피노자의 affect와 들뢰즈의 affect의 연속성을 포괄하는 '정동'이라는 다소 낯선 단어의 도입**이 학문적 담론 생산에 유의미한 지점이 있다고 생각된다(들뢰즈의 affect를 '정동'으로 번역하는 것에 대해서는 이찬웅, 『들뢰즈, 괴물의 사유』, 이학사, 2020년, 170쪽 참조). 그럼에도 **이 책에서 스피노자의 affect를 '정서'로 번역하는 것은 주체의 습관화·인격화된 '감정'과 이행하고 생성하는 '정동' 사이의 어떤 지점을 '정서'라는 단어가 상당 정도 표현하고 전달**한다고 생각하기 때문이다. 비록 스피노자의 affect가 이미 습관이 된 감정보다는 변화 자체(역량 증감의 이행 기호)를 지시한다는 점에서 살아 있는 존재의 '되기'(생성) 차원을 강하게 함축한다고 하더라도, 『윤리학』 3~4부의 논의가 우리에게 익숙한 정서 분류법(기쁨, 슬픔, 사랑, 질투, 연민…)을 중심으로 전개되며, 실효화된 차원의 개인적 정서와 덕(훌륭함)이 스피노자 윤리학에서 중요하다는 점 역시 고려했다.

2   필자는 이정우, 진태원, 박기순, 김은주 등의 본격적 스피노자 연구를 비롯해 '수유너머'를 비롯한 학교 밖 인문학 공동체에서 축적된 연구와 열의로부터 역시 많은 도움을 받았다.

되지 않는 듯하다. 스피노자를 직간접으로 언급하는 영국 소설가들도 조너선 스위프트나 메리 셸리, 조지 엘리엇 정도다.[3] 하지만 최근 들어 영국 문학을 스피노자와 연결해 읽는 연구 역시 조금씩 확대되고 있다. 여기에는 17세기 유럽 "급진적 계몽주의"(radical Enlightenment)의 핵심에, 당대뿐 아니라 지금으로서도 급진적인 스피노자의 철학이 (마치 20세기의 마르크시즘처럼) 고요하나 폭발적인 영향력을 끼쳤음을 주장한 조너선 이즈리얼의 기여가 있다. 가령 앤서니 울만은 이즈리얼이 지적한 스피노자의 급진적 계몽주의를 영국 소설 연구의 주요 갈래 중 하나인 '소설의 발생' 담론에 끌어들이면서 "영국 소설의 출현을 이끌었던 조건들을 스피노자의 저서와 관련해 또 스피노자주의의 영향력 측면에서 재고할 필요"를 언급한다.[4] 이외에도 스피노자 연구자이자 페미니스트인 모이라 게이튼스가 메리 셸리와 조지 엘리엇에 관해 쓴 논문이나 베스 로드가 엮은 『철학 너머의 스피노자』에 실린 몇몇 글이 스피노자와 영국 문학의 관계를 다루고 있다.[5]

이 책에서는 스피노자의 『윤리학』을 인간 중심주의를 넘어 좀

---

3 스피노자의 영향을 받은 영국 '시인'으로는 S. T. 코울리지, '미국' 작가로는 허먼 멜빌을 들 수 있다. 다음 참조. Nicholas Halmi, "Coleridge's Ecumenical Spinoza", *Spinoza Beyond Philosophy*; Helen Hauser, "*Spinozan Philosophy* in Pierre", *American Literature*.

4 Anthony Uhlmann, "The Eyes of the Mind: Proportion in Spinoza, Swift, and Ibn Tufayl", *Spinoza's Philosophy of Ratio*, p. 157.

5 이외에도 다음 참조. Eileen Hunt Botting, "Mary Shelley's 'Romantic Spinozism'", *History of European Ideas*; Miriam Henson, "George Eliot's *Middlemarch* as a Translation of Spinoza's *Ethics*", *George Eliot Review: Journal of the Georage Eliot Fellowship*.

더 자유로운 인간이 되기 위한 존재론적·윤리적·미학적 사유로 보고, 이를 우리에게 익숙하거나 낯선 영국 소설 몇 편과 함께 읽으려 한다. 스피노자 사유의 중요한 세 지점, 즉 1) 존재의 일의성(univocity of being) 2) 욕망과 정서의 윤리(ethics of desire and affects) 그리고 3) 상상 역량의 덕(훌륭함)(virtue of imagination)은 이 책에서 스피노자 철학과 영국 소설을 연결해 읽는 주요 연결 고리다. 스피노자 사유에서 두드러지는 일의적이고 평등한 존재론, 발본적이고 실천적인 윤리학, 그리고 배움과 되기의 미학은 문학의 이해에서 핵심적인 질문 혹은 문학 자체의 물음이기도 하다. 사실 스피노자의 존재론·윤리학·미학을 특징짓는 위의 수식어들은 그의 사유에 대한 규정이라기보다 그가 던지는 질문에 가까우며, 이 책은 이러한 물음에 대해 영국 소설을 읽으면서 나름대로 답해 나가는 과정이라 하겠다. 들뢰즈식으로 말하자면, 스피노자 사유와 문학작품들을 '형용사'로 규정하는 대신 생성하고 변화하는 '동사'(원형)로 포착하면서 주름 잡힌 사건의 중요한 순간들을 펼쳐내려는/설명하려는(explicate) 시도가 이 책을 이룬다. 책의 부제인 '신, 정서, 픽션'은 이러한 세 가지 문제의식, 즉 일의적 존재론, 욕망과 정서의 윤리, 상상 및 픽션의 역량의 약호이며, 각기 1부, 2부, 3부로 나눠 다뤄진다. 이 책을 읽는 독자들, 영문학을 공부했거나 좋아하거나, 스피노자 철학에 관심이 있거나 공부 중이거나, 혹은 인문학적 사유를 바탕으로 지금 여기에서 함께 더 자유롭고 행복한 삶을 궁구하는 독자들은 관심 있는 주제나 좋아하는 작품에 대한 장(章)부터 먼저 읽어도 좋겠다.

끝으로 이 책에서 다루는 영국 소설에 대해 간단한 설명이 필
요할 듯하다. 왜 많은 영국 소설 중『프랑켄슈타인』이나『워더링 하
이츠』(『폭풍의 언덕』), 혹은『단순한 이야기』를 스피노자 철학과 함
께 읽는가? 이 책에서 다루는 문학작품은 모두 18~19세기에 쓰인 근
대 영국 소설이며, 필자의 세부 전공이 18~19세기 영국 소설이기에
그만큼 여러 번 읽고 가르치고 번역하고 연구한 텍스트이기도 하다.
하지만 이 작품들을 잘 알기에 분석의 대상으로 삼은 것만은 아니
다. 예술(문학작품)을 주요 연구 대상으로 삼는 후기구조주의 사유,
특히 들뢰즈의 저서에서 논의되는 작가들은 마르셀 프루스트, 프란
츠 카프카, 제임스 조이스, 버지니아 울프 등 대개 20세기 모더니즘
작가들이다. 이들 작품의 모더니즘 미학은 1, 2차 세계대전 이후 전
통적 사회질서의 해체 및 근대적 세계관과 이성적 주체에 대한 회의
에 따른 새로운 세계관과 미학을 모색한다. 그런데 모더니즘 작품에
나타나는 단일하고 고정된 자아에 대한 회의나 무의식 및 광기의 실
재성에 대한 감각 등은, 그 역사적 의의에 괄호를 친다면, 18~19세기
문학에서 역시 끈질기게 나타나는 현상이다. 각 시대의 새로운 예술
사조는 늘 어느 정도 "새롭게 하라"(make it new)라는 모더니즘적 강령
을 수행하기 때문이다.[6] 예를 들어, 18세기 말에 출현한 '고딕 소설'
의 비결정적이고 파편적인 미학은 당시 규범적 미학으로 확립되던

---

6   문학사에 대한 이러한 이해를 명시적으로 표방한 논의로 다음 참조. Paul de Man, "Literary
    History and Literary Modernity", *Blindness and Insight: Essays in the Rhetoric of Contempo-
    rary Criticism*.

리얼리즘 소설의 전지적 화자 및 인과적 플롯에 대한 반발이라 할 수 있다. 좀 더 넓게 보자면 새뮤얼 리처드슨과 헨리 필딩이라는 두 거장의 출현으로 소설의 리얼리즘 미학이 정착되기 이전, 애프라 벤이나 일라이자 헤이우드 등이 쓴 17~18세기 소설이 드러내는 이질적·혼종적 특징은 비일관된 주체와 플롯 없는 플롯 등의 파편적 모더니즘 미학과 상통한다.[7] 이렇듯 후기구조주의에서 높이 평가되는 모더니즘 소설의 탈주체적·파편적·비선형적인 미학은 20세기 모더니즘 텍스트의 특징만이 아니며, 적지 않은 초기 영국 소설이나 고딕 소설에 이미 존재한다. 즉 후기구조주의 사유의 주요한 영감이자 '급진적 계몽주의'의 한가운데에 있는 스피노자 철학을 (모더니즘 텍스트뿐 아니라) 탈주체적이고 혼종적인 미학의 근대 문학작품과 함께 읽는 것은 흥미롭고 의미 있는 작업이라 할 것이다. 사실에 기반하지 않은 모든 가상(illusion)에 대항하는 스피노자의 급진적이고 반-관습적인 인간 이해 및 상상과 픽션의 역량에 대한 그의 선구적 인식은 그가 살았던 시대와 가까운 18~19세기 영국 소설에서도 발

---

7   18세기 영국 소설 중 '모더니즘 미학'으로 주목받는 텍스트로는 로렌스 스턴의 『트리스트럼 샌디』가 가장 앞자리에 온다. 이외에도 디포, 리처드슨, 필딩 이전에 활약했던 '여성 재사 삼 인방'(three female wits)인 벤, 헤이우드, 들라리비에르 맨리의 '연애 소설'(amatory fiction), 소설 장르에 속하는지부터 문제가 되는 스위프트의 『걸리버 여행기』, 또는 올리버 골드스미스의 『웨이크필드의 목사』 등도 리얼리즘 미학과는 거리가 먼 초기 영국 소설의 혼종성을 잘 보여 준다. 이러한 논리를 가장 멀리 밀고 나간다면, 미하일 바흐친이 암시하듯, 서사시나 비극 같은 귀족 장르와 구별되는 중산층과 민중의 장르로서 소설 장르의 발생 자체가 낡은 형식을 부수고 새로움을 추구하는 모더니즘 정신과 통한다고 말할 수 있을 것이다(이는 바흐친이 높이 평가하는 소설의 리얼리즘 미학과는 별개의 논의다).

견되기 때문이다.

좀 더 부연하자면 1부와 2부에 걸쳐 논의되는 메리 셸리의 『프랑켄슈타인』과 에밀리 브론테의 『워더링 하이츠』는 모두 19세기 여성 작가의 작품이자 일종의 고딕 소설로서, 안정되고 일관된 주체나 직선적·인과적 사건 전개 대신 분열되고 파편화된 자아와 복잡한 액자 구조의 형식을 지닌다. 치명적인 욕망의 드라마와 '괴물'의 신체성이 언어 너머로 휘몰아치는 두 소설은 스피노자가 역설하는 '존재의 일의성'을 주제화할 뿐만 아니라 그의 '욕망의 윤리'를 인상적으로 풀어낸다. 셸리, 브론테와 함께 1, 2부에 등장하는 작가 대니얼 디포는 첫 소설 『로빈슨 크루소』로 세계 문학사에 길이 남겠지만, 그의 다른 소설들은 대개 범죄 소설이나 스캔들 연대기 등 일종의 B급 대중 소설에 속한다. 특히 그의 마지막 소설인 『록사나』에서는 고급 매춘부의 자식 살해라는 선정적 소재가 인간의 끝없는 욕심과 강박, 돈의 위력 등 근대의 핵심적인 문제들을 중심으로 펼쳐진다. 상상과 픽션에 대한 스피노자 사유를 살펴보는 3부에서는 영국의 대표적 풍자 문학인 스위프트의 『걸리버 여행기』와 "작은 걸작"으로 재평가되는 18세기 말 여성 작가 엘리자베스 인치볼드의 『단순한 이야기』,[8] 그리고 이제는 부동의 인기 정전(正傳) 작가가 된 제인 오스틴의 『오만과 편견』을 읽는다. 18세기 남성 지식인의 풍자

---

8   Terry Castle, *Masquerade and Civilization: The Carnivalesque in Eighteenth-Century English Culture and Fiction*, p. 292.

소설부터 상대적으로 무명인 여성 작가의 "작은 걸작", 그리고 영국 문학을 대표하는 오스틴의 대표작까지, 3부에서 다루는 영국 소설은 조합의 이질성(heterogeneity) 자체가 특징이다. 정리하자면, 『로빈슨 크루소』나 『오만과 편견』처럼 우리에게 잘 알려진 영국 소설부터 『록사나』나 『단순한 이야기』와 같이 상대적으로 낯선 작품까지, 스피노자의 존재론과 윤리학, 미학은 다양하고 혼종적인 근대 영국 소설에서 발견된다. 거꾸로 이 작품들의 독특한 감수성과 문제의식, 다채로운 스타일과 언어는 스피노자 철학에 대한 풍부하고 유연한 이해를 돕는다.

이 책은 스피노자 철학을 방법론으로 삼아 문학작품을 분석하는 비평으로 의도되지 않았다. 대신 문학적 질문으로 철학을 읽고, 철학의 개념을 통해 문학적 물음에 답하면서 문학과 철학 사이에 제3의 담론적 공간을 만들고자 했다. 그 과정에서 스피노자에 대한 들뢰즈의 견고하고 성찰적이며 문학적인 해석에 많은 영향을 받았으며, 특히 스피노자의 '공통 관념'(common notion)과 픽션(문학)의 긴밀한 관계에 대한 암시에서 중요한 영감을 얻었다. 써 봐야만 알 수 있는 것들이 있다. 들뢰즈가 말한 대로 글쓰기는 '되기'(becoming)이기 때문일 것이다. 자기동일성을 해체하고 타자와 어떤 공통의 관계·리듬·근방역을 형성하면서 더 큰 역량의 무엇이 되어 가는 과정. 그것이 스피노자의 공통 관념이자 또 공통 관념의 창조적 진화로서 들뢰즈의 되기가 아닐까 싶다. 되기는 늘 '소수자 되기'다. 이 책을 쓰는 과정 역시 아마추어로 스피노자 철학을 읽는 문학 전공자의 '아이

되기'였던 것 같다. 비-철학 전공자가 철학 담론에 익숙해지는 것은 낯설고 어렵고 또 설레는 순간들이었다. 다른 한편 비-철학 전공자가 읽는 스피노자이기에 오롯이 보이는 것들도 있으리라 믿는다. 새로운 길 위에 서서 조심스레, 또 기쁜 마음으로 한 걸음 내딛는다. 그 걸음을 같이해 준 한집 사는 진정호와 진채린에게 고맙다는 인사를 건넨다. 무엇보다 앞서 스피노자를 연구하고 좋은 글을 써 주신 훌륭한 선생님들, 영문학을 함께 공부하는 오랜 스승과 동학들에게 머리 숙여 감사한다. 또 고마운 일상이 되어 주는 건국대 영문과 학생들과 선생님들, 오 년째 매주 스피노자-들뢰즈를 함께 읽는 성실하고 열정적인 세미나 '샘'들, 또 함께 수행의 길을 가는 나의 멋진 도반들께도 감사의 마음을 전한다.

차례

스피노자로
영국 소설 읽기

일러두기

1. 각 장에서 인용한 소설의 쪽수는 모두 원전의 쪽수이며, 번역은 필자의 것이다.

2. 단행본·정기간행물의 제목에는 겹낫표(『 』)를, 논문·단편·작품·영화 등의 제목에는 낫표(「 」)를 사용했다.

3. 외국어 고유명사는 2017년 국립국어원에서 펴낸 외래어표기법을 따르되,
   관례가 굳어서 쓰이는 것들은 그에 따랐다.

1장

스피노자 사유의 세 마디

존재의 일의성, 욕망과 정서의 윤리, 상상 역량의 덕(훌륭함)

"어떻게 춤추는 사람과 춤을 구분할 수 있단 말인가?"
—W. B. 예이츠, 「학교 아이들 사이에서」

"지복은 덕(훌륭함)의 보상이 아니라 덕(훌륭함) 그 자체다."
—스피노자, 『윤리학』 5부 정리 42

존재의 일의성: '신 즉 자연', 신의 역량 표현으로서 세계

스피노자의 『윤리학』 1부 「신에 대하여」는 '존재의 일의성'(univocity of being)으로 대변되는 스피노자의 존재론을 담고 있다. 존재의 일의성은 '모든 존재는 같은 목소리, 같은 의미로 말해진다'라는 뜻으로, 여기서 존재는 신(존재)과 만물(존재자)을 모두 포함한다. 전통적으로 서양 사상은 쉼 없이 변화하는 삼라만상과 존재론적으로 구별되는 초월적 신(가령 기독교의 신)이나 초월적 이상(가령 플라톤의 이데아)을 상정해 왔다. 이러한 상황에서 신과 만물이 동일한 목소리로 말해진다는, 즉 존재론적으로 동일한 의미를 지닌다

는 존재의 일의성은 단단한 기성의 사유를 망치로 두드리는 급진
적 사유라 할 수 있다. 또 이는 질 들뢰즈가 지적하듯 둔스 스코투
스에서 스피노자, 니체로 이어지는 서양 철학사 내 소수 전통을 이
룬다. 『윤리학』에서 전개되는 스피노자의 일의적 존재론은 그가
구축하는 새로운 신 관념에 대한 치밀한 설명과 기존의 신 관념에
대한 강한 비판으로 나뉜다. 『윤리학』 1부의 대부분을 이루는 "정
의"(definition), "공리"(axiom), "정리"(proposition), "증명"(demonstration),
"따름정리"(corollary), "주석"(scholium) 등은 존재의 일의성을 이루는
"실체"(신 substance)와 "양태"(만물 modes) 그리고 이들을 잇는 공통 형
식인 "속성"(attribute)에 대한 파격적이고 견고한 사유를 정밀한 논
리와 군더더기 없는 문장들로 펼쳐낸다. 반면 1부의 마지막 「부록」
(appendix)은 일종의 도끼다. 여기서 스피노자는 서양의 주류적 신 관
념, 즉 초월적이고 목적론적이며 인간과 닮은 창조주이자 구원자인
인격신이 인간의 무지와 눈먼 욕망이 만들어 낸 "무지의 피난처"임
을 신랄하게 비판한다.

　　『윤리학』 1부를 펴자마자 등장하는 '실체' '양태' '속성' 같은 다
소 전문적이고 딱딱한 철학 용어는, 4부 「서문」(preface)의 "신 즉 자
연"(Deus Seu Natura)이라는 명쾌한 표현에 비해, 스피노자의 내재적이
고 일의적인 존재론에 쉽게 다가가기 어렵게 한다. 또 처음부터 신
의 실존을 전제하는 스피노자의 초기작 『소론』과 달리, 각각 무한하
며 실재적으로 구별되는 '속성' 및 무한한 속성들로 이루어진 절대
적으로 무한한 실체(신)의 실존을 증명하는 『윤리학』 1부 초반의 까

다로운 논의 역시 비-철학도라면 따라가기 쉽지 않다. 하지만 신과 세계(인간)에 대한 스피노자의 기본적 이해, 즉 초월적 신과 그가 창조한 피조물의 존재론적 다의성(equivocity)이 아니라 자신의 본성대로 무한히 많은 것들을 생산하는 신(실체)과 그러한 신의 역량 표현으로서 만물(양태)의 내재적·일의적 관계는, 서양 철학사 전통에서 낯설 뿐 그다지 어렵지 않다. 특히 초월적 사고나 신체-정신의 위계적 이분법에 '덜' 동화된 동양 문화권 독자에게는 오히려 친숙한 느낌도 있다.

절대적이고 유일한 '실체'인 신과 신의 변용(affectio/affection)인 '양태'(만물) 및 이들의 공통 형식인 '속성'으로 이루어진 스피노자의 존재의 일의성은 언뜻 모순되어 보이는 두 가지 함의를 지닌다. 한편으로 이는 스피노자의 신(실체)이 세계(양태)로부터 초월해 있는 존재가 아니라 양태와 **공통 형식**인 '속성'으로 이어진 내재적 원인임을 의미한다. 그러나 다른 한편 스스로가 원인이 되는 "자기원인"으로서의 신(실체)은 외부에 의해 늘 변용되고 외부를 변용시키는 만물(양태)과 근본적으로 **다른 본질**을 지닌다. 후자부터 먼저 살펴보면, 신은 "그 본질이 실존을 함축"하는 실체, 즉 실존 자체가 본질이기에 실존할 수밖에 없는 존재지만, 양태(만물)는 본질이 실존을 함축하지 않는, 즉 생겼다 사라지는(죽는) 존재자로서 둘 사이에는 본질적 차이가 있다.[9] '신'뿐만 아니라 인간의 '정신'과 '신체'를 모

---

9   "실체는 자기원인이어야 한다 … 그것의 본질은 필연적으로 실존을 함축하며…"(『윤리학』

두 실체로 보았던 데카르트에 비해, 스피노자는 오직 '신'만을 절대적으로 무한한 실체로 본다. 동시에 실체의 변용이자 표현인 만물을 외부와의 상호작용에 의존할 수밖에 없는 근본적으로 수동적인 존재로 보면서, 신과 만물(인간)의 본질적 다름을 역설한다.

　여기서 **실체와 양태의 본질적 '다름'이 '대립'이나 '유비'로서 다름이 아니라 '공통 형식인 속성으로 이어지는 다름'이라는 점**, 즉 신과 만물이 본질에서는 다르지만 동시에 속성이라는 공통 형식을 지니면서 그 속성이 실체를 구성하고 또 양태로 표현된다는 점이 스피노자의 일의적 존재론의 핵심이다. 실체와 양태는 본질에서 다르지만 동시에 속성이라는 공통 형식을 지닌다는 것, 속성을 통해 실체는 양태로 자신을 표현하고 양태는 실체의 본질을 부분적으로 함축한다는 것이다. 물론 이러한 논리가 우리에게 익숙하거나 쉽지는 않다. 그렇기에 들뢰즈는 "스피노자는 피조물과 신의 형식의 동일성을 긍정하나 본질의 혼동은 금한다"라거나 "피조물이 본질과 실존에서 신과 다르다는 것**과** 신이 피조물과 공통적 형식을 가진다는 것을 **동시에** 말한다는 것은 전적으로 옳다"라며 이 점을 누누이 강조한다.[10] 나아가 들뢰즈는 스피노자의 실체와 양태의 관계를 서로 '함축

1부 정리 7의 증명).

10　Gilles Deleuze, *Expressionism in Philosophy: Spinoza*, pp. 47~48. 또 들뢰즈는 "실체와 양태 간에는 본질의 근본적인 구별이 있다. … 스피노자에게 **속성의 일의성**은 이러한 **본질의 구별**을 보증하는 수단일 뿐이다"라고 지적한다(Deleuze, *Spinoza: Practical Philosophy*, p. 64, 강조는 필자).

하면서 펼쳐내는'(implicate-explicate) 혹은 '감싸면서 전개하는'(envelop-develop) "주름" 혹은 "표현"의 관계로 제시한다.[11] 정리하자면, 스피노자의 실체와 양태는 본질에서는 다르지만 속성이라는 공통 형식 아래 내재적이고 일의적인 관계를 이룬다. 즉 스피노자의 신(실체)과 세계(양태)는 속성이라는 일의적이고 공통된 형식을 지니지만, 속성이 실체의 본질을 '구성'하는 것에 비해, 양태는 속성을 다만 '함축'하면서 실체의 본질을 부분적으로 표현한다. 여기서 스피노자 신(실체)의 본질을 구성하는 '속성'이 전지전능(탁월함)이나 선(자비로움) 같은 '인간적 가치'가 아니라, '연장속성'(Extension)과 '사유속성'(Thought) 및 다른 무한한 속성들이라는 점은 그의 사상의 유물론적 급진성을 드러낸다. 스피노자의 신은 특별할 것이 없다. 그 신은 인간을 포함해 우주의 다른 모든 것처럼 연장속성(신체)과 사유속성(정신) 및 다른 무한한 속성으로 구성된 채 필연성에 따라 무한히 많은 것들을 무한히 많은 방식으로 산출하는 '신 즉 자연'일 뿐이다. 물론 동시에 스피노자의 신은 연장속성과 사유속성뿐 아니라 '다른 무한한 속성들'로 구성된 절대적으로 무한한 존재이기에 자신의 바깥을 가지지 않으며 '양태'와 본질적으로 구별되는 '실체'이기도 하다.

---

11 들뢰즈가 '주름' 혹은 '표현'이라는 단어를 통해 펼치는 '함축과 펼침' 또는 '감쌈과 전개'의 사유는 사실 신플라톤주의에서 두드러진다. 신과 세계의 관계를 일종의 함축이자 펼침으로 보는 신플라톤주의는 르네상스기에 이르기까지 유럽에 널리 퍼진 사유 방식으로 셰익스피어 작품을 비롯해 존 던이나 앤드류 마블의 시 등 많은 르네상스 영시에서 발견된다. 들뢰즈는 스피노자 철학과 신플라톤주의의 유사점과 차이점에 대해 『스피노자와 표현 문제』 11장과 결론에서 자세히 설명한다.

실체를 구성하고 양태로 표현되는 신과 만물의 공통 형식인 속성—연장속성과 사유속성 및 다른 무한한 속성들—의 **동사적** 특징은 스피노자의 일의적 존재론이 무엇보다 '생성'의 존재론이자 '역량'의 존재론임을 잘 보여 준다. "신의 본성으로부터 필연적으로 무한하게 많은 것들, 곧 무한 지성 아래 들어올 수 있는 모든 것이 무한하게 많은 방식으로 따라 나와야 한다"라는 『윤리학』 1부 정리 16부터 본격적으로 전개되는 '양태론'은 스피노자의 세계가 각 개체에 신의 정신이 깃든 애니미즘적 범신론이기보다 다양한 만물의 고유한 역량이 무한히 펼쳐지는 역동과 생성의 세계임을 보여 준다. 한편에 자신의 본성에 따라 무한히 많은 것들을 무한히 많은 방식으로 생산하는 스피노자의 신이 있다면, 다른 한편에 "모든 사물의 원인인 신의 역량을 일정하고 규정된 방식으로 표현하는" 만물의 생성과 소멸이 있는 것이다(『윤리학』 1부 정리 36의 증명). 이정우가 정확히 지적하듯이 "스피노자의 세계는 존재가 곧 생성인 역동적인 세계"다.[12] "신의 역량은 신의 본질 그 자체"인 만큼(『윤리학』 1부 정리 34) 신의 속성의 변용이자 신의 본질의 부분적 표현인 만물은 정태적으로 머무르는 것이 아니라 부지런히 피고 지고, 무한히 발생하고 소멸하면서 생산하고 생산되는 역량, 다시 말해 '신 즉 자연'을 이룬다.[13] 그렇기에 자발적인 인과의 힘이 박탈되고 양적인 것으로 환

---

12 이정우, 『세계철학사 3: 근대성의 카르토그라피』, 233쪽.

13 여기서는 '신 즉 자연'의 생성 변화하는 '활동 역량'을 주로 강조했지만, 신의 '사유 역량', 즉 자연의 이치나 사물의 원리 등으로 표현되는 신의 무한 지성 혹은 신 관념 역시 '신 즉 자연'

원된 데카르트의 기계적 자연과 달리, 스피노자의 자연은 자체 내에 내재적이고 자발적이며 인과적인 활동 역량을 포함하는 표현적 자연이다. 마찬가지로 데카르트가 자연을 창조하고 움직이는 최초의 원인으로서의 신을 자연의 '외부'에 상정했다면, 스피노자는 "신은 모든 사물의 내재적 원인이지 타동적 원인이 아님"(『윤리학』 1부 정리 18)을, 즉 만물은 신의 표현(소산적 자연 natura naturata)이고 신은 필연적으로 만물을 생산하는(능산적 자연 natura naturans) '내재'적 관계가 곧 자연임을 거듭 강조한다.

끝으로 신과 만물의 내재적·일의적 관계에도 불구하고, 즉 만물이 신의 역량을 부분적으로 표현하는 내재적 역량을 지님에도 불구하고, 자신의 바깥에 외부를 갖지 않는 '실체'와 외부에 의해 변용되고 변용하는 '양태'의 본질적 구별이 여전함을 다시 한번 강조하고자 한다. 스피노자의 일의적 존재론에서는 모든 존재의 평등성과 독특성(singularity)을 존중하는 다양체의 사유 못지않게, 인간을 신의 자리에 놓는 인간 중심주의에 대한 경계가 핵심적이기 때문이다. "모든 개별 사물"은 다른 모든 개별 사물에 의해 "실존하고 활동하도록" 결정되며 이러한 관계가 "무한히 계속된다"라는 『윤리학』 1부 정리 28은 유한양태(개별 사물) 간의 관계에 실체가 '직접' 간섭할 수 없음을 못 박는다. 진태원이 지적하듯이 스피노자의 일의적 존재론

의 역량을 이룬다. 인간의 신체와 정신은 동일한 것의 다른 두 표현이라는 스피노자의 '심신 평행론'은 신의 속성에도 적용된다.

에서 "무한한 신과 유한한 존재자들 사이의 직접적인 인과관계는 불가능"하기 때문이다.[14] 개별 사물 간의 관계는 신의 자유의지에 의해 자의적으로 변경되는 것이 아니라 필연적 인과법칙에 따라 이루어진다. 다시 말해 스피노자의 '신 즉 자연'에는 인간이 신에게 빈다고 신이 소원을 들어주는 식의 기복적 신앙이 들어설 여지가 전혀 없다.

스피노자의 일의적 존재론에 대한 이러한 이해를 바탕으로, **1부 2장**에서는 대니얼 디포의 『로빈슨 크루소』에서 스피노자의 '신 즉 자연'이, 기독교(프로테스탄티즘)의 '섭리의 신'과 함께, 작품의 독특한 이중 리듬을 만들어 가는 방식을 살펴본다. 『로빈슨 크루소』에 신이 존재한다면 그건 로빈슨을 섭리로 이끄는 기독교의 초월적 신만이 아니다. 자신의 본성에 따라 무한히 많은 것들을 무한히 많은 방식으로 생산하면서, 생산의 역량을 본질로 하는 스피노자의 '신 즉 자연' 역시 작품의 배경에 그치지 않고 서사 전체를 떠받치는 힘으로 작용한다. 『로빈슨 크루소』에서 펼쳐지는 무인도의 대자연, 로빈슨 같은 인간 하나가 아무리 총을 쏘아 대고 자신을 섬의 왕이라 여기며 잘난 척해 봤자 이에 개의치 않고 자신의 리듬에 따라 생산하고 흘러가는 자연의 존재는 서사의 단순한 배경이기보다는 소설의 의미를 형성하는 중요한 요소이기 때문이다. 작품에 나타난 두 신들의 대결은 모순되어 보이는 두 로빈슨, 즉 초월적 신의 이

---

14   진태원, 『스피노자 윤리학 수업』, 91쪽.

름으로 자연과 원주민을 정복· 지배하는 로빈슨과 자신의 코나투스에 따라 자연의 리듬에 맞춰 노동하며 활동 역량과 이해 역량을 늘려 가는 로빈슨의 묘한 공존이라는 또 다른 이중 리듬과도 연결된다. 이러한 논의를 위해 먼저 스피노자의 '신 즉 자연' 개념이 함축하는 '존재의 일의성'의 사유를 들뢰즈의 해석을 중심으로 살펴본다. 이어 스피노자의 '신 즉 자연'을 닮은 듯, 누가 보지 않아도 부지런히 배우고 만드는 로빈슨의 노동을 스피노자적 역량의 존재론 관점에서 읽는다. 그러한 활동 과정에서 일어나는 성공과 실패, 앎과 배움을 통해 독자는 무인도의 로빈슨에게 긴요했던 것이 그를 이끄는 섭리의 신뿐 아니라 그의 존재와 부재(죽음)를 의미 있는 사건으로 만들어 주는 타자의 존재, 즉 스피노자적 신(실체)의 변용인 다른 사물(양태)임을 알게 된다.

1부 3장에서는 19세기 영국 낭만주의를 대표하는 고딕 소설이자 최초의 SF 소설로도 여겨지는 메리 셸리의 『프랑켄슈타인』을 '신과 인간의 관계'를 중심으로 읽는다. 먼저 과학자 프랑켄슈타인이 모델로 삼는 '창조론' 혹은 '제작론'이 담고 있는 신과 인간의 관계가 스피노자의 내재적· 일의적 신이 함의하는 그것과 어떤 근본적 차이를 갖는지 검토한다. 프랑켄슈타인이 '인간'을 만드는 과정은 초월적 제작자(창조주)가 자신의 외부에 제작물(피조물)을 만드는 제작적 모델을 따른다. 이러한 모델에서 피조물은 창조주와 어떤 공통성을 가질 필요가 없으며 제작자의 목적이나 의지 혹은 결핍을 반영한다. 또 창조론과 제작론 모델에서 개체(인간)는 기본적으로 '질료와 형상의 결합'으로 이루어져 있다. 프랑켄슈타인의 피조물 역시 이 공식에 따라 '질료'인 시체 조각들에 '형상'인 "존재의 불꽃", 즉 전기 충격을 집어넣는 방식으로 만들어진다. 이러한 제작적 모델을 떠받치는 '질료형상론'(hylomorphism)은 인간을 신체와 정신의 이원적 결합으로 보는 데카르트의 기계론과 밀접하게 연결된다. 반면 스피노자의 신은 자신의 존재 바깥에 외부를 지니지 않으며, 공통 형식(속성)을 통해 세계와 내재적·일의적 관계를 이루는 유일한 실체다. 또 이 신은 무한히 많은 만물의 생산으로 자신을 표현하고 펼쳐낼 뿐 어떤 목적이나 의지, 결핍에 기반해 생산 활동을 하지 않는다. 대신 스피노자의 세계에서 존재(신)와 존재자(만물)는 같은 의미로 말해지며 이러한 존재의 일의성, 즉 '신 즉 자연'의 역동적이고 표현적인 전체 안에서 개별 사물의 고유한 독특성은 그 자체로 존중된다. 『프랑켄슈타인』에서 프랑켄슈타인의 인간 창조가 제작적 모델과 데카르트의 기계론에 입각해 이루어진다면, 그의 이름 없는 피조물은 자신의 존재를 유지하려는 노력인 코나투스를 토대로 나름의 변용 능력과 독특한 본질을 지닌 생명체, 즉 스피노자적 개체의 특징을 보여 준다. 이러한 창조주와 피조물의 대립은 마치 타원의 이중 중심처럼 『프랑켄슈타인』의 독특한 이중 시점을 구성한다.

　　1부 4장에서는 주로 『폭풍의 언덕』으로 알려진 에밀리 브론테의 『워더링 하이츠』에서 캐서린과 히스클리프의 관계를 스피노자의 '신의 사랑' 논의와 함께 읽는다. 『윤리학』 1부 「신에 대하여」가 신과 세계의 '존재의 일의성'을 증명한다면, 5부 「지성의 역량 혹은 인간의 자유에 대하여」에서는 '직관지'(3종 인식)와 '지복'(beatitude/至福) 그리고 '신의 사랑'이 들뢰즈의 표현을 따르자면, "절대속도"로 기술된다.[15] 여기에서 스피노자의 신은 두 얼굴을 지닌다. 한편으로 신은 사랑하지 않는다. 사랑이 스피노자가 정의한 대로 "외부 대상의 관념을 동반하는 기쁨"(『윤리학』 3부 정리 13의 주석)이라면, 신은 자신의 바깥에 외부 대상을 가지지 않을 뿐 아니라 그 대상에 의해 변용되거나 혹은 그로 인한 기쁨을 느끼지 않기 때문이다.[16] 다른한편 신은 자신을 무한히 사랑하듯 인간을 무한히 사랑하며, 이때인간을 향한 신의 지적 사랑은 신을 향한 인간의 사랑과 동일하다.[17]즉 신의 지적 사랑은 직관지(3종 인식)나 지복과 마찬가지로 주체와대상의 구분 혹은 인식과 정서의 경계가 해체되는 차원에 있다. 『워더링 하이츠』에서 캐서린은 "내가 바로 히스클리프"라고 선언하면서, 히스클리프에 대한 자신의 사랑이 기쁨과 같은 '정서'에 기반한것이 아니라 "필연적"인 것이며, 그를 사랑하는 것이 곧 그녀 자신을사랑하는 것과 같은 것이라 말한다. 즉 히스클리프에 대한 그녀의사랑은 "외부 대상에 대한 관념을 동반하는 기쁨"이라는 스피노자

---

15   Deleuze, "Spinoza and the Three *Ethics*", *Essays Critical and Clinical*, p. 150.

16   "신은 정확히 말하면 누구도 사랑하지 않으며 누구도 미워하지 않는다. 왜냐하면 신은… 어떤 기쁨이나 슬픔의 정서에 의해서도 변용되지 않기 때문이다"(『윤리학』 5부 정리 17의 따름정리).

17   "신은 자기 자신을 무한한 지적 사랑으로 사랑한다"(『윤리학』 5부 정리 35). "이로부터 신은자기 자신을 사랑하는 한에서 인간을 사랑하며, 결과적으로 인간을 향한 신의 사랑과 신을향한 인간 정신의 지적 사랑은 하나의 동일한 것이라는 점이 따라 나온다"(『윤리학』 5부 정리 36의 따름정리).

의 정의와 맞지 않으며—이 정의에 부합하는 것은 에드거에 대한 캐서린의 사랑이다—오히려 주체와 대상, 인식과 정서의 구별이 사라진 '신의 지적 사랑'에 가깝다. 히스클리프 역시 캐서린과의 마지막 조우 장면에서 자신을 떠난 캐서린을 원망하는 동시에 그들의 사랑이 세상의 어떤 비참함이나 신도 악마도 갈라놓을 수 없는 것이었음을, 즉 신의 사랑에 가까운 것이었음을 강변한다. 하지만 인간과 인간이 신의 사랑으로 서로를 사랑할 수 있을까. 이런 물음에 대해 『위더링 하이츠』는 긍정으로 답하지 않지만, 제기된 질문 자체의 무게는 독자들에게 길게 또 깊이 남는다. 캐서린과 히스클리프의 관계는 두 남녀의 사랑이 계급·젠더·인종의 견고한 테두리 내의 '정상적이고 이성애적인 사랑'을 넘어 '신의 사랑'에 도달할 수 있는가를 절실히 묻는 실험적 모색이다. 어린 시절 고아 의식으로 연결된 이들이 공유하는 "두 마리 늑대의 친연성"[18] 혹은 소수자적 연대감은 주체와 대상의 구분을 뛰어넘는 신의 사랑과 닮은 만큼 또 멀리 떨어져 있다. 마지막 장면에서 유령이 되어 황야를 떠도는 캐서린과 히스클리프는 두 마리 늑대의 연대감과 신의 사랑이 교차하는 아슬아슬한 지점을 가로지르면서 모호하면서도 강렬한 인상을 독자들에게 남긴다.

---

18 Gilles Deleuze and Félix Guattari, *What is Philosophy?*, p. 175.

인간의 본질로서 욕망과 정서: 기쁨과 역량의 윤리

스피노자의 '윤리학'을 한마디로 말하면 욕망과 정서의 윤리이자 능동적 기쁨의 윤리라 할 수 있을 것이다. 스피노자는 『윤리학』에서 옳고 그름의 이분법이나 인간의 의무 혹은 도리에 초점을 맞추기보다 자연의 물질성과 필연성(법칙)을 기반으로 '함께 자유롭고 행복한 삶'으로 가는 길을 모색한다. 즉 통상적 의미의 '이성'을 중심으로 선악을 구분하고 선(善)에 따른 의무 실행을 윤리로 보는 대신, 모든 개체(인간부터 무기물까지)의 본질을 "자신의 실존을 지속하기 위한 노력인 코나투스"로 보면서 "인간의 본질" 역시 코나투스, 혹은 "욕구"(appetitus/drive) 및 "욕망"(cupiditas/desire)에 있다고 규정하는 것이 스피노자적 윤리의 출발점이다.[19] 나아가 이러한 코나투스(욕망)를 기초로 "각자 자신을 사랑하고" "자신에게 진정으로 유용한 것을 추구"하라는 것이 "이성의 명령"이고 또 이를 따르는 것이 "덕(훌륭함)"이자 스피노자적 윤리의 내용이 된다(『윤리학』 4부 정리 18의 주석). 인간을 자연의 예외적이고 특권적인 존재, 즉 신의 대리자로 보는 대신—이러한 인간 특권의 기호가 전통적 의미의 '이성'이다—인간 역시 자연의 모든 존재자(양태)와 마찬가지로 자기 보존 욕구인 코나투스(욕망)를 본질로 한다는 점에서 스피노자의 윤리는

---

19 "각 사물이 자신의 실존을 지속하기 위한 노력인 코나투스는 사물의 현행적 본질 외에 다른 어떤 것이 아니다"(『윤리학』 3부 정리 7). "코나투스가 … 정신과 신체에 동시에 관련될 때 욕구라 불린다. 욕구는 인간의 본질 외에 다른 것이 아니다. … 욕구와 욕망 사이에는 어떤 차이도 존재하지 않는다. … 욕망은 자기의식을 가진 욕구다"(『윤리학』 3부 정리 9의 주석).

일종의 '자연주의'에 속한다. 물론 스피노자뿐 아니라 이전의 토마스 홉스나 이후의 정신분석학 역시 이성이 아닌 욕망을 인간의 본질로 본다. 하지만 스피노자의 욕망은, 홉스의 '계산주의적 욕구'나 정신분석학의 '결핍으로서의 욕망'과 달리, 코나투스의 인간적 형식, 즉 역량 증감의 이행 기호인 '정서'와 연결된 생산으로서의 '역량'이란 점에서 확연한 차이를 보인다.[20]

인간의 본질이 그의 욕망에 있다는 스피노자 사유는 서양 주류 철학의 이성 중심적 인간 이해에 대한 대담한 전복이다. "우리는 어떤 것을 좋다고 판단하기 때문에 … 욕망하는 것이 아니며, 반대로 우리가 어떤 것을 … 욕망하기 때문에 좋은 것이라 판단한다"라는 『윤리학』 3부 정리 9의 주석은 **선악 이분법의 도덕적 가치 평가가 존재론적으로 객관적인 것이 아니라 우리의 주관적 욕망에 기인하고 있음**을 드러낸다. 단적으로 말하자면 "선과 악에 대한 인식은, 우리가 의식하는 한, 단지 기쁨과 슬픔의 정서일 뿐"인 것이다(『윤리학』 4부 정리 8). 스피노자에게 선악 이분법은, 초월적·인격적 신 관념이나 인간 중심의 목적론적 사고와 마찬가지로 근본적 차원에서 어떤 상상적 인식이자 부적합한 관념이다. "만일 인간이 자유롭게 태어난다면, 그들이 자유로운 한, 어떤 선악 개념도 형성하지 않을 것"이기 때문이다(『윤리학』 4부 정리 68). 하지만 인간은 자신이 하는 행동의 원인

---

20 홉스의 "계산적 이기주의" 및 이와 결부된 욕망 개념에 대해서는 알렉상드르 마트롱, 『스피노자 철학에서 개인과 공동체』, 김문수·김은주 옮김, 126~128쪽 참조.

스피노자로 영국 소설 읽기

도 모르면서 자신의 욕망을 목적으로 삼고, 그에 따른 주관적 가치 평가를 객관적인 것으로 전도(轉倒)하면서 일종의 가상인 선악 개념을 절대화한다. 그렇지만 객관적·도덕적 진리로 둔갑한 선악 개념을 토대로 한 사유는 인간을 자유가 아닌 예속의 방향으로 향하게 한다. 인간은 자연의 부분이며, 인간 중심적 관점을 벗어나면 자연에는 선악의 대립이 없기 때문이다.

나아가 욕망을 인간 이해의 출발점으로 보는 스피노자의 견해는, 신체에 대한 정신의 위계적 지배를 주장하는 데카르트의 심신이원론과 달리, **존재를 생성과 변화의 과정으로 보는 생성과 역량의 존재론**이기도 하다. 스피노자 철학은 고정적이고 일관된 정태적 인간을 상정하는 대신, 외부 사물과의 만남에서 필연적으로 변용되고 변용시킬 뿐 아니라 시간 속에서 생성, 성장, 소멸하는 역량의 변화 과정으로 인간을 이해한다. 신의 본질이 필연성에 따라 무한히 많은 것들을 무한히 많은 방식으로 생산하는 신의 역량에 있듯이, 신의 부분적 역량의 표현인 인간의 본질 역시 욕망(코나투스)에 기반한 인간의 활동 역량 및 사유 역량과 밀접한 관계에 있다. 이렇게 생성과 역량의 관점에서 인간을 이해할 때 중요해지는 것이 인간의 '정서'(affectus/affect), 즉 외부 사물과 마주칠 때 "신체의 행위 역량을 증가시키거나 감소시키고, 촉진하거나 억제하는 신체의 변용이자 동시에 이 변용에 대한 관념"인 정서다(『윤리학』 3부 정의 3). 인간은 일차적으로 이러한 신체 변용(affectio/affection)을 통해서만 외부 세계를 지각(상상)할 수 있으며, 기쁨과 슬픔의 정서는 변용에 따른 개체의 역량 이행을 표시하는 기호다. 즉 기쁨은 "정신을 더욱 큰 완전성으로 이행하게 하는 정념"이며 슬픔은 "정신을 더욱 작은 완전성으로 이행하게 하는 정념"이다(『윤리학』 3부 정리 11의 주석).

따라서 **스피노자의 '욕망의 윤리'는 "기쁨과 슬픔은 … 욕망 또는 욕구 자체"인 만큼 '정서의 윤리'**이기도 하다(『윤리학』 3부 정리 57의 증명). 인간을 고정된 실체인 '명사'가 아니라 필연적으로 외부 사물에 의해 변용되고 외부 사물을 변용시키는 '동사'로 본다는 점, 즉 인간의 본질을 욕망, 혹은 역량 증감 이행의 기호인 정서로 간주한다는 것이 스피노자 윤리학의 독특한 지점이다. 나아가 『윤리학』 3부 정리 57은 "각 개인의 정서와 다른 사람의 정서 사이에는 그의 본질과 다른 사람의 본질 간 차이만큼의 거리가 존재한다"라고 언급하는데, 이는 **각 개인의 독특한(singular) 욕망이 그의 독특한 본질이듯이, 그의 독특한 정서 역시 그의 독특한 본질의 표현**임을 명시한다. 독특한 실재(개별 사물 singular thing)의 독특한 욕망과 정서가 그의 독특한 본질(개별 본질 singular essence)을 이루는 스피노자적 욕망의 윤리는 그의 일의적 존재론과 정합성을 이룬다. 각각의 양태는 자신의 본질을 구성하는 고유한 역량의 정도(degree)를 지니며, 양태의 독특한 본질들이 전체적으로 합치하여(convenio/agree) 신의 본질을 표현하는 세계가 '존재의 일의성'의 세계이기 때문이다.[21] 물론 스피노자

---

21 들뢰즈식으로 말하자면, 스피노자의 세계는 공속면 혹은 내재면 위에서 독특한 욕망(코나투스)을 지닌 독특한 실재가 잠재성의 차원에서 무한히 동등하고 상이하며 또 합치하는 관계를 이루는 다양체들(multiplicities)의 세계라 하겠다.

는 인간의 수동적 정념이 부적합한 인식과 더불어 인간 예속의 근원이라고 본다는 점에서 데카르트와 다르지 않다. 그러나 데카르트가 이성과 의지로 신체와 정서를 통제해야 함을 주장하는 것과 달리, 스피노자는 욕망과 정서를 인간의 본질로 볼 뿐 아니라, 이를 의지로 억제하는 것이 가능하지 않으며 또 그것이 자유로 가는 길이 아님을 강조한다. 나아가 그는 코나투스와 대립하기는커녕 코나투스를 토대로 한 '덕'(훌륭함) 개념을 제시하면서, 기쁨의 정념을 발판으로 이성(공통 관념)을 형성하고, 이를 토대로 다시 능동적 기쁨(지복)으로 나아가는 새로운 윤리적 기획을 모색한다.

이러한 스피노자적 윤리 기획의 핵심 요소 중 하나가 **의지의 자율성 혹은 자유의지(free will)의 허구성에 대한 비판**이다. 스피노자에 따르면 인간에게는 관념(의 긍정)이 지니는 힘이라 할 의지 작용(volitio/volition)은 있지만, 일반 개념으로서의 의지(voluntas/will) 개념은 실체가 없는 부적합한 관념일 뿐이다.[22] "정신에는 어떤 절대적이거나 자유로운 의지가 없다. 반대로 정신은 어떤 원인에 의해 이것 또는 저것을 의지하도록 규정되며, 마찬가지로 이 원인도 다른 원인에 의해 규정되며 … 그렇게 무한으로 이어지기" 때문이다(『윤리학』 2부 정리 48). 여기서 중요한 것은 인간에게 우리가 흔히 말하는 의지

---

[22] 스피노자에 따르면 관념은 "화판 위의 말 없는 그림"이 아니라 활동성과 힘을 지니는 사유 속성의 양태이며, 어떤 관념을 갖는다는 것은 그 관념을 '긍정'하는 것이자 '의지 작용'을 갖는 것이다. "어떤 사람들은 관념을 화판 위의 말 없는 그림처럼 바라본다. 그리고 이러한 편견에 사로잡혀 있기에 관념은 관념인 한에서 긍정이나 부정을 함축한다는 점을 보지 못한다"(『윤리학』 2부 정리 49의 주석).

가 없다는 게 아니라, 인간의 의지(작용)가 우리가 생각하는 것과 달리 '자유'롭거나 '임의적'이 아니라는 점이다. 인간의 의지 작용은 관념(의 긍정)에 다름 아니며, 관념은 물질과 마찬가지로 어떤 힘을 지니고 인과관계에 따라 작용하는 것이지 인간이 순전히 자의적으로 소유할 수 있는 게 아니기 때문이다. 스피노자에 따르면 인간의 의지가 자유롭다고 여기는 것 자체가 인간을 예속으로 이끄는 중대한 착각이다.

물질(연장속성)이든 정신(사유속성)이든, 모든 결과에는 원인이 있다는 스피노자의 필연성의 존재론은 초월적 인격신의 자유의지에 의한 창조론에 대한 비판과 맞닿아 있다. 즉 자유의지의 허구성에 대한 스피노자의 비판은, 외부 사물과의 작용에서 필연적으로 변용되고 변용시키는 실존 양태의 근본적 수동성 및 다양한 층위의 개체들이 겹겹이 이루는 "하나의 개체"로 자연을 이해하는 그의 일의적 존재론의 부분을 이룬다(『윤리학』 2부 「자연학 소론」 보조정리 9의 주석).[23] **무한히 많은 독특한 개체들로 자신의 역량을 표현하는 '신 즉 자연'의 세계에서 신의 자유의지를 닮은 인간의 자유의지, 혹은 자연에 대한 인간의 절대적이고 우월한 자리는 없기** 때문이다. 대신 "의지

---

23 "지금까지 우리는 가장 단순한 물체들로 구성된 개체를 고려하였다. … 이제 상이한 본성을 갖는 여러 개체로 구성된 다른 개체를 고려할 경우 … 다음으로 두 번째 종류의 물체들로 구성된 세 번째 종류의 개체를 고려할 경우 … 이렇게 무한히 계속할 경우, 우리는 손쉽게 자연 전체를 하나의 개체로 고려할 것이다. 그 경우 개체의 부분들, 즉 모든 물체는 무한히 많은 방식으로 변하겠지만 개체 전체[자연]는 어떤 변화도 겪지 않게 된다"(『윤리학』 2부 「자연학 소론」 보조정리 9의 주석).

와 지성은 하나의 동일한 것"(『윤리학』 2부 정리 49의 따름정리)임을 직시하고, 원인에 대한 이해이자 전체에 대한 이해인 적합한 관념을 통해 사물의 필연적 인과관계를 인식하는 것, 즉 "지성의 질서에 따라 신체의 변용을 질서 짓고 연쇄시키는 힘"을 가지고 능동적 기쁨(지복)으로 나아가는 것이 스피노자가 제시하는 자유를 향한 길이다(『윤리학』 5부 정리 10).

스피노자가 인간의 자유의지를 일종의 허구이자 가상으로 보는 또 다른 이유는, 정서는 더 강한 정서로 억제될 뿐 의지로 제어될 수 있다고 믿지 않기 때문이다.[24] 나아가 그는 정서를 이성이나 의지로 통제하는 것이 덕(훌륭함)이라 생각하지 않는다. 여기서 '스피노자의 이성'이 신체에 대한 정신의 지배를 전제하는 '의지'와 호환되지 않고, 역량 증감의 기호인 '정서'와 대립하지 않으며, 오히려 정서나 욕망과 뗄 수 없는 개념임을 지적할 필요가 있다. 스피노자적 이성의 실질적 내용이라 할 '공통 관념'이 정서나 상상과 뗄 수 없는 분신 관계를 이룸은 스피노자의 상상론을 다루는 다음 절에서 설명될 것이다. 여기서는 스피노자의 이성이 욕망이나 코나투스와 대치되는 개념이 아니라는 것, 혹은 이성의 명령을 따름으로써 얻는 덕(훌륭함)이 사실 코나투스에 기반한다는 스피노자의 주장을 살펴보려 한다.[25] 스피노자는 『윤리학』 4부 정리 18의 주석에서 "사람들이 내

---

24 "정서는 억제해야 할 정서에 상반되는 더 강한 정서에 의하지 않고서는 억제되거나 제거될 수 없다"(『윤리학』 4부 정리 7).

25 "코나투스는 덕(훌륭함)의 일차적이고 유일한 토대이다"(『윤리학』 4부 정리 22의 따름정리).

생각을 더욱 쉽게 지각하도록 이성의 명령이 무엇인지를 간략히 보여 주겠다"라면서 다음 네 가지를 이성의 내용으로 꼽는다. 이성의 명령은 우선 "각자가 자신을 사랑하는 것", 둘째, "자신에게 진정으로 유용한 것을 추구하는 것", 셋째, "인간을 진정으로 더욱 큰 완전성으로 인도하는 것을 욕구하는 것", 넷째, "자신의 역량이 닿는 한 자신의 존재를 유지하고자 노력하는 것(conatur)"이다. 스피노자의 이성은 우리의 욕망과 정서를 억누르는 정신 작용이기는커녕, 각자가 자신의 코나투스에 충실하면서 자기 자신을 사랑하고 진정으로 자신에게 유용한 것을 추구할 것을 요구한다. 즉 스피노자에게 이성은 정신이 의지로써 신체·욕망·정서를 다스리는 것과는 아무 상관이 없으며, 각자가 자신의 욕망에 '진정으로' 충실할 것을 요구할 뿐이다.

따라서 전통적 윤리의 핵심 개념이자 비슷한 의미군에 속하는 '선'(good)과 '덕'(virtue)은 스피노자 사유에서 확연히 다른 함의를 지니게 된다.[26] 먼저 '판단'과 '심판'을 함축하는 선악 이분법의 선(善)은 거칠게 말해 욕망의 기원을 숨기고 객관적 진리로 행세하는 부적합한 관념이다. 반면 덕(德) 혹은 훌륭함은 욕망(코나투스)에 토대를 두고 자신의 진정한 유용성을 추구하는 인간의 역량이다. "각자

---

26 라틴어 virtus는 원래 '덕'뿐 아니라 '힘'이란 뜻을 강하게 가지며, 스피노자의 덕은 곧 역량이기도 하다. virtus의 영어 번역인 virtue는 주로 '덕'으로 번역되지만 '탁월성'으로도 번역된다. 하지만 '탁월성'은 존재의 일의성과 다의성 논의에서 중요한 역할을 하는 eminence의 번역어이기도 하기에 이 책에서는 virtue를 덕(훌륭함)으로 번역한다.

는 자신에게 유용한 것을 추구할수록, 즉 자신의 존재를 보존하려고 노력할수록 그만큼 더 덕(훌륭함)을 갖추게 되기"때문이다(『윤리학』 4부 정리 20). 스피노자의 이성은 선악을 가르고 판단·심판하는 정신 작용이 아니며, "오직 인간의 본질에 의해 규정되는 인간의 역량 자체인 덕(훌륭함)"과 관련된 개념이다(『윤리학』 4부 정리 20의 증명). 주지하다시피 스피노자의 "자유인"은 "오직 이성의 명령에 따라 살아가는 사람"이며 "참된 덕(훌륭함)은 오직 이성의 인도에 따라 살아가는 것"이다(『윤리학』 4부 정리 67의 증명 및 4부 정리 37의 주석 1). 하지만 스피노자의 이러한 '계몽주의적' 표현은 인간이 자신의 고유한 욕망에 충실할수록 더 많은 덕(훌륭함)을 지닌다는 그의 주장과 더불어 정확하고 세밀하게 이해될 필요가 있다.

    자유의지의 허구성에 대한 스피노자의 비판과 코나투스에 토대를 둔 덕 윤리에 이어, 끝으로 인간을 예속하는 정서에서 벗어나 자유로 나아가려는 스피노자의 윤리적 기획에 대해 짧게 살펴보려 한다. 우리를 예속하는 정념이 슬픔이나 미움 등의 기초적 정서이든, 아니면 시기심(invidia)이나 과도한 야심/명예욕(ambitio)처럼 정서 모방(imitation of affect)으로 인한 것이든, 스피노자의 윤리적 실천은 이미 언급했듯 우리를 예속하는 부정적 정서를 통상적 의미의 이성이나 의지로 다스리는 데 있지 않다. 그의 윤리적 기획은 오히려 이러한 **수동적 정서를 이성(공통 관념)의 작용을 거쳐 능동적 기쁨의 정서**

로 전환하는 데 놓여 있다.[27] 다시 말해 수동적 정념에 끌려가거나 의지로 이를 억압하는 대신, 그 정념의 원인 혹은 필연적 인과관계에 대한 전체적 이해인 적합한 관념을 형성함으로써, 즉 우리 자신이 준-자동적으로 일어나는 관념과 정서의 적합한 원인이 됨으로써 능동적 기쁨의 자유로 나아가는 것이 스피노자의 윤리적 기획이다.[28]

다른 유한 양태들과 마찬가지로 인간은 외부 사물과의 마주침에서 필연적으로 변용되며 그때 발생하는 변용 관념은 외부 사물의 본성보다 우리 신체의 상태를 더욱 지시하기에, 애초에 인간은 수동적 정념뿐 아니라 상상과 억측의 부적합한 관념을 피할 수 없다. 그럼에도 스피노자는 "우리 본성에 상반된 정서들에 뒤흔들리지 않는 한, 우리는 지성의 질서에 따라 신체의 변용을 질서 짓고 연쇄시키는 힘을 갖는다"라고 언급한다(『윤리학』 5부 정리 10). 즉 우리는 외부 사물과의 마주침에서 일어나는 기쁨의 정념을 발판으로 '덜 보편적인 공통 관념'(고유한 배움) 및 '더 보편적인 공통 관념'(사물의 합치와 불합치의 필연성에 대한 적합한 이해)을 형성하고, 이를 계기로 능동적 기쁨의 정서로 나아갈 수 있다. 스피노자에게는 그 고요한

---

27 들뢰즈는 수동적 기쁨과 능동적 기쁨이 "구별되는" 정서지만 "그럼에도 스피노자는 둘의 구별이 사고상의 구별일 뿐임을 암시한다"라고 지적한다(Deleuze, *Expressionism in Philosophy: Spinoza*, p. 274).

28 내가 내 정서의 적합한 원인이 되기, 즉 정서의 필연적 인과관계를 파악하여 수동적 정서를 능동적 정서로 전환하는 이 전략은 『임제록』에서 언급되는 '수처작주'(머무는 곳마다 주인이 된다)의 자세와 매우 닮아 있다. 사실 스피노자 철학과 불법(佛法)의 친연성은 두드러지는데 이에 대해서는 앞으로의 연구 과제로 남겨 두려 한다.

기쁨이 자유고, 그러한 자유가 곧 윤리다. 능동적 기쁨(지복)의 자유는 어떤 목적을 위한 것이 아니라 그 자체로 덕(훌륭함)이기 때문이다("지복은 덕(훌륭함)의 보상이 아니라 덕(훌륭함) 그 자체다"『윤리학』5부 정리 42). 나아가 그는 "덕(훌륭함)을 추구하는 모든 사람은 자신을 위해 추구하는 좋음을 다른 사람들을 위해서도 추구"함을 명시한다(『윤리학』4부 정리 37). 정리하자면, 스피노자의 윤리적 기획은 우리를 예속하는 정서를 의지로 억제하는 것이 아니라, 공통 관념(2종 인식)과 직관지(3종 인식)의 적합한 관념의 형성을 통해 능동적인 기쁨으로 전환하고 이를 다시 나누는 과정이라 하겠다.

이러한 논의를 바탕으로 **2부 5장**에서는 디포의 마지막 소설로 알려진『록사나』를 읽으면서 '자유의지'에 대한 스피노자의 비판을 검토한다. 코나투스 이론이 전개되는『윤리학』3부 초반에 나오는 3부 정리 2의 주석은, 들뢰즈가 말하듯이 고요한 장강(長江)을 이루는『윤리학』의 정의·공리·정리·증명·따름정리 등과 달리 "불연속적이고 은밀하며 폭발적인 사슬"로 이루어진 "불의 책"인 "주석"의 특징을 잘 드러낸다.[29] 이 주석에서 스피노자는 스스로를 자유롭다고 여기면서 자신의 자유의지를 통해 신체를 지배할 수 있다고 믿는 사람들을 강한 어조로 비판한다. 인간의 자유가 신체 및 정서에 대

---

29 들뢰즈는『윤리학』의 스타일적 이질성을 강조하면서『윤리학』이 세 권의 책으로 이루어져 있다고 말한다. 첫째, '강의 책'인 정의·공리·정리·증명, 둘째, '불의 책'인 주석·부록·서문, 셋째, '빛의 책'인 5부. 특히 그는 "개념의 책"인 정의·공리·정리와 구분되는 "분노와 웃음의 책"인 주석의 역할에 주목한다. "주석들의 은밀한 활동이 없다면 강은 그렇게 많은 모험을 알지 못할 것이다"(Deleuze, "Spinoza and the Three Ethics", Essays Critical and Clinical, pp. 146~147).

한 의지적 통제에 있지 않다는 이러한 주장은 『윤리학』 3부와 4부의 주요 논지, 즉 인간의 본질은 자기 존재를 보존하려는 노력인 코나투스 혹은 욕망에 있으며, 인간의 덕(훌륭함) 역시 이 코나투스를 기초로 성립한다는 논의의 사전 작업이다. 스피노자에게 자유란 신체 및 정서에 대한 의지의 통제가 아니라, 인간의 본질이 욕망에 있음을 이해하고 자신에게 진정으로 유용한 것을 추구하는 덕(훌륭함), 즉 자신의 독특한 고유성에 기반한 역량을 증가시키는 데에 있는 것이다. 『록사나』는 여주인공의 화려한 남성 편력뿐 아니라 간접적 자식 살해 등을 내용으로 하는 일종의 B급 서사다. 또 주인공 록사나의 분열된 자아, 불연속적이고 파편적·우연적인 플롯 전개, 모호하고 비결정적인 결말 등의 (포스트)모더니즘적 특징으로 말미암아 최근 재평가되는 작품이기도 하다. 록사나는 언뜻 강력한 의지로 자신의 삶을 통제하고 개척하는 인물로 보인다. 결혼에 안착하기보다 경제적 독립과 사회적 야심을 앞세운다는 점은 페미니즘 비평에서 흥미로워 할 인물이기도 하다. 하지만 내적·외적 통제에 대한 록사나의 과도한 관심이 자유로운 것이라고, 즉 그녀의 삶이 자유의지에 기반한 것이라고 보기는 어렵다. 오히려 록사나의 반복 강박적 행동 패턴은 자기 보존의 코나투스, 즉 생존과 존중에 대한 그녀의 욕구가 맹목적인 화폐 축적과 숨기고 싶은 과거의 통제라는 형식으로 표출되는 양상을 보여 준다. 소설의 마지막 부분, 록사나의 딸 수잔의 출현과 딸에 의해 자신의 과거가 폭로될지도 모른다는 그녀의 두려움, 그리고 모녀의 긴박한 추격전 끝에 수잔이 간접 살해되는 서사는 록사나의 욕망이 자유의지로는 통제될 수 없음을 급박한 속도와 끝없이 불안한 정서의 언어로 보여 준다.

1부 3장이 『프랑켄슈타인』에 나타난 신과 인간의 관계를 주로 신의 입장인 프랑켄슈타인을 중심으로 읽는다면, **2부 6장**에서는 피조물을 중심으로 그가 어떻게 스피노자적 의미에서 '인간'일 수밖에 없는지를 스피노자의 정서 모방 논의와 함께 살펴본다. 『프랑켄슈타인』에서 피조물(괴물)은 선악이 분명한 서사에서 등장하는, 파괴되어야 할 악(惡)이 아니다. 오히려 그는 흉악한 외양을 제외한다면 인간과 별다를 바 없는 존재, 즉 '인간'으로 태어났으나 세상의 멸시와 배타로 '괴물'이 되어 간 존재로 그려진다. 이러한 서사의 전개에서 핵심은 피조물이 '인간의 정서'(affects)를 지니고 있다는 점이다. 피조물은 처음부터 달빛과 새소리의 아름다움에 기쁨을 느끼고, 인간의 집과 마을의 유용성에 감탄하는 존재다. 또 사람들의 핍박을 피해 숨어든 드 라세 가족의 헛간에서 이들의 삶을 엿보면서 인간 사이의 정서적·언어적 소통을 배운다. 즉 그가 지닌 여러 욕망과 정서의 목록은 정확히 인간종(種)의 욕망으로서 스피노자가 말하는 정서 모방 원리를 따른다. 스피노자는 『윤리학』에서 인간이 자신의 유사자(類似者)로 여기는 대상이 느끼는 정서와 유사한 정서를 준-자동적으로 모방함을 지적하고, 나아가 인간의 정서 모방 경향이 인간의 사회성을 이루는 핵심 요소임을 지적한다. 스피노자의 정서 모방 이론은 '주체는 타자의 욕망을 욕망한다'라는 자크 라캉의 테제를 선취하는 한편, 18세기 영국 도덕감 철학(moral sentiment philosophy)

의 '공감' 이론과도 비슷해 보인다. 하지만 스피노자가 말하는 정서 모방은 인간 사이의 '공감'뿐 아니라 '갈등'의 원천이 된다는 점에서 구별되며 또 주목을 요한다.『프랑켄슈타인』의 피조물은 그가 자신의 유사자로 여기는 드 라세 가족의 정서를 모방하는 과정에서 점점 "타인이 칭찬한다고 상상되는 일부 우리 행위에 대한 관념을 동반하는 기쁨"인 "명예심"(gloria/glory)뿐 아니라, 이와 연관된 "야심/명예욕"(ambitio/ambition), 즉 "명예심에 대한 과도한 욕망"을 느낀다 (『윤리학』 3부 정서에 대한 정의 30, 44). 나아가 타자(인간)의 눈에 비친 자신의 '괴물' 같은 모습에 괴로워하고 또 대표적인 부정적 모방 정서인 시기심에 사로잡히기도 한다. 소설 마지막 장면에서 백색의 북극 설원을 배경으로 펼쳐지는 프랑켄슈타인과 피조물의 쫓고 쫓기는 장면은 각자가 서로의 원수인 동시에 서로의 정서를 모방하면서 서로를 필요로 하는 이들의 '분신'(double) 관계를 극화한다. 상호성의 요구―내가 너를 좋아하니 너도 나를 좋아해야 한다―야말로 정서 모방에서 유사자의 범위를 가늠하는 표지임을 생각할 때, 피조물이 끝까지 프랑켄슈타인에게 애증의 정서를 품는 것은 그가 '인간'임을 보여 주는 또 다른 지표이다.

『워더링 하이츠』를 두 번째로 읽는 **2부 7장**은 스피노자의 윤리가 '각 개인의 독특한 욕망 및 정서가 그의 독특한 본질'임을 직시하는 욕망의 윤리임을 검토하고, 선(善) 윤리의 대척점에 있는 '고딕적 악한'(gothic villain)인 히스클리프를 그의 독특한 욕망과 정서를 중심으로 읽는다. 스피노자는 인간 중심적인 선악 이분법을 발본적으로 해체할 뿐 아니라, 개인의 독특한 욕망과 정서가 그를 다른 개인과 구분해 주는 독특한 본질임을 주장한다. 여기서 스피노자의 욕망은 이성의 반대말이 아니다. 스피노자에게 이성의 명령을 따르는 것은 오히려 자신의 욕망을 따라 자신에게 진정으로 유용한 것에 충실한 것이며, 덕(훌륭함)이란 코나투스를 기초로 성립되기 때문이다. 『워더링 하이츠』의 히스클리프는 이러한 스피노자적 욕망 윤리의 고덕적 형상화다. 그는 연민, 친절, 의무 등 선 윤리의 핵심을 이루는 '인간적' 가치들을 노골적으로 경멸하며 캐서린이라는 상실된 대상에 대한 '갈망'(desiderium), 즉 라캉이 말하는 대상a에 대한 욕망 및 자신의 욕망을 좌절시킨 대상들에 대한 '복수'의 정념에 집착하는 인물이다. 하지만 작품은 히스클리프의 엇나간 욕망과 정서를 화자 넬리의 기독교적 선악관이나 린튼 가문의 문명화된 교양을 기준으로 단죄하지 않는다. 대신 히스클리프의 독특한 욕망 및 정서가 어떻게 그의 독특한 본질을 이루는지를 집요하게 보여 주면서, 가령 작품 전체의 화자인 록우드의 세련된 나르시시즘적 속물성이 이해하지 못하는 날것으로서의 그의 욕망을 부각한다. 특히 작품 끝에서 히스클리프가 복수의 의지를 잃고 들뜬 환희 같은 '이상한 변화'와 함께 죽음이라는 '성취'에 다가가는 모습은, 비록 선 윤리에서는 아무 의미도 지니지 못하지만, 스피노자적 욕망의 윤리에서는 핵심적 사건이다. 목사도 애도사도 필요 없는 자신의 장례식, 다른 사람들의 천국이 아닌 오로지 "**나**의 천국"에 다다르고자 하는 히스클리프의 욕망은 "각 개인의 욕망과 다른 사람의 욕망 사이에는 그의 본질과 다른 사람의 본질 간 차이만큼의 거리가 존재한다"(『윤리학』 3부 정리 57의 증명)라는 스피노자적 욕망 윤리의 뛰어난 형상화라 하겠다.

상상력의 덕(훌륭함)과 공통 관념: 픽션의 역량

스피노자의 내재적·일의적 철학을 잇는 들뢰즈가 예술에 대한 글을 많이 남긴 것과 다르게, 스피노자의 경우 오랫동안 '스피노자 미학'이라고 할 만한 게 뚜렷이 없다고 여겨졌다.[30] 또 스피노자를 '계몽주의자' '합리주의자' 혹은 '필연성의 형이상학자'로 규정할 경우,[31] 상상이나 예술, 픽션(문학)에 대한 스피노자의 관심이 보이지 않거나 그의 부정적 견해가 두드러지는 게 사실이다. 그러나 20세기 후반 스피노자의 재소환이 '신체'나 '정서' '욕망' 등에 주목하는 탈근대 혹은 탈주체의 문제의식을 중심으로 진행된 만큼, **그의 '상상론' 그리고 이와 연관된 '공통 관념'의 역할을 자세히 들여다봄으로써 윤리에서 정서 혹은 상상의 자리를 다시 살펴보고, 나아가 '픽션의 역량' 혹은**

---

30 대표적으로 James Morrison, "Why Spinoza Had No Aesthetics"를 들 수 있다. 관련 논의로 김성호, 「미학에 이르는 길: 스피노자와 예술」, 『안과밖』, 43호 참조.

31 스피노자에 대한 이러한 규정은 나름의 정당성을 지닌다. 조너선 이즈리얼이 주장하듯이, 스피노자는 당대 계몽주의의 자장 안에서 계몽사상의 급진적 측면을 예각으로 펼쳐낸다는 점에서 '계몽주의자'라 할 수 있다. 또 스피노자는 인간이 온갖 편견과 가상에 사로잡혀 있더라도 적합한 인식, 즉 이성을 통해 자유로 나아갈 수 있다고 믿는다는 점에서 '합리주의자'이며, 이러한 자유가 신이나 인간의 자유의지가 아니라 사물(물질과 정신) 관계의 필연성에 대한 인식을 통해 이루어진다고 본다는 점에서 '필연성의 형이상학자'이기도 하다. 하지만 이러한 규정들이 스피노자를 온전히 설명하지는 않는다.

'문학이 하는 일'에 대해 새롭게 생각해 볼 수 있을 듯하다.[32] 스피노자는 문학이나 예술에 대한 '구체적' 언급을 거의 남기지 않았으며, 윤리와 미학의 관계에 대한 이론을 정면에 내세우지도 않았다. 하지만 그의 사유에서 상상 혹은 정서가 차지하는 역할, 가령 **인간 인식의 필연적 조건으로서 상상, 혹은 공통 관념(이성)의 발생적 조건으로서 기쁨의 정서** 등은 윤리와 문학(픽션)의 친밀하고 긴요한 관계에 대한 중요한 성찰을 담고 있다.

먼저 스피노자에게 인간의 **상상**은 인간 정신의 인식 능력 중 하나이기보다 인간의 지각 자체이자 인식의 필연적 조건이다. 인간은 외부 물체를 '직접' 인식할 수 없으며, 단지 외부 물체가 내 신체에 남긴 변용의 흔적인 이미지를 통해 일차적으로 인식할 수 있다. 외부 물체와 마주침에서 발생한 내 신체의 변용 및 변용과 동시에 그리고 자동으로 일어나는 관념들이 상상이다. 이때 신체의 변용과 변용 관념에 따라 기쁨이나 슬픔 등의 정서가 발생하는데, 이러한 정서는 신체 활동 역량의 증감 이행을 지시하는 기호 역할을 한다. 다

---

32 '픽션'(허구)은 통상 소설, 문학, 서사 등의 뜻으로 쓰이지만, 그 외연이 넓고 다양하기에 정의하기 까다로운 개념 중 하나이다. 가령 인간 사회를 설명하기 위해 홉스나 루소가 소구하는 '자연 상태'(state of nature)는 일종의 필연적 허구(necessary fiction)라 할 수 있다. 또 유발 하라리가 『사피엔스』에서 호모 사피엔스의 성립과 진화에 결정적인 역할을 했다고 보는 '화폐'나 '국가'(에 대한 믿음) 역시 그가 지적하듯 하나의 픽션(허구)이다. 이 책에서 픽션은 대개 문학이나 소설 혹은 서사(내러티브)의 동의어로 쓰이지만, 앞서 예를 든 광의의 픽션 개념, 즉 인간의 '상상'과 밀접하게 연관된 담론체 역시 염두에 두었다. 영문학계 내에서 '소설'과 '픽션'이 같은 범주의 개념인가라는 문제는 주요 쟁점 중 하나이다. 이와 관련한 흥미로운 연구로 리얼리즘을 픽션(허구)의 기호로 보는 Catherine Gallagher, *Nobody's Story: The Vanishing Acts of Women Writers in the Marketplace 1670-1820* 참조.

시 말해 외부 사물과 마주쳤을 때 나의 신체가 변용되면서 발생하는 관념들의 연쇄가 상상이며, 이때 발생하는 역량 증감의 이행 기호가 정서다. 이렇게 볼 때 인간의 상상은 그가 자신의 외부를 알 수 있는 유일한 경로이자 실정적 인식 조건일 수밖에 없다. 인간은 오로지 외부 사물에 의해 변용된 자신의 신체에 남겨진 흔적(이미지) 및 변용 관념들의 연쇄인 상상을 통해 외부 세계를 알 수 있기 때문이다. 그런데 "우리가 외부 물체에 대해 갖는 관념", 즉 우리의 상상은 "외부 물체의 본성보다 우리 신체의 구성 상태를 더욱 지시"하는 특징을 지닌다(『윤리학』 2부 정리 16의 따름정리 2). 우리의 상상은 외부 사물에 대한 객관적 사실이기보다 우리의 신체나 욕망에 따른 주관적이고 부적합한 관념일 확률이 높은 것이다. 게다가 『윤리학』 2부 정리 35의 주석의 유명한 예가 잘 보여 주듯이, 우리가 태양(외부 사물)과의 거리에 대한 **참된 인식을 지니더라도** "우리 신체가 태양에 의해 변용되는 한" 태양이 200보 떨어져 있다는 **부적합한 상상을 멈추기 어려울 만큼 상상은 그 실재적 힘이 막강한 정신 작용**이기도 하다. 이렇듯 스피노자는 신체, 욕망, 정서와 뗄 수 없는 인간의 상상이 인간 인식의 필연적 조건이자 또 한계로 작용함을 직시한다. 스피노자의 상상론은 인간의 정신 작용에서 상상의 근본적 역할에 주목했던 역사적 사유들—가령 인간 정신 발달에서 상상의 중요성에 주목하는 라캉의 상상계 이론, 이데올로기를 개인이 자신의 실질적 존재 조건과 맺는 '상상적 관계'의 재현으로 규정하는 알튀세르의 이데올로기론, 더 멀리는 인간의 본성을 (이성보다는) 상상과 정서에서 찾으면서

19세기 낭만주의 운동의 철학적 기반이 된 장 자크 루소의 상상론—을 선취한다.[33]

　　흥미롭게도 상상에 대한 스피노자의 논의는 여기서 그치지 않고, '상상의 덕(훌륭함)'에 대한 적극적 사유로 이어진다. 먼저 그는 인간의 상상이 원인은 모르는 채 결과만 주어지는 "부적합하고 혼란스러운 관념"이자 "거짓의 유일한 원인"임을 지적한다(『윤리학』 2부 정리 41, 2부 정리 41의 증명). 하지만 상상이 곧바로 거짓인 것은 아니다. **"정신의 상상은 그 자체로 고려될 경우, 어떤 오류도 포함하지 않기"** 때문이다(『윤리학』 2부 정리 17의 주석). 오류를 낳는 것은 '상상'이 아니라 "현존한다고 상상되는 것들의 실존을 배제하는 관념의 부재(결여)"다. 나아가 그는 "상상 역량"의 "덕(훌륭함)"에 대해 짧지만 핵심적인 지적을 한다. "만일 실존하지 않는 사물을 현존하는 것처럼 **상상하면서 동시에 그 사물이 실제로 실존하지 않음을 알고 있다면**, 정신은 **상상의 역량**을 악덕이 아니라 자신 본성의 **덕(훌륭함)**으로 간주할 것이다. … 특히 이러한 **상상력이 자유롭다면** 더욱 그럴 것이다"(『윤리학』 2부 정리 17의 주석, 강조는 필자). **오류를 낳는 것은 상상 자체가 아니라 상상적 표상이 실재하지 않음을 알려 주는 정신 내 관념의 부재(결여)**이기에, 상상의 자동성을 멈추게 하는 관념, 혹은 상상을

---

33 "상상의 철학자"로서 스피노자를 설명하는 글로는 진태원, 「변용의 질서와 연관: 스피노자의 상상계 이론」, 『철학논집』, 22권 참조. 라캉과 스피노자의 상상론에 대해서는 김은주, 「라캉 주체 개념의 형성과 스피노자의 철학: 인간 경험의 상상적 구조와 욕망의 윤리」, 『철학』, 130집 참조.

상상으로 인식하게 하는 적합한 관념이 존재한다면 상상은 아무 문제가 없다. 문제이기는커녕, 상상하되 동시에 그것이 상상인 줄 안다면 그러한 상상의 역량은 정신의 "덕(훌륭함)"이라고 스피노자는 말한다. 특히 상상력이 "자유롭다면", 즉 상상을 구성하는 "관념들의 연쇄"가 "신체들의 우연적 만남의 연쇄"가 아니라 "지성의 질서"에 따라 이루어진다면, 상상의 역량은 더 큰 덕(훌륭함)이 될 것이다.[34]

상상 역량의 실정적 덕(훌륭함)을 지적한 『윤리학』 2부 정리 17의 주석은, 상상이 인간 인식의 조건이자 한계라는 이해를 넘어, 상상을 기반으로 하는 픽션 혹은 문학의 본성과 역량에 대한 스피노자의 이해를 드러낸다. 픽션 혹은 문학이야말로 스피노자가 언급한, 상상하되 그것이 상상임을 알려 주는 관념이 존재하는(결여되지 않은) 상상, 즉 상상의 질서와 연관이 지성의 질서에 따라 배치될 수 있는 정서적·인식적 공간이기 때문이다. 박기순은 스피노자 사유에서 픽션이 지니는 적극적 역할에 주목하면서 "픽션은 적합한 관념으로서의 상상"이라고 지적한다. 스피노자에게 픽션은 "인간 인식의 한계 [및] 유한성의 표현"이자 **동시에** "인간의 인식 역량의 발현", 즉 "신의 합리적 인식 작용과 다른 인간 고유의 합리적 인식 행위"라는 것이다.[35] 사실 상상과 픽션에 대한 스피노자의 이해는 아리스토

---

34 박기순, 「스피노자에서의 픽션 개념」, 『인문논총』, 56집, 19쪽.

35 앞의 글, 11쪽.

텔레스의 고전적 문학 옹호, 즉 '문학'은 '일어난 일'(사실)이 아니라 '일어날 수 있는 일'(개연성, 허구)을 재현하기에 '역사'보다 더 보편적이고 더 훌륭하다는 『시학』의 주장과 비슷한 맥락을 지닌다. 상상할 수 있되 상상인 줄 아는 상상력과 '일어날 수 있는 일'로서의 허구(픽션)의 보편성은 서로 통하기 때문이다. 다시 말해 아리스토텔레스와 스피노자 모두 상상의 역량이 응축된 문학(픽션)이 오류나 거짓이 아니라 인간 정신의 덕(훌륭함)이 될 수 있는 지점에 주목한다. 상상에 기반하지만 그 상상이 상상(허구)인 줄 알게 하고, 또 상상의 논리를 "지성의 질서"에 따라 배치할 수 있는 정서적·인식적 공간이 문학, 서사, 픽션이 아니면 무엇일까? 부적합한 관념으로서의 상상은 참된 인식만으로는 온전히 교정되지 않는다. 오히려 우리는 "적합한 관념으로서의 상상"인 어떤 픽션을 통해 더 효과적으로 수동적 정념에서 이성적 욕망으로, 나아가 능동적 정서로 나아갈 수 있다.[36]

이러한 상상 역량의 덕(훌륭함), 혹은 "적합한 관념으로서의 상상"과 밀접히 연관된 개념이 스피노자의 '공통 관념'이다. 『윤리학』 2부 정리 37~39에 등장하는 공통 관념은, 들뢰즈가 강조하듯이, 『윤리학』 이전의 저작에는 등장하지 않으며 스피노자의 '이성' 개념 전체를 변형시키고 스피노자주의를 심층적으로 재편하는 핵심 개념

---

[36] 문학비평이 하는 일 중 하나는 '어떤' 픽션이 "적합한 관념으로서의 상상"인지를 분별하고 설명하고 설득함으로써 일종의 언어적·정서적 공동체를 만드는 일일 것이다.

이다.[37] 스피노자적 이성의 실질적 내용이라 할 공통 관념을 들뢰즈를 따라 간단히 정의하자면 "둘 이상의 신체가 이루는 합성의 표상" 혹은 "신체들 간 합치(agreement) 혹은 합성(composition) 관계의 표현"이라 할 수 있다.[38] **공통 관념은 스피노자적 이성의 경험적·형성적·관계적 특징을 잘 보여 준다.** 두 고정된 실체의 유사성에 기반한 공통성이 아니라, 계속 생성 변화하는 개체들 간의 변화하는 관계에서 발생하는 생성의 개념이 스피노자의 공통 관념이기 때문이다. 그렇기에 공통 관념은 적합한 관념이지만 자명한 진리이기보다는 신체적이고 실험적이며, 과정과 배움을 특징으로 한다. 들뢰즈는 공통 관념의 형성적이고 실천적인 측면을 특히 강조한다. 그는 "공통 관념, 즉 우리의 능동적-되기는 배움의 전 과정과 연관된다. 우리는 스피노자주의에 존재하는 이러한 형성적 과정을 간과해서는 안 된다"라며 '공통 관념'과 '배움' 그리고 '능동적-되기'를 적극적으로 연결

---

37 Deleuze, *Expressionism in Philosophy : Spinoza*, p. 292; *Spinoza: Practical Philosophy*, pp. 56~57. 이외에도 여러 곳에서 들뢰즈는 공통 관념이 『윤리학』의 새로운 발견임을 강조한다.

38 *Ibid.*, p. 54. 들뢰즈는 스피노자 철학에서 공통 관념의 중요성을 일찍이 강조한 철학자 중 한 명이며, 공통 관념에 대한 필자의 이해는 들뢰즈의 설명에 많은 빚을 지고 있다. 스피노자의 공통 관념에 대한 자세한 설명은 3부 9장 「사랑의 정서와 스피노자의 공통 관념: 『단순한 이야기』 읽기」의 첫 절 참조. 여기서 공통 관념에 대해 간단히 정리하자면 다음과 같다. 공통 관념은 "신체 간 합치 혹은 합성 관계의 표현"으로서, 가령 내 몸(신체 A)이 바다(신체 B)와 "합치" 혹은 "합성"의 "관계"를 이루면서 "더 큰 역량의 신체"를 형성할 때 발생하는 것이 공통 관념이다. 나는 바다와 공통 관념을 형성해 나가면서 수영을 배울 수 있다. 이러한 공통 관념은 필연적으로 적합한 관념인데, "인간 신체와 … 외부 물체에 공통적이고 또 그것들에 고유한 것이 있다면 … 그것에 대한 관념 또한 정신 안에서 적합하기" 때문이다(『윤리학』 2부 정리 39). 하지만 내 몸(신체 A)이 독버섯(신체 C)을 먹을 경우, 비합치 혹은 불합성되는 관계가 이뤄지며 나는 병이 나거나 죽을 수 있다.

한다.[39] 또 들뢰즈는 공통 관념을 "우리의 역량과 관련된 **실천적 이념**"이라 부르는데, 이는 "공통 관념의 형성 질서가 정서와 관련되며, 어떻게 정신이 정서를 질서 짓고 연관시키는지를 보여 주기" 때문이다.[40]

　　공통 관념이 "정서를 질서 짓고 연관시키는" 작업과 관련되기에 이를 "실천적 이념"으로 볼 수 있다는 들뢰즈의 언급은 스피노자적 이성이라 할 공통 관념이 정서의 대립항으로 존재하지 않음을 잘 보여 준다. 앞서 언급했듯이 스피노자 사유에서 정서는 자유의지로 통제되거나 억제되는 대상이 아니다.[41] 대신 수동적 기쁨을 기반으

공통 관념의 역설은 내가 바다와 합치의 관계를 이룰 때뿐 아니라, 독버섯처럼 "우리를 슬픔으로 변용하는 물체"에 대해서도 그 불합치를 "내적으로" 이해할 경우, 즉 "합치와 불합치의 필연성"을 전체적으로 이해할 경우, 공통 관념을 형성할 수 있다는 데 있다. 자연 전체의 차원에서 "모든 것에 공통적이고 부분이 전체에 동일하게 있는 것은 적합하게 사유될 수 있기" 때문이다(『윤리학』 2부 정리 38). 후자(나와 독버섯)의 공통 관념이 자연의 법칙이나 사물의 이치 등을 가리키는 '더 보편적인 공통 관념'이라면, 전자(나와 바다)의 공통 관념은 나와 외부 물체의 고유한 마주침에서 발생하는 '덜 보편적인 공통 관념'이라 할 수 있다. 즉 스피노자의 공통 관념은 하나의 단일 개념이기보다 일종의 스펙트럼을 이루는 연속적 개념이다. 그런데 우리가 수동적 정념과 부적합한 관념(1종 인식)의 예속에서 벗어나 적합한 관념(2종 인식, 3종 인식)과 능동적 기쁨으로 나아가는 데는 '덜 보편적인 공통 관념'이 '더 보편적인 공통 관념'보다 우선적이고 긴요하다. 우리의 실존 조건을 고려할 경우, 들뢰즈가 지적하듯 우리는 "가장 덜 보편적인 공통 관념, 우리가 형성할 수 있는 최초의 공통 관념에서 출발해야" 하기 때문이다. 그리고 이러한 '덜 보편적인 공통 관념'의 형성에서 기회 원인의 역할을 하는 것이 수동적 기쁨이다.

39　Deleuze, *Expressionism in Philosophy: Spinoza*, p. 288.

40　Deleuze, *Spinoza: Practical Philosophy*, p. 119.

41　진태원 역시 스피노자 철학이 "이성과 정서 사이에 위계 관계나 대립 관계가 성립하지 않음을 함축"함을 지적한다. "이성적 삶을 살아가기 위해서 욕망이나 정서를 억제하는 것이 필요하다"라는 데카르트식의 이성-정서 이분법이 『윤리학』에서 스피노자가 가장 중요한 비판 대상으로 설정하는 관점"일 수 있다는 것이다(진태원, 「스피노자의 『윤리학』: 욕망의 힘, 이

로 공통 관념이 형성되고 여기에서 발생하는 이성적 욕망이 다시 능동적 기쁨으로 이어지면서 공통 관념과 정서 사이에 일종의 주름적 교차 혹은 순환이 일어난다. 비유하자면 스피노자의 공통 관념은 이성과 정서의 이중주와 같다. **이성이라는 인식 능력이 따로 있는 것이 아니라 정서를 발생적 조건으로 이성(공통 관념)이 형성되는 것이다.** 들뢰즈는 「스피노자와 세 권의 『윤리학』」에서 "[정서의] 기호에는 [공통] 개념을 준비하는 동시에 그것을 두 겹/분신으로 만드는 무언가가 있다"라고 언급한다. 또 "[기쁨의 정념]은 공통 관념의 전조, 어두운 전조들"이라고 말하면서, 스피노자의 공통 관념이 정서를 발생적 조건("어두운 전조")으로 삼고 있음을 지적한다.[42] 스피노자 사유의 인식 중심적 혹은 주지주의적 특징에도 불구하고—주지하다시피 스피노자에게 자유란 필연에 대한 인식이다—그의 이성 개념이 정서나 욕망과 단절된 것이 아니며 발생적 차원에서 연결되어 있음을 기억할 필요가 있다.

　　이성과 정서의 두 겹의 관계 혹은 공통 관념의 발생적 조건으로서 정서라는 스피노자의 급진적 사유와 나란히 가는 또 다른 주요한 논의가 스피노자 사유에서 **이성과 상상의 분신 관계**다. 스피노자의 인식론을 다시 한번 정리하자면, 그에게 앎이란 "1종 인식"인 "의견과 상상", "2종 인식"인 "이성" 혹은 "공통 관념", 그리고 "3종 인식"인 "직

　　성의 역량」, 『동서인문』, 9호, 52~53쪽).

42　Deleuze, "Spinoza and the Three *Ethics*", *Essays Critical and Clinical*, p. 144.

관지"로 구성된다(『윤리학』 2부 정리 40의 주석 2). 그런데 대립적인 것처럼 보이는 부적합한 관념의 상상(1종 인식)과 적합한 관념의 이성(2종 인식)은 인식론적으로 단절되어 있기보다 두 겹의 분신 관계를 이룬다. **스피노자적 이성이라 할 공통 관념은 상상과 무관한 별도의 인식 능력이 아니라, 인간 인식의 필연적 조건인 상상에 기반한 혹은 상상과 뗄 수 없는 적합한 관념이기 때문이다.** 물론 공통 관념은 "[외부] 사물과의 우연적 만남"에 따른 "외적"이고 부분적인 상상적 인식과 달리, "많은 사물의 합치, 차이, 대립을 이해"하는 "내적"이고 전체적이고 적합한 인식이다(『윤리학』 2부 정리 29의 주석). 그럼에도 진태원이 지적하듯이 "내적 규정에 따라 이루어지는 인식" 역시 "변용들의 질서와 연관에 대한 지각의 차원에서 이루어지는 상상적 인식"이며 따라서 "내적 인식"으로서 공통 관념(이성)과 상상의 차이는 근본적으로 "동일한 상상적 인식 내부의 차이"라 할 수 있다.[43] 혹은 이 논의를 멀리 밀고 나간다면, 공통 관념은 상상의 논리가 "지성의 질서"에 따라 이루어질 때 발생하는 적합한 관념, 혹은 『윤리학』 2부 정리 17의 주석에 언급된 "자유로운 상상력"의 다른 이름이 아닐까. 들뢰즈 역시 "공통 관념의 형성 조건 자체는 상상에 있다"라거나 "공통 관념의 적용은 이성과 상상, 이성의 법칙과 상상의 법칙 간의 묘한 조화를 함축한다"라고 언급하면서 스피노자 사유에서 이성

---

43 진태원, 「스피노자의 공통 통념 개념 I」, 『근대철학』, 1권 1호, 55쪽.

과 상상이 일종의 분신 관계를 이룸을 지적한다.[44]

  정리하자면 **스피노자의 공통 관념은 정서를 발생적 조건으로 하는 이성, 혹은 상상을 안감으로 하는 겉감으로서 이성**이다. 『윤리학』 4부 제목이 보여 주듯 '정서의 힘'이 '인간 예속'의 근원이라는 스피노자의 진단은 그의 윤리학의 출발점이지만 그의 정서론은 여기서 멈추지 않고 훌쩍 더 나아간다. 정서는 인간의 본질인 욕망(코나투스)의 표현으로서, 비록 인간이 수동적 정서의 힘에 예속될지라도 공통 관념의 형성과 이성적 욕망의 발생을 거쳐 능동적 기쁨(지복)으로 나아갈 수 있는 것이다. 다시 말해 정서는 『윤리학』 5부의 제목인 「지성의 역량 혹은 인간의 자유에 대하여」에서 '지성의 역량'이 곧 '인간의 자유'가 될 수 있는 바탕이다. 마찬가지로 스피노자 사유에서 상상이 부적합한 관념이며 거짓과 오류의 근원이라는 주장 역시 반만 맞는 말이다. 먼저 스피노자는 인간의 상상이 인간 인식의 실정적 조건이자 고유한 한계임을 가장 먼저 주목했던 철학자 중 한 명이다. 나아가 스피노자는 상상하되 상상인 줄 알게 하는 관념이 존재할 경우, 즉 상상의 논리가 신체 변용의 우연한 질서가 아니라 "신체 간 합성과 불합성의 필연성을 이해하게 해 주는" 공통 관념에 따라 이루어질 경우, 상상 역량은 오히려 인간 정신의 역량을 드러내는 덕(훌륭함)임을 명확히 한다.[45] 공통 관념(2종 인식)은 개별 사물

---

44 Deleuze, *Expressionism in Philosophy: Spinoza*, p. 294, 296.

45 *Ibid.*, p. 295.

의 개별 **본질**에 대한 이해인 직관지(3종 인식)와 구분되며, **관계**에 대한 신체적 이해를 기초로 하기에 외부 물체에 대한 상상이 없다면 가능하지 않다. 사물의 '실체'(본질, 형상)에 대한 이해를 이성으로 여겼던 아리스토텔레스 등과 달리, 사물들의 '관계'에 대한 이해를 공통 관념(이성)으로 제시하는 스피노자의 철학은 그만큼 관계 중심적이라 하겠다.

스피노자적 이성이 정서 그리고 상상과 맺는 긴요한 두 겹의 관계는 "적합한 관념으로서의 상상"을 다루는 픽션(문학)이 어떻게 수동적 기쁨을 발판으로 공통 관념을 형성하는 적절한 배움의 장이 될 수 있는지를 설명해 준다. 상상이 인식 오류의 근원인 1종 인식이자 동시에 어떤 덕(훌륭함)이 될 수 있는 양날의 칼이라면, 상상에 기반하되 상상을 상상(허구)으로 알고 있고, 그 상상을 지성의 질서에 따라 배치하면서 욕망과 정서를 환기하는 픽션(문학, 서사)은 상상 역량이 정신의 덕(훌륭함)이 될 수 있는 중요한 언어적 공간이 될 수 있기 때문이다. 상상과 픽션(문학)에 대한 스피노자의 논의는 왜 상상적 허구인 문학이 형식적으로 가능성의 범주에 속하면서도 인간의 정신 활동에서 핵심적 위치를 차지하는지, 나아가 왜 인간이 호모 나랜스(이야기 하는 인간)일 수밖에 없는지를 잘 보여 준다.

이러한 논의를 바탕으로 **3부 8장**에서는 18세기 영국의 대표적 풍자 문학인 조너선 스위프트의 『걸리버 여행기』에서 이성적이고 언어를 지닌 말(馬)인 후이늠(Houyhnhnm)의 세계가 어떻게 스피노자의 내재적이고 일의적인 세계의 일그러진 거울 공간으로 나타나는지를 살펴본다. 후이늠의 '이성적' 세계를 스위프트의 유토피아적 비전이 아니라 당대 이신론(deism)에 대한 풍자로 보는 비평가들은 스위프트가 후이늠이라는 표상을 통해 당대의 대표적 이신론자 혹은 무신론자로 거론되던 스피노자를 간접적으로 비판한다고 주장한다. 근대성에 대해 비판적이던 스위프트가 '급진적 계몽주의'의 핵심에 있는 스피노자를 달가워하지 않았을 확률은 높다. 하지만 『걸리버 여행기』 4부에서 풍자하는 대상이 스피노자의 이신론 혹은 이성 중심주의라고 말하기는 어렵다. 사실 후이늠은 정서를 가지고 있지 않고 또 이성이나 덕, 자연을 핵심 가치로 삼는다는 점에서 동시대인들이 이해했던 스피노자의 이신론 혹은 무신론과 언뜻 비슷해 보인다. 하지만 후이늠의 세계는 스피노자의 사유로부터 한참 멀리 떨어져 있다. 우선 스피노자의 '이성'이 수동적 정서와 부적합한 관념으로부터 공통 관념을 형성해 나가는 '역량'임에 반해, 후이늠의 이성은 실질적 내용이 부재하는 '초월적 일자성'의 공허한 '기표'일 뿐이다.[46] '덕'의 개념도 사뭇 다르다. 스피노자의 덕은 인간의 본질인 욕망에 기초한 역량이며 자신에게 진정으로 유용한 것을 추구하는 스피노자적 이성의 요구에 따르는 것이다. 반면 후이늠은 스피노자 사유에서 부적합한 관념이라 할 선악 이분법을 덕의 이름으

---

46 일자성(Oneness)과 일의성(Univocity)은 언뜻 비슷해 보인다. 그러나 '일자성'이 플라톤의 이데아나 신플라톤주의의 일자, 기독교의 유일신처럼 초월성과 재현·모방의 위계성을 특징으로 한다면, 반대로 '일의성'은 존재와 존재자가 같은 의미로 말해진다는, 즉 존재론적으로 동일한 의미를 지님을 함축하며, 내재성, 평등성, 다양성 등을 특징으로 한다.

로 견지하며, 자신을 선의 위치에 두고 야후(Yahoo)를 악에 귀속시키면서 절대적 타자로 만든다. 또 서사가 진행될수록 '악'이나 '병'이 없다는 후이늠랜드(Houyhnhnmland)에 사실 악의 개념과 명칭이 있고 또 "야후의 악"이라 불리는 병이 존재하는 등 후이늠의 위선적 이중성이 드러난다. 나아가 스피노자의 세계가 생성과 변화의 세계, 즉 무한한 생산의 역량을 본성으로 하는 신과 이의 변용인 다양한 양태들이 이루는 천변만화의 세계라면, 후이늠의 세계는 생성도 변화도 없는 정태적 세계, 욕구와 정서와 상상이 없고 독특한 본질을 지닌 독특한 개체가 없으며, 따라서 사건이 없고 픽션(개연성)이 없는 세계라는 점에서 대조된다. 이렇듯 정태적인 후이늠랜드에 "놀라운 야후"인 걸리버가 떠내려오는 사건이 일어나지만, 그가 야후들의 반란 우두머리가 될 것을 두려워하는 후이늠에 의해 추방된다. 이 과정에서 후이늠랜드가 '자연의 완벽함'을 뜻한다는 '후이늠'뿐 아니라 이면에서 이를 가능하게 하는 악과 병의 기호인 '야후'의 이중 구조로 이루어진 후이늠-야후랜드임이 암시된다. 『걸리버 여행기』는 야후의 억압된 '부재'를 구조적 조건으로 하는 후이늠의 일자적 세계를 통해 스피노자의 내재적이고 일의적인 세계에 대한 왜곡되고 비틀린 거울 공간을 인상적으로 제시한다.

　　3부 9장에서는 이 책의 다른 소설보다 상대적으로 덜 알려졌으나 영국 소설사에서 그 중요성이 더해 가는 18세기 말에서 19세기 초의 여성 작가 엘리자베스 인치볼드의 『단순한 이야기』를 읽는다. 9장에서는 먼저 스피노자 사유에서 공통 관념이 차지하는 핵심적 역할을 들뢰즈의 경험주의적 해석을 토대로 검토한 후, 공통 관념과 사랑이라는 정서의 관계를 살펴본다. 앞서 말했듯이, 스피노자의 공통 관념은 둘 이상의 신체 간에 '합치'되는 비(比)/관계(relation/rapport)의 표현이며, 필연적으로 적합한 관념이다. 특히 '덜 보편적인 공통 관념'은 수동적 정념과 부적합한 관념에서 시작해야 하는 인간이 최초로 형성하는 적합한 관념이기도 하다. 여기서 '기쁨'의 정서는 '덜 보편적인 공통 관념' 형성의 기회 원인이 되는데, 공통 관념이 기쁨에서 비롯된다는 것은 스피노자 사유에서 정서와 이성이 모순된 것이 아니며 오히려 발생적 관계를 이룸을 보여 준다. 그런데 '덜 보편적인 공통 관념'이 기쁨에서 시작된다면, "외부 대상의 관념을 동반하는 기쁨"(『윤리학』 3부 정리 13의 주석)인 사랑만큼 공통 관념과 밀접히 연관된 정서도 없을 것이다. 사랑이란 정서의 핵심은 외부 대상으로 인한 기쁨이고, 기쁨은 공통 관념의 마중물 역할을 하니 말이다. 『단순한 이야기』의 전반부를 이루는 밀너 양과 도리포스의 이야기는 이들이 사랑의 기쁨으로 '덜 보편적인 공통 관념'을 형성하는 과정, 즉 자신의 경계를 허물고 열어 상대와 합치되는 비/관계를 형성하면서 제3의 무엇으로 나아가는 과정을 섬세하게 묘사한다. 하지만 두 연인이 형성해 가던 '덜 보편적인 공통 관념'은 둘 사이의 불합치 관계에 대한 내적 이해라 할 '더 보편적인 공통 관념'으로 나아가지 못한 채 파국을 맞는다. 이들의 딸인 머틸다가 등장하는 작품 후반부는 슬픔으로 인해 공통 관념을 형성하기 어려운 경우 스피노자가 제시하는 차선책, 즉 "올바른 삶의 원칙"을 자신의 "상

스피노자로 영국 소설 읽기

상"에 새기고 따르는 방식으로 삶을 버티는 이야기가 전개된다. 슬픔의 정념에서는 '덜 보편적인 공통 관념'이 나오기 어렵다. 하지만 슬픔의 조건에 처한 사람은 또 거기에 맞게, 즉 어떤 "올바른 원칙"을 붙들고 그 원칙에 맞춰 자신의 상상을 변용시키는 방식으로 작가가 말한 "역경의 학교"에서 배울 수 있다. 엄마와 딸의 사뭇 다른 인생 이야기가 펼쳐지는 『단순한 이야기』를 통해 우리는 사랑의 정서와 공통 관념의 친밀한 관계, 그리고 '덜 보편적인 공통 관념'과 '더 보편적인 공통 관념'의 역동적 관계를 확인할 수 있다.

　　3부 10장에서는 스피노자의 '공통 관념'이 함축하는 생성과 형성의 측면이 들뢰즈의 '배움' 개념과 연결됨을 살펴보고, 19세기 영국의 대표적 교양 소설(Bildungsroman)인 제인 오스틴의 『오만과 편견』을 '스피노자-들뢰즈적 배움'을 담지하는 성장 서사로 읽는다. 스피노자-들뢰즈적 배움은, 문제적 개인의 성숙 및 개인과 사회의 화해에 중점을 두는 루카치적 교양 소설과는 좀 다른 맥락에서, 한 개인이 배움을 통해 성장한다는 것이 어떤 의미이며 왜 지금 여기에서 성장 서사가 여전히 중요한지를 상기시킨다. 스피노자의 『윤리학』에서 '배움'과 '성장'의 문제는 예속을 벗어난 자유로운 삶이라는 그의 윤리적 기획에서 빼놓을 수 없는 요소이며, 자유로 가는 이러한 길에서 그의 경험적·실천적 사유가 배어 있는 '공통 관념'은 핵심적 역할을 한다. 들뢰즈가 『스피노자와 표현 문제』, 『차이와 반복』, 『프루스트와 기호들』에서 펼치는 '배움'에 대한 논의는 여러 가지 면에서 스피노자의 공통 관념과 연결된다. 그는 스피노자의 '공통 관념'과 데카르트의 '진리대응설'(대상-관념의 일치로서 진리)을 '배움'과 '앎'으로 재공식화하면서, 두 개념 사이의 본질적 차이를 세밀하게 구별한다. 배움이 '문제(제기)'라면, 앎은 '해'(解)다. 배움과 앎은 의미론적으로 비슷해 보이지만 사실 이 둘은 문제와 해의 차이만큼이나 다른 것이다. 『오만과 편견』은 엘리자베스와 다아시가 여러 마주침을 통해 서로 '합치'되는 비/관계 즉 공통 관념을 형성하고 그 과정에서 자신의 오만을 깨우쳐 간다는 점에서 스피노자-들뢰즈적 배움의 서사라 할 수 있다. 그런데 소설(픽션) 내에서 인물들이 형성하는 공통 관념뿐 아니라, '독자'가 작품의 '인물' 혹은 작품의 '화자'와 함께 형성해 가는 공통 관념 역시 소설 읽기에서 발생하는 스피노자-들뢰즈적 배움의 핵심적인 측면이다. 소설(픽션)을 읽을 때 발생하는 독자와 인물 혹은 독자와 화자 사이의 '공통 관념' 즉 독자의 독특한 '배움'은, '감정이입'이나 '동일시'와는 또 다른 소설 읽기의 독특한 기제이자, 소설 혹은 문학이 다른 무엇과 대치되기 어려운 배움의 공간임을 잘 보여 준다. 소설(픽션)은 스피노자가 말한 바 인간 인식의 필연적 조건이자 한계인 상상을 적극적으로 활용하되 동시에 상상을 상상인 줄 알고, 또 지성의 질서에 따라 상상을 질서 짓고 연관시키면서 상상력의 덕(훌륭함)을 구현하는 언어적 공간이기 때문이다.

1부

'신 즉 자연'

스피노자와 존재의 일의성

2장

초월적 섭리의 신과 스피노자의 '신 즉 자연'

『로빈슨 크루소』의 이중 리듬

"실존하는 것은 어느 것이나 모든 사물의 원인인
신의 역량을 일정하고 규정된 방식으로 표현한다."

—스피노자, 『윤리학』 1부 정리 36의 증명

"… 이에 덧붙여 지적한다면 이 작업들 사이사이에 새로 추수하고 밭을
갈아야 했고, 철에 맞게 곡식을 거둬들이고 집으로 무사히 가져오고 대용량
광주리들에다 이삭째로 쌓아 뒀다가, 이것을 타작할 바닥이나 타작할 도구가
없었기에 시간이 나는 대로 알곡을 비벼 내는 일 등을 했다."

—대니얼 디포, 『로빈슨 크루소』

"로빈, 로빈, 로빈 크루소, 가엾은 로빈 크루소,
어디 있니, 로빈 크루소, 어디에 있는 거니?"

—대니얼 디포, 『로빈슨 크루소』

초기 영국 소설의 혼종성과 『로빈슨 크루소』

대부분의 초기 영국 소설처럼 대니얼 디포의 『로빈슨 크루소』는 모
험 이야기, 영적 자서전, 식민주의 서사 등 이질적 형식들이 섞여 있

는 혼종성(hybridity)을 특징으로 한다. 먼저 『로빈슨 크루소』는 무인도에 난파된 백인 남성 로빈슨 크루소가 여러 물리적·정신적 어려움을 극복하고 섬에서 28년간 살아남은 후, 유색인종 프라이데이를 유럽으로 데리고 돌아오는 "이상하고 놀라운 모험"(Strange Surprising Adventures) 이야기다.[1] 무인도에 내던져진 한 개인이 홀로 거대한 자연과 대면해 자신의 기지와 인내로 자연을 '정복'하면서 생존하는 과정의 생생한 묘사는 『로빈슨 크루소』를 발간 즉시 인기작으로 만들면서 전 세계로 퍼트렸다. 이는 또 이 소설이 아동 문학 버전으로 지금까지 누리는 인기의 주요 비결이자, 장 자크 루소가 에밀의 교육—유해한 문명사회에서 비켜나되 남성적 호연지기를 기르는 교육—에서 오직 『로빈슨 크루소』만을 읽도록 허락한 이유이기도 하다. 나아가 이언 와트가 소설의 '발생'에 『로빈슨 크루소』를 두는 이유 중 하나인 "개인주의" 역시 생존과 개척의 가치가 중요한 '모험 이야기'라는 작품의 성격과 무관하지 않을 것이다. 다른 한편 『로빈슨 크루소』는 1960년대 이후 줄곧 '영적 자서전'(spiritual autobiography)으로 읽혀 왔다. 영적 자서전은 성 아우구스티누스의 『고백록』을 비롯해 존 번연의 『천로역정』 등으로 이어지는 기독교, 특히 프로테스탄티즘의 중요한 문학 형식으로, 신을 떠나 죄의 길에서 헤매던 화자가 어떻게 온갖 방황 끝에 신실한 기독교인으로 거듭났는지를 고

---

1   『로빈슨 크루소』의 원제는 *The Life and Strange Surprising Adventures of Robinson Crusoe of York, Mariner.*

백하는 형식을 지닌다. 회고적 시점에서 자신을 "진정으로 뉘우치는 돌아온 탕아"(a true repenting Prodigal, *Robinson Crusoe* 9)로 규정하는 로빈슨은 아버지의 명령을 어기고 배를 탔다가 무인도에 난파된 후 『성경』을 읽고 거듭남을 경험한다는 점에서 영적 자서전의 주인공이라 할 수 있다.

또 『로빈슨 크루소』에는 타자에 대한 배타와 정복의 식민주의 정신이 짙게 드리워져 있다.[2] 모험 소설, 특히 미지의 땅에 대한 모험 이야기는 주로 우월한 서양인 주인공이 열등한 원주민들을 정복하고 지배하는 식민 서사와 함께 가는 경우가 빈번하다.[3] 나아가 식민주의적 모험 서사가 종교적 배타성 및 우월성과 결합하는 경우, 주인공이 믿는 신을 믿지 않는 원주민 타자에 대한 경멸과 지배는 신의 이름으로 정당화된다. 여기서 주인공과 원주민의 '종교적 차이'는 민족, 인종, 문화, 언어 등 모든 면에서 그들의 '존재론적 위계 차이'로 손쉽게 전환된다. 『로빈슨 크루소』는 한 백인 중산층 남성이 난파된 무인도에서 만난 원주민을 프라이데이(금요일이)로 명명한 후 자신의 '하인'으로 삼는 이야기이기도 하다. 흥미로운 것은 작품의 명백히 식민주의적 성격에도 불구하고 『로빈슨 크루소』가 오

---

2 『로빈슨 크루소』에 대한 탈식민주의적 비평으로는 다음 참조. Peter Hulme, *Colonial Encounters: Europe and the Native Caribbean 1492-1797*; Brett McInelly, "Expanding Empires, Expanding Selves: Colonialism, the Novel, and *Robinson Crusoe*", *Studies in the Novel*.

3 모험 이야기와 식민 서사의 밀접한 관계에 대해서는 다음 참조. Michael Nerlich, *Ideology of Adventure: Studies in Modern Consciousness, 1100-1750*.

히려 비서구권에서 식민주의에 대항하는 모험과 개척의 서사로 수용되어 온 역사다. 일례로 최남선은 1909년『소년』에『로빈슨 크루소』를『로빈손무인절도표류기』라는 제목으로 부분적으로 번역·소개하면서, 잡지의 창간 정신을 대표하는 서양 문학으로 내세운다. 일본의 식민주의를 극복하고 자국 소년들의 모험심을 고취하기 위해, 로빈슨의 모험을 타자를 정복하는 '제국'의 모험이 아닌, 자연을 개척하고 정복하며 독립심을 고취하는 '개인'의 모험으로 내세우는 것이다. 이러한 전치(displacement)는 구한말 조선뿐 아니라 비슷한 상황에 있었던 20세기 초 청나라의 경우도 마찬가지였다.[4]『로빈슨 크루소』는 역사적 흐름과 함께 예기치 못한 방향으로 다양하게 분기·수용되었으며, 이는 언뜻 모순된 여러 내용들이 뒤섞여 있는 초기 소설의 특징적 혼종성에 부분적으로 기인한다.

　2장에서는『로빈슨 크루소』의 이러한 혼종적 특징을 염두에 둔 채, 기독교(프로테스탄티즘)적 섭리의 신과 더불어 스피노자의 "신 즉 자연"이 작품의 독특한 이중 리듬을 이루면서 의미를 형성해 나가는 방식을 살펴보려 한다.[5] 점증하는 기후 위기 및 지구 생태계 복원력의 유한성과 인간 중심주의의 폐해에 대한 체감 지수가 치솟는 현시점에서,『로빈슨 크루소』에서 펼쳐지는 무인도의 대자연, 로빈

4　잡지『소년』에 실린 최남선의『로빈손무인절도표류기』가 식민주의와 관련해 지니는 의미에 대해서는 다음 참조. Eun Kyung Min and Hye-Soo Lee, "The Boy and the Sea: Translating *Robinson Crusoe* in Early Twentieth-Century Korea", *Robinson Crusoe in Asia*.

5　"신 즉 자연"이라는 표현은『윤리학』4부의 서문에 처음 등장한다.

슨 같은 인간 하나가 아무리 총을 쏘아 대고 자신을 섬의 왕이라 여기며 잘난 척 해 봤자 이에 개의치 않고 자신의 리듬대로 유구히 변용하며 흘러가는 대자연의 존재는 서사의 단순한 배경이 아니라 소설의 의미를 좌우하는 요소로 다가온다. 한편으로 『로빈슨 크루소』는 '기독교적 신의 섭리'를 강조하는 '영적 자서전'으로서 목적론적이고 초월적인 신을 서사의 중심에 놓는다. 하지만 다른 한편 이 작품은 스피노자가 말하는 '신 즉 자연', 즉 자신의 본성에 따라 무한히 많은 만물과 그 관념을 생산하는 '능산적 자연' 그리고 그 결과이자 능산적 자연과 내재적 관계를 이루는 '소산적 자연'을 배경으로 전개된다.

『로빈슨 크루소』는 화자가 의식적으로 소구하는 기독교적 섭리의 신 그리고 그런 화자를 포함해 (소산적) 자연으로 자신을 생산하고 표현하는 (능산적) 자연인 스피노자적 신이 간접적으로 대결하면서 이중 리듬을 펼쳐 보이는 독특하고 혼종적인 서사다. 나아가 이러한 신들의 대결은 모순되어 보이는 두 로빈슨의 묘한 공존이라는 작품의 또 다른 이중 리듬과도 연결된다. 초월적 신의 이름으로 자연과 원주민을 정복·지배하는 로빈슨이 한편에 있다면, 자신의 코나투스, 즉 "자신의 실존을 지속하기 위한 노력"(『윤리학』 3부 정리 7)에 따라 자연의 리듬에 맞추어 노동하면서 활동 역량과 이해 역량을 늘려 가는 로빈슨이 다른 한편에 있는 것이다. 기존 비평에서 로빈슨의 노동과 생산은 대개 프로테스탄티즘적 맥락이나 마르크스의 노동 가치 관점에서 설명되었다. 그런데 무인도에서 로빈슨의 활동은 끊임없이 생산하고 생산되는 자연을 배경으로 하며, 로빈슨의 서사는 인간과 자연의 관계가 상대적으로 '직접적인' 독특한 상황에서 전개되는 '코나투스와 역량의 서사'이기도 하다. 작품에서 자연은 한편으론 주인공이 정복하고 소유하면서 발아래 두는 대상이지만, 다른 한편 그래 봤자 그런 오만한 인간마저 자신의 '양태'로 펼쳐내면서 무한히 생산하고 생산되는 스피노자적 '실체'로 존재한다. 마찬가지로 로빈슨 역시 한편으로는 자연을 정복하고 지배하는 제국주의적 자아를 드러내지만, 다른 한편 자연과 합을 맞추면서 필요한 것들을 만들고 그 과정에서 자연의 이치를 파악하며 활동 역량과 이해 역량을 증진해 나가는 모습을 보인다. 작가 디포가 스피노자를 읽었다는 역사적 증거는 찾아보기 어렵다. 그럼에도 『로빈슨 크루소』의 혼종적 서사를 스피노자적 관점에서 읽을 수 있다면, 그것은 제국주의적 서사로 온전히 환원되지 않는 지점에 정복하는 근대적 자아마저 자신의 양태로 감싸는 소진되지 않는 자연이 있기 때문이다.

이를 위해 먼저 스피노자의 '신 즉 자연' 개념이 담지하는 '존재의 일의성'의 사유를 신(실체)과 만물(양태)의 관계 및 표현, 역량 등에 대한 들뢰즈의 해석을 중심으로 살펴보려 한다. 『윤리학』 1부에서 전개된 실체-속성-양태의 일의적 존재론은 4부의 서문에서 "신 즉 자연"이라는 간명한 어구로 정리되지만, 표현의 단순성과 달리 이 어구는 오랜 철학사적 배경을 지니며 그런 만큼 복잡한 의미를 띤다. 두 번째 절에서는, 자신의 본성에 따라 무한히 많은 것들을 무한히 많은 방식으로 생산하는 스피노자의 신(즉 자연)을 배경으로, 생존을 넘어 부지런히 만들고 배우는 로빈슨의 노동을 스피노자적 역량의 존재론 관점에서 읽는다. 무인도에 난파된 로빈슨은 『성경』을 읽고 회심한 후 초월적 신의 섭리에 의지하지만, 실질적으로 서사를 이끌어 가는 힘이자 서사의 주된 사건은 그가 자신의 코나투스에 따라 물질적·정신적으로 생존해 가면서 실존 역량과 이해 역량을 늘려 가는 과정이다. 그 과정에서 독자는 무인도의 로빈슨에게 긴요했던 것이 그를 '구원'하는 초월적 신뿐 아니라 그의 부재(죽음)를 의미 있는 사건으로 만들어 주는 '타자', 즉 스피노자적 실체(신)의 변용인 양태라는 것 또한 알게 된다.

스피노자의 존재의 일의성: "신 즉 자연"

『윤리학』 1부에서 전개되는 스피노자의 존재론은 '존재의 일의성', 즉 '실체'(신)와 '양태'(만물)는 본질적 차이에도 불구하고 공통의 형식인 '속성'을 통해, 동일한 양상으로는 아니지만 동일한 의미로 말해지는 일의적·내재적 관계를 이룬다는 사유를 요체로 한다. 스피노자의 **실체**가 절대적으로 무한한 존재 즉 신이라면, **양태**는 인간을 비롯해 실체(신)를 제외한 모든 존재자를 지칭하며, **속성**은 실체의 본질을 구성하고 양태로 자신을 표현하는 실체와 양태의 공통 형식이다. 신은 무한히 많은 속성을 지니지만 인간이 알 수 있는 속성은 연장속성과 사유속성 두 가지다. 들뢰즈에 따르면, 둔스 스코투스,

니체 등과 함께 철학사 내 '소수 전통'을 이루는 스피노자의 일의적 존재론은 신과 만물이 존재론적으로 같은 차원에 있다는 급진적 주장을 담고 있다.[6] 일의성의 존재론은 중세 신학의 주류 담론이었던 '존재의 다의성', 즉 창조주와 피조물의 초월적 단절과 위계적 질서를 거부하고, 신이나 인간이나 길가의 풀 한 포기나, 모든 존재자는 공통의 속성을 지님을 주장한다. 초월적이고 전지전능한 절대자에 대한 숭배 대신, '만물에 불성이 있다'라거나 '길가의 풀 한 포기에도 신성이 깃들어 있다' 등의 불교나 도교의 대중적 언표로도 번역될 수 있는 스피노자의 존재론은, 이찬웅이 지적하듯, "모든 초월적 존재자에 대한 전투"를 수행한다.[7] '무신론자'부터 '신에 취한 자'까지 스피노자 수용사에서 확인되는 그의 모순적 이미지는 신과 (인간을 포함한) 만물의 관계에 대한 그의 일의성 내지 내재성의 사유가 얼마나 급진적이고 소수자적인 것인지를 잘 보여 준다. "신 즉 자연"으로 대표되는 스피노자적 신은 밋밋한 범신론이 아닌 존재의 일의성의 급진적 사유를 담고 있다.

초월적 존재론에 대한 스피노자의 비판은 우선 초월적 신이 인간이 자신들의 필요에 따라 만들어 낸 인간 중심주의적이고 목적론적인 상상의 산물이라는 점이 핵심이다. 나아가 그러한 신을 믿는 종교가 인간을 자유롭게 하는 대신 슬픔을 필요로 하는 사제와 군주

---

6 Gilles Deleuze, *Difference and Repetition*, pp. 39~42.

7 이찬웅, 『들뢰즈, 괴물의 사유』, 8쪽.

의 통치 이데올로기로 이용된다는 점을 강조한다. 스피노자는 특히 신이 '자유의지'를 가지고 만물을 창조했다는 기독교의 창조설에 정면으로 맞선다. "신은 자유의지에 따라 작용하지 않는다"(『윤리학』 1부 정리 32의 따름정리 1). 들뢰즈에 따르면 이러한 신 개념은 신의 **특성**인 형용사적 '특징'(propria)과 신의 **본성**을 구성하는 동사적 '속성'(attribute)을 착각한 결과다. 초월적 신의 고유한 특성으로 꼽히는 세 가지 특징―무한하고 전지전능한 존재(완전성), 만물의 근원이자 섭리의 존재(신과 피조물의 관계), 가장 선하고 자비롭고 정의로운 존재(도덕성)―은 신의 '본성'이라기보다 신이 지니는 외생적이고 형용사적인 '특성'일 뿐이다. 신의 본성은, "우리가 그 본성을 알지 못하는 신을 섬기도록 우리의 상상력에 새겨진" 이러한 특징이 아니라, 신(실체)의 본질을 구성하고 만물(양태)의 본질을 함축하는 '속성'에 있다.[8] 그렇다면 스피노자적 신의 '속성'은 무엇인가? 스피노자에게 신(실체)의 속성은 전지전능한 존재의 최고선(善)이나 섭리가 아니라, 놀랍게도 모든 만물(양태)이 함축하는 '연장속성'(신체의 양태로 표현)과 '사유속성'(정신의 양태로 표현), 그리고 우리가 모르는 무한한 속성들에 있다. 신의 본성을 구성하는 속성은 인간이 넘보지 못하는 어떤 '탁월함'(eminence)이 아니다. 신 역시 모든 양태(만물)와 똑같이 물질로 이루어져 있고(연장속성), 생명-정신 작용이 있으며(사유속성), 그것이 신의 본성인 것이다(물론 신은 인간이

---

8 Deleuze, *Expressionism in Philosophy: Spinoza*, p. 51.

모르는 무한한 속성을 지닌다). "신 즉 자연"이라는 일의적 존재론은 자연의 질료성(연장속성)과 자연의 법칙(사유속성)이 경험적 현상계일 뿐 아니라, 이 같은 현상계로 자신을 펼쳐내고 표현하는 신의 속성임을 함축한다.

신의 본질이 전지전능함이 아니라 연장속성과 사유속성을 포함한 무한한 속성들에 함축되어 있다는 스피노자의 주장은 신에 대한 파격적 이해일 뿐 아니라 만물의 본질, 나아가 신과 만물의 관계에 대한 급진적 이해를 바탕으로 한다. 신의 본질을 구성하는 속성을 양태의 본질이 또한 함축하며, 이러한 속성이라는 공통 형식을 통해 신(실체)과 만물(양태)이 존재의 일의성을 이루기 때문이다. 그런데 신과 만물이 같은 목소리(의미)로 말해진다는 존재의 일의성을 논할 때 조심해야 할 점이 있다. 그것은 신(실체)과 만물(양태)이 '속성'이라는 '공통 형식'을 갖지만, 각각의 '본질'에서는 구별된다는 점이다. "스피노자는 피조물과 신의 형식의 동일성을 긍정하지만, 본질의 혼동은 금한다"라거나 "피조물이 본질과 실존에서 신과 다르다는 것과 신이 피조물과 공통적 형식을 가진다는 것을 **동시에** 말한다는 것은 전적으로 옳다"라는 들뢰즈의 언급에서 드러나듯이, 속성은 실체의 본질을 구성하고 양태의 본질에 함축되나 여전히 본질과는 구분되는 일종의 형식이다.[9] 다시 말해 실체와 양태가 연장속성과 사유속성의 공통 형식을 지닌다는 것만큼 각각의 본질이

9   *Ibid.*, pp. 47~48.

판이하다는 것 역시 스피노자의 일의적 존재론에서 핵심적이다. 실체는 자기원인이자 만물의 원인으로서 자신의 본성의 필연성에 의해서만 실존하고, 그 실존과 본질은 동일하다. 반면 실체의 표현인 양태는 스스로 존재할 수 없고 다른 양태들에 의해 지속적으로 변용되며, 본질이 실존을 함축하지 않기에 근본적으로 수동적 존재다. 이 지점에서 스피노자의 존재론은 애니미즘이나 여타 종교적 범신론과는 다른 엄밀한 층위에 놓이게 된다.

그럼에도 『윤리학』 1부의 핵심 정리들, 가령 "신의 본성으로부터 필연적으로 무한하게 많은 것들, 곧 무한 지성 아래 들어올 수 있는 모든 것이 무한하게 많은 방식으로 따라 나와야 한다"(『윤리학』 1부 정리 16)나 "개별 사물들은 신의 속성의 변용들, 즉 신의 속성을 특정하고 규정된 방식으로 표현하는 양태들이다"(『윤리학』 1부 정리 25의 따름정리), 혹은 "신은 모든 사물의 내재적 원인이지 타동적 원인이 아니다"(『윤리학』 1부 정리 18) 등의 방점은 역시 실체와 양태의 관계가 일의적이고, 내재적이며, 표현적이라는 데 있다. 들뢰즈는 이렇게 본질적으로 다르면서 동시에 공통 형식(속성)으로 연결되는 스피노자의 실체-속성-양태의 관계를 "기호"(sign)와 구별되는 "표현"(expression)으로 설명한다. 실체는 속성을 통해 자신의 본질을 "표현"하고, 양태는 속성의 본질(변양)의 "표현"인 것이다. "표현"의 관계는 "펼침/설명"(explication)과 "함축/포함"(implication)으로도 설명되는데, 이때 펼침과 함축은 "반대항이 아니라 표현의 두 측면을 지시"하며 실체-속성-양태의 다르면서도 같은 관계, 포함하면서도 완전히 겹치지는 않는 "주름" 같은 관계를 드러낸다.[10] 천지 만물은 신의 표현이며, 신은 천지 만물의 생산으로 자신을 펼쳐내고 표현한다. 즉 능산적 자연과 소산적 자연은 내재적이고 표현적 관계를 이루며 들뢰즈가 말한 바 '일의성의 평면'을 구성한다.

그런데 들뢰즈나 마트롱 등 소위 '역량론자'들이 강조하듯이, 스피노자의 실체-속성-양태의 표현적 관계 혹은 함축과 펼침의 관계만큼 중요한 것이 속성이 지니는 '역량'(potentia/power)의 측면, 즉 연장속성과 사유속성의 **동사적** 성격이다.[11] 스피노자적 신은 부동자(不動者)가 아니라 자신의 본성, 즉 필연성에 따라 실존하는 대로 무한히 만물을 생산하고 또 이해하는 대로 무한히 관념을 생산하는 존재이기 때문이다. 따라서 **만물이 신의 본질을 부분적으로 표현하고 생산해 내듯이, 신 역시 만물의 생산이 아니고서는 자신의 본성을 표현하지 못한다.** "신의 역량은 신의 본질 그 자체"(『윤리학』 1부 정리 34)이며, 양태는 "신의 본질… [즉] 신의 역량을 특정하게 규정된 방식으로

---

10 *Ibid.*, p. 13. 들뢰즈가 설명하듯 스피노자의 '표현' 혹은 '펼침과 함축'의 사유는 르네상스기까지 많은 영향을 끼쳤던 신플라톤주의(유출론)를 창조적으로 잇는다. 덧붙여 들뢰즈 사유 전체를 두고 볼 때 '기호'와 '표현'이 반드시 대립적 의미를 지니는 것은 아니라고 할 수 있다. 들뢰즈 철학에서 기호와 표현의 관계에 대해서는 서동욱, 「들뢰즈의 문학론은 일관성을 가지고 있는가?: 프루스트론과 카프카론을 중심으로」, 『현상학과 현대철학』, 38집 참조.

11 '역량'은 『윤리학』의 언어인 라틴어 **potentia**의 번역어다. potentia는 '잠재적 힘, 역량'을 의미하는 반면, 비슷한 의미의 라틴어 **potestas**는 '현행적 힘, 권력'을 의미한다. 불어로 전자는 **puissance**, 후자는 **pouvoir**로 번역되면서 의미 차이가 명백히 구별되는 반면에, 영어로는 potentia와 potestas 모두 **power**로 번역되어 혼동의 여지가 있다. 스피노자 사유에서 potentia는 잠재적 역량, potestas는 현실적 힘(권력)을 지칭한다는 점에서 세밀히 구별될 필요가 있으며, 스피노자의 '역량의 존재론'은 '잠재성의 존재론'이기도 하다.

표현"(『윤리학』1부 정리 35의 증명)하는 것이다. 스피노자의 신은 현상계와 동떨어진 채 섭리를 주관하는 초월적 신이 아니다. 그 신은 천변만화하는 만물을 생산하는 능산적 자연이자 그 결과로 표현된 소산적 자연으로서, 신과 만물이 각각의 원인이자 결과가 되는 내재적 관계를 이룬다. 그리고 이때 자연은 물리적 자연(연장속성)뿐 아니라 자연의 필연적 법칙(사유속성)을 의미한다. 두 측면 모두에서 신은 자신의 본성에 따라 무한히 많은 방식으로 무한히 많은 것들을 생산하는 것이다. 다시 말해 스피노자의 존재론에서 필연성에 의해 만물을 생산하는 원인인 신과 그 결과로 무한히 생산되는 만물은 일의적·내재적 인과관계를 이루며, 이러한 인과관계의 다른 이름이 곧 자연이다.

역량의 존재론: 인간의 노동과 타자의 존재

『로빈슨 크루소』는 인간의 흔적이 없는 자연에 내던져진 한 개인이 고군분투하며 생존하는 독특한 상황 설정을 통해, 주체를 섭리 안에서 인도하는 '초월적 신'과 자신이 실존하는 대로 만물을 생산하는 '스피노자적 신'이 간접적 대결을 벌이는 이질적(heterogeneous) 작품이다. 한편으로는 초월적 기독교 신을 향한 근대적 주체의 정신적 여정이 식민 서사와 함께 진행되지만, 다른 한편 느닷없이 침범한 인간을 포함해 묵묵히 만물을 생산해 내는 무인도의 자연, 즉 근대적 개인의 '지배'를 자신의 양태적 '표현'으로 감싸는 자연의 무심

함이 공존한다. 로빈슨이 난파선에서 가져온 총으로 무인도의 새를 시험 삼아 쏘았을 때 울렸던 총소리, "세계가 창조된 후 그곳에서 발사된 최초의 총소리"(the first Gun that had been fir'd there since the Creation of the World, *Robinson Crusoe* 46)는 자연을 정복의 대상으로 여기는 인간과 그 인간을 자신의 표현적 양태로 포괄하는 스피노자적 신의 관계를 압축적으로 보여 준다. 앞으로 로빈슨은 총을 쏘고 자연을 '정복'하면서 자신의 발아래 있다고 생각하겠지만, 그의 총소리는 태곳적부터 그곳에서 부지런히 피고 졌던 천지 만물에 이제야 겨우 도착한 작은 사건일 뿐이다.[12]

　『로빈슨 크루소』가 21세기 초반에 이르기까지 특히 고전적 아동 문학으로 우리의 상상력을 사로잡는다면, 그건 교훈적인 영적 자서전이나 프라이데이와 관계가 전면화되는 제국주의 서사보다는 자연만이 끝없이 펼쳐진 무인도에서 한 개인이 물질적·정신적 생존에 성공하는 이야기가 갖는 힘 때문일 것이다. 디포의 소설은 한 인간이 사회라는 배경에 괄호를 친 채 자연과 상대적으로 직접 부딪치는 독특한 상상적 실험이다. 즉 로빈슨이라는 근대적 개인이 자연을 직접적 배경으로, "실존할 수 있음은 역량"(『윤리학』1부 정리 11의 다른 증명)이라는 스피노자적 명제를 증명하듯이, 자신의 실존 역량

12　『로빈슨 크루소』에서 '신 즉 자연'이 서사 전체에 미치는 영향력은 조셉 콘래드의 소설 『노스트로모』의 마틴 드 쿠의 경우와 비교해 볼 때 분명해진다. 드 쿠는 로빈슨과 마찬가지로 아무도 없는 무인도에 떨어지지만, 로빈슨처럼 코나투스에 기반한 노동으로 생존하는 대신 허무감을 견디지 못해 곧 자살한다.

과 이해 역량을 키워 나가는 서사는 작품의 주요한 서사적 흡인력으로 작동한다. 『로빈슨 크루소』에 신이 존재한다면 그건 로빈슨을 섭리로 이끄는 기독교의 초월적 신만이 아니다. 스피노자적 신, 즉 자신의 본성에 따라 무한히 만물을 생산하고 또 그러한 생산의 역량을 본질로 하는 '신 즉 자연' 역시 단순한 배경에 그치지 않고 서사 전체에 영향을 준다. 여기서 스피노자적 신의 본질을 이루는 속성이 '전지전능' 같은 명사나 '자비로운' 같은 형용사라기보다 자신이 실존하는 대로 만물을 생산하고(연장속성) 자신이 이해하는 대로 관념을 산출하는(사유속성) **동사**적 특징을 지닌다는 것은 아무리 강조해도 지나치지 않다. 이정우가 말한 대로 "스피노자의 세계는 존재가 곧 생성인 역동적인 세계"이기 때문이다.[13]

마찬가지로 스피노자적 존재의 일의성에서 실체의 변용이자 표현인 '양태'의 본질 역시 "코나투스", 즉 "각 사물의 역량"이라는 점 역시 중요하다(『윤리학』 3부 정리 7의 증명). **『로빈슨 크루소』는 인간의 본질을 무엇보다 그가 지닌 역량으로 제시하는 생존과 코나투스의 서사다.** 로빈슨의 무인도 생존기는, 소설 장르의 주요 관심사라 할 사회적·도덕적 규범이나 계급·젠더 관계 등을 뒤로한 채, 자연 상태에서 적응하고 살아남을 수 있는 개인의 역량이자 그의 "현행적 본질"인 코나투스의 변용 과정을 서사화한다(『윤리학』 3부 정리 7). 스피노자의 '신 즉 자연'이 내포하는 자연의 무한한 생산력 그리고

---

13 이정우, 『세계철학사 3: 근대성의 카르토그라피』, 233쪽.

인간의 본질에 대한 역량적·코나투스적 관점에서의 이해, 이것이
『로빈슨 크루소』가 여전히 소구하는 서사적 매력 중 하나인 것이다.

　　로빈슨의 무인도 생존기는 태양과 폭풍우, 염소와 앵무새, 포
도 열매와 곡식 등과의 만남을 통해 자연의 리듬에 자신의 리듬을
맞추고 적응하면서 제3의 리듬을 만들어 가는 과정의 연속이다. 우
기와 건기를 파악하고, 염소를 길러 우유를 얻으며, 포도를 말려 비
상식량을 마련하고, 농사를 지어 곡식을 확보하는 과정, 스피노자식
으로 말하자면 한 개체가 끝없이 변화하면서 자연과 합치/합성되는
비/관계를 형성하며 자신의 실존 역량(연장속성)과 이해 역량(사유
속성)을 늘려 가는 과정이다.[14] 먼저 로빈슨이 연장속성에 해당하는
'실존 역량' 혹은 '활동 역량'을 늘려 가는 측면을 살펴보자. 가장 눈
에 띄는 것은 그가 늘 무언가를 만들고 고치면서 주변 환경을 개선
해 나간다는 점이다. 로빈슨은 난파선에서 가져온 서양 문물의 도움
으로 절벽 아래 텐트를 쳐서 집을 만들고, 동굴을 뚫어 주거 공간을
넓히며, 그 공간에 선반을 만들어 물건을 정리한다. 집의 울타리를
겹겹이 만들고, 의자와 우산을 만들며, 나중에는 담배 파이프까지
만드는 데 성공한다. 또 염소를 잡아 기르면서 우유와 고기를 얻고,

14　개체 A와 개체 B가 합치하는(agree, convenir) 관계(relation, rapport)를 이루어 더 큰 역량을
　　지니는 제3의 무엇으로 변화하는 과정은 바로 뒤에서 논의할 스피노자의 '**공통 관념**'뿐 아
　　니라 들뢰즈의 '되기' 개념의 밑바탕이 되는 중요한 존재론적 사유라 생각된다. 불어로 '**rap-**
　　port'는 'puissance'와 마찬가지로 영어의 'relation'이 담지하지 못하는 **잠재성의 차원**을 더
　　욱 분명히 드러낸다. 즉 A와 B가 이루는 제3의 관계 역시 고정되고 확립된 관계가 아니라 잠
　　재적이고 유동적인 차원임을 나타낸다.

난파선에 딸려 온 보리 씨앗으로 농사를 짓는 데 성공해 안정적으로 곡식을 확보하며, 온갖 신고 끝에 결국 "한 조각의 빵"(this one Article of Bread, *Robinson Crusoe* 100)을 만들어 먹기도 한다.

하지만 그 과정에서 실패도 있다. 로빈슨은 무인도 저편에 사람들이 사는 대륙이 있음을 알게 된 후 그곳으로 건너가기 위해 커다란 나무를 천신만고 끝에 베어 카누 형태의 배를 만든다. 그는 형편없는 도구로 그럴듯한 배를 만든 것에 몹시 기뻐하며, 그 배를 100야드 정도 떨어진 높고 작은 만으로 가져가려고 "엄청나게 고생하며" 애쓰지만, 자신의 힘으로는 도저히 옮길 수 없어 결국 썩힌 채로 두게 된다. 여기서 그는 배를 옮기려는 자신의 노력에 대해 **"구원**이 목전에 있는데 누가 이런 고생에 대해 불평하겠는가?"(who grutches Pains, that have their *Deliverance* in View, *Robinson Crusoe* 108, 강조는 필자)라며 대륙으로 건너가는 것을 "구원"(Deliverance)으로 규정한다. 그런데 "구원"이라는 단어는 로빈슨을 무인도에서 초월적 신의 섭리로 인도하고 또 『로빈슨 크루소』를 영적 자서전으로 만드는 핵심적 단어다. 무인도에 온 지 얼마 안 돼 이질에 걸려 죽음의 문턱까지 갔던 그는 우연히(즉 신의 섭리로) "곤궁의 날에 네가 나를 부르면 내가 너를 **구원**하리라"(Call on me in the Day of Trouble, and I will *deliver*, *Robinson Crusoe* 81, 강조는 필자)라는 성경 구절을 읽는다. 이에 그는 자신이 비록 아버지의 말을 거역한 벌로 무인도에 오게 됐지만, 이러한 벌로써 자신을 회개시켜 돌아오게 하려는 신의 커다란 섭리를 깨달으며 회심(conversion)한다. 그러나 초월적 신의 섭리를 압축했던 "구원"이라는 단어는 여기서 끔찍한 무인도로부터의 탈출이라는 뜻으로 그 의미가 질적으로 바뀐다.

로빈슨의 온갖 노력에도 불구하고 이 장면에서 그의 "구원"을 좌절시키는 것은 무엇인가? 그것은 그의 원죄나 초월적 신을 향한 회개의 부족이 아니라, 단지 양태인 그가 받아들여야만 하는 자연의 엄연한 질서다("인간의 역량은… 외부 원인의 역량에 의해 무한히 압도당한다",『윤리학』4부 정리 3의 증명). 즉 커다란 배를 숲에서 바다까지 움직이려면 한 사람의 힘만으로는 부족하다는 자연의 이치다. 지금 로빈슨에게 필요한 구원은 "곤궁의 날에 [신]에게 부르짖는" 방식으로는 오지 않는다. 대신 그가 대륙으로 건너가도록 도와주는 그의 배, 즉 스피노자적 실체(신)의 변용인 유한양태가 현재 그를 구원으로 이끄는 길이다. 더 정확히 말하자면 배를 만드는 과정에서 그가 간절히 원했던, 돈 몇 푼에 노예로 팔아 버렸던 이슬람교도 주리, 그의 힘만 있다면 배를 바다로 띄워 대륙으로 건너갈 수 있는 다른 인간, 혹은 '타자'의 존재가 지금 그의 구원이다. 즉 여기서 로빈슨의 구원은 초월적 신의 '섭리'보다 스피노자의 '신 즉 자연'과 더욱 밀접하게 연관되어 있다.

작품 전체에 걸쳐 로빈슨은 실패를 해도, 성공을 해도, 주위에 자신을 인정해 줄 단 한 사람조차 없어도, 늘 무언가를 자발적으로 만들고 개선해 나간다.[15]『로빈슨 크루소』비평사에서 로빈슨의 노

---

15   로빈슨이 보여 주는 이러한 활력과 창조성 그리고 결과물은, 마찬가지로 무언가를 창조하

동과 생산은 다양한 측면에서 주목되어 왔다. 우선 혼자 무인도에 있으면서도 나태해지지 않고 정해 놓은 일과에 따라 부지런히 노동하는 로빈슨의 모습은 '소명'(vocation)과 '노동 윤리'(ethics of work)를 중요시하는 프로테스탄티즘 정신의 구현으로 여겨졌다. 와트가 암시하듯이 『로빈슨 크루소』는 프로테스탄티즘 윤리와 자본주의 정신이 밀접히 연결되어 있음을 주장한 막스 베버 이론의 주요한 문학적 예이기도 하다. 다른 한편 로빈슨의 노동은 마르크시즘 비평에서처럼 생산성 증대를 위한 노동 분업이나 상품의 교환 가치를 염두에 두지 않은 채 오로지 사용 가치만을 지니는, 일종의 '소외되지 않은 노동'으로 볼 수 있다. 화폐로 전환되지 않는 그의 노동은 인간 노동의 가치를 탈신비화할 뿐 아니라 독자들에게 자급자족 생산에 대한 대리만족감을 준다. 또 그의 무인도 생존기는, 로빈슨의 생산이 주로 의식주와 관련된다는 점에서, 집안 살림(homemaking)의 과정으로 읽히기도 한다.[16] 로빈슨의 노동과 생산에 대한 이러한 비평들은 모두 일리가 있다.

이에 더해 우리는 로빈슨의 노동이 지니는 또 다른 측면, 즉 개체가 무한한 자연(스피노자적 신)과 마주해 자연의 리듬에 자신의 리듬을 맞추고 자신의 생존에 필요한 것들을 생산하면서 실존 역량

고, 뒤집고, 재창조하기를 좋아하는 어린아이들이 『로빈슨 크루소』에 매혹되는 이유이자 『로빈슨 크루소』가 아동 문학 목록에 빠지지 않는 이유 중 하나라 생각된다.

16 박하정, 「가정소설로서의 『로빈슨 크루소』: 가정 관리와 하인교육」, 『18세기 영문학』, 6권 2호 참조.

을 키워 가는 면을 지적할 수 있다. 더불어 그의 무인도 생존기는 집이나 식량 등 물질적 생산을 통해 '실존 역량'을 키우는 동시에, 외부 대상과의 '공통 관념', 즉 자연의 원리나 사물의 이치에 대한 '이해 역량'을 늘려 가는 과정이기도 하다.[17] 스피노자적 신은 자신이 실존하는 대로 무한히 만물을 생산할 뿐 아니라(연장속성) 자신이 이해하는 대로 무한히 관념을 생산하는 존재다(사유속성). 마찬가지로 그러한 신의 표현인 인간의 본질 역시 실존하고 활동하는 역량(연장속성)과 함께 사유하고 이해하는 역량(사유속성)으로 이루어져 있다. 이러한 이해 역량에서 핵심적인 스피노자의 공통 관념은 둘 이상의 신체가 이루는 합치/합성의 비/관계의 표상이며, 들뢰즈에 따르면 『윤리학』의 가장 중요한 개념적 발명이자 실천적 개념이라 할 수 있다. 공통 관념은 '2종 인식'으로서 상상·견해·추상에 기반한 '부적합한 관념'인 '1종 인식'과 구분되며, '직관지'에 해당하는 '3종 인식'과 함께 '적합한 관념'(adequate idea)을 구성한다.[18] 앞에서 로빈슨이 자연의 리듬에 자신의 리듬을 맞춰 나간다거나 자신과 자연

---

17 엄밀히 말해 스피노자의 공통 관념은 '덜 보편적인 공통 관념'과 '더 보편적인 공통 관념'으로 나뉘며 둘의 성격에는 중요한 차이가 있으나, 이 장에서 이 구분이 중요한 것은 아니기에 자세히 다루지 않는다. 두 공통 관념의 차이에 대해서는 3부 9장 참조. 공통 관념은 『윤리학』 2부 정리 37~39에서 처음 정의된다.

18 스피노자의 '적합한 관념'은 외부 대상과 그 대상에 대한 정신적 표상의 일치를 진리로 여기는 데카르트의 '명석판명한 개념'과 달리, (부분적 인식이 아닌) '전체적 인식'이자, (결과에 대한 인식이 아닌) '원인에 대한 인식'이며, (정태적 개념이 아니라) '발생적 개념'이고, 또 '신 관념의 부분'이기도 하다. 들뢰즈는 스피노자적 진리 개념이 "데카르트의 명석판명 개념을 적합성 개념으로 대체"하려는 의도를 지닌다고 지적한다(Deleuze, *Expressionism in Philosophy: Spinoza*, p. 151). 스피노자의 공통 관념에 대한 상세한 논의는 3부 9장과 10장 참조.

이 합성되는 비/관계를 형성한다고 할 때 생산되는 것이 공통 관념인 것이다. 주의해야 할 것은 로빈슨과 자연이 합치를 이루는 비/관계를 형성해 나간다고 할 때, 즉 로빈슨의 입장에서 자연에 대한 공통 관념을 획득한다고 할 때, 로빈슨과 자연은 두 고정된 실체가 아니라 계속 변해 가는 잠재적 역량과 동사로서의 존재라는 점이다.

로빈슨은 자신의 코나투스에 따라 무인도의 자연에 적응하면서, 그 과정에서 생존에 도움 되지 않는 상상적 인식(1종 인식)의 무용함을 깨닫는다. 섬에 난 보리 싹을 보고 자신을 위한 신의 '기적'으로 여기며 감동하다, 결국 자연의 인과법칙에 따른 것임을 알게 되는 '곡식 일화'가 대표적이다. 어느 날 로빈슨은 아열대 기후인 무인도에서 영국의 보리 이삭이 푸르게 싹튼 것을 발견하고는 초월적 섭리의 신이 자신을 위해 '기적'을 일으켰다며 감동한다. "나는 신이 씨앗을 심지 않고도 이 곡식이 자라도록 기적을 행한 게 아닐까 생각하기 시작했다"(*Robinson Crusoe* 67). 하지만 곧 난파선에서 가져온 자루에 딸려 온 보리 씨앗이 싹튼 것임을 알게 되자, "경탄은 멈췄고, 이 모든 게 그저 일상적인 것임을 알게 되자 신의 섭리에 대한 종교적 감사함은 줄어들기 시작했다"(*Robinson Crusoe* 68). 그런데 스피노자에 따르면, '자연의 이상 현상'이라고 할 기적에 대한 경탄과 이에 기반한 종교적 믿음은 인간이 자유로 나아가는 것을 방해하는 대표적인 1종 인식이다.[19] 기적보다 더 놀라운 것은 존재 자체의 충

---

19 스피노자는 『신학정치론』에서 "'기적'이란 단어는 인간의 의견(억측)과 관련되지 않고는 이

분 이유 혹은 '겨울이 지나면 봄이 온다'거나 '물은 위에서 아래로 흐른다' 등 필연성에 기반한 자연의 법칙이며, 이의 다른 이름이 스피노자의 공통 관념인 것이다. 따라서 로빈슨이 무인도에서 온갖 역경을 극복하며 물리적으로 생존해 나가는 과정은 또한 그가 자연과 마주침에서 공통 관념을 형성해 가는 배움의 과정이기도 하다.

그런데 로빈슨이 자연과의 관계에서 형성하는 공통 관념은 주로 그의 생존 및 적응과 관련한 인식이지만, '죽음'(소멸, 부재)이나 '타자'처럼 "수동적" 양태인 인간의 조건에 대한 정서적 반응과 연관된 공통 관념 역시 드물지만 존재한다("우리가 자연의 한 부분인 한에서 … 우리는 수동적이다", 『윤리학』 4부 정리 2). 가령 로빈슨은 죽을 뻔한 상황에서 벗어난 후 자신이 기르던 앵무새 폴과의 관계에서 일종의 성찰이라 할 공통 관념을 얻는다. 어느 날 섬 주위를 정찰하던 로빈슨은 소용돌이에 휩쓸려 거의 죽을 뻔하다 살아나 후, 가까운 그의 "별장"으로 가 그곳에서 깜박 잠이 든다. 그러다 잠결에 누군가 자신을 부르는 소리를 듣고 몹시 두려워하는데, 무인도에서 그의 이름을 불러 줄 사람은 어디에도 없기 때문이다.

> 내 이야기를 읽는 독자들은 내가 나를 부르는 어떤 목소리에 깼을 때 얼마나 놀랐을지를 한번 판단해 보시라. **로빈, 로빈, 로빈 크루소,**

해될 수 없으며, 단지 어떤 것의 자연적 원인을 또 다른 익숙한 것의 예로 설명할 수 없는 작용을 의미할 뿐이다"라고 말한다(Spinoza, *A Critique of Theology and Politics*, ch. 6).

스피노자로 영국 소설 읽기

가엾은 **로빈 크루소**, 어디 있니, **로빈 크루소**, 어디에 있는 거니? 어디에 있었니? ⋯ 처음에는 무척 두려웠고, 극도로 놀란 상태에서 깼지만, 눈을 뜨자마자 나의 [앵무새] **폴**을 보았다. ⋯ 내가 그렇게 구슬픈 언어로 [폴]에게 말하고 가르쳤던 것이다(*Robinson Crusoe* 121, 강조는 필자).

But judge you, if you can, that read my Story, what a Surprise I must be in, when I was wak'd out of my Sleep by a Voice calling me by my Name several times, *Robin, Robin, Robin Crusoe*, poor *Robin Crusoe*, where are you *Robin Crusoe*, Where are you? Where have you been? ⋯ [I] was at first dreadfully frighted, and started up in the utmost Consternation: But no sooner were my Eyes open, but I saw my *Poll* ⋯ for just in such bemoaning Language I had used to talk to [Poll], and teach him ⋯.

로빈슨에게 무인도의 동물은 위협적 존재가 아니라면 대개 그의 먹잇감이거나 그의 '왕 코스프레'에 동원되는 신하 정도로 취급되었다. 하지만 앵무새는 사람의 목소리를 흉내 낼 수 있다는 점에서 일정 정도 인간의 사회성과 타자성을 담지하는 존재다. 이 장면에서 흥미로운 건 우선 로빈슨이 앵무새 폴에게 평소 되풀이했던 말의 내용이다. 폴은 "로빈, 로빈, 로빈 크루소, 가엾은 로빈 크루소, 어디 있니, 로빈 크루소, 어디에 있는 거니? 어디에 있었니?"처럼 극히 정서적이고 회의적인 의문을 되풀이하는데, 이는 영적 자서전의 주인공으로서 로빈슨이 독자에게 건넸던 반성과 의지의 목소리와는 거리가 멀다. 이제껏 그는 무인도에 난파된 덕분에 회개하고 구원받았으며, 사회의 세속적 교류보다 무인도에서 섭리의 신과 대화하는 게 더 낫다고 여러 번 강조해 왔다. 하지만 그가 앵무새 폴을 상대로 늘 "가엾은 로빈"이라고 한탄하며 "넌 대체 어디에 있는 거니"라고 물었다는 것은 초월적 섭리의 신의 구원이 비껴가는 어떤 지점이 그에게 있었음을 고스란히 보여 준다. 또 이 장면에서는 동물을 포함한 자연을 '정복'의 대상으로 삼았던 그가 인간의 목소리를 흉내 낼 뿐인 앵무새에게 정서적으로 '의존'하고 있었음이 드러난다. 무의식적 차원에서 인간의 말을 모방하는 앵무새를 '의미 있는 타자'로 여기면서 그 타자와의 관계를 통해 자신을 위로해 왔음이 밝혀지는 것이다. 위 인용문에 이어 로빈슨은 주어의 인칭을 '너'(2인칭)에서 '나'(1인칭)로 바꾸면서, 즉 '너'의 입장인 폴의 말을 듣는 형식에서 '내'가 직접 묻는 형식으로 바꾸면서, 자신의 무의식적 목소리를 조금 더 직접적으로 그리고 조금 더 정서적으로 드러낸다. "가엾은 로빈, 어떻게 **나**는 여기 온 거지? **나**는 어디 있던 거지?"(*Robinson Crusoe* 121, 강조는 필자).

　무엇보다 이 장면에서 로빈슨은 "마치 [앵무새 폴]이 [살아 돌아온] 나를 다시 보게 돼서 너무나 기뻤다는 듯이"(just as if he had been overjoy'd to see me again, *Robinson Crusoe* 121)라는 말을 덧붙임으로써, 죽을 뻔했던 자신의 생존을 기뻐하는 자신의 '유사자'이자 유의미한 '타자'로서의 앵무새 폴을 묘사한다. 폴이 그의 죽음 혹은 부재를 슬퍼할 것이라는 '상상'은 사실 로빈슨에게 특별히 중요한 의미를 지니는 것이다. 뒤이어 나오는 '동굴에서 죽어 가는 늙은 염소 일화'에서도 암시되듯이, 무인도에서 그의 죽음은 그의 존재를 인지하는 '타자'가 없는 한 그 어떤 '사건'도 아니며 아무런 '의미'를 지니지 못한다. 즉 그의 죽음이 사건으로서 의미를 지니기 위해서는 그를 변용시키고 또 그가 변용하면서 '관계'를 맺는 '타자'가 필요하다. 로빈슨이 의식하든 아니든, 그에게는 자신의 죽음(부재)을 알아 줄 타자가 필요했고, 앵무새 폴은 바로 그 타자의 역할을 한 것이다.

로빈슨이 죽을 뻔한 사건과 앵무새 폴을 통해 얻은 공통 관념은 자연을 '정복'하는 데 소용되는 '앎'이 아니다. 그가 폴과의 관계에서 형성한 공통 관념은 어떤 '배움', 즉 스피노자적 신(실체)의 다른 두 표현(양태)으로서 나와 앵무새, 혹은 독특한 개체로서의 '나'와 나의 부재(죽음)를 알아봐 줄 '타자'의 **관계**에 대한 문제적 인식이다.[20] 흥미롭게도 『로빈슨 크루소』 3부작의 마지막 권인 『로빈슨 크루소의 삶과 놀라운 모험에 대한 진지한 성찰』(*Serious Reflections during the Life and Surprising adventures of Robinson Crusoe*)에 수록된 삽화에는 "가엾은 로빈 크루소"(poor Robin Crusoe)를 끊임없이 부르고 있는 앵무새 폴이 무인도 한가운데 그려져 있다. 무인도의 로빈슨에게 긴요했던 건 그를 '구원'하는 초월적 신만이 아니다. 그에게는 무인도에서 그의 죽음을 의미 있는 사건으로 만들어 주는 스피노자적 신

---

20 무인도에 난파된 로빈슨이 타인에 대한 정서적·성적 욕구를 거의 보이지 않는다는 사실은 특기할 만하며, 앵무새 폴 일화는 로빈슨의 무의식을 엿볼 수 있는 작지만 중요한 창으로 기능한다. 들뢰즈가 구분한 '앎'과 '배움'의 차이, 그리고 들뢰즈의 '배움'과 스피노자의 '공통 관념'의 관련성에 대해서는 3부 10장 참조.

의 변용, 즉 유사자이자 타자인 양태 앵무새 폴이 필요했다. 앵무새 폴을 로빈슨의 무인도의 중심에 놓은 『진지한 성찰』의 삽화는 이 점을 잘 포착하는 듯 보인다.

『로빈슨 크루소』는 초월적 신을 향한 영적 자서전이나 식민 서사의 특징을 지니지만, 광활한 대자연을 직접적 배경으로 로빈슨이라는 한 개인이 자신의 코나투스에 따라 활동 역량과 이해 역량을 늘리며 생존해 나가는 스피노자적 서사이기도 하다. 로빈슨의 메마르고 잔인한 제국주의적 자아에도 불구하고 이 작품이 역사적으로 많은 이들의 상상력을 사로잡았다면, 그것은 개인의 생존 노력이 무한히 생성하는 자연과 합을 맞춰 연주해 내는 스피노자적 '존재의 일의성'이 서사의 배음(背音)에 깔려 있기 때문이 아닐까 싶다. 인간 중심적 의도와 상관없이 무인도의 식물은 우기와 건기에 따라 피고 지고, 인간에 의해 대상화된 동물은 거꾸로 인간의 무의식에 영향을 끼친다. 다만 인간 로빈슨이 거의 의식하지 못할 뿐이다. 이런 점에서 앵무새 폴과의 '대화'라는 작은 에피소드는 로빈슨에게도, 또 작품 전체에도 적지 않은 중요성을 지닌다.

3장

『프랑켄슈타인』에 나타난 신과 인간의 관계

데카르트적 신, 스피노자적 개체

"오로지 죽은 신체에 생명을 불어넣기 위해 거의 이 년간
열심히 작업해 왔다 … 하지만 나는 내가 창조한 존재의 모습을
견딜 수 없어 실험실을 뛰쳐나갔다."

―메리 셸리, 『프랑켄슈타인』

"라이프니츠와 스피노자의 철학은 새로운 '자연주의'의 두 측면을 이룬다.
이러한 자연주의가 [두 철학자의] 반-데카르트적 반발의 진정한 취지다 …
여기서 문제는 힘 혹은 역량을 지닌 자연의 권리를 재확립하는 것이다."

―질 들뢰즈, 『스피노자와 표현 문제』

『프랑켄슈타인』의 이중 초점: 누구의 이야기인가

스피노자는 '무신론자'에서 '신에 취한 사람'까지 거의 늘 '신'과 관련해 이해되어 왔다. 지금에서는 좀 어색하게 느껴질 정도로 그의 존재론에서 신은 중심적 위치를 차지하며, 신(실체)과 세계(양태)의 '관계'는 그가 궁구하는 '존재의 일의성'의 존재론의 한가운데에 있다. 메리 셸리가 1818년 발표한 『프랑켄슈타인』은 빅터 프랑켄슈타

인이 과학기술을 통해 만든 피조물(the Creature)[21]과 맺는 상호 치명적 관계에 대한 서사로서, 스피노자의 주요 문제의식이기도 한 신(창조주)과 인간(피조물)의 관계를 서사의 전면에 배치한다.

신과 인간의 관계에 대한 『프랑켄슈타인』의 문제의식은 작품의 초판 속표지(frontispiece)에 나오는 '부제'(subtitle)와 '제사'(epigraph)의 충돌에서 압축적으로 드러난다. 우선 『프랑켄슈타인, 혹은 근대의 프로메테우스』(*Frankenstein, or The Modern Prometheus*)라는 작품의 원제는 프랑켄슈타인을 프로메테우스 신, 즉 인간을 창조했을 뿐 아니라 인간에게 불을 가져다준 벌로 끝없는 고통을 당하는 신

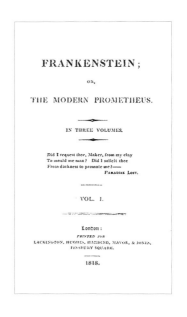

화적 존재로 규정한다. 부제를 통해 주인공 프랑켄슈타인을 근대의 프로메테우스, 다시 말해 근대적 '영웅'으로 제시하는 것이다. 하지만 부제 바로 아래 놓인 제사에서는 (기독교) 신이 만든 최초의 인

---

21 『프랑켄슈타인』에서 과학자 프랑켄슈타인이 창조한 피조물은 이름을 가지고 있지 않다. 프랑켄슈타인은 그를 '괴물' 또는 '악마'로 부르지만, 그가 괴물인지 여부가 작품이 제기하는 핵심적 문제이기에 그를 괴물로 지칭하는 것은 적합하지 않을 것이다. 따라서 이 책에서는 프랑켄슈타인이 만든 새로운 존재를 '피조물'로 지칭하고자 한다. 영어권 비평에서도 피조물은 대개 the Creature로 표기된다.

스피노자로 영국 소설 읽기

간 아담이 자신을 창조한 신을 향해 항변하는 목소리가 들린다. "나를 만든 이여, 내가 당신께 요청했습니까? 나를 흙에서 / 인간으로 빚어 달라고? 내가 당신께 애원했나요 / 나를 어둠에서 끌어올려 달라고?"(Did I request thee, Maker, from my clay / To mould Me man? Did I solicit thee / From darkness to promote me?) 존 밀턴의 『실낙원』 7권에서 울리는 아담의 불만 가득한 목소리에서 우리는 『프랑켄슈타인』의 피조물이 자신의 창조주 프랑켄슈타인에게 쏟아 내는 원망과 불만의 목소리를 자연스럽게 유추할 수 있다.

이렇듯 작품의 부제와 제사 간에 놓인 명백한 대립은 마치 타원의 이중 중심처럼 작품의 독특한 '이중 시점'(double perspectives)을 이룬다. 『프랑켄슈타인』에서는 작품 제목이자 인간을 창조한 과학자 프랑켄슈타인만큼이나, 비판과 자기 연민의 목소리로 창조주와 피조물의 일방적 관계에 반발하는 피조물 역시 독자의 관심을 끌기 때문이다. 혹은 결과적으로 연쇄 살인을 벌이는 피조물의 '괴물성' 만큼이나, 자신이 만든 인간을 괴물로 규정하고 증오하는 프랑켄슈타인의 '괴물성' 역시 작품의 주요 관심사다. 초기 SF 소설이자 대표적인 고딕 소설인 『프랑켄슈타인』은 '영웅'과 '괴물'의 대립이라는 표면적 서사 아래, 누가 혹은 무엇이 진짜 괴물인지를 끈질기게 묻는다. 다른 한편 서사가 진행될수록 창조주와 피조물은 서로에 대한 증오와 복수의 정서에 휘말린 채 쫓고 쫓기면서 역설적으로 서로를 필요로 하는 기이하고 묘한 관계로 나아간다. 과학자이자 창조주인 프랑켄슈타인의 이름이 그가 만든 피조물(괴물)의 이름으로 대중에

게 호명되고 알려지는 역사적 착종 과정은 이 둘이 이루는 분신 관계를 잘 보여 준다.[22]

이번 장에서는 『프랑켄슈타인』에서 신 역할을 하는 프랑켄슈타인의 '창조론' 혹은 '제작론'이 스피노자의 '신 즉 자연'의 일의성 모델과 어떻게 다른지를, 특히 두 모델이 함축하는 신과 인간의 '관계'에 대한 상이한 이해에 초점을 맞추어 살펴보려 한다. 프랑켄슈타인이 실험실에서 인간을 만드는 과정은 초월적 제작자(Maker)가 자신의 외부에 제작물을 만드는 '제작적 모델'을 따른다.[23] 흙에서 인간을 창조한 유대-기독교 신이나 코라(chora)에서 세계를 만든 그리스의 데미우르고스 신에서 볼 수 있듯이, 제작적 모델은 창조 혹은 발생에 대한 서양의 근본적 상상력이라 할 수 있다. 이러한 제작적 모델에서 피조물은 창조주의 의지와 능력에 의해 만들어지며, 창조주와 어떤 본연의 '공통성'을 지닐 필요가 없다. 또 이때 신은 논리적으로 자신의 필요나 목적을 위해—설령 그것이 순수 유희의 목적이라 하더라도—피조물을 만든다. 제작자가 완벽히 구족(具足)하다

---

22 가령 제임스 웨일 감독의 「프랑켄슈타인의 신부」에서 '신부'는 프랑켄슈타인의 신부인 엘리자베스라기보다는 피조물이 프랑켄슈타인에게 만들어 달라고 요구했던 '여자 피조물'을 지칭한다. 즉 '프랑켄슈타인의 신부'라는 제목은 '괴물'의 이름이 프랑켄슈타인인 듯한 인상을 주고, 대중은 (사실을 알더라도) 이를 자연스럽게 받아들인다. 「프랑켄슈타인의 신부」는 보리스 칼로프가 '괴물'로 나오는 웨일 감독의 「프랑켄슈타인」의 속편이자 본편을 넘어서는 그의 대표작으로 여겨지기도 한다(「프랑켄슈타인의 신부」는 2021년 영국 『가디언』지가 꼽은 최고의 '프랑켄슈타인 영화 20편'The 20 best Frankenstein films—ranked! 중 1위를 차지했다).

23 앞서 언급한 『프랑켄슈타인』의 제사에서 아담 역시 신을 "Maker"(제작자/만든 이/창조자)로 부른다.

면 자신의 외부에 무언가를 만들 이유가 없기 때문이다. 반면 스피노자의 신은 제작적 신과 달리 자신의 존재 바깥에 어떤 외부를 갖지 않으며, 만물과 '공통 형식'인 속성으로 이어져 있는 내재적·일의적 신이다. 즉 스피노자의 신은 자신의 본성의 필연성에 따라 무한히 많은 방식으로 무한히 많은 만물을 생산하는 '신 즉 자연'이며, 만물은 신의 외부에 있기보다는 신의 본질을 함축하고 펼쳐내는 신의 부분적 표현들이다. 만물로 자신을 표현하고 펼쳐낼 뿐 자신의 존재 바깥에 어떤 외부도 없는 자기원인으로서 스피노자의 신은 어떤 목적이나 의지를 가지지 않는다.

다른 한편 프랑켄슈타인의 제작적 창조 모델은 과학기술을 기반으로 하며, 특히 근대 과학의 기본 패러다임이라 할 데카르트의 기계론과 밀접히 연관된다. 그가 실험실에서 행하는 생명 창조는, 신체와 정신을 인과관계의 두 실체로, 또 자연을 외부의 힘에 의해 움직이는 거대한 수동적 기계로 보는 데카르트의 기계론에 기초한다. 즉 프랑켄슈타인에게 자신이 만든 존재는, 독특한 역량과 자발성을 지닌 독립적 생명체라기보다, 수차례 실패한 끝에 죽은 물질과 정신(생명)을 결합하는 데 성공한 실험 결과로서 일차적 의미를 지닌다. 그러나 프랑켄슈타인의 의도와 달리 그가 창조한 피조물은 자신의 존재를 보존하려는 노력인 '코나투스'를 본질로 하는 자발적 존재일 뿐 아니라, 외부 사물과의 마주침에서 일정한 변용 능력을 지니면서 변화해 나가는 '스피노자적 개체'라 할 수 있다. 자신을 괴물로 규정짓는 사회적 시선에 저항하는 동시에 이를 내면화하면서 마침내 '진짜 괴물'이 되어 가는 과정마저 포함해서 말이다.

제작적 신의 창조 vs 내재적 신의 표현

앞서 말한 것처럼 프랑켄슈타인이 인간을 만드는 기획과 과정은 서양의 주요 사유 전통 중 하나인 창조론, 특히 제작적 모델의 자장(磁場) 안에 있다. 유대-기독교의 창조신이나 고대 그리스의 데미우르고스 신은 세계에 앞서 있고, 자신의 밖에 외부를 가지며, 자신의 목적과 의지에 따라 세계와 인간을 창조한다. 이러한 창조론은 고대 그리스부터 지금까지 서양이 개체를 이해해 온 강력한 사유 방식인 '질료형상론'(hylomorphism), 즉 개체(세계)는 '질료'(matter)와 '형상'(form)의 결합으로 이루어져 있다는 이원론적 발상과 맞물려 있다. 형상을 모델로 질료에서 개체를 빚어내거나, 같은 말이지만 모델이 되는 형상에 질료를 입혀 개체를 만드는 '구현'(incarnation) 또는 '체화'(embodiment)가 창조론이 전제하는 방법인 것이다. 이때 창조의 질료는 제작적 창조신 이전에 이미 주어져 있거나, 아니면 창조신이 질료를 만들 수 있다. 흙으로 인간을 만든 「창세기」 2장의 유대-기독교 신 그리고 코라에서 세계를 만든 데미우르고스 신은 '주어진' 질료로 세계를 창조하는 경우다. 반면 「창세기」 1장의 유대-기독교 신, 즉 "빛이 있으라"거나 "물과 물이 나뉘거라" 등의 '언어'

스피노자로 영국 소설 읽기

로 질료(물질) 자체를 창조한 신은 후자의 경우다.[24] 또 제작적 모델에서는 형상 혹은 설계도가 필요한데, 형상 역시 신의 외부에 있거나(가령 데미우르고스는 이데아를 모델로 삼아 세계를 만든다), 아니면 유대-기독교 신처럼 신의 내면에 존재한다. 이처럼 서양의 두 주요 전통인 유대-기독교 신(헤브라이즘)과 고대 그리스의 데미우르고스 신(헬레니즘)은 여러 차이점에도 불구하고, 질료에 형상을 더해 자신의 외부에 개체(세계)를 만드는 초월적 창조신이자 제작자라는 점에서 유사성을 지닌다.[25]

　　창조론 혹은 제작적 모델의 또 다른 함의는, 목수와 목수가 만든 의자의 관계처럼, 창조주와 피조물 혹은 제작자와 제작물 사이에 어떤 '공통성'을 상정하지 않는다는 것이다. 목수가 만든 의자는 목수의 의지와 능력이 '구현'된 것일 뿐, 목수와 의자가 어떤 '공통

24　『구약성서』를 연구하는 문헌학자들에 따르면 「창세기」는 여러 작가의 글을 모아 편집한 혼종(hybrid) 텍스트다. 가령 "빛이 있으라" 등의 언어를 통해 신이 세계를 만드는 내용이 담긴 「창세기」 1장의 작가는 통상 P 작가(P writer)로 불리며, 신이 흙에서 사람을 빚어내는 좀 더 원초적인 서사의 「창세기」 2장의 작가는 J 작가(J writer)로 구분된다. 즉 「창세기」 1장과 2장의 작가는 같지 않다. 언어로 세계를 창조하는 것은 흙으로 인간을 빚는 것에 비해 '제작적 모델'에서 좀 더 멀지만, 초월적 신이 자신의 외부에 무언가를 만든다는 점에서는 역시 제작적 모델을 기반으로 한다고 할 수 있다. 이 글에서 '제작적'의 의미는 시(poetry)의 어원인 그리스어 포에이시스(poeisis)가 뜻하는 '만들다'를 포함한다.

25　이러한 '창조론' 혹은 '제작론'은 세계와 인간의 '기원'으로 일반화되었기에 거의 당연한 것으로 여겨지기도 한다. 하지만 가령 세계의 처음도 끝도 없다는 불교의 무시무종(無始無終)이나, 태초의 태극이 음양으로 분화되고 그것이 다시 오행으로 분화되어 세계가 생성되었다는 동북아의 사유를 고려한다면, 창조론은 세계와 인간의 발생을 이해하는 **하나**의 방법임을 알 수 있다. 스피노자의 신은 신이라는 이름과 개념에도 불구하고 기원을 상정하는 창조론의 초월적 신과는 그 성격을 완전히 달리하며, 창조론의 초월적 신이 인간 중심주의적 사유의 결과임을 지적한다는 점에서 17세기 유럽의 급진적 사유를 이룬다.

성'을 지니는 것은 아니다. 그렇기에 초월적 창조신은 자신이 만든 피조물과 존재론적 차원에서 그 의미가 다른 다의성(equivocity)을 지닌다. 혹은 '창조주'와 '피조물'에 해당하는 영어 단어인 'The Creator' 와 'The Created'(the Creature)가 잘 드러내듯이, 창조신과 피조물은 '주체'와 '대상'의 외생적(extrinsic) 관계를 이루면서 존재론적 위계질서를 이룬다. 그런데 하나의 피조물일 뿐인 '인간'이 다른 모든 피조물(자연)과 구분되는 신과 같은 역할을 부여받으면서, 혹은 자임하면서, 문제가 복잡해진다. 「창세기」는 모든 피조물 중 예외적으로 인간이 "하나님의 형상대로"(in the image of God) 창조되었다고 말한다(「창세기」 1:27).[26] 물론 이는 신을 닮았을 정도로 귀한 인간의 '존엄성'에 대한 『성경』의 역설이다. 하지만 인간과 신이 닮았다는 '신인동형설'(anthropomorphism)은 또한 '신의 대리인'으로 군림·지배하려는 인간의 자만심의 표현이기도 하다. 신인동형설의 핵심은 인간이 신과 가장 유사한 복사본임을 들어, 자연을 대상으로 정복하고 수단화해도 되는 주체의 자격을 가지고 있음을 합리화하는 데 있기 때문이다. 즉 신인동형설의 창조론에서 인간은 신의 피조물인 동시에 신의 형상을 닮았다는 이유로 신의 특권적 담지자가 되어 다른 피조물(자연) 위에 군림할 권리를 가진다. 인간을 맨 위에 두는 자연 내 위계질서는 창조론에서 이렇게 정당화되며, 이는 신과 모든 만물이 같

---

26 여기서 한국어 '형상'(形像)에 해당하는 영어 단어는 'image'이며, 앞서 질료형상론의 '형상'(形相)인 form, 즉 플라톤의 이데아(Idea) 혹은 아리스토텔레스의 에이도스(eidos)와 구분된다.

은 의미(목소리)로 말해진다는 존재의 일의성과 대조를 이룬다.[27]

　스피노자는『윤리학』1부 '부록'에서 제작적 창조신 혹은 신인동형설이 함의하는 인간 중심주의를 신랄하게 비판한다. 그는 인간의 특권이 옹호되는 재현적이고 위계적인 세계관의 중심에 위치하는 초월적 창조신을 인간의 자기중심성이 만들어 낸 결과로 본다. 더불어『윤리학』1부 본문은 '신'(실체)과 '만물'(양태)이 '속성', 즉 연장속성과 사유속성 등의 공통 형식으로 이어져 있음을 주장하며, 신은 만물로 자신의 본성을 표현하고 만물은 신의 본질을 함축한다는 일의성의 존재론을 제시한다. 자신의 본성에 따라 무한히 많은 방식으로 무한히 많은 것들을 산출하는 스피노자의 신은, 만물이 신과 공통 형식(속성)을 지닐 뿐 아니라 신의 부분적 표현이라는 점에서, 만물과 일의적이고 내재적인 관계를 이룬다. 이러한 일의적 관계에서 신(실체)과 만물(양태)의 존재론적 위계는 성립하지 않는다. 다만 실체는 실존과 본질이 일치하는 자기원인의 존재인 데 비해, 양태는 외부 사물에 의해 필연적으로 변용되고 변용하며 실존과 본질이 일치하지 않는 존재자라는 점에서 그 본질이 다를 뿐이다. 일의성의 존재론에서 인간은 다른 양태보다 존재론적인 우위를 가질 이유가 없다. 자연에는 다만 각자 고유한 역량과 변용 능력을 지닌

---

27 『성경』에 따르면 인간이 신의 대리인으로 자연을 지배할 특권을 지니는 또 다른 주요한 근거는 인간이 '언어'를 가지고 있다는 사실이다.「창세기」에서 신은 아담에게 만물의 이름(언어)을 정할 권리를 준다. 스피노자 이전의 중세 신학자 둔스 스코투스 역시 초월적 신과 인간 사이의 공통성이 없다면, 즉 신과 인간이 다의적 관계를 이룬다면 인간은 신을 이해할 수 없음을 들어 존재의 일의성을 주장한다.

개체들의 변화하는 다름이 있을 뿐이다.[28]

창조론 혹은 제작론의 신이 지니는 또 다른 특징은 결핍(lack) 및 부정(negation)의 논리적 구조를 함축하고 있다는 점이다. 스피노자의 일의적 존재론에서 신은 자신의 본성에 따라 무한히 많은 것들을 생산하면서 스스로를 펼치고 표현하면 그만일 뿐 자신의 외부에 무엇인가를 창조할 필요가 없는 내재인(內在因)이다(스피노자의 신에게는 외부가 없다). 반면 제작적 창조주가 자신의 외부에, 자신을 닮든 닮지 않았든 간에 무언가를 만든다는 것은 어떤 의도나 목적을 지니는 일이고, 그런 점에서 그 신은 논리적으로 결핍 혹은 부정을 함축한다. 사실 스피노자 철학에서 결핍이나 부정의 개념은 실정적(positive)이기보다 인간의 사유에서 일어나는 일일 뿐이다. 스피노자에 따르면, 실체(신)는 말할 것 없고 모든 양태(개체) 역시 변용 능력의 끊임없는 증감에도 불구하고 그 순간 그 자체로 완전하기 때문이다. 그것이 그 개체의 실재성이다("나는 실재성과 완전성을 같은 것으로 이해한다", 『윤리학』 2부 정의 6). 스피노자는 한 서신에서 맹인이 보지 못하는 것은 돌멩이가 보지 못하는 것과 마찬가지로 본질적 차

---

28 스피노자의 이러한 '평등의 존재론'이 인간과 다른 존재자의 기계적 평등을 주장하는 '무차별성'으로 이어지는 것은 아니다. 스피노자는 인간 '신체'의 복잡성 및 우월성이 인간 '정신'의 복잡성 및 우월성과 함께 감을 인정한다. "더욱이 각자의 권리는 각자의 덕(훌륭함) 혹은 역량에 의해 규정되기 때문에, 짐승이 인간에 대해 갖는 권리보다 인간이 짐승에 대해 갖는 권리가 훨씬 더 크다. 하지만 나는 짐승도 느낀다는 것을 부정하지 않는다. 그러나 그렇다고 해서 우리의 유용성을 강구하고 짐승을 우리 마음대로 이용하고, 우리에게 가장 적합한 방식으로 다루는 걸 허용해선 안 된다고 생각하지 않는다"(『윤리학』 4부 정리 37의 주석 1). 관련 논의로 김성호, 「미학에 이르는 길: 스피노자와 예술」, 『안과밖』, 43호 참조.

원에서 '결핍'이 아니며, 맹인은 그 순간 그 자체로 완전하다고 말한다.[29] 만일 스피노자의 신처럼 신이 자기원인이자 만물의 원인으로서 외부를 지니지 않는 절대적 무한이라면, 즉 세계라는 대상의 타동인(他動因)이 아니라 세계와 내재적 관계를 이루는 내재인이자 일의적 존재라면, 신은 자신의 바깥에 무언가를 따로 만들 필요가 없다. 스피노자의 신은 오로지 필연성에 따라 자신의 본성을 무한히 펼쳐내고 표현할 뿐이다.[30] 반면 제작적 창조론의 초월적 신은 인간이 알지 못하는 어떤 의지와 목적을 가지고 있고, 그 의지와 목적은 논리적으로 결핍과 부정을 함축한다. 그리고 세계와 인간은 그러한 신의 자유의지의 산물이다.

　프랑켄슈타인이 인간을 만드는 방법은 기본적으로 제작적 창조론과 질료형상론의 자장 안에 있다. 또 그가 창조주로서 자신의 피조물과 맺는 관계 역시 제작적 신 개념이 함축하는 신과 인간의 관계를 거칠고 조악한 상태로 반복한다. 생명의 비밀을 발견한 프랑켄슈타인은 '인간'을 만들기로 결심하고, 이후 창조주가 된 자신의 모습을 상상하면서 스스로의 전능감에 황홀해한다. 그런데 그가 백일몽에서 상상하는 피조물은 그와 공통점을 지닌 '인간'이기보다는 그의 야심과 능력을 증명해 줄 '트로피'이자 어려운 실험의 성공적

29　"그 당시에는, 시각이 돌멩이에 속한다는 것이 모순적인 것만큼이나 시각이 [맹인]에게 속한다는 것은 모순적인 것입니다"('편지 21. 스피노자가 블리엔베르그에게').

30　기독교의 창조신을 결핍의 존재라 하기는 어렵다. 하지만 결핍이나 부정의 '논리적' 측면에서만 보자면, 신의 외부가 상정되는 한 신의 창조는 신의 결핍과 무관하지 않다.

'성과'인 측면이 강하다. 그가 과학기술로 인간을 만들려는 가장 중요한 동기는 (태어난 생명을 돌보고 행복하게 해 주려는 것이 아니라) 이제껏 누구도 해내지 못했던 과업을 이룸으로써 자신이 신에 버금가는 뛰어난 존재임을 세상에 보여 주는 것이기 때문이다.

> 새로운 종(種)은 나를 그들의 창조주이자 근원으로 축복하리라. 많은 행복하고 훌륭한 존재들이 내 덕에 생기겠지. 어떤 아버지도 나만큼 완벽하게 자식에게 감사받을 권리를 주장하지는 못하리라 (*Frankenstein* 34).
>
> A new species would bless me as its creator and source; many happy and excellent natures would owe their being to me. No father claim the gratitude of his child so completely as I should deserve their's.

단순한 생명체가 아닌 '인간'을 창조하기로 결심하면서 자신의 신적 위대함에 빠져드는 프랑켄슈타인의 모습은 그가 피조물을 만드는 핵심적 동기가 자신의 위대함을 증명하고 싶은 나르시시즘적 야심임을 잘 드러낸다. 달리 말하자면 여기에는 과학기술로 '인간'을 만들려는 그의 의도가 기대에 어긋날 경우, 그가 애초에 의도한 대상이 자신과 같은 인간임을 기억하고 존중하기보다는 실험 실패로 규정하고 손쉽게 폐기할 가능성이 숨어 있다.

이러한 프랑켄슈타인의 파우스트적 야심 혹은 '과대망상증'은 그것이 어머니의 갑작스러운 죽음에 대한 보상 심리든, 자신의 열정을 무시하는 아버지에게 인정받고 싶은 욕구든, 아니면 동료들보다 우월해지고자 하는 경쟁 심리든 간에, 어떤 '결핍' 혹은 '부정'에 기반해 있다. 창조신의 창조가 어떤 논리적 결핍을 전제하듯, 그가 피조물을 만드는 것 역시 어떤 외생적 목적 혹은 결핍에 기인하는 것이다. 그래서인지 신이 되어 인간을 창조하리라는 그의 백일몽은 찬란했지만, 막상 무덤이나 납골당, 시체 안치실에서 시체의 조각조각(질료)을 모아 거기에 생명(형상)을 불어넣는 창조의 과정은 끔찍하게 고통스럽다. 특히 "생명의 원리"(principle of life, *Frankenstein* 32)인 '형상'의 발견보다 이를 적용할 '질료'인 "죽은 물질"(lifeless matter, *Frankenstein* 33), 즉 시체의 확보는 더욱더 큰 난관으로 작용한다. 이에 스스로 고백하듯, 실험실에서 그의 모습은 "좋아하는 작업에 열중하는 예술가보다는 광산이나 다른 유해한 직업에서 노예처럼 일하도록 운명 지어진 사람"(*Frankenstein* 38)에 더 가까워 보인다.

무엇보다 프랑켄슈타인은 마침내 피조물이 눈을 뜨고 살아나자 피조물의 흉측한 질료성—사실 피조물이 살아 움직이기 전 이미 알고 있던 흉측한 외관—에 대한 혐오와 공포에 사로잡힌 채 그 자리에서 도망친다. 자신이 만든 피조물에 대해 형언할 수 없는 공포를 느끼면서 곧바로 그를 괴물 혹은 악마로 규정한 채 달아나는 것이다(이는 제임스 웨일 감독의 영화「프랑켄슈타인」에서 피조물이 살아 움직이자 실험의 성공에 몹시 기뻐하는 프랑켄슈타인의 반응과 정반대다). 막상 눈을 뜬 피조물의 흉측한 모습이 두렵고 끔찍해 도망치는 것은, 마치 목수가 의자를 만들다가 망치면 폐기하듯, 프랑켄슈타인에게는 당연한 일일 수 있다. 문제는 그가 실험 대상으로 삼은 것이 외관의 미추와 관계없이 따뜻한 보호와 존중이 필요한 '인간'이라는 사실이다. 새로운 생명을 얻은 후 실험실에 혼자 남겨진 피조물은 도망친 프랑켄슈타인을 본능적으로 찾아가지만, 그를 저주하며 달아나는 프랑켄슈타인에게 다시 버려지는 치명적 유기(abandonment)를 겪는다. 그렇게 버려졌던 피조물은 이후 몽블랑까지 자신의 창조주를 쫓아가 피조물인 자신을 그와 같은 존재, 즉 괴물이 아닌 인간으로 대해 달라고 요구·협박·애원한다. 또 자신이 '인간'의 정서와 욕망, '인간'의 언어와 사회성, 그리고 '인간'의 정체성과 자의식을 지닌 존재임을 작품 한가운데서 그의 창조주와 독자에게 길고 간곡하게 이야기한다. 처음부터 괴물로 '태어난' 것이 아니라 유기와 소외, 배타 등의 경험을 통해 결국 '괴물'이 되었음을, 즉 사회적 괴물로 '재탄생'했음을 말이다.

작가 셸리는 프랑켄슈타인과 피조물의 관계를 통해, 창조론에 입각한 창조주와 피조물의 다의적·외생적 관계와 본질적으로 구별되는 스피노자적 신과 개체의 내재적·일의적 관계를 음화(陰畫)처럼 작동시킨다. 작품의 서사가 진행되면서 창조주와 피조물의 관계가 증오와 복수의 파국으로 치닫게 되는 것은 무엇보다 신과 인간의 관계에 대한 이들의 이해가 서로 다르기 때문이다. 프랑켄슈타인은 자신의 창조주적 야심이 흉악하고 혐오스러운 존재의 탄생이라는 '실패'로 돌아가자, 마치 제작자가 불량품을 대하듯 단숨에 그를 괴물 혹은 악마로 규정하고 그의 존재를 일방적으로 폐기하려

한다. 하지만 그가 만든 피조물의 입장은 다르다. 그는 자신의 존재론적 소외와 비참함을 들어 프랑켄슈타인이 창조주로서 역할을 다하지 못했음을 비판한다. 나아가 프랑켄슈타인이 정의롭고 자비로운 창조주의 모습을 보인다면 자신도 순종적인 피조물로서의 도리를 다하겠다는 쌍방향적 관계를 주장한다. 몽블랑의 조우 장면에서 피조물이 내뱉는 "나는 그대의 피조물이니, 그대가 내게 빚진 역할을 행한다면, 나도 나의 주님이자 왕에게 온순하고 착하게 대하겠다"(*Frankenstein* 77)라는 발언은 피조물인 자신과 창조주 프랑켄슈타인의 관계가 상호적 관계임을 조건절을 이용해 논리적으로 주장한다.

창조주라면 자신이 만든 피조물을 그의 목적이나 의도에 맞지 않는다고, 혹은 그의 결핍을 채우지 못한다고 내팽개쳐서는 안 된다는 것—이것이 인간의 언어를 익힌 피조물이 때로는 애절하게, 때로는 논리적으로, 또 때로는 협박과 함께 프랑켄슈타인에게 호소하는 내용이다. 프랑켄슈타인은 스피노자가 『윤리학』 1권 '부록'에서 비판한 신의 형상, 즉 피조물이 마음에 들면 보상하고 그렇지 않으면 벌을 내리는 독재 군주를 닮은 신의 세속적이고 타락한 버전이다. 과학기술에 의지해 생명(인간)의 창조에 개입하려는 프랑켄슈타인의 나르시시즘적 욕망이 창조신과 피조물의 관계에 논리적으로 함축된 결핍과 목적론을 왜곡된 형태로 재생하는 것이다. 흥미롭게도 피조물의 흉측한 겉모습뿐 아니라 손쉽게 살인을 저지르는 그의 잔인함은, 오직 자신의 목적을 위해 피조물을 만들고 또 손쉽게 심판하는 그의 창조주와 닮아 있다. 창조주를 닮은 결핍의 존재로서 피조물은 서서히 인간의 사회적 시선을 내면화하고 또 그 시선에 따라 자신을 끔찍하고 비참한 괴물로 규정하면서 '진짜' 괴물 즉 연쇄 살인마가 되어 간다. 『프랑켄슈타인』은 선(주체)이 악(타자)을 물리치는 전통적인 영웅 서사 혹은 괴물 서사를 해체·재구성하면서 새로운 종류의 고딕 서사를 만들어 나간다.

데카르트의 기계론과 스피노자의 표현적 자연

앞에서는 프랑켄슈타인이 피조물을 만드는 방식이 초월적 신이 자신의 외부에 피조물을 만드는 창조론과 비슷하며, 이러한 제작적 모델에서 피조물은 창조주와 같은 의미로 말해지는 일의적 존재라기보다 창조주의 의지나 능력이 구현된 결과물임을 보았다. 그런데 프랑켄슈타인이 피조물을 만들 때 제작적 모델만큼 중요한 것이 '과학 실험'을 통한 인간 창조라는 방법론이다. 프랑켄슈타인이 실험실에서 인간을 탄생시키는 방법은 단적으로 말해 "죽어 있는 물질에 활기(생명)를 부여"하거나(bestowing animation upon lifeless matter, *Frankenstein* 33), "무생명의 신체에 생명을 주입"하는(infusing life into an inanimate body, *Frankenstein* 37) 것이다. '죽어 있는 질료'에 '생명'(정신)을 부여하는 프랑켄슈타인의 방법론은 자연을 '사유(정신, 생명)가 부재하는 연장'으로 보는 데카르트의 이분법적 기계론의 자장 안에 있다. 실험실의 작업대 위에 놓인 시체 조각 모음이 번개처럼 요동치는 현란한 전기를 흡수하면서 마침내 눈을 뜨고 살아 움직이는 존재로 탄생하는 작품의 시그니처 장면은 이러한 이분법의 극화된 이미지다. 프랑켄슈타인의 피조물은, 인간을 신체와 정신의 이원적 결합으로 보면서 수동적 신체가 능동적 정신의 명령에 의해 움직인다고 여기는 데카르트의 기계론에 입각해 탄생한 것이다.

　　데카르트는 자연/세계를 등질적이고 균질적 요소들로 빼곡히 채워진 기계, 마치 조립품으로 이루어진 시계 같은 것으로 간주한다. 살아 움직이는 다양한 개체들의 집합이라기보다, 최초의 외부적 동력(신)으로 움직인 후 크기나 형태 등에 의해 외적으로 구분되는 연장들의 모음으로 자연/세계를 보는 것이다. 즉 데카르트의 기계론적 세계에서 모든 것은 양적 차이로 환원된다. 그런데 데카르트가 인간의 정신을 제외한 세상의 모든 것을 기계로 보는 것은—그는 개나 고양이 같은 동물도 영혼이 없기에 고통을 느끼지 못한다고 여긴다—신체와 정신을 실재적으로 구분되는 '실체'로 보는 그의 심신 이원론과 밀접히 연관된다. 신체와 정신을 완전히 다른 것으로 보았기에, 코기토를 지닌 인간의 정신과 인간을 만든 신의 영혼을 제외한 모든 것을 기계로 볼 수 있었던 것이다. 즉 데카르트적 이분법은 자연을 단지 복잡한 기계로 볼 뿐만 아니라, 정신 활동을 오로지 신을 닮은 인간에게만 가능한 것으로 여긴다. 이정우에 따르면, 근대 과학철학의 헤게모니 경쟁에서 데카르트의 철저한 이분법에 기반한 '기계철학'은 자연을 여전히 영험 가득한 곳으로 보던 파라켈수스 등의 '화학철학'에 결국 승리한다. 17세기에 데카르트의 기계론은 자연에 대한 연구 패러다임으로 정착되었고 근대적 자연관의 토대가 된 것이다. 자연을 등질적 연장의 합으로 환원하는 데카르트의 기계론은, 방법론적 회의와 확실성의 코기토(정신)로 이루어진 그의 근대 합리주의와 짝패를 이루면서, 이후 '우리를 대자연의 주인이자 소유자로 만들어 줄' 근대의 강력한 이념으로 확립된다.[31]

스피노자는 데카르트의 수학적이고 기계적인 자연관에 반대해 (라이프니츠와 더불어) 새로운 자연주의(naturalism)를 기획한다. 들뢰즈의 설명에 따르면, 스피노자의 자연주의는 "반–데카르트주의적 반발이라는 참된 의미"를 지니며, 데카르트가 자연으로부터 박탈한 잠재성(뒤나미스), 즉 "힘 또는 역량을 지닌 자연의 권리들을 복원"한다. 스피노자가 제시하는 "자연에 대한 표현적 관념"은 두 가지 방식으로 데카르트의 기계론을 지양한다. 하나는 자연이 수동적이고 비활성적인 기계가 아니라 변용하고 변용되는 내적 "변용 능력"을 지녔음을 주장하는 것이다. 다른 하나는 자연 내 개체들의 "독특한 본질/개별 본질"을 설정한다는 점에서 스피노자의 자연주의는 데카르트의 기계론을 지양한다.[32] 다시 말해 데카르트의 기계론에서

---

31 데카르트의 기계철학에 대해서는 이정우, 『세계철학사 3: 근대성의 카르토그라피』를 참조했다. 데카르트의 이러한 근대적 신체-정신 이분법은 고대 그리스의 제작적 세계관의 바탕이 되는 질료형상 이원론과 밀접히 연결되어 있다.

32 Deleuze, *Expressionism in Philosophy: Spinoza*, pp. 227~234. 들뢰즈는 스피노자와 라이프니츠를 반-데카르트주의 전선에서 협력하는 두 철학자로 봄과 동시에, 자연에 목적성과 상징을 부여하는 라이프니츠의 역학주의와 달리 스피노자의 자연주의는 모든 목적성을 단호히 배제하며 "기호, 상징, 조화를 자연의 참된 역량들에서 배제"한다고 말한다.

스피노자로 영국 소설 읽기

자연이 영혼이나 신비가 완전히 사라진 등질적이고 양적인 연장으로 환원된다면, 스피노자의 표현적 자연은 그 안에 역동성과 힘, 역량을 지닐 뿐만 아니라, 각 개체가 역량의 정도로 정의되는 개별 본질을 지닌 채 중첩적으로 존재하는 역동적인 세계를 이룬다. 자연의 잠재성과 역동성, 개별성을 복원하는 스피노자의 자연 개념은 한편으로는 "데카르트 기계론의 성과를 보존"하면서 동시에 이와 대립하는 생기론(vitalism)의 전통을 잇는다. 즉 스피노자의 자연은 자연의 생명력과 역동성을 "내재적 순수 인과성"으로 담아낸다.[33]

　　최초의 공상 과학 소설(SF)로도 여겨지는 『프랑켄슈타인』은 근대 과학의 성립 과정에서 발생했던 '생기론'과 '기계론'의 얽히고설킨 관계를 인상적으로 담고 있다. 프랑켄슈타인은 독일 잉골슈타트 대학에서 배운 근대 과학, 즉 데카르트의 기계론적 자연관에 기반한 생리학이나 화학을 토대로 인간을 만들고자 한다. 하지만 애초에 그가 과학 공부에 몰두하게 된 것은 앞서 언급한 파라켈수스의 연금술 등 전(前)근대적 과학, 즉 기계철학과 경쟁했던 화학철학에 대한 맹목적 열정 때문이었다. 프랑켄슈타인은 우연히 "파라켈수스"와 "아그리파" 등의 중세 자연철학 책을 읽게 되고 "이후 내 운명을 지배하게 된 열정"에 사로잡히면서 과학 연구에 몰두하게 된다(*Frankenstein* 22). 반면 아그리파의 중세 자연철학을 시대에 뒤처진 쓸모없는 지식으로 치부하던 아버지의 반대에도 불구하고, 그는 근대 과학에 거

33　*Ibid.*, p. 233.

의 흥미를 느끼지 못한다. 그러다 발트만 교수의 강의를 계기로 데카르트의 기계론에 기반한 근대 과학이, 자연철학의 연금술("철학자의 돌")이나 만병통치약("불로장생약") 못지않은 "기적"을 일으킬 수 있는 막대한 "힘"(power)을 가지고 있음을 깨닫게 된다(*Frankenstein* 23).

> 근대 과학자들은 거의 아무것도 약속하지 않는다. … 그러나 자연철학자들은 … 사실 기적을 행해 왔다. 그들은 자연의 깊숙한 곳까지 꿰뚫고 들어가 그녀가 숨겨진 곳에서 어떻게 작동하는지를 보여 준다. …[근대 과학자들은] 이제 거의 무한한 새로운 힘을 가지고 있다. 하늘의 천둥을 호령하고, 지진을 흉내 내며, 심지어 보이지 않는 세계를 그것의 그림자로 조롱할 수 있다(*Frankenstein* 29~30).
>
> The modern masters promise very little. … But these philosophers, … have indeed performed miracles. They penetrate into the recesses of nature, and shew how she works in her hiding places. … They have acquired new and almost unlimited powers; they can command the thunders of heaven, mimic the earthquake, and even mock the invisible world with its own shadows.

이러한 발트만 교수의 발언은 자연에 대한 근대 과학의 태도를 압축한다. 근대 과학에서 자연은 잠재성과 역동성이 살아 있는 공간이기보다 인간이 그 깊숙한 곳까지 꿰뚫고 들어가 근본적 작동 원리를 파악한 후 이를 토대로 기적에 가까운 강력한 결과를 얻어 내는 원천이 된다. 인간이 그 안에서 다른 생물 및 무생물과 더불어 공

스피노자로 영국 소설 읽기

존해야 할 전체적 지평이 아니라 정복되고 지배되어야 할 수동적 대상으로서의 자연. 그러한 자연관의 이론적 토대를 마련하고 근대 과학의 사상적 원동력이 된 데카르트 기계론의 위력은 마침내 중세 자연철학과 마찬가지로 "힘" 혹은 "기적"의 이름으로 프랑켄슈타인을 설득한다.[34]

프랑켄슈타인이 중세-르네상스의 자연철학에 관심을 가졌던 것은 연금술로 대표되는 "힘"에 대한 추구가 그에게 매력적이었기 때문이다. 그렇기에 처음에는 시시해 보였던 근대 과학이 중세 자연철학 못지않은 큰 위력을 가지고 있음을 알게 되자 즉시 근대 과학 연구에 몰두하게 된다. 그런데 그가 근대 과학을 통해 생명을 탄생시키는 구체적 방법은 무덤이나 납골당 또는 시체 안치실에서 수집한 시체의 조각들을 모아 거기에 전기 충격을 가하기, 즉 "생명 없는 것에 존재의 불꽃을 집어넣는"(infuse a spark of being into the lifeless thing, *Frankenstein* 36) 것이었다. 여기서 "생명 없는 것"이 신체적 '질료'라면, "존재의 불꽃"은 정신적 '형상'에 해당한다. 개체를 '질료와 형상'의 결합으로 보는 서양 사유의 오래된 모델은 데카르트의 근대적 '정신과 신체'의 이분법으로 이어지며, 죽은 시체 덩어리에 영혼(생명)을 불어넣는 프랑켄슈타인의 방법론 역시 기본적으로 이러한 이분법에 기초한 것이다. 나아가 프랑켄슈타인의 과학적 방법론은

---

34 위 구절에서 자연은 특히 "그녀"(she)라는 여성 인칭대명사로 지칭되는데, 이는 자연을 정복 대상으로 보는 근대 과학의 남성 중심성을 암시한다는 점에서 페미니즘 논의에서 중요하게 다뤄진다.

19세기 초에 많은 기대를 모았고 셸리 역시 관심을 가졌다고 알려진 갤버니즘(galvanism)과도 연관된다. 갤버니즘 역시 생명 없는 신체에 전기 충격(에너지)을 가함으로써 생명체의 특징을 얻는다는 점에서 정신과 신체의 기계적 결합 모델과 나란히 간다.[35] 흥미로운 것은, 앞서 언급했듯이 프랑켄슈타인의 인간 창조 작업이 수동적 신체와 능동적 정신의 결합이라는 데카르트적 이원론에 입각해 있음에도, 실험 과정에서 그를 극도로 좌절시키고 피로케 했던 건 '생명의 원리'(정신)의 발견이 아니라 '시체 조각'(신체)을 모으는 작업이었다는 점이다. 기술을 통한 인간 창조의 난제는 뜻밖에도 '정신'(형상)보다는 '신체', 즉 질료성임이 암시된다.

그런데 프랑켄슈타인의 인간 창조가 제작적 모델과 데카르트의 기계론에 입각해 이루어진 반면, 그렇게 탄생한 피조물은 자신의 존재를 유지하려는 노력인 코나투스를 토대로 나름의 변용 능력과 정서, 그리고 독특한 본질을 지닌 생명체, 즉 스피노자적 개체의 특징을 강하게 지닌다. 거칠게 말하자면, 작품에서 벌어지는 갈등은 데카르트와 스피노자로 대변되는 대립하는 두 세계관이 '창조

---

35 "1780년 이탈리아의 의사이자 해부학자인 갤버니는 이미 시체에 전력을 통과시키는 실험을 통해 몸이 전기적 작용으로 움직이게 된다는 사실을 증명하게 된다"(추재욱, 「19세기 과학소설에 재현된 의과학 발전양상 연구: 『프랑켄슈타인』에 나타난 생명과학 실험을 중심으로」, 『의사학』, 23권 3호, 557쪽). 추재욱은 메리 셸리가 당대의 의과학 담론을 잘 알고 있었으며 작품에서 이를 확인할 수 있음을 주장한다. 또 추재욱은 "프랑켄슈타인과 그가 만든 괴물 생명체 사이의 갈등 과정 속에서 기계론적 생명 가치와 생기론적 생명 가치 사이에서 고민하는 작가의 모습을 엿볼 수 있다"라고 언급하는데, 이는 작품을 '데카르트적 신과 스피노자적 개체'의 관점에서 읽는 이 장의 문제의식과 통한다(추재욱, 앞의 글, 559쪽).

주'(Creator)와 '피조물'(Creature)로 마주한 결과다. 피조물의 흉측한 외관을 처음부터 알고 있던 프랑켄슈타인은 왜 피조물이 눈을 뜨는 순간 극심한 혐오와 공포에 빠지는가? 이 질문에 대한 대답 중 하나는 그의 창조 실험이 전제하는 데카르트의 기계론과 그렇게 탄생한 생명체의 스피노자적 개체성의 대립에 놓여 있다.

　"11월의 어느 음습한 밤 … 반쯤 꺼진 희미한 불빛 아래, 멍하고 노란 눈"을 뜬 존재, "거친 숨을 쉬고 사지를 발작적으로 움직이는"(*Frankenstein* 36) 생명체는 이제껏 프랑켄슈타인이 상상했던 질료와 형상 혹은 신체와 정신의 기계적 결합으로서의 존재가 아니다. 조금 전까지 시체였던 그 덩어리는 이제 스스로 움직이는 자발성과 생명력을 지닌 살아 있는 존재가 된 것이다. 바로 그 순간 프랑켄슈타인은 "숨 쉴 수 없는 공포와 혐오"(*Frankenstein* 37)를 느끼며 곧장 실험실을 뛰쳐나가는데, 이러한 반응은 단지 그가 만든 피조물의 외관이 흉악해서만은 아니다. 오히려 이는 그동안 그저 죽은 물질 덩어리였고 오직 관념에서만 인간이었던 형체가 자발적으로 움직이는 걸 보면서, 그가 창조한 것이 그의 뜻대로 움직이는 기계(물질 덩어리)가 아니라 내생적 생명력을 지닌 생명체이자 독자적 인간임에 대한 직관적 인식이 즉각적이고 과도한 반응으로 표현된 것이라 할 수 있다. 그렇게 창조된 피조물은 이제 내부의 자발적 힘인 코나투스를 토대로 자신도 모르게 사람의 온기를 찾아, 도망친 프랑켄슈타인의 침실을 찾아간 후 미소를 띠며 다가가 무어라 말을 건네려 한다. 하지만 이미 그를 "내가 창조한 끔찍한 괴물"(*Frankenstein* 37)

로 규정한 프랑켄슈타인은 가해의 의도는커녕 호의로 다가오는 피조물을 미친 듯이 두려워하며 달아나고 집 밖에서 밤을 보낸다. 이때 프랑켄슈타인이 내보이는 과도한 두려움 혹은 "거리를 돌 때마다 그놈이 내 앞에 나타날까 공포에 떠는"(*Frankenstein* 38) 모습은 자신이 창조한 피조물의 추정된 괴물성에 대한 본능적 불안을 넘어선다. 거기에는 자연을 생명 없는 질료(기계)로 보고, 과학으로 인간을 만드는 기적을 행할 수 있다고 자신했던 근대적 기계론의 오만과 그 실패에 대한 두려움이 도사리고 있다.

마치 근대 과학에 대한 자연의 반격인 듯, 피조물은 흉측한 외양뿐 아니라 내적 생명 활동에서 역시 프랑켄슈타인의 몽상대로 움직이지 않는다. 생명체로 태어나는 순간 그는 외부적 힘에 의해 발생한 움직임이 전달되는 기계를 넘어, 생존에의 자발적 역량인 코나투스를 본질로 하는 스피노자적 개체로서 특징을 띠는 것이다. 스피노자에 따르면 생존의 노력인 "코나투스"는 모든 개체의 "본질"이며, 외부 사물과 만나 변용하고 변용시키는 변용 능력으로 현실화된다. 특히 인간의 경우 생존의 코나투스는 "욕구" 혹은 욕구의 의식화된 형태인 "욕망"으로 발현되는데, 이후 드러나듯이 피조물은 정확히 '욕망의 존재'라 할 수 있다.[36] 비록 프랑켄슈타인은 마침내 눈을

---

36 "각 사물이 자신의 실존을 지속하기 위한 노력인 코나투스는 사물의 현행적 본질 외에 다른 어떤 것이 아니다"(『윤리학』 3부 정리 7). "코나투스가 … 정신과 신체에 동시에 관련될 때 욕구라 불린다. 욕구는 인간의 본질 외에 다른 것이 아니다. … 욕망은 자기의식을 가진 욕구다"(『윤리학』 3부 정리 9의 주석).

뜬 그를 다짜고짜 "괴물" 혹은 "악마"로 몰아붙이면서 그의 인간성 자체를 부정하지만, 작품은 통상 괴물에게 부재하는 언어(목소리)를 그에게 부여하면서 피조물이 자신의 이야기를 프랑켄슈타인과 독자들에게 조목조목 들려줄 수 있게 한다.

피조물의 자기 서사(self-narrative)라 할 『프랑켄슈타인』 2부는 커다란 잠재성(역량)을 지닌 피조물이 마치 성장하는 아이처럼 인간의 섬세하고 복잡한 정서뿐 아니라 인간의 언어와 인간 사회의 질서, 역사, 문화를 배워 나가는 모습을 보여 준다. 먼저 피조물은 춥고 어두운 밤에 둥실 떠오른 밝은 달에 기쁨을 느끼고, 다음 날 아침 지저귀는 새소리의 아름다움에 놀라면서 자기 식으로 따라 해 보려는 미학적 존재로 제시된다. 또 사람들의 박해를 피해 숨어든 드 라세 가족의 헛간에서 눈먼 아버지와 딸이 서로를 위하는 모습을 보고 슬프고도 기쁜 양가적 정서를 느낄 수 있고, 이들 가족의 가난을 알게 되자 그들을 돕기 위해 나무를 해다 놓으면서 뿌듯함을 느끼는 정서적이고 도덕적인 존재이기도 하다. 무엇보다 그는 간접적 방식으로나마 인간의 말과 글을 배우고 또 책을 읽으면서 인간의 고귀함과 비열함, 계급 차이와 불평등을 알게 되며, 급기야 사회적 시선을 내면화해 스스로에 대해 "내가 정녕 괴물인가?"(*Frankenstein* 87)라고 물을 수 있는 언어적·사회적 존재다. 프랑켄슈타인과 만나는 몽블랑 장면에서 피조물이 보여 주는 논리적 언어 구사력과 인간적 정념의 출렁임은 그의 잠재적 역량과 변용 능력이 인간의 그것에 가까움을 증명한다. 무엇보다 인간 공동체에 속해 그 구성원들과 함께 기뻠과 슬픔을 나누고자 하는 그의 사회적 욕망과 좌절은 그가 인간을 자신의 '유사자'로 여기는 인간종에 속함을 여실히 드러낸다.[37]

그런데 피조물이 인간종에 속하는 만큼 그가 지닌 약점과 한계 역시 인간의 약점이자 한계이기도 하다. 우선 그는 괴물답지 않게 타인에게 '사랑'과 '인정'을 받고 싶어 한다. 또 '시기심' '증오' '원망' '자기 연민' 같은 인간의 부정적 정서, 스피노자가 『윤리학』 3부에서 인간을 예속하는 정서로 제시하는 부정적 정념의 속박에서 자유롭지 못하다. 그렇기에 자신을 '괴물'로 취급하는 인간, 특히 자신의 창조주에 대한 원망 및 증오, 나아가 자기 연민, 피해의식에 사로잡히며, 결과적으로 세 번의 치명적 살인을 저지르게 된다. 처음에 그를 괴물로 규정했던 건 그의 '추함'을 '악함'으로 여기는 인간의 관습적 이기심이었지만, 그 규정에 사로잡혀 같은 잣대로 자신을 심판하고 불행을 느끼며 살인마의 길로 나아갔던 건 피조물 자신인 것이다. 역설적인 것은 피조물의 이러한 정서와 정서 모방이 오히려 그가 인간임을 드러내는 결정적 기호라는 점이다. 인간은 타자(사회)가 욕망하는 것을 욕망하고 또 타자의 시선을 내면화해 그 시선으로 자신을 바라보는, 지구상의 거의 유일한 종이다. 피조물은 인간(타자)의 욕망을 욕망하고, 인간(타자)의 시선으로 자신을 바라보며, 그 시선에 따라 자신을 비참하고 끔찍한 괴물로 규정하면서 서서히 진

---

37 이에 대한 좀 더 자세한 논의, 특히 스피노자의 정서 모방 이론 및 '유사자'에 대한 정서 모방이 종(種)의 한계(범위)를 규정짓는 중요한 요소임에 대해서는 2부 6장 참조.

짜 '괴물'이 되어 간다. 피조물의 '학습된 괴물성'이야말로 그가 인간임을 드러내는 표지인 것이다.

『프랑켄슈타인』 3부에서는 인간의 상징계적 사회가 아니라 오직 하얀 눈과 차가운 얼음만으로 가득한 북극의 공간에서 프랑켄슈타인과 피조물이 마치 서로의 분신인 듯 쫓고 쫓기는 과정이 그려진다.[38] 서로를 죽도록 증오하면서 또 서로의 유일한 삶의 의미가 되어주는 기이하고 묘한 관계가 순백의 설원을 배경으로 펼쳐진다. 이는 앞서 초판 속표지에서 보았던 작품 주제의 대립 및 충돌, 즉 '부제'가 강조하는 프랑켄슈타인의 영웅적 특징과(근대의 프로메테우스) '제사'에서 울리는 피조물의 원망 섞인 항변이(나를 만든 이여, 내가 당신께 요청했습니까? 나를 흙에서 인간으로 빚어 달라고?) 빚어내는 긴장의 극적 형상화라 할 수 있다. 황량한 북극 설원에서 펼쳐지는 창조주와 피조물의 추격전, 상대를 죽여야 하지만 서로에 대한 증오의 에너지로 삶을 지탱하기에 상대가 죽으면 자신도 죽을 수밖에 없는 분신의 드라마는 작품의 끝에서 숭고하고(sublime) 종말론적인(apocalyptic) 정서를 자아낸다.

『프랑켄슈타인』에서 프랑켄슈타인과 피조물의 관계는 '데카르트적' 창조주와 '스피노자적' 개체의 비균형적이고 불화·충돌하는 관계다. 동시에 나르시시즘적 야심에 휩싸여 태어나는 인간의 존엄성을 진지하게 고려하지 못한 한 인간과 그러한 생명 경시에 반발하

---

38 프랑켄슈타인과 피조물의 분신 관계에 대한 좀 더 자세한 논의는 2부 6장 참조.

면서도 사회적 시선을 내면화하고 박탈감을 폭력적으로 표출한 또 다른 인간의 만남이기도 하다. 자의적 권력을 휘두르는 창조주와 신의 표현이고자 한 피조물의 관계는 부정적 정념에 예속된 두 인간의 관계로 수렴되면서 파국의 결말로 나아간다.

4장

"나는 히스클리프"일까?

『워더링 하이츠』와 스피노자적 신의 사랑

"신은 정확히 말하면 누구도 사랑하지 않으며 누구도 미워하지 않는다.
왜냐면 신은 … 어떤 기쁨이나 슬픔의 정서에 의해서도
변용되지 않기 때문이다."

─스피노자, 『윤리학』 5부 정리 17의 따름정리

"이로부터 신은 자기 자신을 사랑하는 한에서 인간을 사랑하며,
결과적으로 인간을 향한 신의 사랑과 신을 향한 인간 정신의 지적 사랑은
하나의 동일한 것이라는 점이 따라 나온다."

─스피노자, 『윤리학』 5부 정리 36의 따름정리

"넬리, 내가 바로 히스클리프야. 그는 늘 언제나 내 마음에 있어. 그가 기쁨을
줘서가 아니야. 내가 나 자신에게 늘 기쁨이진 않은 것처럼."

─에밀리 브론테, 『워더링 하이츠』

1부 2장과 3장에서는 스피노자 존재론에서 신이 의미하는 바, 그리
고 신과 인간의 관계를 『로빈슨 크루소』와 『프랑켄슈타인』을 읽으

며 살펴보았다. 거기서 스피노자의 신(실체)은 자유의지를 가지고 자신의 외부에 세계를 창조하는 초월적 신이 아니라, 자신의 본성에 따라 무한히 많은 것들을 무한히 많은 방식으로 생산하면서 만물(양태)로 자신을 펼치고 표현하는 내재적·일의적 존재였다.『윤리학』1부 '신에 대하여'에서 집중적으로 다뤄졌던 신(실체)에 대한 논의는 5부 '지성의 역량 혹은 인간의 자유에 대하여'에서는 1부와 다소 다른 관점과 속도로 제시된다.『윤리학』5부에서는 1부에서 논의된 실체-속성-양태의 일의성이나 4부에서 언급된 '신 즉 자연'의 이미지와 오직 옅게만 겹칠 뿐인 주제들, 즉 '신의 사랑' '지복' '3종 인식' '영원성' 등에 대한 논의가 들뢰즈의 용어를 빌리자면 '절대속도'로 진행된다. 1~4부와 달리, 설명되지 않은 전제나 논리의 비약 등을 함축하는 절대속도의 5부는 오랫동안 스피노자 연구의 난제로 여겨지기도 했다.『윤리학』5부에서는 신의 지적 사랑이나 영원성 등 신비주의나 종교와 관련된 주제들이 엄밀한 논증 없이 제시되는 듯 보이기 때문이다. 그래서인지『윤리학』연구에서 5부는 상대적으로 덜 주목받았으며, 스피노자 사유의 실천성이 강조되는 국내 스피노자 연구 역시 비슷한 경향을 보인다.

하지만『윤리학』5부가 들뢰즈가 주장하듯『윤리학』의 세 스타일 중 하나, 혹은 "스피노자 논리학의 세 번째 요소"라면, 5부에 대한 우리의 관심은 더욱 각별할 수밖에 없다.[39] 들뢰즈에 따르면 "세상에서 가장 위대한 책 중 하나"인『윤리학』은 일관되고 통일된 스타일을 견지하기보다 세 가지의 이질적 요소로 이루어져 있다. 우선 '정의' '공리' '정리' '증명' '따름정리' 등 느리고 고요한 장강을 이루는 "개념의 담론"이 첫 번째 『윤리학』을 이룬다. 반면 정서의 불로 타오르는 '주석'이나 '서문' 혹은 '부록'은 "불연속적이고 은밀하며 폭발하는 부러진 사슬"로 이루어진 "기호의 책"이자 『윤리학』의 또 다른 스타일이다. 마지막으로 『윤리학』 5부는 첫 번째 윤리학의 "공통관념"이나 두 번째 윤리학의 "기호 혹은 정서"가 아니라 "본질, 독특성, 지각"을 다루는 세 번째 『윤리학』을 이룬다.[40] 개념의 책, 정서와 기호의 책, 그리고 『윤리학』 5부로 이루어진 세 권의 『윤리학』. 어딘지 불균형하게 느껴지는 이 구분은, 『윤리학』 5부에서 다루는 "본질"(Essences) 혹은 "독특성"(Singularities), 즉 감각하거나 인식하거나 언어로 표현하기 어렵지만 그럼에도 실재하는 잠재적 차원에 대한 스피노자의 관심이 "개념"(Concepts)이나 "정서"(Affects) 못지않게 중요함을 지적한다. 특히 『윤리학』 5부는 본질에 대한 스피노자의 독특한 개념, 즉 본질에 대한 전통적 정의인 "그것을 그것이게 하는 것"일 뿐 아니라 반대로 "그 사물이 없으면 존재하지 않거나 사유될

---

39 Gilles Deleuze, "Spinoza and the Three *Ethics*", *Essays Critical and Clinical*, p. 148.

40 *Ibid.*, pp. 145~146, 148. 여기서 들뢰즈의 지각(percept) 개념은 주체인 인간이 객체인 대상에 대해 가지는 인식이라기보다 지각 상태/작용(perception)을 가능하게 하는 발생적 요소로서의 미시적·역동적 지각을 의미한다. 이에 대해서는 다음 참조. Gilles Deleuze and Félix Guattari, "Percept, Affect, and Concept", *What is Philosophy?*; 성기현, 「신체론으로서의 감각론: 스피노자의 물음 '신체는 무엇을 할 수 있는가'에 대한 들뢰즈의 답변」, 『탈경계인문학』 6권 2호. 들뢰즈는 『스피노자의 실천철학』에서는 『윤리학』이 두 권의 책으로 이루어졌다고 언급한다. 「스피노자와 세 권의 『윤리학』」이 『스피노자: 실천철학』보다 나중에 쓰였음을 고려한다면 『윤리학』 5부의 중요성과 독특성이 들뢰즈 후기로 갈수록 강조된다고 볼 수 있을 것 같다.

수 없는" 독특한 본질/개별 본질(singular essence)에 대한 사유란 점에서 주목할 만하다(『윤리학』 2부 정의 2). 그리고 이러한 개별 본질에 대한 인식, 즉 직관지가 스피노자의 3종 인식이다. 『윤리학』에 따르면 3종 인식은 '상상'을 기반으로 하는 1종 인식이나 사물의 '관계'에 대한 이해인 2종 인식(공통 관념)보다 우월한 인식이며, 지복이라 불리는 능동적 기쁨을 수반한다. 또 3종 인식은 '사물'의 본질뿐 아니라 '신'의 본질 그리고 이와 필연적으로 합치하는 '나'의 본질에 대한 인식이며, 그렇기에 스피노자가 이끄는 자유로 가는 길에서 빼놓을 수 없는 요소이기도 하다.[41] 『윤리학』 5부는 이러한 3종 인식 혹은 지복이 신의 지적 사랑과 함께 논의된다는 점에서 스피노자의 독특한 사유가 독특한 방식으로 펼쳐지는 공간이라 하겠다.

스피노자가 말하는 신의 사랑과 관련한 주요한 문학적 형상화로 에밀리 브론테의 『워더링 하이츠』를 꼽을 수 있다. 캐서린과 히스클리프의 규정하기 어려운 강렬한 관계에서 스피노자가 말하는 신의 사랑에의 모색을 볼 수 있기 때문이다. 대부분의 각색 영화에서 캐서린과 히스클리프의 관계는 절대적이고 열정적이며 비극적인 남녀의 사랑으로 제시된다. 그런데 이 둘의 관계를 정열적이고 이성애적인 남녀 관계로 보는 게 얼마만큼 정당한 걸까? 분명한 건

---

41 "[3종 인식의] 기쁨은 자신에 대한 관념을 동반한다. 이에 따라 그 기쁨은 마찬가지로 원인으로서 신의 관념을 동반한다"(『윤리학』 5부 정리 32의 증명). 들뢰즈 역시 『스피노자: 실천 철학』의 '주요 개념 색인' 중 '자유'에서 3종 인식을 "신의 본질 및 다른 모든 본질과 필연적으로 그 안에서 화합하는 자신의 본질에 대한 관념"으로 설명한다.

이 둘 사이에 '보통의' 이성애적 남녀 관계를 넘어선 어떤 간절하고 쓸쓸하며 광기적인 잉여(excess)가 있다는 것이다. 독자와 비평가들은 이러한 잉여를 설명하기 위해 어린 둘 사이의 상상적 동일시, 영혼의 반쪽 신화, 소수자적 연대, 문명과 대립되는 원초적 자연의 힘 등 다양하고 이질적인 결들에 주목해 왔다. 이 장에서는 히스클리프와 캐서린의 관계가 '정상적인' 이성애를 넘어, 인간의 사랑이 스피노자가 말하는 신의 사랑에 얼마만큼 다가갈 수 있는가에 대한 실험적 모색임을 살펴본다. 나아가 이들 관계에서 드러나는 신의 사랑으로의 도약과 몰락이 어린 시절 신체성에 기반한 소수자적 연대감과 연결되는 지점 역시 확인하려 한다.

신은 사랑한다, 신은 사랑하지 않는다: 스피노자적 신의 두 얼굴

『윤리학』 1부에서 제시되는 스피노자의 신은 언뜻 냉정해 보인다. 인간을, 혹은 나를, 특별히 사랑하는 대신 오직 신 자신의 본성적 필연성에 따라 무한히 많은 양태를 무한히 많은 방식으로 생산할 뿐이기 때문이다. 그런데 『윤리학』 5부에 이르면 신의 사랑, 신**이** 하는 사랑과 신**을** 향한 사랑 둘 모두의 의미에서 신의 사랑의 문제가 전면에 대두된다. 나아가 신의 사랑과 연관된 지복의 정서와 독특한 본질에 대한 직관지인 3종 인식 역시 전면화한다. 스피노자의 신, 어떤 의지나 목적을 지니지 않으며, 인간에게 어떤 특권을 부여하지도 않고, 자신의 바깥에 어떤 외부도 존재하지 않는 스피노자적 신의 사랑은 어떤 것일까? 왜 스피노자는 '신의 사랑' 같은 언뜻 종교적이고 신비주의적인 논의를 '기하학적 순서에 따라 증명된'『윤리학』의 마지막에 두는 걸까? 신인동형설의 인격신을 강하게 비판하던 스피노자가『윤리학』5부에 와서 '신'과 '사랑'을 함께 사유하는 이유는 뭘까? 신이 나를 사랑하고 내가 신을 사랑하는 것은 스피노자 윤리학에서 어떤 의미일까?[42]

『윤리학』5부에서 신의 사랑은 표면적으로 모순되어 보이는 두 가지 모습을 지닌다. 혹은 들뢰즈의 표현을 빌리자면, 스피노자주의에서 신의 관념은 양방향으로 향하는 두 얼굴을 가진다.[43] 우선 신은 인간을 사랑하지 않는다. 5부 정리 17의 따름정리에 의하면 "신은 정확히 말하면 누구도 사랑하지 않으며 누구도 미워하지 않는다. 왜냐면 신은 정념에서 벗어나 있으며 어떤 기쁨이나 슬픔의 정서에 의해서도 변용되지 않기" 때문이다(『윤리학』5부 정리 17). 사랑에 대한 『윤리학』의 정의에 따르면 사랑은 "외부 대상의 관념을 동반하는 기쁨"인데(『윤리학』3부 정리 13의 주석), 우선 신은 자기원인이자 만물의 원인으로서 '외부'를 가지지 않으며, 따라서 외부 대상의 관념

---

42 물론 5부가 갑자기 덧붙여진 것은 아니다.『윤리학』은 1부 처음부터 "지속"과 구별되는 "영원성"에 대해 이야기하며(『윤리학』1부 정의 8) 2부에서도 "인간 정신은 신의 영원하고 무한한 본질에 대한 적합한 인식을 가지고 있다"(『윤리학』2부 정리 47)라거나 "내가 뒤에서 보여 주겠지만 [1종 인식과 2종 인식] 외에 우리가 직관지라 부르게 될 또 다른 3종 인식이 있다"(2부 정리 40의 주석 2)라고 언급한다. 또 4부에서는 "정신의 최고 좋음은 신에 대한 인식이며 정신의 최고의 덕(훌륭함)은 신을 인식하는 것이다"(『윤리학』4부 정리 28)라고 말하며 5부를 예비한다.

43 들뢰즈, 1981년 3월 17일 강의, https://www.webdeleuze.com/textes/43.

이 동반되는 '정념'(passion)을 느끼지 않는다. 더 정확히 말하자면, 신은 외부 대상에 의해 변용되지 않고, 따라서 변용에 따른 역량 증감인 수동적 기쁨을 느끼지 않으며, 그런 한에서 신은 사랑하지 않는다. 외부 사물에 의해 필연적으로 변용되면서 기쁨과 슬픔의 수동적 정서(정념)를 지닐 수밖에 없는 '양태'와 달리, '실체'는 수동적 정념인 사랑과 미움에 휘둘리지 않는 '무감한'(impassible) 존재인 것이다. 실체(신)의 변용은 실체의 외부로부터 오는 것이 아니며(다시 말하지만 실체의 외부는 없다) 실체의 변용이 곧 양태다. 스피노자의 신은 자신의 본성에 따라 무한히 많은 양태들로 자신을 펼쳐내고 표현할 뿐이다.

하지만 다른 한편 스피노자의 신은 인간을 사랑하며, 이때 인간에 대한 신의 사랑은 신에 대한 인간의 사랑과 같다. "신은 자기 자신을 무한한 지적 사랑으로 사랑하며"(『윤리학』 5부 정리 35) "이로부터 신은 자기 자신을 사랑하는 한에서 인간을 사랑하며, 결과적으로 인간을 향한 신의 사랑과 신을 향한 인간 정신의 지적 사랑은 하나의 동일한 것이라는 점이 따라 나오기"(『윤리학』 5부 정리 36의 따름정리) 때문이다. 인간에 대한 신의 사랑과 신에 대한 인간의 사랑, 그리고 자기 자신에 대한 신의 사랑은 모두 동일한 것이며, 여기서 사랑을 하는 '주체'와 사랑을 받는 '대상'의 구분은 사라진다. 신의 사랑은 외부 대상의 관념을 동반하는 수동적 기쁨 혹은 "더 큰 완전성으로의 이행"을 나타내는 역량 증가의 기호로서 기쁨이 아니다. 그것은 "정신이 완전성 자체를 갖추고 있다는 것에서 성립"하는 지복이다(『윤리학』 5부 정리 33의 주석). **앞서 신이 인간을 사랑하지 않는다고 말할 때의 사랑이 수동적 기쁨에 기반한 사랑이라면, 신이 인간을 사랑한다고 말할 때의 사랑은 지복(능동적 기쁨)의 사랑인 것**이다. 신의 '지적 사랑'은 주체와 대상이 나뉘어 존재하는 수동적 기쁨이 아닌 주체와 대상의 내재적 관계에서 나오는 것이며, 그렇기에 지복이자 능동적 기쁨이기도 하다. 요약하자면 스피노자의 신은 인간(양태)처럼 기쁨과 슬픔, 사랑과 미움의 정념에 휘둘리는 존재가 아니기에 사랑하지 않는다. 하지만 그 신은 또 지복으로 자기 자신을 사랑하고 또 인간(양태)을 사랑하는 '사랑의 신'이기도 하다. 즉 신의 지적 사랑은 외부 대상에 대한 수동적 기쁨과는 다른 차원의 사랑이며, 여기에서 주체와 대상의 이분법은 사라지고 본질의 일치에서 발생하는 능동적 기쁨 및 확연한 앎(3종 인식)이 생겨난다.

흥미로운 것은 신의 지적 사랑이라는 새로운 차원의 '정서'가—이를 정서라 이름할 수 있다면—수동적 정서와 구분되는 능동적 기쁨(지복)일 뿐 아니라 앞서 말한 바 직관지인 3종 인식, 즉 새로운 차원의 '인식'과 나란히 간다는 것이다. 3종 인식은 외부 대상에 의한 신체의 변용 관념인 이미지, 인상, 기억, 상상 등에 기반한 1종 인식과 구별되며, 2종 인식(공통 관념)과 함께 '적합한 관념'을 이룬다. 하지만 공통 관념과 달리 각 사물의 독특한 개별 본질을 인식의 대상으로 하며(『윤리학』 2부 정리 40의 주석 2), 그렇기에 3종 인식은 주체와 대상의 이분법을 전제하는 '대상'에 대한 '주체'의 인식이 아니다. '개별 사물'(독특한 실재)의 본질이 '신'의 본질이자 '자신'의 본질

스피노자로 영국 소설 읽기

임을 아는 것, 존재의 일의성의 평면에서 신-사물-나의 본질의 강도가 합치함을 아는 것이 3종 인식이다. 즉 3종 인식에는 주체와 대상의 구분이 없으며, 인식에서 그치는 것이 아니라 신의 지적 사랑이라는 지복과 필연적으로 함께 간다. 3종 인식을 통해 "사물의 본질에 대한 적합한 인식으로 나아갈" 뿐만 아니라 "3종 인식에서 있을 수 있는 최고의 정신적 만족, 즉 [능동적] 기쁨이 생기는" 것이다 (『윤리학』 5부 정리 25의 증명, 5부 정리 32의 증명). 이렇게 볼 때 '신의 지적 사랑'과 '3종 인식' 그리고 '지복'은 주체와 대상 그리고 인식과 정서가 구분되지 않는 어떤 동일한 차원의 각기 다른 측면을 가리킨다고 할 수 있다.

　　3종 인식-신의 지적 사랑-지복과 관련해 '실천적 윤리학'에서 중요한 점은 앞서 본 대로 신이 인간을 사랑하는 것과 인간이 신을 사랑하는 것이 동일하다는 명제다. 인간에 대한 신의 사랑이 신을 향한 인간의 사랑과 같은 것이라면, 우리가 신을 사랑하는 한 신은 우리를 사랑하게 되어 있기 때문이다. 인간이 신을 사랑한다는 것—즉 신이 인간을 사랑한다는 것—은 어떤 걸까? 만일 우리가 신을 사랑한다는 것이 신이 우리를 사랑하듯 우리가 우리 자신을 사랑하는 것이라면, 이러한 사랑의 인식론적 대응항은 우리 자신의 본질과 개별 사물의 본질이 궁극적으로 신의 본질과 합치함을 아는 것, 즉 우리가 신의 본질을 부분적으로 표현한다는 사실에 대한 확연한 앎일 것이다. 이렇게 볼 때 3종 인식이나 신의 지적 사랑 혹은 지복은 초월적 신비주의라기보다 '존재의 일의성'의 내재적 사유—"실존하는 것은 어느 것이나 모든 사물의 원인인 신의 역량을 일정하고 규정된 방식으로 표현한다"(『윤리학』 1부 정리 36의 증명)—를 가장 멀리 밀고 나갈 경우 만나게 되는 논리적 귀결일 수 있다. 뿐만 아니라 "그로부터 필연적으로 신에 대한 지적 사랑이 생겨나는" 3종 인식, 즉 신-사물-나의 본질에서의 합치에 대한 직관적 이해는 신에 대한 우리의 사랑이나 우리의 능동적 기쁨(지복)과 별개로 존재하지 않는다. "우리가 개별 사물들을 이해하면 할수록 그만큼 더 우리는 신을 이해하게 되며"(『윤리학』 5부 정리 24), "자신과 자신의 정서들에 대한 이해가 더 커질수록 그만큼 신에 대한 사랑도 더 커지기"(『윤리학』 5부 정리 15) 때문이다.

"내가 바로 히스클리프야"(I *am* Heathcliff):
인간 사이에 신의 사랑은 가능할까

『워더링 하이츠』는 작품의 전체 화자인 록우드에게 언쇼가의 하녀 넬리가 이야기를 들려주는 복잡한 형식을 지니며, 1841년 발행 후 폭넓고 다양한 비평적 관심을 받아 왔다. 또 지금까지 계속해서 다양한 버전의 각색 영화로 만들어질 정도로 강한 대중적 소구력을 지닌 작품으로, 이러한 대중적 흡입력의 핵심에는 히스클리프와 캐서린의 강렬하고 모호하며 전복적인 관계가 있다. 이야기는 18~19세기 영국 요크셔 지방을 배경으로 언쇼가의 반항적인 딸 캐서린이 아버지가 리버풀 거리에서 데려온 까만 머리의 히스클리프와 맺는 이상

스피노자로 영국 소설 읽기

할 정도로 "끈끈한"(thick)" 관계에서 시작된다. 언쇼 씨가 죽은 뒤 시작된 히스클리프에 대한 아들 힌들리의 학대, 캐서린과 에드거 린튼의 결혼, 신사가 되어 돌아온 히스클리프의 복수, 그리고 캐서린의 죽음이 작품의 전반부를 이룬다. 이어 캐시(캐서린과 에드거의 딸)와 린튼(히스클리프의 아들), 헤어튼(힌들리의 아들)의 2세대 및 이들과 복수의 화신이 된 히스클리프의 얽히고설킨 이야기가 후반부에 전개된다. 마지막으로 히스클리프의 기이하고 허망한 죽음과 황야를 떠도는 캐서린과 히스클리프의 유령으로 작품은 끝난다.

『워더링 하이츠』는 캐서린과 히스클리프의 관계를 통해 인간과 인간의 관계에서 '기쁨의 정념으로서 사랑'이 아닌 '신의 사랑'이 가능한지, 가능하다면 어떤 형태를 띠며 그렇지 않다면 왜 그런지에 대한 질문을 던진다. 특히 캐서린이 "내가 바로 히스클리프야"라고 넬리에게 토로하는 9장의 고백 장면은, 이 둘의 관계가 남녀 간 보통의 이성애적 사랑이기보다 스피노자가 말하는 신의 사랑에 대한 어렴풋한 모색이자 불가피한 실패(의 예감)임을 드러낸다. 넬리에 따르면 언쇼 씨의 죽음 후 "성인(聖人)조차 악마로 바꿀 만한"(*Wuthering Heights* 58) 힌들리의 폭압과 학대 아래 히스클리프는 거칠고 무식한 일꾼이 되어 가고, "야심만만한" 캐서린은 린튼 가문의 에드거와 히스클리프의 두 세계 사이에서 "특별히 속이려는 의도는 없지만 이중인격을 취하게" 된다(*Wuthering Heights* 59). 히스클리프와 심하게 다투고 에드거의 청혼을 승낙한 어느 날 밤, 캐서린은 넬리를 붙잡고 자신의 불안한 마음을 달래려 한다. 넬리는 그녀가 히스클리프를 버리지 않은 채 에드거의 부인이 될 수는 없음을 상식적으로 지적하지만, 캐서린은 이에 반발하며 히스클리프와 에드거에 대한 자신의 두 사랑이 모순되지 않음을 주장한다. 자신의 두 사랑이 양립할 수 있다는 캐서린의 주장은 『윤리학』 3부에서 정의된 수동적 정념으로서 사랑("외부 대상의 관념을 동반하는 기쁨")과 5부에서 개진되는 신의 사랑을 떠올리게 한다. 그녀의 말을 따르자면, 에드거에 대한 그녀의 사랑이 수동적 기쁨으로서 사랑이라면, 히스클리프에 대한 사랑은 그녀 자신에 대한 사랑과 동일한 것이자 필연적이고 변하지 않는 신의 사랑에 가깝기 때문이다.

캐서린이 에드거를 사랑하는 것은, 스피노자가 3부에서 사랑을 정의하는 대로, 그가 현재 그녀를 기쁨으로 변용시키기 때문이다. 왜 에드거와 결혼하냐는 넬리의 질문에 대한 캐서린의 대답은 단순한 만큼 명쾌하다. 에드거는 잘생기고, 젊고, 같이 있으면 즐겁고, 나를 사랑하고, 부자이고, 그가 내 남편인 게 자랑스럽기 때문이다. 그렇기에 그녀는 그를 사랑하고, 사랑하니까 결혼한다. 만일 에드거가 그렇지 못하다면 어떻게 하겠냐는 넬리의 질문에 대한 캐서린의 대답 역시 분명하다. 그가 못생기고 바보 같고 가난하다면 그를 사랑하지 않는 건 당연하다는 거다. 여기서 에드거에 대한 캐서린의 사랑이 '진실'되지 않다고 주장할 이유는 없다. 에드거는 현재 그녀에게 기쁨을 주는 대상이며, 그렇기에 그녀는 그에게 사랑의 정서를 느끼고, 사랑하니까 결혼하는 거다.

문제는 캐서린이 현재 자신에게 뚜렷한 기쁨을 주지 않고 오히려 고통을 가하는 대상인 히스클리프 역시 사랑한다는 것이다. 캐서린은 에드거에 대한 사랑과 히스클리프에 대한 사랑이 어떻게 다른지를 다음과 같은 언어로 표현한다.

[에드거] 린튼에 대한 내 사랑은 숲의 나뭇잎들과 같아. 시간이 지나면 변하겠지, 겨울이 되면 나무들이 변하듯이. 나도 잘 알아. 하지만 히스클리프에 대한 내 사랑은 그 아래 있는 영원한 바위와 같은 걸. 눈에 보이는 즐거움을 주는 건 아니지만 **없어서는 안 되는** 거지. … 넬리, **내가 바로 히스클리프야.** 그는 늘 언제나 내 마음에 있어. 그가 기쁨을 줘서가 아니야. 내가 나 자신에게 늘 기쁨이진 않은 것처럼. 단지 **나 자신으로서**인 거지(*Wuthering Heights* 73, 이탤릭체는 원문, 강조는 필자).

My love for Linton is like the foliage in the woods. Time will change it, I'm well aware, as winter changes the tress—my love for Heathcliff resembles the eternal rocks beneath—a source of little visible delight, but **necessary**. Nelly, **I _am_ Heathcliff**—he's always, always in my mind—not as a pleasure, any more than I am always a pleasure to myself—but, as **my own being**.

히스클리프에 대한 캐서린의 사랑은 스피노자가 3부에서 규정한 사랑의 정의를 따르지 않는다. 현재 히스클리프는 그녀에게 기쁨을 주는 외부 대상이 아니며, 그를 사랑하는 기쁨으로 인해 그녀의 역량이 증가하면서 "더 큰 완전성으로 이행"하지도 않는다. 캐서린이 그를 사랑하는 것은 그가 기쁨이어서가 아니라 "필연적인/없어선 안 될"(necessary) 무엇이기 때문이다. 혹은 "내가 바로 히스클리프"라는 선언이 압축하듯, 그가 그녀에게 타자(대상)가 아닌 "나 자신"이기 때문이다. 캐서린이 말하는 이러한 사랑은 외부 대상에 대한 기쁨으로서의 사랑이 아니라, 『윤리학』 5부에서 언급되는 신의 사랑과 닮아 있다. 우선 신이 사랑의 기쁨을 느끼지 않듯이, 히스클리프에 대한 캐서린의 사랑 역시 기쁨이나 슬픔과 별 상관이 없다. 기쁨을 주기에 사랑하는 것은 "숲의 나뭇잎"처럼 한시적으로 기쁨을 주는 에드거에 대한 그녀의 사랑과 같다. 반면 히스클리프에 대한 사랑은 나무 밑의 "영원한 바위" 같은 것이다. 기쁨을 주기보다는 기쁨이나 슬픔 같은 수동적 정념과는 다른 어떤 것, 마치 '물은 아래로 흐른다'라는 자연법칙이나 "실존함은 실체의 본성에 속한다"(『윤리학』 1부 정리 7)처럼 "필연성"을 지닌 어떤 것이다.[44] 또 히스클리프에 대한 사랑은 신의 지적 사랑과 마찬가지로 주체와 대상이 구분되지 않는 어떤 것이다. 인간에 대한 신의 사랑이 신을 향한 인간의 사랑과 동일한 것처럼, 캐서린이 히스클리프를 사랑하는 것은 그녀가 자기 자신을 사랑하는 것과 같은 것이다. 왜냐면 "그가 나보다 더 나 자신"이기 때문이다(Wuthering Heights 71).

그런데 주체와 대상이 구분되지 않고, 또 외부 대상에 대한 정

---

44 인용문 중 "necessary"라는 단어가 지니는 존재론적 의의에 대한 좋은 논의로 다음 참조. Raymond Williams, "Charlotte and Emily Brontë", *The English Novel from Dickens to Lawrence*.

스피노자로 영국 소설 읽기

넘이 아닌 "지복, 즉 자유"만 있는 신의 사랑이 인간과 인간 사이에서 가능할까?(『윤리학』 5부 정리 37의 주석) "이 세상 모든 게 사라져도 [히스클리프]만 있다면 나 역시 존재할 수 있어"(*Wuthering Heights* 73)라는 캐서린의 고백이 신을 향한 인간의 사랑이자 인간을 향한 신의 사랑에 필적할 수 있을까? 히스클리프에 대한 캐서린의 사랑은 분명히 수동적 기쁨이 아닌 주체와 대상의 이분법이 해체된 신의 사랑을 연상시킨다. 하지만 "내가 바로 히스클리프"라는 선언의 진정성과는 별개로, 히스클리프에 대한 그녀의 이해가 신의 지적 사랑처럼 히스클리프라는 타자(대상)와 주체의 해체에 기반한다고 보기는 어려운 듯하다. 신의 자기 사랑이 인간에 대한 신의 사랑과 일치하는 것과 달리, 히스클리프에 대한 캐서린의 사랑 혹은 그에 대한 이해는 사실 일방적이기 때문이다. 캐서린은 넬리에게 "[히스클리프]는 내가 그를 얼마나 사랑하는지 모를 것"이라고 말할 뿐 아니라 "[히스클리프]는 사랑이라는 게 어떤 건지 모른다"라고도 한다 (*Wuthering Heights* 71, 72). 이러한 언급은 그녀가 히스클리프의 독특한 본질/개별 본질을 이해하고 있다고 보기 어렵게 만든다. 대상과 주체의 구분이 사라지기는커녕 오히려 대상을 주체로 포섭하는 낭만주의적 나르시시즘의 흔적마저 느껴진다면 캐서린에게 너무 야박한 걸까. 캐서린에게 히스클리프는 "세상 모든 게 남아 있더라도 그가 없다면 우주는 끔찍하게 낯선 곳이 될"(*Wuthering Heights* 73) 정도로 없어서는 안 될 존재이지만, 막상 히스클리프에 대한 그녀의 이해는 신-사물(타자)-나의 본질이 강도적 차원에서 합치를 이루는 3종 인식에 미치지 못한다. 또 그런 점에서 캐서린의 고백이 어느 정도 자기소외 혹은 허위의식(bad faith)의 요소를 내포하고 있는 것도 사실이다.[45]

아이러니한 것은 히스클리프가 생각하는 둘의 사랑 역시 위에서 살펴본 캐서린의 인식과 근본적으로 닮아 있다는 점이다. "내가 바로 히스클리프"라는 캐서린의 생각, 또 히스클리프에 대한 사랑이 수동적 기쁨의 정념이 아니라 "필연적" 사랑에 가깝다는 그녀의 주장은 이후 히스클리프의 격정적 토로에서 고스란히 반복된다. 정신착란에 시달리던 죽기 직전의 캐서린을 마지막으로 만난 자리에서, 히스클리프는 거의 처음으로 그녀에 대한 자신의 애절하고 복잡한 정서를 격렬하게 쏟아 낸다.

> 너는 나를 사랑했는데, 도대체 무슨 권리로 나를 떠난 거야? 무슨 **권리**로—대답해 봐—린튼에 대한 시시한 호감 따위 때문에? 그 어떤 비참함도, 타락이나 죽음도, 신이나 악마가 가할 수 있는 어떤 것도 우리를 갈라놓을 수 없었기에, **네가**, 네 스스로의 의지로, 나를 떠났잖아"(*Wuthering Heights* 142, 강조는 원문).

---

45 하지만 캐서린이 허위의식을 지니고 있음을 인정하는 것과 캐서린을 "타락한 이브"로 읽는 것에는 분명한 차이가 있다. 후자의 읽기로는 다음 참조. Sandra Gilbert and Susan Gubar, *Madwoman in the Attic: The Woman Writer and the Nineteenth-Century Literary Imagination*.

You loved me—then what right had you to leave me? What *right*—answer me—for the poor fancy you felt for Linton? Because misery, and degradation, and death, and nothing that God or Satan could inflict would have parted us, *you*, of your own will, did it.

캐서린에게 히스클리프가 기쁨의 대상이기보다 기뻐도 슬퍼도 '없어서는 안 될' 존재였듯이, 히스클리프에게도 역시 그와 캐서린의 사랑은 세상의 어떤 비참함이나 몰락 혹은 죽음까지도 갈라놓을 수 없는 필연이다. 임의로 자유의지를 행사하는 신이나 그 신에 대항하는 악마조차 어쩔 수 없는 어떤 필연적 유대가 그와 캐서린 사이에 존재하기 때문이다. 그렇기에 캐서린은 그를 떠날 "권리"가 없다. 그런데도 마치 신이 자유의지를 휘두르듯 캐서린이 자기 의지로 떠났고, 따라서 그녀의 고통은 당연하다.

문제는 그녀의 고통이 곧 히스클리프 자신의 고통이라는 점이다. 이 발언에 깔린 캐서린에 대한 뿌리 깊은 원망과 여성 혐오적 뉘앙스에도 불구하고 히스클리프의 처절하고 복잡한 정서가 독자에게 전달된다면, 그건 둘의 관계가 신도 악마도 갈라놓지 못하는 필연적 관계라는 그의 주장이 작품 내에서 어느 정도 설득력을 얻고 있기 때문이다. 사실 작품 후반부에서 두드러지는 그의 악랄하고 집요한 복수에도 불구하고 히스클리프가 완전한 악인으로 전락하기보다는 '낭만적 영웅'으로 남는 것도 마찬가지다.[46] 캐서린과 히스클리프의 관계에는 (화자 넬리가 지지하는) 부르주아적 도덕이나 중산계급의 가족 이데올로기 또는 결혼으로 이어지는 규범적·이성애적 사랑과 달리, 주체와 대상의 이분법이 흐려지고 필연적으로 서로에게 속하는 신적 사랑의 어떤 측면이 스며 있다. 혹은 적어도 이 둘은 서로의 독특한 본질의 리듬 혹은 강도적 정서의 주파수를 맞추면서, 기존 질서에서 비껴 있는 서로와의 연대감을 필연적인 것으로 받아들인다. 비록 히스클리프의 격정적 토로 역시, 앞서 캐서린의 고백처럼, 그들의 '필연적' 사랑에 끼어드는 상대에 대한 오해와 자기 합리화를 담고 있지만 말이다.

인간과 인간의 관계에서 신의 지적 사랑이 온전한 형태로 가능하지 않은 이유 중 하나는 유한한 인간의 시간과 영원한 신의 시간이 다르기 때문일 것이다. 비록 캐서린은 히스클리프에 대한 자신의 사랑을 가을이면 잎을 떨구는 나뭇잎과 다른 "영원한 바위"로 표현하지만, 세월의 흐름에 따라 바위 역시 모래가 되듯 그녀의 사랑 역시 영원할 수 없다. 어쩌면 이들의 사랑은 어린 시절 함께 자유롭던 황야를 '유령'으로 떠도는 한에서만 영원할지도 모른다. "우리가 자연의 한 부분인 한에서 … 우리는 수동적이다"라는 『윤리학』 4부 정

---

46 '낭만적 영웅'(romantic hero) 혹은 '바이런적 영웅'(Byronic hero)은 고딕 소설의 남성 주인공을 일컫는 '고딕적 악한'의 진화된 형태다. 음울함, 세련됨, 비밀스러움, 외로움, 냉소, 상처, 성적 매력 등의 특징을 지니며 특히 여성 인물과 독자에게 지니는 치명적 매력을 특징으로 한다. 낭만적 영웅으로는 히스클리프 외에 『제인 에어』의 로체스터나 바이런의 돈 주앙이 주로 거론된다.

리 2처럼, 인간(양태)은 늘 외부의 양태에 의해 변용되는 기본적으로 수동적인 존재이며, 이것이 신(실체)과 만물(양태)로 이루어진 스피노자의 일의적 존재론이 함축하는 바 중 하나다. 본질이 곧 실존이자 영원성을 특징으로 하는 신(실체)과 달리, 인간(양태)은 외부 환경과 내적 동요에 의해 끊임없이 영향받고 생성·변화·소멸하는 존재자인 것이다. 그렇기에 신의 사랑은 지복으로 영원하지만, 인간의 사랑은 외부 사물에 의한 변용으로 발생하는 수동적 정념과 변용 관념(상상)의 준-자동적이고 습관적인 인과 연쇄로부터 온전히 자유로울 수 없다.

『윤리학』 5부는 시작과 끝을 전제하는 불멸(immortality)이 아닌 무시무종의 영원(eternity)이라는 관점에서 보았을 때의 사태인 3종 인식과 지복에 대해 말한다. 영원의 관점에서 볼 때 개별 본질에 대한 인식이자 신의 지적 사랑과 나란히 가는 3종 인식은 "사물들의 본질에 대한 적합한 인식으로 **나아가는**" 과정이며, 그런 한에서 영원하다(『윤리학』 2부 정리 40의 주석 2, 강조는 필자). 인간이 3종 인식을 완전히 '소유'하는 것은 신의 본질과 인간의 본질을 혼동하는 일이라는 점과 인간이 신의 본질과 사물의 본질 그리고 자신의 본질의 합치를 깨닫는 직관지(3종 인식)가 가능하다는 것은 모순되지 않는다.[47] "지복은 덕(훌륭함)의 보상이 아니라 덕(훌륭함) 그 자체다"

---

47 1장에서 언급했듯이 들뢰즈 역시 "피조물이 본질과 실존에서 신과 다르다는 것과 신이 피조물과 공통적 형식을 가진다는 것을 동시에 말한다는 것은 전적으로 옳다"라고 지적한다 (Deleuze, *Expressionism in Philosophy: Spinoza*, p. 48).

라는 『윤리학』의 마지막 정리 역시 스피노자가 말하는 지복의 '완전성'이 초월적 형상이 아니라 과정으로서의 내재적 사건임을 보여준다.

『워더링 하이츠』는 캐서린과 히스클리프의 관계를 통해 대상에 대한 수동적 기쁨으로서의 사랑이 아닌, 신의 지적 사랑과 닮은 인간의 사랑이 어떠한 것일 수 있는지를 실험적으로 모색한다. 동시에 인간과 인간의 사랑이 왜 신의 사랑에 다다르기 어려운지에 대한 구체적이고 현실적인 사태 역시 그만한 무게로 다룬다. 신적 사랑에 대한 열망이 인간 욕망의 서사와 어떻게 맞물려 있는지, 혹은 영원성의 관점에 있는 신의 사랑이 지상의 인간들에게 어떤 의미가 있는지를 독자들에게 묻고 또 묻는 것이다.

"두 마리 늑대의 친연성":
이성애적 사랑을 넘어, 신의 사랑과 나란히

앞서 스피노자적 신의 사랑은 두 가지 성격을 가지고 있다고 했다. 외부 대상으로 인한 기쁨의 정념을 느끼지 않기에 신은 사랑하지 않는다. 하지만 신은 자기 자신을 사랑하는 것처럼 인간을 사랑하며, 인간에 대한 신의 지적 사랑은 신에 대한 인간의 사랑과 동일하다. 들뢰즈는 스피노자가 신의 "완전히 다른 두 초상"의 표면적 모순을 해소할 필요성을 전혀 느끼지 않았음을 지적한다. 첫 번째의 '사랑하지 않는 신'이 2종 인식(공통 관념)과 연관된 신 관념이라면, 두 번째의 '사랑하는 신'은 3종 인식(직관지)과 연관된 신 관념이기 때문이다. 스피노자의 신은 "에피쿠로스학파적인 무감한 신"과 "자신을 향한 인간의 사랑을 통해 자신을 사랑하고 또 인간을 사랑하는 3종 인식의 신비주의적 신"의 두 얼굴을 가진다.[48] 들뢰즈가 지적하듯이, 한편으로 스피노자의 신은 양태들이 합성-비합성되는 관계들의 근거가 되는 신이다. 즉 자연의 법칙이나 사물의 이치라 할 '가장 보편적인 공통 관념'(2종 인식)의 준거인 신, 혹은 『윤리학』 1~4부에서 강조하듯 자신의 필연적 본성에 따라 무한히 많은 사물을 무한히 많은 방식으로 생산하는 "신 즉 자연"이다. 다른 한편 '지성의 역량 혹은 인간의 자유에 대하여'란 제목을 지닌 『윤리학』 5부는 2종 인식의 근거가 되는 신과는 다른 측면의 신을 제시한다. 이 신은 자기 자신을 사랑하듯 인간을 사랑하며 인간을 향한 신의 사랑이 신을 향한 인간의 사랑과 다르지 않은 '사랑의 신'이자, 모든 개별 사물의 역량 정도인 개별 본질의 합과 동등한 3종 인식의 신이다. 공통 관념(2종 인식)과 직관지(3종 인식)가 그 차이에도 불구하고 '적합한 관념'을 구성하듯, 또 외부 대상에 대한 수동적 기쁨인 (통상적 의미의) 사랑과 신의 지적 사랑이 여하튼 모두 '사랑'으로 표현되듯, 스피노자적 신의 두 초상은 구분되지만 또 연결되면서 스피노자의 일의적 존재론을 풍요롭게 한다.

　　캐서린과 히스클리프의 관계는 구체적인 역사적 상황에 놓인

48　들뢰즈, 1981년 3월 17일 강의, https://www.webdeleuze.com/textes/43.

두 남녀의 사랑이 계급·젠더·인종의 견고한 테두리 내의 '정상적' 이고 이성애적인 사랑을 넘어 스피노자적 의미의 신의 사랑에 얼마 만큼 가까워질 수 있는가에 대한 물음이다. 이들의 관계는 정념적 사랑에 기반한 이성애적 사랑과 구분되는 신의 사랑의 일단을 인상 적으로 보여 준다. 하지만 동시에 외적 힘이나 내적 욕망에 영향받는 인간의 사랑과 주체와 대상의 구분이 없는 신의 사랑 간의 엄연한 거리 역시 에누리 없이 드러낸다. 작품 끝에서 황야를 떠도는 캐서린과 히스클리프의 '유령'은 신의 지적 사랑으로 도약했으나 끝도 없는 나락으로 떨어진 인간의 그림자다. 그럼에도 불구하고 히스클리프와 캐서린이 근대의 오이디푸스적 가족 제도와 정서적 개인주의의 근간이 되는 이성애적 남녀 관계를 넘어 비관습적이고 전복적인 관계를 보여 준다면, 그건 아마 이들의 끈끈한 관계가 어린 시절부터 쌓아 온 '소수자적 연대'(minoritarian solidarity)에 기반하기 때문일 것이다. 언쇼 씨가 길에서 주워 온 퉁명스럽고 적대적인 유색인종 고아와 고집 세고 오만하지만 다정하고 가식 없는 언쇼 씨의 딸은, 그 이유가 무엇이든, 서로에 대한 직관적 이해와 동일시를 통해, 즉 기쁨과 능동의 합성적 관계를 형성하면서 함께 성장하게 된다.[49]

---

49 안드레아 아놀드 감독의 「폭풍의 언덕」(2011)에서는 히스클리프 역으로 흑인 배우(제임스 호손)가 출연하면서, 원작에서 히스클리프의 인종이 적어도 백인은 아님을 비주얼로 확인시켜 준다. 이는 윌리엄 와일러 감독의 고전적 「폭풍의 언덕」(1939) 이후 히스클리프 역을 대부분 잘생긴 백인 배우들(로렌스 올리비에, 랠프 파인즈, 톰 하디…)이 맡아 온 전통과 선명한 대비를 이룬다. 관련해 필자의 「히스클리프를 위하여?: 안드레아 아놀드 감독의 「폭풍의 언덕」」, 『문학과 영상』, 13권 3호 참조.

넬리에 따르면 어릴 때 "[캐서린은] 히스클리프를 너무 많이 좋아했고", 히스클리프는 캐서린이 "세상 어떤 사람과도 비교할 수 없이 우월하다"고 생각한다(*Wuthering Heights* 36, 44). 특히 가부장적·계급적·인종차별적 사회체계와 상징적으로 거리를 둔 황야(the moor)를 배경으로 힌들리의 폭정에 저항하면서 더욱 두터워지는 이들의 연대와 결속은, 이후 요동치는 관계에도 불구하고, 서로를 "나보다 더나"라거나 "나의 반쪽"으로 여기는 둘의 독특하고 두터운 친밀감을 설득적으로 만든다. 그렇기에 넬리가 묘사하는 이들의 연대감에는 단순한 애착이나 의기투합을 넘어서는 **묘한 자유로움과 저항의 용기, 그리고 유머**가 있다.

> 하지만 아침에 황야로 달아나 하루 종일 그곳에 머무는 게 그들의 제일가는 즐거움 중 하나였지요. 나중에 혼나는 건 웃어넘길 만한 별일 아닌 게 되고요. 목사는 캐서린이 외워야 할 『성경』 구절을 최대한 많이 내줬고, 조셉은 자기 팔이 아프도록 히스클리프를 팼지만, 다시 함께 있게 된 순간 그들은 모든 걸 잊었어요. 적어도 못된 복수 계획을 짜내던 그 순간엔 말이죠(*Wuthering Heights* 40).
>
> But it was one of their chief amusements to run away to the moors in the morning and remain there all day, and the after punishment grew a mere thing to laugh at. The curate might set as many chapters as he pleased for Catherine to get by heart, and Joseph might thrash Heathcliff till his arm ached; they forgot everything the minute

they were together again, at least the minute they had contrived some naughty plan of revenge.

　　들뢰즈는 브론테가 히스클리프와 캐서린의 끈끈한 "연대감"(bond)을 통해 이성애적 "사랑"이 아닌 "격렬한 정서"(violent affect), 마치 "두 마리 늑대의 친연성"(a kinship between two wolves)과 같은 **새로운 정서**를 창조했다고 지적한다.[50] 또 이들의 "정말 알 수 없는 관계"(the most mysterious relation)를 (남녀 간의 이성애적 사랑이 아닌) "무한히 되어 가는" 존재들인 "독신자들의 공동체"에 속하는 것으로 본다.[51] 그의 지적대로 캐서린과 히스클리프의 관계는 우리에게 익숙한 규범화된 사회관계, 가령 결혼으로 이어지는 남녀의 연애 관계나 엄마-아빠-나의 오이디푸스 삼각형 관계와는 먼, 비통념적이고 독특한 관계를 보여 준다.

　　캐서린은 빅토리아 시대 부르주아 도덕의 핵심이라 할 수 있는 가정성(domesticity)과 점잖음(respectability)에 본능적 반감을 지닌 여성 인물이다. "왜 늘 착한 딸이 될 수 없느냐"라는 아버지의 나무람에 "왜 아버지는 늘 좋은 (남자) 어른이 될 수 없어요?"라고 되받아치는 여자아이, 교양과 기득권의 세계인 린튼 가문에 끌리면서도 끝내 이에 온전히 동화되지 못하고 자신을 "낯선 이의 아내"이자 "내

50　Deleuze and Guattari, *What is Philosophy?*, p. 175.

51　Deleuze, "Bartleby; or, the Formula", *Essays Critical and Clinical*, p. 85.

세계에서 쫓겨난 유배자"로 느끼는 인물이 캐서린인 것이다. 또 고 아이자 비-백인이며, 아버지 같던 언쇼 씨가 죽은 후 힌들리에 의해 하인으로 전락해 온갖 신체적·정서적 학대를 견뎌야 하는 히스클리 프가 소수자 감수성을 지니는 것은 말할 것도 없다. 이렇듯 가부장 적·계급적·인종적 고정관념과 억압에 노출된 두 아이는 "다시 함께 있게 된 순간, 적어도 못된 복수 계획을 짜내던 그 순간" 모든 걸 잊 은 채 서로의 리듬에 맞춰 합성과 합치의 관계를 만들고 독특한 강 도의 정서를 공유하면서 제3의 무엇이 되어 간다.[52] 자발적이든 타 율적이든 '고아'의 자리에 놓인 두 아이는, 문명의 편안함뿐 아니라 편견과 위계가 엄연한 사회관계에서 동떨어진 '황야'에서 함께 자유 의 공기를 마시고 함께 못된 복수 계획을 꾸미면서, 억압적 기성 질 서를 벗어나 두 마리 늑대의 연대감에 기반한 "무리"(pack)를 이루는 것이다.[53]

　"두 마리 늑대의 친연성"과 신의 지적 사랑의 거리는 얼마만큼 일까. 야생동물의 본능적 결속감과, 신이 자기 자신을 사랑하듯 인

52　이를 다른 말로 표현하자면, 둘은 '덜 보편적인 공통 관념' 혹은 '고유한 공통 관념'을 형성해 갔다라고 할 수 있겠다. 공통 관념에 대해서는 1장과 3부 9장, 3부 10장 참조.

53　들뢰즈는 『천 개의 고원』에서 엘리아스 카네티의 논의를 가져와 "무리"(pack)와 "군 중"(mass/crowd)을 구분한다. "군중"이 위계적이고 고정적인 질서의 집단이라면 "무리"는 비 록 자기 영역 안에 있더라도 탈영토화와 탈주에 의해 규정되는 집단이다. 그리고 늑대들은 늘 군중이 아닌 무리를 이룬다. "무리에서 각 구성원은 다른 구성원과 함께 있지만 또 혼자 다." 들뢰즈에 따르면 이러한 "무리"의 주체는 "개인 및 집단과 동일시하는 군중 주체의 편 집증적 자리"와 반대된다(Deleuze and Guattari, *A Thousand Plateaus: Capitalism and Schizo- phrenia*, pp. 33~34). 캐서린과 히스클리프의 소수자적 연대는 들뢰즈가 설명하는 '무리'의 이 미지에 잘 들어맞는다.

간을 사랑하고 또 그 사랑이 신을 향한 인간의 사랑과 다르지 않은 신의 지적 사랑의 '먼' 거리에 대해서는 많은 설명이 필요치 않을 것이다. 하지만 신의 사랑에서 주체와 대상이 구분되지 않듯, 두 마리 늑대의 친연성에서도 주체와 대상은 뚜렷이 나뉘지 않으며, 그렇게 주체 중심적인 인간의 사랑과 구별된다는 점에서 이 둘은 또한 가깝기도 하다. 나아가 신의 사랑이 3종 인식과 뗄 수 없는 것처럼, 즉 능동적 기쁨의 '정서'가 직관지의 '인식'과 거의 구분되지 않는 것처럼, 두 마리 늑대의 친연성 역시 인간적 차원의 '정서'라기보다 '정서'와 '인식'이 거의 구분되지 않는 발생적 차원의 정서라는 점에서 역시 둘의 거리는 생각보다 가깝다. 캐서린과 히스클리프의 관계가 신의 사랑이나 동물 무리의 결속감 같은, 인간 사이의 드물고 예외적인 관계로 나아가는 것은 부분적으로 이들의 만남이 사회적 자아가 확립되기 전인 어린 시절에, 또 황야나 워더링 하이츠라는 (린튼가에 비해) 상대적으로 비사회적인 공간을 배경으로 이루어졌기 때문일 것이다. 혹은 그들의 소수자적 연대감이 사회 문화 코드가 깊이 박혀 있는 언어나 의식 차원보다 좀 더 날것의 신체적·정서적 차원에 기반하기 때문일 것이다. 거기에는 어릴 적 너나없던 몸의 신체성, 그 신체들에 각인된 황야의 바람과 습기의 몫도 있을 터이다. 안드레아 아놀드 감독의 영화「폭풍의 언덕」(2011)은 절반의 실패에도 불구하고 바로 이 점을 잘 포착하고 있다.

스피노자로 영국 소설 읽기

2부

'스피노자 윤리학'
욕망과 정서의 윤리

5장

자유의지라는 가상과 그 해체

『록사나』읽기

"자신이 정신의 자유로운 결단으로 말하거나 침묵하거나
어떤 것을 행한다고 믿는 사람들은 눈을 뜨고 꿈꾸는 것이다."

—스피노자, 『윤리학』 3부 정리 2의 주석

"어떻게 의식은 자신의 불안을 가라앉히는가? …
의식은 그것을 구성하는 삼중의 가상인 목적성의 가상, 자유의 가상, 신학적
가상과 불가분하다. 의식은 뜬눈으로 꾸는 꿈일 뿐이다."

—질 들뢰즈, 『스피노자: 실천철학』

자유의지의 권능(potestas) vs 코나투스의 역량(potentia)

스피노자는 데카르트나 라이프니츠 등과 함께, 감각적 경험으로부
터 독립될 뿐 아니라 정념을 통제하는 이성을 인식과 도덕의 근간으
로 보는 17세기 대륙합리론 철학자로 흔히 분류되어 왔다.[1] 스피노

---

1   다음과 같은 구절이 이러한 생각을 나타낸다. "데카르트, 스피노자, 라이프니츠, 칸트 윤리
    학의 기본 전제는 이성이 정념을 통제함으로써, 다시 말해 정념이 이성의 규제를 따름으로
    써 우리가 도덕적일 수 있다는 것이다. 반면 홉스, 흄, 공리주의 전통에 따르면 인간의 본성

자를 합리주의자로 보는 것은 일면 타당하다. 그의 윤리학의 목표라 할 "자유인"이 "오직 이성의 명령에 따라 살아가는 사람"이고(『윤리학』 4부 정리 67의 증명), 또 그의 사유가 자유와 진리에 이르는 길로 2종 인식(이성)을 강조하는 등의 주지주의 경향을 보이기 때문이다. 하지만 1960년대 후반 새롭게 소환된 스피노자 철학의 핵심어는 '이성'이나 '합리성'보다는 이와 의미론적으로 거의 맞은편에 있는 '코나투스' '욕망' 혹은 '정서'나 '역량'이다. 20세기 후반에 귀환한 스피노자는 니체와 함께 고정되고 이성적인 주체를 해체하는 탈주체 철학의 선구자이며, 이러한 이해는 게루, 마트롱, 들뢰즈 등 스피노자 연구 부흥의 1세대 연구자들에 이어 마슈레, 네그리, 피에르-프랑수아 모로 등 이후 학자들에게도 나타난다.

　　스피노자를 욕망과 역량의 철학자로 새롭게 자리매김하는 데 핵심적인 것이 『윤리학』 3부에서 제시되는 코나투스론이다. 즉 모든 실재(사물)의 본질을 자신의 존재를 유지하고자 하는 노력인 코나투스로 보고, 특히 인간의 코나투스를 욕구 혹은 욕망으로 보는 관점이다.[2] 스피노자의 코나투스론은 개체가 '형상'과 '질료'로 구성되고 그 개체의 본질이 '형상'에 있다고 보는 후기 아리스토텔레스

인 정념이나 욕구에 따라 행위하면서도 도덕이 가능하다"(『서양근대윤리학』, 서영근대철학회, 5쪽).

2　"각 사물이 자신의 실존을 지속하기 위한 노력인 코나투스는 사물의 현행적 본질 외에 다른 어떤 것이 아니다"(『윤리학』 3부 정리 7). "욕구는 인간의 본질 외에 다른 것이 아니다 … 욕망은 욕구에 대한 의식과 결합된 욕구라 정의될 수 있다"(『윤리학』 3부 정리 9의 주석).

의 본질론적 관점과 구별된다. 또 인간이 두 실체인 신체와 정신으로 이루어져 있으며 인간의 본질은 정신에 있다고 본 데카르트의 주장과도 확연히 구분된다. 특히 스피노자의 코나투스론은 데카르트의 심신이원론에 대한 비판이자 대안이다. 데카르트는 물체/신체를 외부의 힘에 의해 움직이는 수동적 기계로 보는 한편, 인간의 정신을 신의 절대 의지를 닮고 신체에 대한 지배력을 지닌 것으로 보았다. 코나투스를 사물의 본질로 보는 스피노자의 관점은, 데카르트가 자연에서 박탈한 '힘'을 사물에 돌려줄 뿐 아니라, 신체에 대한 정신의 우위성을 정면으로 반박한다. 대신 신체와 분리될 수 없는 인간의 욕망 혹은 정서를 인간의 본질로 본다. 나아가 스피노자의 코나투스론은 자신의 존재를 보존하려는 노력인 코나투스를 곧 사물의 역량이자 현행적 본질로 보면서, 인간의 덕(훌륭함)이 코나투스의 토대 위에 성립함을 명확히 한다. 즉 스피노자의 코나투스론은 "나는 생각한다, 고로 존재한다"로 대표되는 데카르트의 이성(정신) 중심적 사유에 분명한 경계선을 긋는다.[3]

스피노자의 코나투스론이 겨냥하는 비판 대상 중 하나는 심신이원론이 주장하는 신체에 대한 정신의 절대적 우위, 더 구체적으로는 인간의 자유의지(free will)이다. 『윤리학』 3부 정리 6을 필두로 본격적인 코나투스론이 전개되기 전, 스피노자는 3부 정리 2의 주석에

---

3   스피노자의 '이성'은 데카르트의 '이성', 더 정확히는 사유를 담당하는 데카르트의 '영혼'과 같지 않으며, 뒤에서 설명하겠지만 이러한 차이는 '의지'에 대한 두 철학자의 상이한 관점과도 연관된다.

서 데카르트 철학을 비롯해 스피노자 당대부터 지금까지의 강력한 통념인 "신체에 대한 정신의 지배력"에 대해 길고 강렬한 비판을 펼친다.[4] 여기서 스피노자가 비판의 대상으로 삼는 것은 자신이 자유롭다고 착각하는 사람, 즉 "나중에 후회할 많은 것들을 행하면서 모순되는 정서로 갈등에 휩싸여 있을 경우, 우리가 어떤 게 최선인지 알면서도 최악을 따른다는 사실을 경험적으로 알고 있음에도 … 우리가 모든 것을 자유롭게 행하고 있다고 믿는" 사람이다. 인간은 자신의 행위 혹은 자신의 의지 작용과 욕구를 의식하지만 왜 그렇게 행위-의지-욕구하는지 그 원인을 모르기 때문에 스스로 자유롭다고 믿는다. 스피노자가 보기에 인간이 '나는 자유롭게 선택하고 결정할 수 있다'라고 믿는 것은 두 가지 연관된 착각 때문이다. 우선 이는 정신(의지)이 신체에 절대적 지배력을 행사한다고 보는 데카르트적 심신이원론에 기인한다. 『윤리학』 2부에서 개진되는 소위 스피노자의 '심신평행론', 즉 정신과 신체를 인과관계가 아닌 동일한 것의 각기 다른 두 표현이자 동일한 질서와 연관을 지니는 양태로 보는 심신평행론은 부분적으로 정신이 신체를 지배한다는 심신이원론이 함축하는 자유의지에 대한 문제 제기다. 둘째, 인간이 자유롭다는 착각은 인간이 자연의 필연적 법칙에서 벗어나 있으며 신의

---

4 『윤리학』 3부 정리 2의 주석의 중요성에 대한 좋은 논의로 다음 참조. Warren Montag, "Commanding the Body: The Language of Subjection in *Ethics* III, P2S", *Spinoza's Authority Volume I : Resistance and Power in Ethics*. 이하 자유의지에 대한 스피노자의 비판이 지니는 정치적·철학사적 함의에 대해서는 몬탁의 연구가 많은 도움이 되었다.

탁월성을 닮은 예외적 존재라는 인간 중심적·목적론적 억측에 기인한다. 인간의 자기중심적 목적론에 대한 비판은 특히『윤리학』1부 '부록'에서 강한 어조로 전개된 바 있다. 인간의 자유의지 혹은 인간이 자유롭다는 착각은『윤리학』1부의 '부록'뿐 아니라 2부에서도 각각 존재의 일의성과 심신평행론을 통해 일관되게 비판되며 이후 3부 정리 2의 긴 주석은 1, 2부에서 개진된 일의적 존재론과 심신평행론을 토대로 인간의 자유의지의 허구성을 날카롭게 검토한다. 이러한 많은 전초 작업 후에 드디어 본격적인 코나투스론이자 욕망론과 정서론이 시작되는 것이다.[5]

　　인간이 자유롭다는 착각에 대한 문제의식이 존재론(1부)과 인식론(2부)을 통해 거듭 반복된다는 것 자체가 스피노자에게 이 문제가 얼마나 중요한 것인지를 잘 보여 준다. **나아가 본격적인 코나투스론으로 들어가기 전 3부 정리 2의 주석에서 한 번 더 자유의지의 가상성(illusion)에 대한 길고 강렬한 비판을 토로한다는 것은, 의지를 요체로 하는 정신이 아니라 욕망이 인간의 본질이라는 코나투스론이 실천적 설득력을 지니기 위해 스피노자가 대면해야 할 중요 과제가 신체에 대한 정**

5　"사람들은 자신들의 행위를 의식하나 그것을 결정하는 원인을 모른다는 이유로 자신이 자유롭다고 믿는다"라는『윤리학』3부 정리 2의 주석이 주장하는 바는 사실『윤리학』1부와 2부에 문자 그대로 나와 있다. "인간은 자신의 의지 작용과 욕구를 의식하나 그 원인을 모르고, 꿈에서조차 이를 사유하지 못하기에 스스로 자유롭다고 믿는다"(『윤리학』1부 부록). "자신이 자유롭다고 생각하는 사람들은 속고 있는 거다. 왜냐면 그러한 억측은 그들이 자신의 행위는 의식하나 그걸 결정한 원인은 알지 못한다는 사실에서만 성립하기 때문이다. 따라서 자유에 대한 그들의 관념은 그들이 자신의 행위에 대한 어떤 원인도 알지 못한다는 데서 온 것이다"(『윤리학』2부 정리 35의 주석).

신의 지배 혹은 자유의지의 문제임을 드러낸다. 여기서 스피노자는 "신체가 무엇을 할 수 있을지" 우리는 모른다는 것을 지적한다. 또 "정신의 자유로운 결단은 욕구에 다름 아니며, 따라서 신체 성향의 변화에 따라 변화한다"라는 점을 강조하면서, 이를 몽유병이나 언어 사용, 혹은 꿈 등 정신–신체의 위계질서가 관철되지 않는 다양한 경험적 사례를 근거로 설득하려 한다.

그런데 워런 몬탁이 지적하듯이, 스피노자는 여기서 정신–신체의 관계를 지배–종속(command-subjection)의 관계가 주가 되는 **군사적·법률적 용어**로 묘사하고 있다. 이는 신체에 대한 정신의 절대적 지배력에 대한 스피노자의 문제의식이 인식론에 그치는 것이 아니라 **정치적** 의미를 지님을 드러낸다. 몬탁에 따르면 3부 정리 2의 주석에서 신체에 대한 정신의 지배는 단순한 위계를 넘어 "명령"(imperium)이나 (상관의 지시를 표시하는 고개의) "까딱거림"(nutus), 특히 법령의 뜻을 지니는 "결정"(decretum) 등 군사 용어로 설명된다. 가령 "정신의 자유로운 결단(decision)"에서 decision은 개인적 결단이 아니라 군사적·법률적 결정의 의미를 지니는 decretum의 번역어다. 이는 (병사인) 신체가 (장군인) 정신의 명령을 따라야 하고 따를 수밖에 없다는 데카르트적 인식론과 도덕론에 대한 스피노자의 비판이 그의 정치적 비전과 이어져 있음을 드러낸다.[6] 그렇기

---

6 Montag, "Commanding the Body: The Language of Subjection in *Ethics* III, P2S", *Spinoza's Authority Volume I : Resistance and Power in Ethics*, p. 48.

에 3부 '정리' 2가 "신체는 정신을 사유하도록 결정할 수 없고, 정신 또한 신체를 운동, 정지 혹은 다른 어떤 것(그런 것이 존재한다면)으로 결정할 수 없다"라는 말로 심신평행론을 건조하게 정리하는 반면, 이어지는 긴 3부 정리 2 '주석'에서는 인간의 자유의지를 반박하는 여러 경험적 사례들이 강한 어조로 또 정치적 분개심과 함께 이어진다. "그렇게 아이는 자신이 자유롭게 우유를 욕구하고 있다고 믿고, 분노에 휩싸인 소년은 복수를, 또 겁쟁이는 도주를 자유롭게 원하고 있다고 믿는다. 그리고 만취한 사람은 나중에 깼을 때는 말하고 싶지 않을 것들을 정신의 자유로운 결정으로 말했다고 믿는다." 이 유명한 구절에서 스피노자는 정신이 신체에 대해 군사적·법률적 지배력에 상응하는 절대적 지배력을 지니고 있지 않음을 (논리보다는) 경험과 정서에 호소하면서 이후에 전개될 코나투스론을 예비한다.[7]

스피노자는 정념(수동적 정서)이 인간을 예속한다고 보는 점에서 데카르트와 다르지 않다. 하지만 그는 인간의 자유가 우리를 얽매는 정서를 통상적 개념의 이성이나 자유로운 의지로 억제하거나 통제하는 데 있다고 보지 않았다. 우선 신체와 정신은 실재적으로 구별되는 연장속성과 사유속성의 양태로서 동일한 것의 다른 두 동

---

7 『윤리학』 3부 정리 2의 주석은 자유의지의 허구성을 정식화한 2부 정리 48―"정신에는 어떤 절대적이거나 자유로운 의지가 없다. 반대로 정신은 어떤 원인에 의해 이것 또는 저것을 의지하도록 규정되며, 마찬가지로 이 원인도 다른 원인에 의해 규정되며 … 그렇게 무한으로 이어지기 때문이다"―을 들뢰즈가 말한 바 '불의 언어'로 한 번 더 되풀이한다고 볼 수 있겠다.

등한 표현이기에 서로 인과적 관계를 갖지 않는다. 즉 정신은 신체를 통제할 수 없으며, 각 속성이 동등하되 실재적으로 구별되듯이 신체는 정신과 존재론적 독립성을 지닌다. 나아가 스피노자 철학에서 이성과 정서의 관계는 각각 정신과 신체와 연관된 대립되는 것이기보다 인간의 본질인 욕망의 두 가지 정신적 표현이다.[8] 다시 말해 스피노자적 이성과 정서의 차이는 정신적이냐 신체적이냐에 있지 않다. 부분적 인식이자 결과에 대한 인식인 '부적합한 관념' 및 '수동적 정념'을 전체와 원인에 대한 인식이자 필연성에 대한 인식인 '적합한 관념' 및 내적 원인에 기인한 '능동적 기쁨'으로 전환하는 사유 역량 내지 그 과정이 스피노자적 이성이기 때문이다. 스피노자에게 이성과 정서는 독립적으로 구분되지 않으며, 한쪽이 다른 한쪽을 통제하거나 지배하는 인과관계를 이루지 않는다. 가령 스피노자적 이성과 능동적 기쁨의 거리는 멀지 않으며, 능동적 기쁨과 수동적 기쁨은 사실 개념적으로만 구별될 뿐이다.[9] 또 부적합한 관념은 '필연적으로' 참인 개념이 아닐 뿐 '우연적으로' 참인 개념을 배제하지 않

8　진태원·박기순, 「스피노자의 윤리학: 어떻게 수동성에서 벗어날 것인가?」, 『서양근대윤리학』 참조. 스피노자 사유에서 이성과 정서의 '관계'만 독특한 것이 아니라, 이 책의 여러 곳에서 언급하듯이, '이성' 및 '정서' 각각의 개념에 대한 그의 이해 역시 전통 철학의 이해와는 차이가 있다. 가령 스피노자의 이성(지성, 2종 인식)은 본질에 대한 인식이라기보다 사물의 관계에 대한 인식이다(전통 철학에서 이성은 대개 본질에 대한 이해이다). 또 그의 정서 개념은 데카르트가 주목하는 수동적 정념뿐 아니라, 이성(2종 인식)에서 나오며 3종 인식과 같이 가는 능동적 기쁨(지복)을 포함한다.

9　들뢰즈는 수동적 기쁨과 능동적 기쁨의 구별이 "사고상의 구별"일 뿐임을 스피노자가 암시한다고 지적한다(Gilles Deleuze, *Expressionism in Philosophy: Spinoza*, p. 274).

으며, 수동적 정서에는 수동적 슬픔뿐 아니라 수동적 기쁨도 포함된다.[10] 그렇기에 스피노자에게 인간의 자유는 이성에 의한 정서의 지배 혹은 통제가 아니며, 필연성에 대한 인식(적합한 관념)을 기반으로 수동적 정서에서 능동적 정서(지복)로 나아가는 과정에 있다.

자유의지에 대한 스피노자의 비판과 관련해 덧붙이자면, 그는 개별적 '의지 작용'(volition)은 인정하되 보편 개념으로서의 '의지'(will)를 정신의 특정 능력으로 보지 않았다. 나아가 그는 "의지 작용은 관념 외에 다른 어떤 것이 아니며"(『윤리학』 2부 정리 49의 증명), "의지와 지성은 하나의 동일한 것"(『윤리학』 2부 정리 49의 따름정리)임을 분명히 한다. 데카르트는 지성과 의지를 구분하면서 수동적 표상 작용의 유한한 '지성'을 능동적이고 무한한 '의지'가 끌고 간다고 주장한다. 이에 반해 스피노자는 관념 자체가 어떤 '힘'을 가지고 있음을 지적한다. 즉 관념은 "화판 위의 말 없는 그림"처럼 정태적인 것이 아니며, 사물이 자연법칙에 따라 질서 및 연관을 이루듯이 관념들 역시 질서 및 연관을 이루면서 인과관계에 따른 역동적 힘을 가진다는 것이다("관념들의 질서 및 연관은 사물들의 질서 및 연관과 동일하다", 『윤리학』 2부 정리 7). 따라서 어떤 관념을 가질 때 우리는 그 관념이 본질적으로 함축하는 긍정과 부정에 대해 임의로 "판단을 중지할 수 있는 자유로운 권능"이나 "판단중지의 자유의지"

---

10 "하지만 주의해야 할 점은 부적합한 인식이 반드시 거짓된 관념과 동일하지 않다는 점입니다"(진태원, 『스피노자 윤리학 수업』, 169쪽).

를 가지고 있지 않다(『윤리학』 2부 정리 49의 주석).[11] 그렇기에 인간이 자유의 길로 나가는 데 중요한 것은 가상의 자유의지로 정서를 통제하는 것이 아니다. 오히려 자유의지가 인간의 편집증적 전능감 욕구를 만족시키는 가상이자 상상(1종 인식)에 기반한 것임을 인정하고, 사물의 내적 필연성에 대한 관념(2종 인식)을 늘려 가는 것이 스피노자적 자유로 나아가는 한 걸음이 된다. 자유의지에 대한 스피노자의 비판을 바탕으로 아래에서는 대니얼 디포의 마지막 소설인 『록사나』를 읽되, 특히 주인공 록사나가 추구하는 통제 의지로 가득한 삶 그러나 기쁨 없는 삶에 주목하려 한다. 이를 통해 그녀의 삶이 언뜻 연극적 자아를 통해 자기 인생을 개척해 가는 자유의지의 산물로 보이지만, 사실 성(性)과 화폐에 대한 관습적·고착적 관념에 사로잡힌 채 욕구를 좇다 그 관념의 힘에 의해 함몰되는 서사임을 살펴보겠다.

록사나의 통제 욕구는 그녀의 자유의지일까

『로빈슨 크루소』의 작가 대니얼 디포의 『록사나』는 18세기에 유행

---

[11] 우리에게 다소 생소한 이런 논의를 뒷받침하는 쉬운 예로 "코끼리를 생각하지 마"라는 말을 들으면 코끼리가 더욱 생각나는 정신적 메커니즘을 들 수 있다. 사실 스피노자의 이러한 지적은 '관념'이 '의식'뿐 아니라 '무의식' 차원에도 영향을 미치는 능동적 힘을 지니고 있음을 강하게 암시하며, 어떤 점에서는 무의식에 대한 프로이트적 이해를 예견한다. 주지하다시피 프로이트는 우리의 무의식이 시간을 모를 뿐 아니라 긍정과 부정을 구별하지 않음을 지적하며, 이는 무의식이 표현되는 꿈이 그토록 혼란스러운 이유 중 하나다.

하던 '스캔들 연대기'에 나올 법한 여주인공의 화려한 남성 편력뿐 아니라 '범죄 소설'을 연상시키는 모호한 자식 살해를 다룬 일종의 B급 서사다. 이 소설은 1724년 발간된 후 대중의 사랑을 꾸준히 받아 왔지만, 예상할 수 있듯이 오랫동안 영국 소설 정전 목록에 속하지도, 디포의 대표작으로 여겨지지도 않았다. 또『록사나』는 디포의 소설 중 유일하게 '비극적' 결말을 지닌 소설이기도 하다. 작품의 마지막 6분의 1가량은 록사나와 그녀의 이름을 가진 딸 수잔—록사나의 원래 이름은 수잔이다—의 숨 막히는 심리적 추격전이 펼쳐지면서 환각적이고 그로테스크한 긴장감이 이어진다. 아이러니하게도 작품의 소위 포스트모더니즘적 특징들, 가령 주체의 분열이나 우연적 사건 전개, 결말 없는 결말 등은 20세기 후반 들어 이 소설을 다시 주목하게끔 했다. 이는『록사나』와 비슷하게 여주인공의 매춘과 범죄를 다루지만 산뜻한 해피 엔딩으로 끝나는 디포의 또 다른 여주인공 소설인『몰 플랜더즈』에 대한 관심이 최근 줄어든 것과는 대조된다.[12] 이러한 진지한 관심에도 불구하고, 은밀한 즐거움(guilty pleasure)으로 읽는 B급 서사에 따라붙는 '비도덕적'이라는 꼬리표가『록사나』비평에서 완전히 사라진 것은 아니다. 18세기 내내 작품의 끔찍하고 비교훈적인 결말이 주인공의 회개와 개심, 권선징악의 교훈적 메시지와 함께 '다시 쓰여' 여러 차례 출판되었던 것처럼, 록사나를

---

12 이언 와트는『소설의 발생』(The Rise of the Novel)에서 디포의 대표작으로『로빈슨 크루소』와 『몰 플랜더즈』를 꼽는다.

방탕하고 부정한 여인으로 규정짓고 그녀와 그녀의 서사를 도덕적으로 단죄하는 비평은 20세기 후반에도 계속되어 왔다.[13]

록사나의 삶을 기존의 관습적 도덕 개념, 그것도 젠더 특화되고 여성 억압적인 도덕적 틀로 해석하는 것은 작품에 대한 정당한 이해에도 미치지 못하지만, 특히 스피노자의 코나투스 관점에서 볼 경우 문제적이다. 양조장집 아들과 결혼해 다섯 아이를 둔 중상류층 주부였던 록사나가, 무능력한 남편이 무책임하게 집을 떠나고 굶어 죽을 지경에 이르자 다섯 아이들을 친척에게 보내고, 혼자 있던 집주인(영국인 보석상)의 비공식적 아내가 되어 생존을 꾀하는 것은 당대의 젠더 모럴 관점에선 비도덕적 행위이다. 하지만 이를 스피노자적 윤리의 관점에서 본다면, 즉 자신의 존재를 보존하려는 노력인 코나투스 혹은 생존의 욕망을 인간의 덕(훌륭함)의 토대로 삼는 관점에서 본다면 어떨까? 록사나가 생존을 위해 집주인과 동침하는 것은 사회질서 측면에서는 비도덕적이지만, 자기 존재 보존(코나투스)의 관점에서 볼 때는 덕(훌륭함)의 측면이 있다고 볼 여지가 있다. 스피노자는 『윤리학』 4부에서 "각자가 자신에게 진정으로 유용한 것을 추구해야 한다는 원리가 덕(훌륭함)이나 도덕성이 아니라 부도덕의 토대라 믿는 사람들"(『윤리학』 4부 정리 18의 주석)을 반박하면서, 그

---

13 『록사나』를 '교훈적 결말로 다시 쓰기'의 구체적인 예에 대해서는 존 뮬란이 편집하고 해설을 쓴 『록사나』(*Roxana*)의 작품 소개(introduction) 참조. 록사나를 부정한 여인으로 보면서 도덕적으로 단죄하는 비평의 예로는 Bram Dijkstra, *Defoe and Economics: The Fortunes of "Roxana" in the History of Interpretation*.

스피노자로 영국 소설 읽기

가 말하는 덕(훌륭함)이 코나투스의 원리에 근거함을 강조한다. 물론 이후에 록사나가 더 많은 화폐를 획득하기 위해 가장과 거짓을 일삼는다거나 특히 딸 수잔의 살해를 방조하는 것을 자신에게 유용한 것을 추구하는 덕(훌륭함)으로 보기는 어렵다. 하지만 록사나가 주어진 상황에서 자신의 존재 보존에 유용한 것을 알고 이에 맞춰 변용할 수 있는 역량을 가진 인물인 것은 분명하다. 따라서 이러한 록사나의 '생존'을 관습적인 '여성의 도덕'의 잣대로 평가하는 것은 스피노자의 관점과는 거리가 멀다고 할 수 있다.

하지만 그렇다고 록사나가 스피노자적 의미에서 자신의 유용성을 추구하는 덕(훌륭함)을 실현한 윤리적 인물이라고 말하기 또한 어렵다. 오히려 그 반대가 앞으로 전개될 논의에 더 가깝다. 하지만 만일 록사나가 스피노자적 덕(훌륭함)과 거리가 멀다면, 그건 그녀가 생존을 위해 남편 아닌 남자들의 정부(情婦)가 되었기 때문이 아니다. 혹은 정숙한 아내와 어머니가 아니라 왕의 첩이 되려는 야망 및 끝없는 화폐 증식을 삶의 목표로 삼았기 때문도 아니다. 록사나가 스피노자적 의미에서 부덕한 인물인 건, 그녀의 이 모든 행보가 부적합한 관념으로 점철된 기존의 억압적 성 이데올로기뿐 아니라 수동적 정념과 자기혐오, 그리고 자신과 타인에 대한 과도한 통제 욕구에 기반하고 있기 때문이다. 록사나가 일종의 고급 매춘부(courtesan)가 되어 생존에 성공할 뿐 아니라 영국 왕의 첩이 되어 큰돈을 축적하고, 또 나이가 들자 정체성 세탁과 그럴듯한 결혼으로 귀족 부인이 되어 마님 소리를 듣는 모든 과정은 얼핏 그녀의 자유의지에 따른 주도적이고 자율적인 삶처럼 보인다. 하지만 앞당겨 말하자면 자유의지를 표방한 이 모든 행보가 그녀가 집착하는 부적합한 관념과 수동적 정념에 고착된 예속된 삶이었다는 점에서 록사나의 삶은 표면적 성공에도 불구하고 스피노자적 의미에서 능동적 삶이라 말하기 어렵다. 오히려 자유의지로써 자신과 외부 상황을 통제할 수 있다는 주체의 믿음 혹은 가상이 그녀의 삶을 정념의 예속에 붙들어 맨 형국이라 하겠다.[14]

록사나는 어느 날 남편이 무책임하게 떠나 버리자, 당대의 젠더 규범에서 이상적 역할로 여겨졌던 '아내'의 자리가 사회적·경제적으로 어떤 힘도 갖지 못함을 뼈저리게 느끼며, 이후 행보에서 자기 삶의 통제권을 타인이나 외부에 맡기지 않고 자신의 의지 아래 두려는 집요함을 일관되게 보인다. 이런 상황에서 그녀가 삶의 통제권을 쥘 수 있는 가장 확실한 방법은, 록사나 자신이 잘 알듯이, 화폐의 소유다. 비록 '정숙한 아내'라는 통념적 도덕규범의 망에서는 튕겨 나갔지만, 돈을 손에 쥐고 있는 한 무일푼이 되어 다섯 자식을 버려야 했던 무력하고 통제 불가능한 상황으로 돌아가지 않을 수 있기 때문이다.[15] 사실 통제권에 대한 록사나의 의지를 높이 평가하는 몇몇 페

---

14 사람들은 "인간의 행위가 의지에 달려 있다고 말하지만, 이는 그 자신조차 이해 못 하는 말이다. 실제로 의지가 무엇이고 그것이 신체를 어떻게 움직이는지 누구도 알지 못한다"(『윤리학』 2부 정리 35의 주석).

15 근대가 펼쳐 보이는 새로운 해방의 가능성으로 화폐가 가져다주는 자유 및 기존 질서의 전복에 대한 디포의 매혹은 그의 거의 모든 소설에 나타나는 일관된 주제이다.

미니즘 비평은 그녀를 당대의 가정 이데올로기에 저항하고 개인의 자율성을 추구했던 독립적 여성 인물로 높이 평가하기도 한다.[16]

하지만 록사나의 강한 통제 의지는, 여성에게 억압적인 성 이데올로기에 대한 이해를 비롯해 자신에게 닥친 상황의 원인을 전체적으로 이해하고, 끔찍한 불행이지만 일어날 수 있는 일임을 받아들이면서 꿋꿋하게 상황을 헤쳐 나가는 생생한 삶의 의지 같은 것이 아니다. 오히려 그녀의 생존 의지는 매춘부를 자신의 정체성으로 삼고, 내 뜻대로 움직일 수 있는 타자들을 조종하고 파괴함으로써 자신의 통제권을 확인하려는 욕구를 그 내용으로 한다. "[내] 등의 살갗 같고" "내 병을 알고 있는" 충실한 하녀 에이미와의 가학적이면서 분신적인 관계는 기본적으로 록사나의 이런 통제 의지의 연장선상에 있다. 록사나가 에이미로 하여금 자신의 실질적 남편이 된 집주인(영국인 보석상)과 동침하게 하고 또 그 장면을 옆에서 직접 지켜보는 소위 '침실 장면'은 통제에 대한 록사나의 의지가 지닌 파괴적인 성격을 압축해 보여 준다.

나는 에이미를 눌러 앉히고, 그 애의 스타킹과 구두, 모든 옷을 하나하나 벗기고는 그가 있는 침대로 데려갔다. 내가 말하기를, 자, **당신의 하녀인 에이미를 당신 마음대로 하세요**. 에이미는 뒤로 약간 물러서

---

16 예를 들어 다음 비평을 들 수 있다. Helene Moglen, *The Trauma of Gender: A Feminist Theory of the English Novel*; Clair Hughes, "The Fatal Dress: Daniel Defoe's *Roxana*", *Dressed in Fiction*.

면서 처음에는 내가 자기 옷을 벗기지 못하게 하려 했지만 …마침내 내가 진지한 것을 확인하고는 내 마음대로 하도록 내버려두었다. 나는 그녀 옷을 완전히 벗긴 후 침대 커튼을 열고 들이밀었다. (*Roxana* 46, 이탤릭체는 원문).

… and with that, I sat her down, pull'd off her Stockings and Shooes, and all her Cloaths, Piece by Piece, and led her to the Bed to him; Here, says I, *try what you can do with your Maid* Amy: She pull'd back a little, would not let me pull off her Cloaths at first, … and at last, when she see I was in earnest, she let me do what I wou'd; so I fairly stript her, and then I threw open the Bed, and thrust her in.

낯설고 외설적이면서도 매력적인 이 장면에 대한 해석 중 하나는, 록사나 자신이 말하듯이, 이제 자신이 매춘부가 되었으니 그녀의 하녀인 에이미도 매춘부가 되게 함으로써 자신을 탓하지 못하게 하겠다는 의지, 즉 자신이 통제할 수 있는 타자를 희생시킴으로써 자신을 비난하는 통제 불가능한 사회적 시선에 균열을 일으키겠다는 록사나의 의지로 이 장면을 읽는 것이다.[17] 자신이 무력하지 않음을, 적어도 자신에게 무조건 충성하는 한 사람의 인생을 좌지우지할 수 있는 통제권이 남아 있음을 확인하면서 상처 난 자존심을 지키려는 그로테스크한 욕망의 표현으로서 말이다. 중요한 건 록사나의 이

---

17 이 장면에 대한 다양한 해석 중 인상적 비평으로는 다음 참조. Homer Brown, "The Displaced Self in the Novels of Daniel Defoe", *ELH*, vol. 38, no. 4; James Maddox, "On Defoe's *Roxana*", *ELH*, Vol. 51, no. 4.

러한 의지 혹은 욕망이 그녀가 집주인(영국인 보석상)과의 동침을 처음 받아들일 때조차 "물론 여자는 어떤 유혹을 받더라도 순결과 명예를 더럽히기보다는 죽는 편이 더 낫다"(*Roxana* 29)라는 가부장적 성 이데올로기를 꼭 끌어안고 그러한 자기혐오 위에서 움직인다는 점이다.[18]

만일 "의지와 지성은 하나의 동일한 것이다"(『윤리학』 2부 정리 49의 따름정리), 즉 어떤 사람의 의지 작용은 그가 지닌 관념(의 질서)과 다를 바 없다는 스피노자의 말을 따른다면, 통제에 대한 록사나의 강박적 의지는 여성의 순결이나 현모양처 모델 같은 내면화된 성 이데올로기의 부적합한 관념들과 동떨어질 수 없다. 억압적 성 이데올로기 같은 부적합한 관념들은, 스피노자의 말대로, 화판 위의 무력하고 침묵하는 그림이 아니다. 앞서 말했듯 관념들의 질서 및 연관은 사물들의 질서 및 연관과 동일하며(『윤리학』 2부 정리 7) 그렇게 이루어진 관념들의 인과 연쇄는 그 자체로 일정한 힘을 가지기 때문이다. 록사나는 자신에게 닥친 일련의 사건들에 대해 그 원인을 이해하거나 전체적으로 보지 못한 채 기존의 성 관념에 고착되어 있다. 즉 무력한 상황에 다시는 놓이지 않겠다는 그녀의 생존 의지(코나투스)는 자신에게 닥친 사건을 받아들이고 거기에서 다시 시작하는 '운명애'(amor fati)라기보다 기존의 부적합한 관념들을 고스란히

---

18 물론 『록사나』가 자서전 형식임을 고려할 때, 록사나가 자신을 매춘부로 규정하고 비난하는 반복적 장면은 현재 자서전을 쓰는 회고적 관점의 록사나 (혹은 작가 디포가) 사회적 비난의 대상인 과거의 록사나와 거리를 두기 위해 의식적으로 언급하는 것으로 볼 여지도 있다.

내면화한 채 자기소외와 자기혐오(나는 '나쁜' 여자다), 나아가 자신보다 약한 타자에 대해 이어지는 조종 및 통제라 할 수 있다(내 하녀도 '나쁜' 여자여야 한다). 테리 캐슬의 지적대로 록사나의 분신이라할 에이미가 활달하고 능동적인 반면 록사나는 대개 무력하고 수동적이라면, 이는 통제에 대한 록사나의 강박적 의지가 기존의 성 이데올로기나 나르시시즘과 연동된 자기혐오의 부적합한 관념 및 이와 연동된 수동적 정념과 긴밀히 연결되어 있기 때문일 것이다.[19]

　　물론 네덜란드 상인의 청혼을 거절하는 유명한 장면에서 록사나는 결혼(계약)이라는 안전하고 관습적인 길이 아니라 여성이 자율적 주도권을 쥘 수 있는 독신을 '선택'하며, 그런 점에서 록사나의 통제 의지는 일면 능동적으로 보이기도 한다.[20] 하지만 독신에 대한 록사나의 '의지'는 그녀의 자유로운 선택이기보다는 그녀가 겪었던 무력한(통제 불가능한) 결혼 생활과 이후 고급 매춘부의 경험을 통해 축적된 관념들의 질서와 연관에 따른 결과라 할 수 있다. 스피노자적 관점에서 보자면, 관념은 "하나의 원인으로서의 역량"을 지니고 있으며, 한 개인의 선택은 자유로운 의지라기보다 어떤 힘을 지닌 관념들의 인과 연쇄에 의해 추동되기 때문이다.[21] 가령 이 장면

19　Terry Castle, "'Amy, Who Knew My Disease': A Psychosexual Pattern in Defoe's *Roxana*", *The Female Thermometer: Eighteenth-Century Culture and the Invention of the Uncanny*.

20　가령 그녀는 결혼에서 여성이 차지하는 종속적이고 수동적인 위치("an Upper Servant" "a Slave", *Roxana*, p. 148)와 그러한 차별을 합법화하는 결혼법의 구조적 부당함("the Laws of Matrimony puts the Power into [Husband's] Hands", *Roxana*, p. 151)을 예리하게 지적한다.

21　진태원, 『스피노자 윤리학 수업』, 141쪽.

에서 록사나는 "다시는 아내가 되고 싶지 않았다"라고 말하는데, 이는 결혼 제도의 모순에 대한 비판적 인식과 의지의 산물이기보다는 "첫 번째 남편 운이 너무 나빴기에 거기에 대해 생각하기 싫었기" 때문이다(*Roxana* 132). 그녀가 청혼을 거절한 시점 역시 중요하다. 이때는 그녀가 프랑스에서 만난 독일 제후의 첩으로 상당한 부를 축적한 때로 이미 '아내'가 아닌 "여성 사업가"(a Woman of Business)나 "여성 상인"(She-Merchant)이 되기를 욕망하던 때였다(*Roxana* 131). 이 시점에서 록사나가 원하는 것은 자신의 돈과 미모를 바탕으로 영국 왕의 첩이 되어 더 많은 화폐와 더 높은 명예를 얻는 것이었다. 다시 말해 그녀가 네덜란드 상인의 청혼을 거절하는 실질적 이유는, 스스로 밝히듯이, 당대의 결혼 제도가 여성에게 제도적·구조적으로 부당해서가 아니라 자신이 이제껏 모은 큰돈을 결혼으로 잃고 싶지 않다는 욕구 때문인 것이다. 록사나는 "내가 청혼을 거절한 것은 내 집과 내 돈을 뺏기기 때문임을" 독자에게 "고백"한다(*Roxana* 147). 이렇게 볼 때 이 장면에서 여성에게 불합리한 당대 결혼 제도에 대한 록사나의 통찰이 아무리 날카롭다 하더라도, 그녀의 청혼 거절은 자유로운 의지의 결과가 아니라, 가부장적 결혼과 관련한 그녀의 경험과 인식, 욕구에 따른 것임을 알 수 있다.

수잔 대 수잔: 록사나의 연극적 자아와 자유의지라는 가상

『록사나』는 대중적 B급 서사인 동시에 어떤 현대적 느낌을 주는데,

이는 트라우마적 상황에서 생존한 록사나가 여러 남자의 정부로 부를 축적하며 보여 준 그녀의 '연극적 자아'(theatrical self)에 부분적으로 기인한다. 진정성(sincerity)을 바탕으로 한 일관되고 고정된 자아가 아니라, 그때그때 주어진 상황에 맞춰 변신해 나가는 록사나의 불연속적 자아는 현대의 파편화되고 분열된 주체와 상통하는 듯 보인다. 록사나는 남편이 떠나자 영국인 보석상의 비공식적 아내로, 영국인 보석상이 살해되자 프랑스에서 만난 독일 제후의 첩으로, 제후가 떠나자 다시 영국 왕의 첩으로, 마치 옷을 갈아입듯이 자신의 정체성을 바꿔 나간다. 그런데 록사나의 이러한 변신을 주어진 운명을 수동적으로 받아들이기보다 자유의지에 따라 선택을 하는 자율적 행보로 볼 수 있을까? 즉 록사나의 변신을 단지 그녀의 코나투스 내지 변용 능력의 지표로만 볼 수 있을까? 앞서 하녀 에이미를 자신의 동거남과 동침시키거나 네덜란드 상인의 청혼을 거절하는 록사나의 행위가 자유의지의 표현이기보다는 속수무책이었던 트라우마적 상황을 되풀이하지 않겠다는 수세적 통제 욕구에 기반함을 보았다. 마찬가지로 록사나의 연극적 자아도 자유의지에 따른 변신이기보다 연극적 자아의 특징 중 하나인 강박적 나르시시즘과 밀접히 연관된다. 즉 록사나의 불연속적 정체성과 연극적 변신은 그녀의 공허한 내면 그리고 이와 연관된 통제에 대한 강박적 욕구와 뗄 수 없다.

흥미로운 것은 록사나의 연극적 자아와 통제의 욕망이 궁극적으로 화폐에 대한 그녀의 욕망으로 수렴된다는 것이다. 스피노자는 『윤리학』 4부 '부록' 28장에서 화폐의 등가성이 가져다주는 통제의 힘과 기쁨에 대해 명확히 지적한다. 화폐는 타인의 도움 없이 자신만의 힘으로 "모든 것을 획득하게 해 줄" 수 있고, 그렇기에 "일반적으로 [화폐의] 이미지는 어떤 것보다 대중의 정신을 지배하며, 그렇게 그들은 돈에 대한 관념을 원인으로서 동반하지 않는 어떤 종류의 기쁨도 상상하지 못한다". 록사나의 연극적 자아는, 스피노자가 정확히 '예언'했던 바, 자본주의에서 가능하고 또 자본주의가 부추기는 '통제'에 대한 욕망과 '화폐'에 대한 욕망의 상호 교차성을 인상적으로 보여 준다. 들뢰즈식으로 말하자면 『록사나』는 디포가 살았던 18세기 초에 어른거리던 화폐 만능주의를 '가속화'함으로써 모든 것이 화폐로 수렴되는 후기 자본주의사회를 정확히 예측했다고 할 수 있다.[22]

그런데 연극적 자아의 변신을 통해 '몸'에 대한 통제와 함께 '외부 상황'에 대한 통제를 행사하며 화폐를 축적해 왔던 록사나는 어느 순간 자신의 힘으로 더 이상 통제하기 어려운 벽에 부딪히게 된다. 그 벽은 바로 **몸의 늙음**이다. 록사나는 영국 왕의 첩이라는 전성기에서 내려온 후에도 한 귀족의 정부로 숨어 살면서 계속해서 화폐를 증식해 나간다. 그러던 어느 날 그녀는 갑자기 '왜 내가 지금까지 계속 매춘부 짓을 하고 있는 건가?'라는 질문에 사로잡히면서

---

22 들뢰즈는 카프카가 "거울이 되기보다는 앞질러 가는 시계가 되기"를 실천했다고 말하면서, 문학이 지니는, (재현이 아니라) 탈영토화되고 탈접속화된 현재를 '가속화'("acceleration") 함으로써 미래를 앞당겨 보여 주는 '기계'(시계)로서의 역할에 주목한다(Gilles Deleuze and Félix Guattari, *Kafka: Toward a Minor Literature*, p. 59).

"이 사악한 삶의 무대"(*Roxana* 187)를 떠날 것을 결심한다. 이러한 록사나의 결심은 진정한 도덕적 회개이기보다 오십 세가 넘었고 더 이상 정부 노릇을 통한 화폐의 축적이 불가능하다는 현실적 판단에 기인한다. 이제 그녀는 네덜란드 상인의 청혼을 거절하며 젖혀 두었던 '정숙한 아내와 어머니'라는 또 다른 연극적 자아로의 변신을 꾀한다. 그동안 머물렀던 런던의 화려한 폴 몰 지역을 떠나 맞은편 끝에 있는 퀘이커 거주지에서 과거를 숨긴 채 검소하고 밋밋한 퀘이커 교도가 된 것이다. 록사나의 퀘이커로의 변신은 이제껏 그녀가 취했던 연극적 자아와는 질적 차이를 보인다. 물론 이전에도 그녀의 자아에는 늘 과거를 감추기 위한 비밀이나 거짓말, 첩보 등이 수반되었다. 하지만 거기에는 '돈 많은 남자의 정부'라는 기본적 연속성이 있었다. 그러나 정숙하고 촌스러운 퀘이커로의 변신은 이전의 자아들과 욕망의 방향에서 불연속적일 뿐 아니라 새로운 정체성의 확립보다는 과거 정체성의 철저한 은폐 자체가 핵심이란 점에서 구분된다. 작품의 마지막에서 느껴지는 가파르고 급박한 서사의 호흡은 대개 록사나가 자신의 엄마임을 밝히려는 딸 수잔의 집요한 추적에 기인하지만, 록사나의 퀘이커 코스프레가 과거 정체성의 은폐를 핵심으로 한다는 점 역시 무시할 수 없다.

다른 한편 록사나가 퀘이커 교도로 변신하는 것은 영국 왕의 첩이 되려던 이전의 야심 못지않은 거대한 기획이라 할 수 있다. 이제껏 자신의 커리어에 방해가 되는 임신, 출산, 양육을 꺼려 했던 록사나가 나이 오십에 퀘이커로 변신하려는 핵심적 이유 중 하나가 자신이 낳은 아이들 앞에 정숙하고 떳떳한 어머니로 나타나려는 것이기 때문이다. 록사나는 남편이 떠난 후 그와의 사이에서 태어난 다섯 아이를 버렸고, 이후 관계를 맺었던 남자들 사이에서 태어난 아이들에 대해서도 놀라울 정도의 무관심과 냉정함으로 일관했다. 심지어 영국 왕의 첩이 되려는 계획에 방해가 되었던 네덜란드 상인의 아이를 임신했을 때에는 "내 배 속에 있는 이 짐짝을 없애 버릴 수만 있다면 만 파운드라도 주고 싶었다"(*Roxana* 163)라고 말하는 등 자신의 연극적 자아에 어머니 혹은 모성애의 자리는 없음을 확실히 해왔다. 하지만 이제 록사나는 고급 매춘부의 역할에 종지부를 찍고 다시 현모양처라는 자아를 취해 과거에 내팽개쳤던 아이들을 찾으려 한다. 예상할 수 있듯이 이는 부족했던 모성애에 대한 록사나의 참회가 아니다. 우선 그녀가 찾아 도와주려는 자식은 정식 남편과의 관계에서 생긴 합법적 자녀로만 제한된다. 법적·사회적으로 승인되는 자식들만 자신의 돈을 투자할 만한 대상으로 생각하는 것이다. 이는 그녀에게 자식이란 무엇보다 한때 포기해야 했으나 이제는 통제 가능한 정체성인 현모양처의 자아를 보증해 주는 기호임을 드러낸다. 합법적 다섯 아이 중 하나인 아들이 그녀가 선택한 여자와의 결혼을 탐탁지 않아 하자 재정적 지원을 아예 끊어 버려 결국 결혼을 성사시키는 에피소드는 이를 잘 보여 준다.

이런 상황에서 록사나 자신의 이름을 딴 첫째 딸 수잔의 출현은 새로운 현모양처의 자아로 인생을 영위해 나가려는 록사나의 삶에 돌이킬 수 없는 균열을 일으킨다. 딸 수잔은 그녀가 만난 퀘이커

(즉 록사나)가 자신이 일했던 폴 몰 저택의 여주인이자 영국 왕의 첩이었던 '록사나'일 뿐 아니라 자신의 '어머니'임을 필사적으로 밝히려 하며, 록사나 역시 이에 못지않은 경계심과 두려움으로 수잔을 피하고자 한다. 수잔은 처음에는 에이미를 자신의 엄마로 의심했으나, 에이미가 이를 부정하자 곧 록사나가 자신의 엄마임을 확신한다. 그리고 이를 증명하기 위해 마치 냄새 잘 맡는 "하운드 개"처럼 록사나와 에이미, 그리고 록사나를 도와주는 집주인 퀘이커 여인의 주변을 맴돈다. 이에 록사나는 "이제 나는 영원히 이 아이의 신하가 되어 내 비밀을 알려 주고, 그 애가 그 비밀을 지켜 줄 것에 매달리며, 그렇게 무방비 상태가 되어 끝내 망할 것"이라며 거듭 공포심에 사로잡힌다(*Roxana* 280). 평생 자신의 손발이 되어 주었던 에이미와의 분신 같은 관계가 수잔에게 발각될까 몸을 사려야 하고, 집주인 퀘이커 여인을 속일 만한 거짓말을 끊임없이 만들어야 하며, 수잔이 (다시 만나 결혼하게 된) 네덜란드 상인에게 접근해 자신이 왕의 첩이었다는 사실을 폭로하지 못하도록 주도면밀하게 상황을 통제해 나가야 하는 것이다.

엄마와 딸의 심리적·물리적 추격전이 과도한 몰입 그리고 우울한 긴장과 함께 휘몰아치는 『록사나』의 마지막 부분에서는 강박적 통제 욕구에도 불구하고 어떤 의지도 행사할 틈 없이 수동적 정념에 휘둘리는 록사나의 모습이 그려진다. 록사나는 자신의 과거를 알고 있는, 혹은 알고 있다고 여겨지는 딸 수잔이 주장하는 자식으로서의 권리 요구 및 그 권리에 수반되는 자신의 과거 폭로라는 상황을 통제할 수가 없다. 나아가 그녀의 분신이라 할 에이미가 수잔에게 미친 듯이 분노하며 반복해 내뱉는 살인 계획과 궁극적 실행 역시 통제 불가능하다. 록사나가 자유의지로 통제할 수 없는 것은 무엇보다 그녀 자신의 정념이다. 혹은 수잔에게 쫓기는 상황에서 온갖 의심과 불안, 두려움을 느낄 뿐 아니라, 수잔을 살해하려는 에이미에게 격노하면서도 그렇게 되리라 예상하고 또 그걸 바라는 낯선 타자로서의 자신이다. 그녀는 수잔을 당장 죽이겠다며 길길이 날뛰는 에이미에게 **"아직은** 그 애를 죽이는 것에 찬성하지 않아, 그런 생각은 견딜 수 없어"(I was not for killing the Girl *yet*, could not bear the Thoughts of that neither, *Roxana* 298, 강조는 필자)라고 대답한다. 여기서 "아직"(yet)은 록사나의 영혼을 갉아먹는 불안과 모순 그리고 통제 불능의 기호다. 사실 소설의 끝으로 갈수록 록사나는 외부 상황뿐 아니라 자신의 몸과 마음에 대한 통제권을 잃은 채, 신체와 정신에 횡포를 부리는 정념의 노예가 되어 끌려다닌다. 비록 겉으로는 네덜란드 상인과 결혼 후 백작 부인이 되어 돈과 명예를 누리는 듯 보이지만, 네덜란드에 간 후에도 "악마와 괴물 유령들"이 가득하고, "가파르고 높은 절벽에서 떨어지는" "상상할 수 있는 가장 끔찍하고 무서운 꿈"을 끊임없이 꾸면서 시름시름 앓는 것이다. 록사나가 네덜란드에서 악몽과 죄의식으로 시달리는 시점이 언제인지는 모호하게 처리되지만, 시간상 수잔이 살해된 이후일 것으로 추정할 수 있다. 연극적 자아들을 통해 일면 통제적 자유의지를 행사하는 것 같았던 록사나의 삶은 수잔의 출현과 소멸에 따라 통제 불능의 늪으로 가라앉는다.

록사나의 통제 불가능한 정념과 근본적 무력감은 작품의 마지막 문단, 현대 소설의 기준으로 보아도 파격적이라 할, 열린 결말을 넘어 인물과 서사의 동력 전체가 멈춘 듯한 모호하고 기괴한 결말에서 정점을 찍는다.[23] 네덜란드에서 백작 부인으로 화려한 삶을 살았다는 문단에 이어지는 마지막 문단에서 록사나는 다짜고짜 자신과 에이미의 비참한 상황을 기술한다. "여기에서 몇 년 동안 잘 지내고 외적으로도 좋은 상황이었지만, 나는 끔찍한 재앙의 길로 떨어졌고 에이미도 그랬다. 불쌍한 그 아이에게 우리 둘이 가했던 해악으로 인해 이전의 좋았던 날들의 정반대가, 즉 하늘의 천벌이 내려진 것 같았다"(*Roxana* 329). 이어 그녀의 회개가 진정한 회개라기보다 자신이 저지른 범죄에 따른 비참함일 따름임을 암시하는 애매한 문장으로 록사나의 자서전은 끝난다. "밑바닥으로 완전히 떨어졌기에 내 회개는 단지 비참함의 결과였고, 그 비참함은 내 범죄의 결과인 것 같았다"(*Roxana* 329).

스피노자는 『윤리학』에서 자신의 행위와 욕구는 의식하나 그 욕구의 원인을 모르기에 스스로를 자유롭다고 여기는 인간의 어리석음, 혹은 자유의지라는 가상에 대해 지속적으로 문제를 제기한다. 데카르트의 심신이원론과 자유의지론이 주장하듯이 우리가 이성으로 정념을 통제하고, 또 우리의 자유로운 의지로 이성을 통제한다고

---

23 『록사나』는 오랫동안 미완성 작품으로 평가되었다. 다음 논문은 이 문제를 다룬다. 김성균, 「*Roxana*는 완성된 소설인가?」, 『영어영문학』, 32권 4호.

여기는 것은 우리의 착각이라는 것이다. 지금 내가 하는 생각과 선택은 내가 내 자유의지에 따라 임의로 결정하는 것이 아니라, 이제껏 살아오는 동안 외부 사물과의 마주침에서 발생한 신체의 변용 및 변용 관념에 따른 상상과 기억, 혹은 관념들의 질서와 연관이 이루는 힘의 역학에 따른 것이다. 스피노자가 말한 대로 록사나의 의지는 자유롭지 않다. 그녀의 자유의지는 통제에 대한 욕구였고, 통제 욕구는 트라우마적 상황에 대한 강박관념과 연관되며, 강박관념은 그녀가 내면화한 당대 성 이데올로기의 강도적 힘과 연결되고, 그 이데올로기는 신체성과 무관하지 않으며 … 이런 식으로 관념의 질서와 연관은 무한히 계속된다. 록사나의 마지막 고백은 깊고 어두운 울림으로 우리가 자유의지에 따라 행동한다는 인간의 가상을 낱낱이 해체한다.

6장

괴물과 인간

『프랑켄슈타인』과 스피노자의 정서 모방 이론

"우리는 또한 사람들이 기쁨을 가지고 바라본다고 상상하는 것은
어느 것이나 행하려고 노력할 것이다.
반대로 우리는 사람들이 싫어하리라 상상하는 걸 행하지 않으려고 할 것이다."
—스피노자, 『윤리학』 3부 정리 29

"내가 어떻게 하면 당신의 마음을 움직일 수 있을까?"
—메리 셸리, 『프랑켄슈타인』

피조물의 '인간적' 정서

『프랑켄슈타인』의 주인공 빅터 프랑켄슈타인은 잉골슈타트 대학에서 근대 과학 공부에 매진하며 뛰어난 성취를 보이던 중 놀랍게도 생명의 비밀을 발견하게 된다. 이에 과학기술로 인간을 만들어 "새로운 종"의 "창조자"이자 "아버지"가 되어 찬양받겠다는 야심으로 인간 창조 작업에 골몰한다. 11월의 어느 음산한 밤, 그는 묘지와 납골당에서 가져온 시체 조각 모음에 "존재의 불꽃"을 주입하는 데 성공하고, 죽어 있던 시체 덩어리는 마침내 생명을 얻어 "둔하고 누런

눈"을 뜬다. 그러나 막상 실험에 성공한 프랑켄슈타인은 자신이 창조한 피조물의 흉측하고 기괴한 모습("흐릿한 눈 … 쭈글쭈글한 피부, 직선의 검은 입술 …")에 형용할 수 없는 "공포와 혐오"를 느끼며 도망치듯 실험실을 빠져나온다. 자신의 방에서 깜박 잠든 사이 꾼 "몹시 사나운 꿈"에서 깨어난 그는, 본능적으로 그를 찾아온 피조물이 씩 웃는 얼굴로 무언가를 말하려고 하자, 그의 손을 뿌리치고 다시 도망친다. 그러고는 그가 자신을 다시 찾아올까 봐 벌벌 떨면서 밤새 집 밖에 숨어 있는다(*Frankenstein* 34~37). 자신이 만든 피조물에 대한 프랑켄슈타인의 이러한 과도한 공포와 혐오는, 제임스 웨일 감독의 영화 「프랑켄슈타인」에서 시체가 살아나자 "살았다! 살았어!"라며 기쁨의 환호성을 지르는 주인공의 반응과 퍽 대조적이다. 소설 속의 프랑켄슈타인은 피조물이 눈을 뜬 바로 그 순간 이미 그를 "내가 만든 참담한 괴물"로 규정하면서 별다른 설명 없이 그를 즉각적으로 유기(遺棄)한다.

　　그런데 갓 태어난 **피조물의 입장에서** 같은 장면을 보면 어떨까? 생명체로 눈을 뜬 후 본능적으로 찾아간 대상—나중에 자신의 창조주임을 알게 되는—이 자신을 끔찍한 괴물로 여기면서 다짜고짜 도망친 사건은 그에게 어떻게 다가올까? 이 질문에 대한 대답은 프랑켄슈타인이 과학 실험실에서 인간으로 창조하고자 했던 존재를 그를 따라 '괴물'로 볼 건지, 아니면 피조물이 주장하듯 '인간'으로 볼 건지에 따라 사뭇 다를 것이다. 만일 전자라면 프랑켄슈타인이 실험 결과에 대한 뒤늦은 후회와 함께 공포와 혐오를 느끼면서 도망친 건 자연스럽다. 과학기술로 인간을 만들려는 실험이 실패해 인간이 아닌 괴물이 탄생했다면, 그 흉악한 괴물성에 놀라 과학자가 도망치는 건 이상하지 않다. 하지만 만일 창조된 피조물이 애초에 의도되었던 대로 한 명의 인간, 그것도 갓 태어난 아기처럼 감각이 미분화된 미숙한 생명체라면, 단지 겉모습이 흉측하다고 버려지는 경험은 그에게 지울 수 없는 유기의 트라우마이자 박해 불안의 근원이 될 것이다. 그는 단지 본능적으로 추운 실험실을 떠나 사람의 온기를 찾아 갔고, 그렇게 만난 창조주에게 "불분명한 웅얼거림"(inarticulate sounds) 과 "씩 웃는 웃음"(grin)으로 다가갔기 때문이다(*Frankenstein* 37). 따라서 프랑켄슈타인이 창조한 존재가 '괴물'인지, 아니면 '인간'인지의 문제는 이후 창조주와 피조물의 갈등뿐 아니라 『프랑켄슈타인』 전체를 이해하는 데 핵심적이다. 특히 '괴물' 개념 자체가 인간이 자신의 '타자'로 배제하는 것들을 집약적으로 투사한 '상상'의 존재임을 고려할 때, 실험실에서 탄생한 존재가 서사에서 괴물로 그려지는지, 아니면 인간으로 제시되는지를 가늠해 보는 작업은 중요할 것이다.[24] 이는 '괴물'이라는 독특한 상상적 존재, 즉 인간이 상상으로 만든 절대적 타자의 개념을 통해 거꾸로 인간을 이해하는 작업이기도 하다.

　1부 3장에서 『프랑켄슈타인』에 나타난 신과 인간의 관계를 주

24　실험실에서 창조된 존재가 괴물인지, 인간인지, 아니면 제3의 무엇인지라는 정체성 문제는 제임스 웨일 감독부터 피터 커싱, 케네스 브래너 감독까지 대부분의 『프랑켄슈타인』 각색 영화의 핵심적 문제이다.

로 프랑켄슈타인을 중심으로 생각해 봤다면, 이번 장에서는 피조물을 중심으로 그가 어떤 의미에서 인간일 수밖에 없는지를 스피노자가 『윤리학』에서 개진하는 '정서 모방'(imitation of affect) 원리를 중심으로 살펴보려 한다. 『프랑켄슈타인』 전체를 두고 볼 때 피조물의 종(種) 정체성은 모호하다고 할 수 있다. 문제가 되는 것은 보는 사람마다 예외 없이 소스라치게 놀라는 그의 흉측한 외관만이 아니다. 소량의 열매만 먹고도 살 수 있다거나 가파른 몽탕베르 빙하를 손쉽게 오르내리는 그의 놀라운 신체적 특징 역시 그를 인간으로 보기 어렵게 한다. 하지만 **소설의 가운데인 2부에서 펼쳐지는 피조물의 '자기 서사'는 그가 더도 덜도 아닌 '인간'이라는 점을 설득하는 데 집중되어 있다.** 물론 피조물의 자기 서사는 몽블랑에서 대면한 프랑켄슈타인에게 자신과 같은 "여자 피조물"(female Creature)을 만들어 달라는 그의 요구와 맞물려 있으며, 그런 만큼 공감을 끌어내기 위해 그의 '인간적' 측면을 부풀렸다는 추론이 가능하다. 하지만 통상적 괴물이 대개 언어 혹은 목소리를 지니지 못하는 것과 달리, 『프랑켄슈타인』의 피조물이 인간의 언어로 자신의 이야기를 논리적으로 풀어내는 자체가 이미 그의 '인간성'에 대한 강력한 암시다. 더 정확히 말하자면, 피조물의 모호한 종 정체성 혹은 그의 경계선적 위치를 통해 '인간이란 무엇인가'라는 근본적 물음을 묻는 것이 『프랑켄슈타인』의 주요 관심사라 할 수 있다.[25]

25 뒤에서 보겠지만 이에 대한 셸리의 답변은 다분히 루소적 혹은 낭만주의적 인간 이해를 드

그렇다면 어떤 점에서 피조물은 인간인가? 피조물의 '신체'는 괴물이지만 '정신'은 인간이라고 말하는 건 헐겁고 정확하지 못한 대답 중 하나일 것이다. 만일 스피노자식으로 피조물을 보면 어떨까? 들뢰즈는 "우리가 스피노자주의자라면" 어떤 사물을 "형식"이나 "기능"이 아니라 "경도와 위도"로, 즉 "신체 지도"(map of a body)에 의해 정의하게 된다고 말한다.[26] 스피노자 혹은 들뢰즈를 따라 피조물을 '경도'(빠름과 느림 fabrica)와 '위도'(변용 역량, 정서 affect)로 이루어진 신체 지도의 관점에서 본다면, 그는 더도 덜도 아닌 인간이라 할 수 있을 것이다. 그의 경도는 인간의 '경도'(신체 구조)와 별 차이가 나지 않으며, 외부 사물과의 마주침에서 그가 변용하고 변용되는 방식이나 그가 지닌 욕망과 정서의 '위도' 역시 인간의 그것과 거의 일치하기 때문이다. 다시 말해, 피조물이 지니는 신체 구조는 직립보행이나 손의 사용 등 인간의 신체와 크게 다를 바 없으며 그의 변용 방식이나 그가 지닌 정서 목록 역시 정확히 인간의 것이다. **특히 피조물이 보여 주는 '정서 모방'을 통한 사회화는 그가 인간임을 드러내는 결정적 표지다.** 인간이 어떤 생명체보다 복잡하고 모순된 존재인

러낸다. 작가는 정서적이고 상상력이 풍부한 피조물의 면면을 통해 인간의 핵심적 특징으로 (이성이나 논리보다는) 정서와 상상력을 부각시킨다.

26 Deleuze, "Spinoza and Us", *Spinoza: Practical Philosophy*, pp. 127~128. 들뢰즈의 설명에 따르면 경도는 신체의 구조, 즉 "형식을 갖지 않는 요소들 사이의 빠름과 느림, 운동과 정지의 관계 전체"를, 또 위도는 신체의 정서, 즉 "매 순간 신체를 채우는 정서인 익명의 힘(존재 능력, 변용 능력)의 강도적 상태 전체"를 지칭한다. 스피노자가 신체를 정의하는 방식이 형식이나 기능이 아니라 경도(빠름과 느림)와 위도(변용 역량, 정서)에 의해서라는 들뢰즈의 주장은 『스피노자: 실천철학』뿐 아니라 『천 개의 고원』이나 『비평과 임상』 등에서도 반복된다.

이유 중 하나는 인간의 변용(affection) 혹은 정서(affect)가 기쁨이나 슬픔 같은 기초 정서를 넘어 유사자(類似者)의 정서를 모방하거나 정서 감염에 거의 자동적으로 노출되기 때문이다. 거꾸로 이러한 '정서 모방' 혹은 '정서 전염'의 대상과 범위가 종의 외연을 규정하는 요소라면, 인간의 정서를 모방하는 피조물은 인간일 수밖에 없다.[27] 피조물의 이야기에서 드러나는 그의 온갖 복잡한 정서들, 최초로 느낀 슬픔과 기쁨에서부터 사랑과 미움, 희망과 공포, 동경과 자기 비하, 연민, 시기심, 복수심 등의 복합적이고 때론 양가적인 정서들은 그가 경험한 독특한 방식의 인간적 사회화의 결과이자 인간의 정서 모방 원리에 기반한 '인간적 정서 목록'에 속하기 때문이다.

태어나자마자 창조주에게 버림받은 피조물은 실험실을 빠져나와 숲으로 간 후, 허기와 갈증을 달래고 외로움과 두려움에 "앉아서 운다"(*Frankenstein* 73). 아기처럼 아직 분화되지 못한 감각을 지닌 그는 이때 하늘에 떠오른 달의 "부드러운 빛"에 "즐거운 감각"을 느끼면서 "일종의 놀라움"(a kind of wonder, *Frankenstein* 73)으로 달을 응시하는데, 이는 그가 본능적으로 느끼는 정서가 인간의 것과 얼마나 비슷한지를 보여 주는 작가의 전략이다. 스피노자는 『윤리학』 4부 '서

김은주 역시 스피노자의 정서 모방을 논하는 자리에서 "'인간'과 같은 보편 개념을 허구로 보고 존재자들을 유(類)나 종(種)이 아니라 신체 변용의 복합성의 정도로 나누는 스피노자 존재론"을 언급한다(김은주, 「네 이웃을 네 몸과 같이 사랑하라」?: 스피노자의 감정 모방 이론」, 『철학연구회 학술발표논문집』, 37~38쪽).

27 김은주는 "인간들 사이에 감정 모방이 일어난다기보다는 감정 모방이 '인간'이라는 말의 외연을 결정한다"라고 지적한다(앞의 글, 37쪽).

문'에서 아름다움과 추함의 구분이, 좋음과 나쁨의 구별과 마찬가지로, "그 자체로 고려되는 한, 사물 안의 어떤 실정적인 것을 지시하지 않으며, 단지 사물의 비교를 통해 우리가 형성하는 사유 방식 혹은 관념"일 뿐임을 지적한다. 스피노자가 언급한 대로, 어두컴컴한 숲에 뜬 밝은 달의 '아름다움'은 객관적 사실이라기보다 인간의 희로애락이 오랜 시간에 걸쳐 반영되고 축적된 '인간적' 정서다. 춥고 두려웠던 피조물이 휘영청 밝은 달을 보고 자신도 모르게 즐거움과 기쁨의 정서를 느낀다는 것은 그가 '인간'의 정서를 지니고 있음을 단적으로 보여 준다. 마찬가지로 다음 날 아침, 지저귀는 새들의 "즐거운 소리"를 듣고 "기뻐할" 뿐 아니라, 새소리를 "모방"하려 했으나 새어 나오는 자신의 "거칠고 흐릿한 소리"가 싫어 곧 입을 다무는 모습은 그가 예술의 기원 중 하나인 미(美)에 대한 모방 욕구를 지님을 인상적으로 드러낸다(*Frankenstein* 73~74).[28]

더군다나 피조물은 인간이 아니라면 느끼지 못할 인간의 '사회성'과 '문명'에 대한 호감과 경탄을 내보이는데, 이는 그가 인간을 자신의 유사자로 여기고 있음을 잘 드러낸다. 숲을 떠나 처음 마을에 들어섰을 때 피조물이 내비치는 본능적 감탄은 그가 인간의 정서를 지니고 있지 않다면 설명되기 어려운 부분이다. 그는 "오두막집

---

28 마트롱은 "[스피노자 철학에서] 기쁨과 슬픔은 유기체가 수동적 변이 가운데서도 최종 상태가 초기 상태와 선명하게 구별될 만큼 충분히 큰 규모의 변이를 견딜 수 있게 되면서부터 개입한다"라고 언급한다(알렉상드르 마트롱, 『스피노자 철학에서 개인과 공동체』, 김문수·김은주 옮김, 139쪽). 피조물의 감각이 분화해 가는 과정은 이를 잘 보여 준다.

과 단정한 작은 집들, 우아한 집들에 번갈아 가며 감탄"하면서 마을
이 "기적" 같다고 여긴다(*Frankenstein* 83). 자연의 숲과 대조적인 인
간 공동체를 안전하고 평화로운 장소로 여기는 피조물의 인간적 사
회성의 본능은 사람들의 냉대와 폭력을 피해 몰래 들어가 살게 된
드 라세 가족의 헛간에서 더욱 복잡한 형태로 발전한다. 그는 헛간
틈새로 눈먼 아버지와 아들 펠릭스, 딸 아가타가 상호작용하는 모습
을 보면서, 기쁨과 슬픔 같은 스피노자의 기초 정서에서 한발 더 나
아가 마트롱이 지적하듯이 "의식의 새로운 진보"이자 동시에 우리
를 "이중의 소외에 연루시키는" "사랑"과 "미움" 그리고 이에 기반한
복잡한 파생 정서를 느끼게 된다.[29] 가령 그는 눈먼 아버지가 딸에게
악기로 연주해 주는 모습을 보면서, 악기의 "달콤한 소리"가 주는 기
쁨을 넘어 노인의 "자애로운 표정"과 딸의 "부드러운 태도"에서 "존
경"과 "사랑"을 느낀다(*Frankenstein* 77). 또 늙고 힘없는 아버지가 젊
고 건강한 아들에 기대어 산책하는 모습을 보면서 인간적 관계의 아
름다움을 최상의 아름다움으로 여기기도 한다. 나아가 그는 가난한
드 라세 가족을 위해 밤중에 몰래 나무를 해 놓고 그러한 자신의 선
행에 뿌듯함을 느끼는데, 이는 그가 자신의 유사자로 여기는 인간을
돕는 것에 기쁨을 느끼는 '윤리적 감각'을 지닌 '인간'임을 강력히 암
시한다.

---

29 "이렇게 볼 때, 기쁨과 슬픔은 신체상으로 더 정교해진 내적 분화에 상응하는 의식의 진보를
   나타낸다"(앞의 책, 143쪽); "따라서 우리를 욕망에서 사랑으로 인도했던 의식의 진보는 이와
   동시에 우리를 이중의 소외에 연루시킨다"(앞의 책, 164쪽).

흥미로운 것은 19세기 낭만주의에서 '인간다움'을 규정하고 호소하는 방식 중 하나가 '가난에도 불구하고 서로를 깊이 사랑하는 사람들의 아름다움'이라는 모티브였다는 점이다. 작가 메리 셸리는 피조물이 드러내는 낭만주의적이고 인간적인 정서들을 통해 앞서 프랑켄슈타인의 시각에서 '괴물'로 단정되었던 그의 '인간적' 특징을 부각시키면서 독자에게 이를 설득하려 한다. 여기서 작가가 참조하는 '인간다움'의 기준은 동물(혹은 괴물)과 구별되는 인간 본질에 대한 전통적 규정이라 할 '이성'이 아니다. 『프랑켄슈타인』에서 **인간다움의 표지는 무엇보다 아름다움에 대한 인간의 정서적 반응, 다른 인간(타자)에 대한 윤리적 감각, 그리고 이러한 미학적·윤리적 정서를 뒷받침하는 인간의 사회성이다.** 셸리가 보여 주는 이러한 인간 이해는 무엇보다 낭만주의의 철학적 기반 중 하나인 장 자크 루소의 영향 아래 있다. 하지만 모든 존재의 평등을 전제하는 '존재의 일의성' 안에서 유(類)나 종(種)의 위계적 차이가 아니라 고유한 변용 능력이나 정서 목록으로 개체를 구분하고자 했던 스피노자의 사유 역시 『프랑켄슈타인』에 녹아 있다. 피조물이 인간이라면 그건 무엇보다 그가 드러내는 변용 능력과 정서 혹은 정서 모방의 기제가 정확히 인간의 것이기 때문이다. 『프랑켄슈타인』에 스며 있는 스피노자적 존재론은 메리 셸리가 남편 P.B. 셸리와 함께 스피노자의 『신학정치론』을 번역(미발간)했다는 사실에 의해서도 문헌학적으로 뒷받침된다.

스피노자의 정서 모방 이론과 『프랑켄슈타인』의 '괴물'

이렇듯 인간의 정서를 지닌 피조물은 앞서 언급한 대로 헛간 틈새로 드 라세 가족의 삶을 엿보고 엿들으면서, 마치 아이처럼 말을 배우고 글을 익히면서 내가 누군지에 대한 자기 인식과 인간 사회에 대한 지식을 획득하는 독특한 사회화 과정을 거친다. 인간과 어떤 직접적 상호작용 없이 오직 일방적으로 관찰하고 모방하는 방식으로 자아를 구성하고 타인과의 관계를 비롯한 사회성을 배우는 것이다. 하지만 이것이 가능한 것일까? 스피노자의 정서 모방 논의는 피조물의 독특하고 예외적인 사회화 과정을 설명하는 데 중요한 통찰을 준다. 나아가 이후 그의 살인 행위나 자신의 창조주와 맺는 집요하고도 파국적인 애증 관계를 이해하는 데 도움을 준다. 앞서 언급했듯 인간의 정서 모방 기제가 궁극적으로 "'인간'이라는 말의 외연을 결정"할 만큼 인간성의 핵심적 요소임을 고려할 때, 정서 모방에 기반한 피조물의 사회화는 그의 '인간성'을 보여 주는 중요한 지표이기 때문이다.[30]

『윤리학』 3부 정리 27은 인간 사회성의 근원에 놓인 정서 모방의 문제에 주목한다. "우리는 우리와 유사하고 또 이전에 아무런 정서도 갖지 않았던 어떤 것이 어떤 정서로 변용되었다고 상상하는 것만으로 그 정서와 유사한 정서로 변용된다." 인간은 자신과 '유사'하

---

30 김은주, 「"네 이웃을 네 몸과 같이 사랑하라"?: 스피노자의 감정모방 이론」, 『철학연구회 학술발표논문집』, 37쪽.

다는 이유만으로 이전에 어떤 정서도 가지지 않았던 다른 대상의 정서를 준-자동적으로 모방한다는 것이다. 한편으로 『윤리학』은 인간의 본질인 욕망의 개별성(독특성 singularity)을 지적한다. "욕망은 각자의 본성 혹은 본질 자체"로서 "각 개인의 욕망과 다른 사람의 욕망 사이에는 그의 본질과 다른 사람의 본질 간 차이만큼의 거리"가 존재하기 때문이다(『윤리학』 3부 정리 57의 증명). 또 각 개인의 정서 역시 욕망과 마찬가지로 개별성(독특성)을 지닌다("각 개인의 정서와 다른 사람의 정서 사이에는 그의 본질과 다른 사람의 본질 간 차이만큼의 거리가 존재한다", 『윤리학』 3부 정리 57). 하지만 다른 한편 인간은 자신의 유사자, 즉 타자의 욕망과 정서를 거의 무의식적으로 모방하면서 (욕망과 관계될 때) "경쟁심"을 느끼거나 (슬픔과 관계될 때) "연민"을 느낀다(『윤리학』 3부 정리 27의 주석). 스피노자의 정서 모방 이론은 '인간은 타자의 욕망을 욕망한다'라는 자크 라캉의 유명한 테제를 선취할 뿐 아니라 18세기 유럽에서 전개된 인간의 사회성 논의에서 핵심적이었던 '공감'(sympathy) 이론을 예견하기도 한다. 샤프츠베리 백작을 비롯해 프랜시스 허치슨, 데이비드 흄, 애덤 스미스에 이르는 영국의 소위 '도덕감 철학'은 '공감'을 인간의 도덕성과 사회성의 핵심적 기제로 제시했으며, 또 장 자크 루소의 '공감론'이 이후 낭만주의 사상의 뼈대가 되었음은 주지의 사실이다. 이러한 공감 논의에 앞서 스피노자는 정서 모방 원리, 즉 단지 나와 비슷하다고 해서 타인의 정서에 거의 자동적으로 동조하는 정서 모방 혹은 정서 감염이 인간 사회성의 근간이 됨을 일찌감치 주목했던 것이다.

하지만 도덕감 철학의 공감 이론과 스피노자의 정서 모방 원리에는 결정적 차이가 있다. 도덕감 철학이 주로 인간의 도덕성과 긍정적 사회성의 근원으로 공감을 제시한다면, 스피노자의 정서 모방 원리는 가치론적 접근을 배제한 채 인간의 정서 모방이 조화와 공감뿐 아니라 갈등과 대립의 원천이 됨을 지적하기 때문이다. 인간이 유사자의 정서라고 상상되는 것을 모방하는 경향은 한편으로는 타인과의 협력과 소통을 가능하게 하는 긍정적 사회성의 토대가 된다. 하지만 정서 모방은 자아의 개별적 코나투스를 제한하는 타자와 갈등을 불러일으키며, 나아가 거울상(mirror image)인 타자와의 관계에 내포된 자기소외 혹은 자기-대상화의 구조를 악화시키기도 한다.

인간의 사회성 근저에 깔린 정서 모방 원리의 양면성은 특히 자기애와 관련된 정서인 '명예심'(gloria)과 '야심/명예욕'(ambitio)에 대한 스피노자의 통찰에서 잘 나타난다. 명예심은 자기애, 즉 자기를 원인으로 하는 관념을 동반하는 기쁨의 일종이다. 그런데 자기에 대한 기쁨은 단독으로 일어나는 것이 아니라 우리의 유사자, 즉 타인이 우리에게 보이는 반응과 필연적으로 연관되어 있다. 명예심은 "타인이 칭찬한다고 상상되는 일부 우리 행위에 대한 관념을 동반하는 기쁨"(『윤리학』 3부 정서에 대한 정의 30)이기 때문이다. 스피노자 이전, 토마스 홉스가 인간의 정서 중 '명예심'에 주목했던 것은 유명하다. 홉스는 명예심을 타인과의 비교에 의해 발생하는 대표적 정념으로 꼽으면서, 인간은 자신이 돋보이기 위해 타인을 필요로 한다고 말한다. 즉 갈등과 분란의 부정적 사회성의 기저에 명예심이 있

스피노자로 영국 소설 읽기

음을 지적한다.[31] 하지만 마트롱이 지적하듯이 "홉스적 인간이 명예를 추구한다면, 그것은 오직 권력을 위해서이고 … 명예는 순전히 도구적으로만 인식되는" 반면, 스피노자는 "[홉스의] 효용주의적 계산을 통해서가 아니라 인간들의 본성상의 유사성 및 여기서 따라 나오는 보편성에의 욕망을 통해 [명예심을] 설명"한다. 인간이 인간을 필요로 하는 이유는 타자를 이용해 "이익"을 추구하기 위해서가 아니라 "다른 사람들에게서 찬사를 끌어내어 명예를 얻기 위해서"라는 것이다.[32]

"내부 원인에 대한 관념을 동반하는 기쁨"(『윤리학』 3부 정리 30의 주석)인 명예심을 위해 다른 사람들의 찬사를 **지나치게** 끌어내려는 욕망이 야심/명예욕이다. 야심/명예욕은 한마디로 "명예심에 대한 과도한 욕망"이다(『윤리학』 3부, 정서에 대한 정의 44). 즉 야심/명예욕은 "오직 사람들을 즐겁게 하기 위해 어떤 것을 행하거나 행하지 않으려는 노력"으로 "특히 우리 자신이나 타인의 피해를 감수하면서까지 우중(愚衆)의 마음에 들려고 애써 노력할 때 그렇게 불린다"(『윤리학』 3부 정리 29의 주석). 자신에 대한 기쁨을 더 많이(과도하게) 느끼기 위해 자신의 독특한 욕망과 상관없이, 심지어 피해

---

31 김은주는 홉스에게 명예심이란 "'자신의 힘/권력과 능력'에 대한 상상에서 느끼는 기쁨"이며, 그가 "명예라는 '정신적 환희'를 느끼려면 일단 비교의 대상인 다른 사람이 필요함"을 주장한다고 언급한다(김은주, 「"네 이웃을 네 몸과 같이 사랑하라"?: 스피노자의 감정 모방 이론」, 『철학연구회 학술발표논문집』, 33쪽).

32 마트롱, 『스피노자 철학에서 개인과 공동체』, 247쪽.

를 감수하면서까지, 타인이 원하는 것을 행하는 야심/명예욕의 이율배반적 특징은 두 가지 반대 방향으로 치닫는다. 첫째 야심/명예욕은 모든 사람의 마음에 들려는 성향으로 진행되면서 규제적이고 구성적인 사회성의 토대가 된다. 이는 야심/명예욕이 "사람 좋음/친절함"(humanitas)으로 불리면서 "칭찬", 즉 "우리를 즐겁게 하려고 애쓰는 타인의 행위를 상상할 때 우리가 갖는 기쁨"과 연결된다는 점에서 잘 드러난다(『윤리학』 3부 정리 29의 주석). 즉 야심/명예욕은 남에게 잘 보이려는 노력인 '친절'이나 '사람 좋음'이라는 사회적 덕목, 혹은 남이 나에게 잘 보이려는 노력에 대한 기쁨인 "칭찬"으로 나타난다.

하지만 야심/명예욕은 인간의 사회성을 파괴적 갈등과 대립으로 이끄는 근본적 원인이기도 하다. "자신이 사랑하거나 미워하는 것을 누구나 인정하도록 만들려는 노력" 혹은 "다른 사람들이 자기 자신의 기질(ingenium)에 따라 살아가기를 욕구하는 것" 역시 야심/명예욕의 핵심적 측면이기 때문이다(『윤리학』 3부 정리 31의 주석). 남에게 칭찬 듣고 싶은 욕구(정서)나 남이 내 뜻대로 움직이길 바라는 욕구(정서) 모두 자기에 대한 기쁨인 명예심의 증가를 목적으로 한다("각자는 자신을 기쁨으로 변용시킨다고 상상되는 모든 것을 상상하려고 노력한다", 『윤리학』 3부 정리 30의 주석). 남에게 잘 보이려는 칭찬 욕망과 남이 내게 맞추기를 바라는 독재 욕망 모두 앞서 말했듯 "명예심에 대한 과도한 욕망"인 야심/명예욕에 기인한다는 것이다. 마트롱은 언뜻 상반되어 보이는 야심/명예욕의 두 측면을 "명예의 야심"과 "지배의 야심"으로 구분한다. "지배의 야심"에 기인하는 독재와 횡포, 그리고 남에게 잘 보이려는 순응적 경향이자 "인간 공동체의 접합제"인 "명예의 야심"은 모두 야심/명예욕이라는 하나의 뿌리에서 나오는 것이다.[33]

『프랑켄슈타인』에 나타난 피조물의 기이한 사회화 과정 및 이후 파국적 행로는 스피노자의 정서 모방 원리 혹은 정서 모방에서 파생하는 복잡한 정서들—마트롱의 용어로는 "개인적인 정념"에 대비되는 "인간 상호적인 정념"—에 의해 설명된다. 그가 드 라세 가족에게 말과 글을 간접적으로 배우면서 느끼는 복잡다단한 정서의 한가운데에는 **정서 모방 기제의 핵심인 야심/명예욕**이 있다. 피조물의 자기 서사가 잘 보여 주듯이 인간의 사회화 과정에서 자기 정체성의 문제는 핵심적이며, 자기에 대한 자부심, 즉 '명예심'은 타인에게 칭찬받거나 타인을 지배하려는 야심/명예욕과 뗄 수 없다. 피조물은 펠릭스를 찾아온 아랍 여인 사피가 읽는 『제국의 멸망』을 헛간 판자 틈새로 함께 읽으면서, 그토록 위대한 인간이 동시에 이토록 사악하다는 것에 놀란다. 또 인간 공동체가 법, 정부, 사유재산, 빈부 격차, 신분 제도 등의 단단한 체계로 이루어져 있음을 알게 된다. 그런데 인간의 역사와 사회에 대한 그의 배움은 관련 지식의 습득에 그치지 않으며, 거의 필연적으로 "나는 누구인가?" 혹은 "이 사회에서 내 자리는 어디인가?"라는 질문으로 이어진다. 피조물 자신은 다른 사

---

33 앞의 책, 239쪽.

람과 달리 돈도 지위도, 부모나 친구도 없으며, 끔찍하게 흉악한 외
모를 지닐 뿐 아니라 "인간과 동일한 본성을 가진 것도 아닌데" "그
렇다면 내가 괴물이란 말인가?"(*Frankenstein* 96). 피조물의 명예심은
자신에 대한 타자(인간)의 반응에 대한 상상에서 비참하게 몰락하
며, 급기야 타자의 눈에 비친 자신의 모습을 "괴물"로 규정하게 되는
자기소외를 겪게 된다. 타인에게 칭찬받거나 타인을 지배하려는 야
심/명예욕이 좌절되면서 자신에 대한 기쁨(명예심)보다 슬픔(수치
심)으로 더 많이 변용되는 것이다.[34]

특히 우연히 숲에서 발견한 세 권의 책과 자신의 탄생 과정이
기록된 프랑켄슈타인의 실험 일지를 읽게 되는 사건은 인간을 자신
의 유사자로 여기고 인간 공동체에 속하고 싶은 욕망으로 가득한 피
조물의 야심/명예욕이 어떻게 그의 사회성을 이루는 동시에 갈등
과 파괴의 근원으로 작동하는지를 인상적으로 보여 준다. 먼저 그는
『젊은 베르테르의 슬픔』과 『플루타르크 영웅전』을 읽으면서 "덕에
대한 위대한 열정과 악에 대한 혐오"를 품는 동시에 인간 사회의 "분
주한 무대에서 배우가 되고 싶은 열망"(*Frankenstein* 102)을 느낀다.
사회에서 중요한 역할을 담당하거나 '위대한' 사람이 되고 싶은 열
망과 연관된 야심/명예욕을 품는 것이다. 하지만 『실낙원』과 프랑
켄슈타인의 실험 일지를 읽으면서 그의 명예심은 반대 정서인 수치

---

34 "내부 원인에 대한 관념을 동반하는 기쁨을 명예심(gloria) 그리고 이것에 상반되는 슬픔을
    수치(pudor)라고 부를 것이다"(『윤리학』 3부 정리 30의 주석).

심으로 전환된다. 우선 그는 '최초의 피조물'이란 점에서 그의 진정한 유사자라 할 아담과 자신의 매우 다른 처지를 비교하게 된다. 자신 역시 과학기술로 탄생한 최초의 인간이라는 점에서 '최초의 피조물'이지만, 기독교 신에게 사랑받았던 "완벽한 피조물"인 아담과 달리 "혐오스럽고 끔찍한 외모"를 이유로 태어나자마자 창조주로부터 버림받은 사실을 알게 됐기 때문이다(*Frankenstein* 103). 이에 피조물은 "비참하고 무력하며 혼자인" 자신의 유사자가 인간도 아담도 아닌 바로 "사탄"이라고 생각하는 지경에까지 이른다. 게다가 그 사탄마저도 그를 따르고 지지하는 동료 악마들(유사자들)이 있다는 점에서 혼자인 자신보다 낫다고 개탄하며 자신의 "저주받은 기원"과 창조주 프랑켄슈타인에 대한 원망을 키워 나간다(*Frankenstein* 103, 105).

이제부터 피조물은 정서 모방에서 비롯되는 파생 정서이자 갈등과 분열을 야기하는 대표적인 부정적 정서에 사로잡히는데, 그 정서가 바로 '시기심'(invidia)이다. 『윤리학』에 따르면 시기심은 "누군가가 어떤 것을 향유한다고 상상하는 것만으로 그것을 사랑하고 그 향유를 욕망하는" 데서 발생하며, 타인의 향유를 파괴하고자 하는 욕망으로 나아가는 정서다(『윤리학』 3부 정리 32의 증명). 타인의 기쁨에 대한 상상이 나의 박탈감이나 슬픔으로 연결되는 복잡한 사회적 정서이자, 타인의 인정을 통해 자신이 훌륭하다고 느끼고 싶은 야심/명예욕과 매우 가까운 정서가 시기심인 것이다.[35] 자신을 사탄의 유사자로 여기고 자조적 동질감을 느끼던 피조물은, 마치 사탄이 하나님이 사랑하는 아담의 행복을 시기하듯이, 이제 드 라세 가족에 대한 "쓰라리고 억울한 시기심"(the bitter gall of envy, *Frankenstein* 105)을 느끼기 시작한다. 자조적으로 사탄과 동일시하는 한편, 여전히 인간을 자신의 유사자로 여기면서 인간의 상상된 좋음(향유)을 곧 자신의 불행과 상실로 여긴다.

눈이 먼 드 라세 노인과의 접촉을 통해 인간 공동체로 진입하고자 했던 피조물의 마지막 희망은 그의 흉악한 모습에 놀란 아들 펠릭스의 오해와 경악으로 결국 무너지며, 절망한 피조물은 드 라세 가족이 떠난 집에 불을 지르고 빙빙 돌면서 괴성과 함께 광란의 춤을 춘다. 그 자신은 결코 인간 공동체에 속할 수 없음을 선언하면서 스스로를 진짜 괴물로 재탄생시키는 의식(ritual)을 치르는 것이다. 이제부터 인간은 그의 유사자가 아니다. 인간에게 잘 보이고 싶고 좋은 소리 듣고 싶은 야심/명예욕을 지닐 이유도 더 이상 없다. 하지만 문제는 '너희 인간이 원하는 대로 진짜 괴물이 되어 주겠다'라는 피조물의 위악(僞惡)과 상관없이, 이미 인간인 그가 지금 되고자 하는 '괴물'은 다른 인간에게처럼 '은유'로 작동할 뿐이라는 점이다. 괴

---

35 스피노자는 또한 시기심과 연민(공감)이 정서 모방의 측면에서 밀접히 연결된 정서임을 지적한다. "인간이 연민을 느낀다는 사실을 설명해 주는 바로 그 동일한 인간 본성의 특징으로부터 마찬가지로 인간이 시기심이 많고 야심이 높다는 사실도 따라 나온다"(『윤리학』 3부 정리 32의 주석).

물로 '재탄생'했더라도 그의 인간적 정서인 야심/명예욕은 사라지지 않으며, 대신 타인에게 잘 보이고 싶은 '명예의 야심'이 타인을 독재하려는 '지배의 야심'으로 방향을 틀 뿐이다. 얼마 안 가 피조물은 자신을 괴물로 보는 어린아이(프랑켄슈타인의 동생 윌리엄)를 죽이게 되고, 이어 자신에게 미소 짓지 않는 여자(저스틴)에게 살인죄를 뒤집어씌우는 등 살인마의 행위를 시작한다. 이미 그는 광란의 의식을 통해 인간이 그를 규정하는 대로 '괴물'로 재탄생했고, 괴물은 정의상 파괴하고 부수고 죽이는 존재이기에 죄책감도 없다. **하지만 최초의 살인을 포함해 이후 피조물이 저지른 살인들은 그의 본성적 '괴물성'에서 나온 것이 아니라 차라리 그의 '지배의 야심'에 기인하는 것이다.** 앞서 언급했듯, 그가 '인간'의 정서 목록을 지니는 한, 스스로 괴물로 재탄생하는 의식을 치른다 한들, 은유가 아닌 실체적 괴물이 될 수 있는 건 아니기 때문이다.

거울 구조의 정서 모방: 프랑켄슈타인과 피조물의 분신 관계

작품이 후반부로 치달을수록 프랑켄슈타인과 피조물은 일종의 분신 관계를 이루면서 서로의 정서를 무의식적으로 모방하는 거울 구조의 관계에 놓이게 된다. 즉 둘은 상대방을 증오하고 파괴해야 할 '적'으로 규정하는 동시에, 구분이 어려울 정도로 유사한 정서를 공유한다. 나아가 파괴해야 할 상대가 없으면 더 이상 살 의미가 없기에 무의식적으로 서로를 절실히 필요로 하고 또 그만큼 서로에게 의

존하는 관계가 된다. 사실 피조물은 눈뜬 순간부터 그의 창조주의
부정적이고 억압된 무의식의 체현으로서 분신 기능을 담당한다. 프
랑켄슈타인에게 피조물은 스스로 말하듯 "내 자신의 뱀파이어, 무
덤에서 풀려난 내 자신의 영혼"(*Frankenstein* 52)이다. 그가 처음부터
피조물을 괴물 혹은 악마로 규정하면서 혐오하고 두려워했던 건 그
가 만든 피조물이 부분적으로 그 자신의 억압된 무의식이 몸을 얻
어 나타난 그의 분신이었기 때문이다.[36] 하지만 작품 전체를 두고 볼
때, 피조물은 프랑켄슈타인의 부정적 무의식의 구현체 역할을 훌쩍
뛰어넘는다. 피조물이 프랑켄슈타인의 억압된 무의식의 구현(분신)
이라면, 마찬가지로 프랑켄슈타인 역시 그가 만든 피조물의 또 다
른 자아(alter ego)로 존재하는 것이다. 피조물의 자기 서사가 인상적
으로 전개되는 2부에 이어 마지막 3부에서는 창조주와 피조물이 서
로의 분신이 되어 차갑고 위험한 북극에서 서로 쫓고 쫓기는 긴박한
서사가 펼쳐진다.

　　괴물로의 재탄생 의식 후 프랑켄슈타인을 찾아 스위스 제네바
로 온 피조물은 마침내 몽블랑에서 그와 마주하면서 반-애원, 반-
협박으로 자신의 반려자가 될 '여자 피조물' 창조의 약속을 얻어 낸
다. 하지만 프랑켄슈타인은 거의 완성한 여자 피조물을 갈가리 부수
며 잔인하게 파괴하고 그 과정을 직접 목격한 피조물은 프랑켄슈타

36　프랑켄슈타인을 중심으로 작품을 읽는 비평이 많은 경우 정신분석학적 접근을 취하는 것은
　　피조물을 프랑켄슈타인의 '억압된 무의식의 구현'으로 읽을 여지가 다분하기 때문이다.

인의 친구 헨리를 살해한다. 나아가 약속한 대로 프랑켄슈타인이 아내로 맞는 엘리자베스도 결혼 첫날밤에 죽인다. 프랑켄슈타인은 자신이 만든 피조물에 의해 사랑하는 사람들이 모두 살해되고 아버지까지 상심으로 죽자, 반쯤 미친 상태가 되어 오직 그를 죽이겠다는 집념 하나로 북극의 설원까지 피조물을 쫓아온다. 바로 그때, 서로를 파괴하겠다는 유사한 목표 말고 다른 아무런 삶의 이유가 없어지면서 누가 쫓고 누가 쫓기는지조차 분간되지 않는 둘의 거울상 같은 분신 관계가 극화된다. 3부에서 "나와 인류 사이에 놓인 극복할 수 없는 장애"(*Frankenstein* 119)를 한탄하며 소외감을 토로하는 것은 이제 피조물이 아니라 프랑켄슈타인이다. 주위에 아무도 없는 고립무원 처지가 비슷해지는 만큼 둘의 언어도 비슷해지는 것이다. 이제 프랑켄슈타인은 피조물을 죽이기 위해 그를 쫓아가는 것 외에 다른 어떤 삶의 이유도 찾지 못하며, 피조물은 자신을 죽이려는 프랑켄슈타인이 도중에 좌절하고 포기할까 봐 두려운 듯 "자주 [피조물을 찾을 수 있는] 길을 알려 주는 흔적을 남기"거나, 먹고 힘내 자기를 쫓아오라고 "죽은 토끼"를 식량으로 놓아둔다(*Frankenstein* 172, 174).

프랑켄슈타인과 피조물의 추격전이 벌어지는 얼음과 눈의 북극 설원은 인간의 언어와 법이 대타자로 존재하는 상징계에서 멀리 떨어진 세계다. 대신 주체가 타자에게 자신의 정서를 온전히 '투사'하거나 그의 정서를 '내사'하면서 성립되는 상호 동일시적 정서 전염이 상징계적 금지 없이 진행되는 거울 구조의 이자(二者) 관계가 펼쳐진다. 나아가 이러한 북극 설원은 숭고미(the sublime)의 실재계 차원이 소환되는 공간이기도 하다.[37] 그런데 피조물과 프랑켄슈타인의 대결이 인간 사회가 아니라 인간의 흔적이 거의 없는 설원에서 이루어지는 것은 피조물의 전략이기도 하다. 그가 인간의 유사자로 인정되지 않는 이상, 인간 사회(상징계) 내에서 그와 프랑켄슈타인의 관계가 괴물과 인간 외의 다른 관계가 되기는 어렵다. 1부에서 피조물의 간계로 사형당하게 된 저스틴에 대해 프랑켄슈타인이 몹시 괴로워하면서도 끝까지 피조물의 존재를 밝히지 않은 것은 '괴물'인 피조물이 법과 언어로 이루어진 인간의 상징계로 들어올 수 없음을 알기 때문이다. 또 설사 피조물의 존재가 밝혀지더라도 그 순간 '괴물'의 창조자인 자신 또한 상징계에서 버티지 못함도 안다. 같은 논리로 피조물은 프랑켄슈타인을 죽이는 대신, 그가 사랑하는 이들을 하나하나 죽이면서 그를 상징계에서 고립시키고 나아가 자신과 같은 '괴물'의 위치에 두고자 한다. 그의 전략은 성공한다. 마침내 프랑켄슈타인과 피조물은 법과 언어가 대타자로 엄연히 존재하는 인간 사회가 아닌, 인간과 괴물의 구분이 별 의미가 없는 상상계 및 실재계에 가까운 북극에서 추격전을 벌이게 된다.

그런데 피조물의 이러한 성공에는 그의 '괴물다운' 우월한 신체

---

37 혹은 피조물과 프랑켄슈타인이 쫓고 쫓기는 북극 공간은 들뢰즈의 "매끈한 공간", 즉 유동적이고 변화하며 열려 있는 유목의 공간이자 강도적인 지대로 읽을 수 있다("… smooth space is occupied by intensities, wind and noise, forces, and sonorous and tactile qualities, as in the desert, steppe, or ice. The creaking of ice and the song of the sands. Striated space, on the contrary, is canopied by the sky as measure and by the measurable visual qualities deriving from it", Deleuze and Guattari, *A Thousand Plateaus: Capitalism and Schizophrenia*, p. 479).

적 능력과 잔인함뿐 아니라, 프랑켄슈타인의 나르시시즘 및 자기 연민 혹은 '지배의 야심'이 중요한 역할을 한다. 가령 프랑켄슈타인이 '여자 피조물'을 산산조각 내는 장면을 지켜본 피조물이 "너의 첫날 밤 내가 함께 있으리라"(I shall be with you on your wedding-night, *Frankenstein* 129)라고 말했을 때, 프랑켄슈타인은 자기 생각에 빠져 살해의 대상이 자신이 아니라 신부 엘리자베스가 될 수도 있다는 생각을 아예 하지 못한다. 피조물/괴물의 존재와 협박을 그녀에게 비밀로 하면서 '남자답게' 혼자 꿋꿋이 감당하려는 것이다. 사실 남성 중심적 나르시시즘은 뜻밖에도 프랑켄슈타인과 피조물이, 그들의 야심/명예욕 못지않게, 공유하는 지점이다. 몽블랑에서 피조물이 프랑켄슈타인에게 '여자 피조물'의 창조를 요구하면서 내세우는 논리를 보자. 본래 선한 성품을 타고난 그가 이렇게 악하고 비참하게 된 것은 자신에게 공감해 주는 타자가 없기 때문이니, 만일 자신과 비슷한 '여자 피조물'이 있다면 그는 외롭지 않을 테고, 따라서 악한 짓도 하지 않을 것이며, 그와 그녀는 인간이 살지 않는 깊은 산속에 숨어 살겠다는 것이다. 피조물의 입장에서 본다면 이는 꽤 그럴듯한 계획이다. 하지만 앞으로 탄생할 '여자 피조물'의 입장에서 볼 경우, 이는 그녀가 능동적으로 선택할 수 있는 권리에 대한 어떤 고려도 없이 오직 그녀를 피조물에게 위로와 따뜻함을 주고 그의 뜻에 따르는 보충적 타자(complementary other)로만 여기는 극히 이기적인 생각이다. 즉 피조물의 요구는 프랑켄슈타인이 자신의 야심을 위해 시체 조각들로 인간을 창조하려 할 때, 혹은 막상 피조물이 눈을 뜨자 흉악한 외모를 이유로 서슴없이 유기할 때의 자기 위주적이고 편의주의적인 태도와 닮아 있다.

　빙설만이 바다에 둥둥 떠 있는 북극에서 서로를 끔찍이 증오하는 동시에 서로와의 관계 외에는 어떤 삶의 의미도 찾을 수 없는 피조물과 프랑켄슈타인의 파국적 이중주는 이자 관계(상상계)에서 발생하는 맹목적이고 폐쇄적인 정서 모방 혹은 상상계적 동일시와 정서 과잉을 드라마틱하게 펼쳐낸다. 프랑켄슈타인은 엘리자베스가 살해되고 아버지까지 죽자 마치 미친 사람처럼 치안 당국(법)에 '괴물'을 잡아 줄 것을 요청한다. 또 이 요청이 받아들여지지 않자, 자신을 "순교자"(martyr)로 규정하면서 오직 피조물을 죽이겠다는 일념으로 살아간다. 하지만 인간 사회와 모든 인연을 끊고 떠난 복수의 길에서, 그는 피조물이 나무껍질에 새긴 흔적을 따라가거나 그가 놓아 둔 음식을 먹으면서, 결과적으로 피조물이 그의 유일한 유사자인 이자 관계 안에서 움직이게 된다. 마찬가지로 피조물에게 프랑켄슈타인은 비록 증오의 대상일망정 유일하게 자신의 존재를 알고 있는 단 한 사람, 즉 그의 사회성을 이루는 유일한 타자다. 피조물에게는 별수 없이 인간이 그의 유사자이기 때문이다. 사실 "상호성의 요구야말로 정서 모방의 대상인 '우리와 유사한 것'의 범위를 가늠할 수 있게 해"줌을 생각할 때,[38] 피조물이 끝까지 프랑켄슈타인과의 상호

38　김은주, 「"네 이웃을 네 몸과 같이 사랑하라"?: 스피노자의 감정 모방 이론」, 『철학연구회 학술발표논문집』, 41쪽.

관계를 필요로 한다는 것은 그가 인간임을 보여 주는 또 다른 지표이기도 하다.

이러한 이중주의 평행선은 프랑켄슈타인이 북극 탐험가 월튼—야심/명예욕에서는 그를 정확히 닮았으나 궁극적으로 그와 다른 선택을 하는 그의 또 다른 자아—을 만나면서 새로운 방향과 속도로 전환된다. 사실 『프랑켄슈타인』에서 야심/명예욕이라는 정서 모방의 핵심 정서는 피조물이나 프랑켄슈타인뿐 아니라 이들의 이야기를 누이에게 편지로 써 보내는 작품 전체의 화자 월튼에게도 주요한 주제이다.[39] 북극에서 다 죽어 가는 프랑켄슈타인을 만나 그를 돌보게 되는 월튼이 온갖 어려움에도 불구하고 북극 탐험을 감행하는 이유 역시 그것이 자신의 명예심을 북돋울 "영광스러운"(glorious) 일이라 생각하기 때문이다. 그는 누이에게 보내는 편지에서 자신이 "평생 편하고 호화롭게 살 수 있었지만, 내 앞에 놓인 재산의 모든 유혹보다 명예를 우선시했다"라고 말한다(Frankenstein 7). 이는 프랑켄슈타인이 처음 중세 자연철학에 매료돼 공부할 때 토로한 "재산은 하찮은 대상이었다. 하지만 만일 내가 인간의 병을 없앨 수 있다면 그 발견은 얼마나 대단한 명예일 것인가!"(Frankenstein 23)라는 언급과 유사하다.

월튼은 병약한 몸에 눈빛만 살아 있는 프랑켄슈타인을 만난 후

---

39 『프랑켄슈타인』은 『워더링 하이츠』와 마찬가지로 19세기 소설로서는 예외적으로 복잡한 구조, 특히 동심원적 액자 구조를 지닌다.

그를 "정말 영예로운 존재"(what a glorious creature)로 묘사하면서 "그의 몰락의 위대함"(the greatness of his fall)에 감탄하기까지 한다(*Frankenstein* 161). 그러나 프랑켄슈타인은 이런 월튼과의 만남에서도 남성적 야심/명예욕과 영웅심을 놓지 못한다. 죽을 뻔했던 선원들이 선장 월튼에게 요구하는 귀환 요청에 대해 그는 "남자답게 굴어라, … 이마에 치욕의 낙인을 찍은 채 가족에게 돌아가지 마라. 제대로 싸웠고 정복했던 영웅으로서 돌아가라"(*Frankenstein* 165)라고 선동하며, 죽는 한이 있더라도 끝까지 북극점으로 갈 것을 종용하는 것이다. 무엇보다 프랑켄슈타인은 자신이 이루지 못한 피조물 살해라는 과업을 월튼에게 두 번이나, 그것도 "이성과 덕"의 이름으로 부탁한다(*Frankenstein* 167). 피조물을 반드시 죽여 달라는 프랑켄슈타인의 유언은 사실 그를 "고귀하고 신 같은" 존재로(*Frankenstein* 161) 추앙했던 월튼에게는 부당하고 부조리한 요구다. 우선 프랑켄슈타인이 죽이지 못했던 엄청난 힘과 속도의 '괴물'을 월튼이 죽일 가능성은 거의 없다. 무엇보다 만일 월튼이 이 유언을 지상명령으로 삼는다면, 또 다른 폐쇄적이고 파괴적인 이자 관계, 원인과는 더욱 멀어진 맹목적인 슬픈 정념의 복수가 도돌이표처럼 반복될 것이기 때문이다.

궁극적으로 『프랑켄슈타인』은 이자 관계적 정서 모방의 구조를 끊는 결말을 선택한다. 프랑켄슈타인이 죽은 후, 월튼은 어디선가 나타나 그의 죽음을 슬퍼하는 피조물을 보면서 프랑켄슈타인의 유언을 상기하고 순간 살해 충동을 느낀다. 하지만 결과적으로 그는 피조물의 이야기를 끝까지 들으며, 파도와 함께 어둠 속으로 사라지는 피조물의 모습으로 작품은 끝난다. 야심/명예욕 측면에서 프랑켄슈타인의 닮은꼴이었던 월튼은 결국 '괴물'을 죽이라는 그의 유언을 받드는 대신 '괴물'의 이야기를 듣는 선택을 함으로써, 프랑켄슈타인과 피조물에게 일어난 사건들을 머나먼 과거의 이야기로 만들어 버린다. 이러한 월튼의 선택은 피조물의 마지막 선택이기도 하다. 피조물은 비록 끝까지 자기 연민과 원망의 슬픈 정념을 놓지 못하지만, 증오와 복수의 드라마를 끝내는 능동적 선택인 자살을 암시하면서 그와 프랑켄슈타인의 관계를 하나의 먼 이야기로 만들어 버린다. 언어와 법이 지배하는 인간 공동체를 떠나 백색의 숭고한 공간에서 펼쳐진 창조주와 피조물의 드라마, 서로 가장 증오하는 대상이자 동시에 닮아 있는 분신들이 만들어 간 강렬한 정서의 드라마는, 월튼이 말하듯 "이 최종적이고 놀라운 파국"(this final and wonderful catastrophe, *Frankenstein* 186)을 뒤로하고 사라져 간다.

7장

『워더링 하이츠』에 나타난
고딕성과 스피노자적 욕망의 윤리

"욕망은 각자의 본성 혹은 본질 자체다.
각 개인의 욕망과 다른 사람의 욕망 사이에는
그의 본질과 다른 사람의 본질 간 차이만큼의 거리가 존재한다 …
즉 각 개인의 각 정서는 그의 본질과
다른 사람의 본질이 다른 만큼 서로 다르다."
―스피노자, 『윤리학』 3부 정리 57의 증명

"너는 나를 사랑했는데, 도대체 무슨 권리로 나를 떠난 거야? …
그 어떤 비참함도, 타락이나 죽음도, 신이나 악마가 가할 수 있는 어떤 것도
우리를 갈라놓을 수 없었기에, **네가**, 네 의지로 나를 떠났잖아."
―에밀리 브론테, 『워더링 하이츠』

이번 장에서는 스피노자가 『윤리학』에서 제시하는 윤리가 인간 중심적 관점에서 구성된 선악 개념을 해체할 뿐 아니라 각 개체의 독특한 욕망 및 정서가 그의 독특한 본질임을 직시하는 욕망의 윤리임을 검토하고, 『워더링 하이츠』의 고딕적 악한 히스클리프가 관습적

선악 개념을 넘어 독특한 욕망을 본질로 삼는 스피노자적 윤리의 고
딕적 형상화임을 살펴보려 한다.[40] 스피노자적 윤리의 특징은 크게
두 가지로 볼 수 있다. 우선 스피노자는 인간 중심적 선악 개념에 기
초한 관습적 '도덕'에 대한 발본적 비판을 수행한다. 둘째, 인간의 본
질을 보편적 이성이 아닌 개별적 욕망(코나투스)으로 보는 것 역시
스피노자적 윤리의 큰 특징이다. 그리고 이러한 욕망의 윤리에서 정
서는 의지로 다스려져야 할 변덕스러운 기분이기보다 개체의 역량
증감 이행의 기호이며, 개체마다 다른 정서 혹은 욕망의 독특성(sin-
gularity)이 그 개체의 독특한 본질/개별 본질을 이룬다. 이는 "각 개인
의 정서와 다른 사람의 정서 사이에는 그의 본질과 다른 사람의 본
질 간 차이만큼의 거리가 존재한다"라는 『윤리학』 3부 정리 57에 잘
나타난다. 자크 라캉의 박사 논문 내 제사로 쓰인 이 정리는, 한 개체
의 독특한 정서를 그의 독특한 본질의 기호로 본다는 점에서, '정서
의 독특성(개별성)'을 개체의 본질로 적극적으로 규정한다.[41] "기쁨
과 슬픔은 각 개인의 본성 자체"이며 나아가 "각 개인의 욕망과 다른

40 '고딕적 악한'(gothic villain)은 『오트란토 성』의 맨프레드나 『드라큘라』의 주인공, 혹은 히스
  클리프처럼 '고딕 소설'의 악하거나 광기 가득한 남자 주인공을 일컫는 문학 용어이다. 고딕
  적 악한은 주인공(hero)의 반대편에 있는 전통적 악한이라기보다 독자가 공감할 수 있는 과
  거나 묘하게 끌리는 매력을 지니는 등 주인공다운 면모를 지닌다.

41 김은주는 라캉 역시 "인격 개념을 통해 개체적 본질은 초월적 본질 같은 게 아니라 역사적
  인 관점에서 환경에 대한 개인의 발달 과정으로 또 복합적 인과성을 통해 해명되는 것으로
  서술한다"라고 지적한다. 나아가 "스피노자 연구의 관점에서 보면, 스피노자가 말하는 한 개
  체의 '독특한 본질'(essentia singularis)을 [라캉의] 박사 학위 논문처럼 구체적으로 밝혀 준
  작업은 드물다"라고 언급한다(김은주, 「라캉, 스피노자의 독자: '심신 평행론'에서 신의 지적 사
  랑까지」, 『철학』, 120집, 138쪽).

사람의 욕망 사이에는 그의 본질과 다른 사람의 본질 간 차이만큼의 거리가 존재하기" 때문이다(『윤리학』 3부 정리 57의 증명).

각 개인이 지니는 독특한 정서와 욕망이 그의 독특한 본질을 이룬다는 스피노자의 주장은, 라캉의 제사가 암시하듯, 인간에 대한 정신분석학적인 이해에 가까울 뿐 아니라 통상적 상식으로 이해하기 어려운 문학적 인물들—가령 『모비딕』의 에이헙이나 『롤리타』의 험프리—을 이해하는 데도 중요한 통찰을 제공한다. 어떤 사람의 독특한 정서나 욕망이 그의 핵심적 본질이라는 인간 이해는 우리의 평범한 일상에도 적용되지만, 특히 예외성과 소수성으로 '문제'를 던져 주는 기이한 문학적 인물을 이해하는 데 하나의 실마리가 되기 때문이다. 고딕 소설에 등장하는 고딕적 악한 역시 보통의 규범적 상식으로는 이해하기 어려운 인물이다. 또 그만큼 우리의 감각을 거스르고 견고한 기성 체제를 도발하면서 인간의 본성과 자유로운 삶에 대해 근본적 차원에서 다시 묻게 한다. 히스클리프는 대표적인 고딕적 악한이자 이의 변주 개념인 낭만적 영웅(바이런적 영웅)으로서 독특한 욕망과 정서 그리고 독특한 본질에 대한 근본적 물음을 독자에게 던진다.[42]

히스클리프라는 인물은 『워더링 하이츠』의 비평사만큼이나 다양한 관점에서 이해되어 왔다. 산드라 길버트와 수잔 구버, 케이트 엘리스 등의 페미니즘 비평에서 그는 어린 캐서린이 가부장적 억압

---

42 낭만적 영웅/바이런적 영웅에 대해서는 이 책의 1부 4장 각주 46번 참조.

에 대항할 때 힘과 지배의 상징인 "말 채찍"(whip)이 되어 그녀를 도와주는 조력자로 여겨진다. 정신분석학적 비평에서 히스클리프와 캐서린의 관계는 상상적 동일시나 타자성이 들어설 틈이 없는 모녀의 애착 관계로 제시되며, 테리 이글턴, 레오 버사니, 필립 와이언, 마가렛 호만스, 제프리 버만(Jeffrey Berman) 등의 글이 이러한 관점을 취한다. 히스클리프는 『워더링 하이츠』 비평의 또 다른 주요 방법론인 탈식민주의 비평의 한가운데에 있다. 가령 수잔 메이어는 유색인종인 히스클리프의 인종적 타자성에 주목하면서 그를 영국제국이 두려워하는 식민지의 저항 세력을 상징하는 인물로 읽는다. 나아가 스티븐 바인(Steven Vine) 같은 비평가는 고딕 소설이나 낭만주의 등 문학사 맥락 안에서 히스클리프를 읽으면서 이 작품에 나타나는 낭만주의의 나르시시즘적 남성 자아비판을 지적하기도 한다.

　상식적·관습적 기준으로 이해하기 어려운 고딕적 악한으로서의 히스클리프를 검토하는 이번 장은 넓은 의미에서 장르 비평에 해당한다. 나아가 후기구조주의가 모색하는 비인간적 주체성 담론에서 핵심적 사유로 소환되는 스피노자적 윤리를 규명하고, 이를 토대로 히스클리프의 독특한 본질을 그의 독특한 욕망과 죽음을 통해 조명한다는 점에서, 욕망과 정서에 기반한 새로운 주체성 논의에 기여하고자 한다. 이러한 모색에서 드러나는 것은 스피노자적 욕망 윤리의 현재성뿐 아니라, 놀라운 집중력과 깊은 통찰로 인물들의 욕망과 독특성을 꿰뚫어 표현해 내는 『워더링 하이츠』의 문학적 성취라 할 것이다. 이를 확인하기 위해 첫 절에서는 스피노자적 욕망의 윤리를 선악 개념의 해체와 인간의 본질로서 욕망이라는 그의 이해를 중심으로 살펴보겠다. 이어 히스클리프의 독특한 욕망과 그의 고덕성을 캐서린에 대한 그의 "갈망"(desiderium) 및 그녀를 앗아 간 존재들에 대한 "복수심"(vindicata)이라는 『윤리학』 3부에서 논의된 두 정서를 중심으로 논의하겠다. 마지막으로 작품 말미에 나타나는 히스클리프의 이상한 변화와 "**나**의 천국"(*my* heaven, *Wuthering Heights* 297, 강조는 필자)에 이르는 그의 죽음이 어떤 의미에서 그의 독특한 본질을 드러내는 중요한 사건이자 스피노자적 욕망의 고덕적 형상화인지를 검토하려 한다.

스피노자적 욕망의 윤리:
선악 이분법 해체와 인간의 본질로서 욕망

스피노자 철학은 존재론, 인식론, 정서론 등 철학의 거의 모든 분야를 망라하지만, 그의 주저 제목이 '윤리학'인 데서 단적으로 드러나듯이, 그의 사유의 궁극적 지향은 어떤 삶이 좋은 삶인지 묻고, 그런 삶을 살기 위해서 어떻게 해야 하는지라는 실천에 방점이 찍혀 있다. 들뢰즈가 언급한 대로, 스피노자의 사유가 정확한 개념으로 단단하게 지어 올린 견고한 철학적 건축물인 동시에, 철학을 전혀 모르는 사람들에게 역시 뜨거운 호소력으로 다가가는 것은 어떻게 살

것인가라는 윤리적 물음을 직접 겨냥하고 있기 때문일 것이다.[43] 이러한 윤리적 물음에 대한 스피노자의 대답인 『윤리학』은 소박하지만 대담하고 급진적이며, 단단한 철학적 사유를 펼쳐 보이면서 우리의 관습적 생각을 돌파한다.

  스피노자적 윤리의 특징은 크게 두 가지로 대변될 수 있다. 하나는 선악 개념에 기초한 도덕에 대한 근본적이고 가차 없는 비판이고, 다른 하나는 인간의 본질을 보편적 이성이 아닌 개별적/독특한(singular) 욕망에 두는 것이다. 먼저 선악 개념에 대한 스피노자의 비판적 사유를 살펴보겠다. 스피노자는 『윤리학』 1부 '부록'에서 통상 도덕의 기초라 여겨지는 선악 개념을 계보학적으로 해체하면서, 선악 개념이 근본적 차원에서 '부적합한 관념'이자 '상상적 인식'임을 지적한다. 인간은 자신의 욕구를 의식하되 그 원인을 모르므로 자신이 자유롭다고 믿는 한편, 모든 걸 자신의 목적을 위한 것, 즉 목적과 수단의 관점으로 이해하면서 자신에게 유용한 것이나 표상하기 쉬운 것들을 사물의 객관적 본성이라 상상한다는 것이다. 이러한 인간 중심적 사유는 선과 악, 질서와 혼란, 미와 추 등의 개념에 존재론적 위계질서를 부여하며, 또 그 위계를 당연한 것으로 간주하게 한다. 하지만 "자연 사물들은 선악을 알지 못하"며 "선악은 오직 인간에게

---

43 스피노자에 대한 들뢰즈의 많은 글 중, 『스피노자: 실천철학』의 처음 장과 마지막 장인 '스피노자의 삶'(Life of Spinoza)과 '스피노자와 우리'(Spinoza and Us)에서 특히 이 점이 강조된다.

고유한 개념"일 뿐이다.[44] 선과 악, 질서와 혼란, 완전함과 불완전함 등을 존재론적·윤리적 개념으로 당연시하는 것은 상상적 인식일 뿐 진리와는 거리가 멀고, 그만큼 인간을 예속적 삶으로 이끌 수밖에 없다. 인간 중심적 관점을 벗어나면, 자연에는 선악의 대립이 없다.

그런데 스피노자가 선악 개념이 근본적 차원에서 인간 중심적 이고 부적합한 관념이라는 급진적 주장을 펼칠 때, 이러한 선악 개념을 현실에서 완전히 폐기 처분해야 한다고 주장하는 건 아니다. 『윤리학』 4부 '서문'에서 그는 완전과 불완전 개념 역시 선악 개념과 마찬가지로 "어떤 실정적인 것을 지시하지 않는" 인간의 임의적 관념임을 지적하지만, 동시에 "그럼에도 우리는 이러한 용어들[선과 악, 완전과 불완전, 미와 추 등]을 간직할 필요가 있다"라고 덧붙인다. 인간 삶에서 가치 평가는 피할 수 없으며, 윤리적 삶이란 어떤 식으로든 가치 있고 행복한 삶을 상정하기 때문이다. 따라서 그는 "우리는 우리가 바라볼 수 있는 인간 본성의 모델로서 인간에 대한 어떤 관념을 형성하기를 욕구"한다고 말한다. 물론 여기서도 선악 개념이나 "인간 본성의 모델"은 진리가 아니라 우리의 "욕구"로 인한 것임이 지적된다. 선과 악, 완전과 불완전, 질서와 혼란 등의 개념이 근본적 차원에서는 상상적이고 가상적인 개념임을 인식하되 우리가 '자유로운 인간'이라는 인간 모델에 가까이 가도록 도와주는 것

---

44 진태원·박기순, 「스피노자의 윤리학: 어떻게 수동성에서 벗어날 것인가?」, 『서양근대윤리학』, 88쪽.

을 '선', 그 반대를 '악'으로 지칭할 필요가 있다는 것이다. 다시 말해 "만일 인간이 자유롭게 태어난다면, 그들이 자유로운 한, 어떤 선악 개념도 형성하지 않을 것"이지만(『윤리학』 4부 정리 68) 그렇지 않기에 인간이 자신이 자유롭다는 착각에서 벗어나 진정으로 자유로워지는 데에는 역설적으로 어떤 모델이 필요하고 이때 선악 개념은 유용할 수 있다. 이에 대해 들뢰즈는 "[스피노자 철학에는] 선 혹은 악(Good or Evil)이 있는 것이 아니라 좋음과 나쁨(good and bad)이 있다"라고 설명한다.[45] 여기서 "좋음"은 "선"과 달리 인간적 관점의 투사가 아니다. 들뢰즈에 따르면, 스피노자의 존재론에서 "좋음"은 "역량이 증가"하는 것이며, "자신의 역량을 증가시키려고 노력하는 사람은 좋다(혹은 자유롭다, 이성적이다, 강하다)라고 일컬어질" 수 있다.[46] 스피노자의 역량의 존재론에 대해서는 다양한 해석이 있겠지만, 어떤 경우든 **선악 개념에 대한 계보학적이고 발본적인 해체는 스피노자적 윤리의 핵심에 놓여 있다.**

스피노자 윤리학의 두 번째 특징은 인간의 본질이 (아리스토텔레스처럼) '이성'이나 (아퀴나스처럼) '신에 대한 사랑'이 아니라 인간의 '욕망'에 있다고 본다는 점이다. 스피노자에 따르면 인간의 욕

---

45 Deleuze, "On the Difference Between the Ethics and a Morality", *Spinoza: Practical Philosophy*, p. 22. 들뢰즈에 따르면 일종의 "가상"이라 할 선악 개념은 자연의 질서를 이해하지 못하는 "의식의 가상"과 함께 좋음과 나쁨의 자연법칙에 대한 이해를 선악의 도덕론으로 바꾸어 버린다.

46 *Ibid.*, pp. 22~23.

망은 인간의 "코나투스", 즉 "각 사물이 자신의 존재 역량에 따라 자기 존재를 유지하려는 노력"(『윤리학』 3부 정리 6)이며, 이는 인간에게 주어진 "현행적 본질"(『윤리학』 3부 정리 7의 증명)이기도 하다. 이렇듯 스피노자적 윤리는 인간의 본질을 욕망에서 찾는다는 점에서 인간에 대한 정신분석학적 이해와 어느 정도 결을 같이하며, 나아가 선(善) 윤리에 대한 정신분석학자 라캉의 비판 역시 부분적으로 공유한다. 김은주는 스피노자의 독자로서 초기 라캉의 면모를 다면적으로 검토한다. 우선 라캉의 정신분석 이론, 특히 "대상과 자아를 이루는 인간 경험의 상상적 구조"를 중심에 두는 그의 상상계 이론은 "모든 감각적 지각은 일종의 환각(hallucination)"임을 직시한다는 점에서 스피노자의 인식론 및 상상 이론과 많은 부분에서 일치한다.[47] 나아가 라캉과 스피노자 사유는 선 윤리에 대한 비판이라는 공통점을 지닌다. 라캉에 따르면 선 윤리의 문제점은 "더 큰 전체의 선을 위해 개인의 이익이나 욕망의 희생이 강요된다"라는 점, 즉 개인의 욕망이 "공공선이라는 명목으로 권력에 복무한다"라는 데에 있다. 이런 맥락에서 라캉은 선 윤리의 이타주의가 "외설적 형태의 타율"에 기반함을 비판하면서 "자기의 욕망에서 물러서지 말 것"을 주문한다. 대상과의 거리를 유지하면서 "욕망하는 것 자체, 욕망의 불만족 자체를 즐기는 법을 배우는" 순수 욕망의 윤리를 내세우는 것

---

47 김은주, 「라캉 주체 개념의 형성과 스피노자의 철학: 인간 경험의 상상적 구조와 욕망의 윤리」, 『철학』, 130집, 103쪽.

이다.[48] 김은주의 지적대로 라캉과의 많은 차이점에도 불구하고 스피노자의 윤리는 라캉처럼 이타주의라는 이름의 죄의식이나 희생의 매혹을 내포하는 선 윤리와 대척점에 있다. 그런데 이러한 문제의식은 위에서 살펴본 선악 개념에 대한 스피노자의 발본적 이해에서 이미 암시된 것이기도 하다. 선과 악이 자연 내에 실체적으로 존재하는 것이 아니라 인간이 자신의 유용성과 이익에 따라 상상한 개념일 뿐이라면, 선을 윤리의 근거로 삼는 선 윤리를 스피노자가 지지하지 않는 것은 당연하기 때문이다.[49]

그런데 인식론과 정서론을 넘어 '덕'(훌륭함)에 대한 논의로 나아감에 따라 스피노자의 욕망 이론은, 라캉적 순수 욕망의 윤리, 즉 사드를 경유한 칸트의 형식 윤리와는 결이 다른 구체적이고 실천적인 내용을 지니게 된다. 가령 **인간의 본질이 "욕망"이라는 『윤리학』 3부의 주장과 『윤리학』 4부에서 반복적으로 언급되는 "이성의 명령"은 어떤 관계인가?** 인간의 본질이 이성이나 자유의지에 있다고 보는 많은 경우, 이성의 명령은 욕망을 억제하는 역할을 담당한다. 하지만

---

48 앞의 논문, 115~116, 119쪽. 김은주는 또 같은 곳에서 선 윤리에 대한 라캉의 비판을 다음과 같이 설명한다. "내가 자발적으로 타자의 선을 위한다면 이는 타자의 선이 내 자신의 선의 거울상이기 때문"이며, "타자의 선이 내 자신의 선의 거울상이기에 동시에 나는 타자의 선을 빼앗고 싶어 한다".

49 김석 역시 라캉의 『세미나 7』에서 전개되는 『안티고네』 논의를 "선의 윤리"와 "욕망의 윤리"를 중심으로 살펴보면서 "선의 윤리의 가장 큰 문제는 선을 정당화하기 위해 필연적으로 선의 범주에 속하지 못하는 것을 악으로 비판하는 이분법적 사고의 위험"임을 지적한다(김석, 「선의 윤리와 순수 욕망의 윤리: 크레온과 안티고네를 중심으로」, 『미학예술학연구』, 38권, 79쪽).

스피노자에게 이성의 명령을 따르는 것은 오히려 욕망에 충실한 것, 혹은 덕(훌륭함)에 따라 행동하는 것이며 "자신의 존재를 유지하려는 노력"인 코나투스와 대립되지 않는다.

… 사람들이 내 생각을 더욱 쉽게 지각하도록 먼저 여기에서 **이성의 명령**이 뭔지를 간략히 보여 주려 한다. 이성은 자연에 대립하는 어떤 것도 요구하지 않기 때문에 [a] 각자 자신을 사랑하고, [b] 자신의 고유한 이익, 자신에게 진정으로 유용한 것을 추구하는 것이며, [c] 인간을 진정으로 더욱 큰 완전성으로 인도하는 것을 욕구하는 것이고, [d] 절대적으로 말해 자신의 역량이 닿는 한 자신의 존재를 유지하고자 노력하는 것이다. … 내가 이렇게 말하는 이유는 가능하다면 **각자가 자신에게 진정으로 유용한 것을 추구해야 한다는 원리가 덕(훌륭함)이나 도덕성이 아니라 부도덕의 토대라 믿는 사람들**의 주의를 환기하기 위해서이다. **사실은 그와 정반대라는 걸** 간략히 보여 준 후에…(『윤리학』 4부 정리 18의 주석, 강조 및 a, b, c, d 구분은 필자).

… I should like first to show briefly here **the dictates of reason themselves,** so that everyone may more easily perceive what I think. Since reason demands nothing contrary to nature, it demands that [a] everyone love himself, [b] seek his own advantage, what is really useful to him, [c] want what will really lead man to a greater perfection, and [d] absolutely, that everyone should strive to preserve his own being as far as he can. … I have done this to win, if possible, the attention of *those who believe that this principle—that everyone is bound to seek his own advantage—*

is the foundation, not of virtue and morality, but of immorality. After I have shown briefly that *the contrary is true* ….

여기에서 스피노자가 인간의 '욕망'과 '이성의 명령' 관계에 대해 말하는 방식은 더없이 소박하지만 문제의 핵심에 육박하며 확신에 차 있다. 이성이 우리에게 명령하는 것은 타인을 위해 살라거나, 좀 더 착한 사람이 되라거나, 자신에게 진정으로 유용한 것을 추구하지 말라는 것이 아니다. "사실은 그와 정반대"라는 게 그가 『윤리학』 4부에서 반복해서 강조하는 점이다. "이성의 명령"을 따른다는 것은 "[b] 자신의 고유한 이익, 자신에게 진정으로 유용한 것을 추구하는 것"이며, "[d] 자신의 존재를 유지하고자 노력하는 것", 즉 자신의 코나투스를 따르는 것이다. 나아가 "[a] 자신을 사랑"하고, "[c] 더욱 큰 완전성으로 이끄는 것을 욕구하는 것"이다.[50] 스피노자는 거듭 "각자는 자신에게 유용한 것을 추구할수록, 즉 자신의 존재를 보존하려고 노력할수록 그만큼 더 덕(훌륭함)을 갖추게 된다"(『윤리학』 4부 정리 20)라고 강조하면서 '착한 사람' '이타주의' 혹은 (죄의식과 연동된) '도덕적 초자아' 같은 선 윤리의 공리뿐 아니라 욕망의 대립항으로 설정된 이성 개념의 해체 역시 수행한다. '이성의 명령에 의해 인도되는 인간이 자유로운 인간이다'처럼 지극히 계몽주의

---

50 여기서 c의 내용은 주로 인간의 코나투스(욕망)를 지칭하는 a, b, d보다는 가치론적 함의가 강하지만 큰 틀에서는 같이 묶일 수 있겠다.

적·합리주의적인 스피노자의 명제 뒤에는 이성에 대한 기존 개념과 다른 독특한 이해, 혹은 '이성, 욕망, 덕의 관계'에 대해 지금으로서도 급진적인 스피노자의 이해가 있는 것이다.

　이렇듯 선 윤리와 대립할 뿐 아니라 욕망과 이성의 대립을 해체하는 스피노자적 욕망의 윤리는 역량과 정서에 대한 그의 논의와 결합하면서 더욱 풍성한 함의를 가진다. 먼저 스피노자 철학에서 자기 존재를 유지하고자 하는 노력인 코나투스가 모든 사물의 본질일 뿐 아니라 그 사물의 '역량'임을 지적할 필요가 있다. "각 사물이 자신의 존재 안에 머무르려고 노력할 때 의거하는 역량 또는 코나투스는 그 사물의 현행적 본질 외에 어떤 것도 아니다"(『윤리학』 3부 정리 7의 증명). 이는 "신의 역량은 신의 본질 그 자체"라는 『윤리학』 1부 정리 34와도 연결된다. 신이 자기 본성의 필연성에 따라 무한히 많은 방식으로 무한히 많은 것들을 생산하는 만큼, 인간을 포함한 "실존하는 것은 어느 것이나 모든 사물의 원인인 신의 역량을 일정하고 규정된 방식으로 표현한다"(『윤리학』 1부 정리 36의 증명). 스피노자의 세계는 결코 정태적이지 않으며, 신도 존재자도 늘 생성·소멸하는 자신의 역량(활동/실존 역량, 이해/사유 역량)을 통해 그 본질을 표현한다. 그런데 스피노자에 따르면 인간의 '역량'은 곧 인간의 '덕'(훌륭함)이기도 하다. "덕(훌륭함)은 인간의 역량 자체이며, 오직 인간의 본질에 의해 규정되는, 곧 인간이 자신의 존재를 보존하려는 코나투스에 의해서만 정의되기" 때문이다(『윤리학』 4부 정리 20의 증명). **스피노자 사유에서 덕(훌륭함)의 개념은 먼저 이성과 대립하지 않는**

욕망(코나투스), 그리고 인간의 본질로서 역량과 밀접히 연관되어 있다.

인간의 덕(훌륭함)이 인간의 욕망이자 역량이기도 한 스피노자의 윤리학에서 인간의 '정서'가 핵심적인 것은 정서가 존재자의 본질을 이루는 역량의 증감을 드러내는 기호이기 때문이다. 기쁨과 슬픔, 사랑과 미움 등 인간의 정서는 "신체의 행위 역량을 증가시키거나 감소시키고, 촉진하거나 억제하는 신체의 변용이자 동시에 이 변용에 대한 관념"(『윤리학』 3부 정의 3)으로서, 기쁨이 "정신을 더욱 큰 완전성으로 이행하게 하는 정념"이라면 반대로 슬픔은 "정신을 더욱 작은 완전성으로 이행하게 하는 정념"이다(『윤리학』 3부 정리 11의 주석). 스피노자에게 기쁨과 슬픔의 정서는 인간이 이성적이고 덕(훌륭함) 있는 삶으로 나아가기 위해 제어 혹은 통제해야 할 대상이 아니다. 오히려 인간의 정서는 인간의 본질이자 욕망인 그의 역량 증감 이행의 기호로 결국 끊임없이 변화하는 인간의 본질인 것이다("기쁨과 슬픔은 … 욕망 혹은 욕구 자체다", 『윤리학』 3부 정리 59의 증명). 나아가 인간의 역량과 덕(훌륭함)의 등가적 관계를 생각해 볼 때, 스피노자적 덕(훌륭함)의 내용이 기쁨(역량의 증가)을 늘리고 슬픔(역량의 감소)을 줄이는 기쁨의 윤리학인 것은 이상하지 않다. 물론 기쁨의 윤리학이 스피노자적 윤리의 전체를 이루는 것은 아니다. 『윤리학』의 지향은, 인간을 예속하는 정서의 강한 힘(4부)으로부터 지성의 역량을 통해 자유로운 인간으로 나아가는(5부) 능동적 삶에 놓여 있다. 하지만 스피노자 철학에서 기쁨이라는 '정서'는 자유와 능동이라는 일종의 지향점보다 덜 중요하지 않으며, 그런 점에서 스

피노자 사유에서 기쁨의 중요성을 강조한 들뢰즈의 해석은 설득력을 지닌다.[51]

히스클리프: 독특한 실재의 독특한 욕망 그리고 고딕성

앞서 살펴본 대로 스피노자적 윤리는 인간 중심적 관점에서 구성된 선악 개념을 해체하면서 동시에 선 윤리에 대항하는 욕망의 윤리라 할 수 있다. "우리는 어떤 것을 좋다고 판단하기 때문에 … 욕망하는 것이 아니며, 반대로 우리가 어떤 것을 … 욕망하기 때문에 좋은 것이라 판단한다"라는 『윤리학』 3부 정리 9의 주석이나, "선과 악에 대한 인식은, 우리가 의식하는 한, 단지 기쁨과 슬픔의 정서일 뿐인 것이다"라는 4부 정리 8은 선악 같은 소위 도덕적 개념이 인간의 욕망과 직접 결부되어 있음을 단적으로 드러낸다. 그런데 스피노자가 인간의 욕망이 곧 인간의 본질이라고 말할 때 우리는 그의 고유한 '본질' 개념을 염두에 둘 필요가 있다. 스피노자는 본질을 정의하면서 "그것 없이는 그 사물이 존재할 수도 또 그것을 사유할 수도 없는" 것이라는 전통적 정의에 더해, "반대로 그 사물이 없으면 존재하지 않거나 사유될 수 없는 것"임을 지적한다(『윤리학』 2부 정의 2). 즉 스피노자에게 본질은 보편 개념이기보다는 보편적인 동시에 독특한 실재(개별 사물singular thing)의 독특한 본질(개별 본질singular essence)

---

51 들뢰즈는 일관되게 스피노자의 철학이 삶의 철학이자 기쁨과 긍정의 철학임을 강조한다.

을 지시하는 개념이다. 이는 본질에 대한 반-전통적이고 예외적인 접근으로서, 본질을 종(種)이나 유(類)에 속하는 보편적 특징이 아니라 개별 사물의 고유하고 독특한 특징으로 규정한다.[52] 개별 사물의 개별 욕망을 본질로 보는 스피노자적 욕망의 윤리는 독특한/개별 본질을 지닌 독특한 본질/개별 개체들이 합성과 분해의 관계를 이루면서 종국에는 궁극적 개체인 중중무진(重重無盡)의 자연을 이루는 스피노자의 개체론과 연동된다.[53]

독특한 사물의 독특한 본질에 주목하는 스피노자적 욕망의 윤리는 정상성과 규범의 시각에서 '악인'이나 '광인' 혹은 '정신병자'로 분류될 법한 인물의 본질에, 선과 악 혹은 정상과 광기의 대립 같은 "외생적 관념" 대신(『윤리학』 4부 정리 37의 주석 2), 그 인물의 독특한 욕망 혹은 개별적 정서를 통해 접근하는 방법론을 제시하며, 그런 점에서 문학비평에서 중요하다. 가령 히스클리프 같은 고딕적 악한―연민이나 친절 등 '인간적' 정서를 경멸하는 인간 혐오주의자(misanthrope)일 뿐 아니라, 오로지 복수를 위해 주위 사람들을 파멸로 잔인하게 몰아넣는 인물―을 그저 '악마' 혹은 '광인'으로 규정짓고

---

52 주지하다시피 아리스토텔레스에게 개체는 질료와 형상으로 이루어져 있으며 개체의 본질은 질료와 형상 중 형상에 해당한다. 또 이때 형상은 개별자가 아닌 유(類)나 종(種)의 보편적 형상을 지칭한다. 가령 인간이라는 종의 보편적 형상인 이성이 인간의 본질이 된다. 스피노자와 마찬가지로 사물의 본질을 보편성이 아닌 개별 사물의 개별(독특한) 본질로 보는 또 다른 예외적 철학자로 동시대의 라이프니츠를 들 수 있다.

53 "더 나아가 이렇게 무한히 계속할 경우, 우리는 손쉽게 자연 전체를 하나의 개체로 고려할 것이다. 그 경우 개체의 부분들, 즉 모든 물체는 무한히 많은 방식으로 변하겠지만 개체 전체[자연]는 어떤 변화도 겪지 않게 된다"(『윤리학』 2부 '자연학 소론' 보조정리 7의 주석).

끝내 버릴 수 없는 게 문학의 일이라 할 때, 인간에 대한 이러한 문학의 이해는 "각 개인의 욕망과 다른 사람의 욕망 사이에는 그의 본질과 다른 사람의 본질 간 차이만큼의 거리가 존재한다"라는 스피노자적 이해와 같이 가기 때문이다. 그런 점에서 스피노자적 욕망의 윤리는 히스클리프처럼 비인간적이고 이해하기 어려운 고딕 소설의 '미친' 인물을 그의 독특한 욕망을 중심으로 이해하도록 도와준다. 거꾸로 고딕 소설의 비인간적이고 악마적인 측면은, 스피노자의 윤리적 기획과 비슷한 맥락에서, 공고해진 선악의 윤리에 작은 균열을 내면서 선과 악의 개념을 근본적 차원에서 다시 사유할 감각적 틈을 마련해 주기도 한다.

히스클리프란 인물의 고딕적 독특성은 그의 욕망의 독특성에서 나온다고 해도 무방하다. 히스클리프의 욕망은 크게 두 가지로 대변된다. 하나는 그의 "영혼의 반쪽"인 캐서린에 대한 사랑 혹은 집착이고, 다른 하나는 이러한 욕망을 좌절시킨 모든 것에 대한 복수의 욕망이다. 캐서린에 대한 히스클리프의 정서 혹은 욕망 혹은 태도를 뭐라고 말할 수 있을까? 워더링 하이츠의 주인 언쇼 씨는 어느 날 리버풀에서 말(영어)도 제대로 못 하는 까만 집시 아이를 데려와 성(姓)인지 이름인지 확실치 않은 히스클리프라는 이름을 지어 준다. 꼬마 히스클리프는 곧 언쇼 집안의 외동딸 캐서린과 "끈끈한" 연대감을 형성하게 된다. 그런데 캐서린과의 관계를 비롯해, 히스클리프가 지니는 욕망에는 어떤 독특한 지점이 있다. 그는 처음부터 집안의 권력자인 언쇼 씨의 총애를 등에 업지만, 아버지 언쇼 씨에게 인정받지 못하는 장남 힌들리를 밀어내고 권력을 차지하려는 '사회적 욕망' 같은 것에는 전혀 관심이 없다. 오히려 집안 서열상 오빠 힌들리뿐 아니라 히스클리프에게도 밀리는 말괄량이 딸 캐서린과의 연대를 최우선으로 삼는다. 인정 욕구 및 상징계 내 투쟁이 아닌 일종의 소수자적 연대를 선택하고, 또 그 연대에 기대어 언쇼 씨의 죽음 이후 집안의 실권자가 된 힌들리의 폭압을 견뎌 내는 것이다.

흥미로운 것은, 히스클리프와 캐서린의 연대가 많은 평자가 지적하듯이 어린아이들의 '상상적 동일시'에 기반한 것이라 하더라도,[54] 이들의 관계에서 라캉이 말하는 상상적 거울 단계에서 드러나는 자신의 거울상에 대한 자아의 시기심 혹은 소외감을 찾아보기 어렵다는 점이다. 가령 힌들리의 가혹한 벌을 받던 어느 일요일, 이를 벗어나기 위해 추운 바깥으로 나온 둘은 린튼 가문의 스러쉬크로스 그레인지로 향하게 된다. 추운 밖에서 따뜻하고 밝은 거실을 들여다보던 중 에드거 린튼과 여동생 이사벨라가 강아지를 두고 싸우는 모습을 보다 발각되고, 도망치다 개에게 발꿈치를 물린 캐서린은 치료를 위해 린튼가에 남게 된다. 이에 쫓기듯 혼자 워더링 하이츠로 돌아온 히스클리프는 넬리에게 뜻밖에도 호기롭게 말한다.

---

54 예를 들어 테리 이글턴은 캐서린과 히스클리프의 "연대감"에 대해 "타자성이 결여되어" 있기에 "관계"로 보기 어렵다고 언급한다(Terry Eagleton, *Trouble with Strangers: A Study of Ethics*, p. 212).

우리는 그 쩨쩨한 짓을 대놓고 비웃고 경멸했어. 캐서린이 원하는 걸 내가 뺏고 싶어 하는 일이 있을 수 있겠어? … 수천 번 다시 태어난다고 하더라도 난 지금 내 처지를 스러쉬크로스 그레인지에 있는 에드거 린튼의 처지와 바꾸고 싶지 않아. 설사 조셉을 지붕 꼭대기에서 내던질 수 있고, 집 정면을 힌들리의 피로 칠할 특권을 얻는다고 해도 말이야!(*Wuthering Height*s 42).

We laughed outright at the petted things, we did despise them! When would you catch me wishing to have what Catherine wanted? … I'd not exchange, for a thousand lives, my condition here, for Edgar Linton's at Thrushcross Grange—not if I might have the privilege of flinging Joseph off the highest gable, and painting the house-front with Hindley's blood!

바로 전에 스러쉬크로스 그레인지를 밝은 빛과 화려한 장식의 "아름다운" "천국"으로 넬리에게 묘사했던 히스클리프는, 린튼 남매의 옹졸하고 시시한 싸움에 이르자, 놀랍게도 현재 그의 비참한 처지를 에드거의 그것과 바꾸지 않겠다고 말한다. 설사 자신을 끔찍하게 핍박하는 힌들리와 하인 조셉에게 잔인하게 복수할 수 있더라도 말이다. 그리고 그 이유는 더도 덜도 아닌 캐서린의 존재 그리고 그녀와의 끈끈하고 밀착된 연대감 때문이다. 히스클리프에게는 캐서린과의 관계가 이 세상 무엇보다 중요하며, 이것이 그가 지닌 독특한 욕망, 즉 실체적이란 의미에서가 아니라 그의 독특성(개별성)을 이룬다는 점에서 그의 개별 본질이다. 뿐만 아니라 히스클리프는 캐서린을 동일시의 대상이자 경쟁의 대상인 거울상의 타자라기보다 묘하게도 숭배에 가까운 정서로 묘사한다. 위의 장면에서 그는 넬리에게 "캐시는 그들[린튼가 사람들]보다 훨씬 우월하잖아, 아니 세상 모든 사람보다 더 우월해, 그렇지 않아, 넬리?"(*Wuthering Heights* 44)라고 되묻는데, 이는 캐서린에 대한 동일시를 넘어 그녀에 대한 경외 혹은 숭배의 정서를 드러낸다.

　　우리는, 아마 히스클리프 자신도, 캐서린에 대한 그의 강렬한 애착과 유대의 정서 혹은 사랑의 원인이 무엇인지 알 수 없다. 그것이 개인을 특징짓는 어떤 "기질"(ingenium)로 인한 것인지(『윤리학』 4부 정리 70 증명), 아니면 "독특한 것에 대한 상상이 다른 것들과 어떤 연관을 가지지 않기" 때문에 그것에 "정신을 고착시키는 상상"인 "놀람"(admiratio)의 결과인지(『윤리학』 3부 정서에 대한 정의 4), 혹은 다른 어떤 것으로 인한 것인지 모른다.[55] 다만 그의 가장 큰 기쁨과 슬픔, 욕망의 한가운데 캐서린이라는 존재가 마치 라캉이 말하는 욕망의 '원인'—대상의 획득으로 충족되는 욕망의 '대상'이 아니라

55　"각자는 자신의 기질에 따라 좋은 것이 무엇인지를 판단한다"(『윤리학』 4부 정리 70의 증명). 이 구절 바로 뒤에는 "3부 정리 39의 주석을 보라"가 따라 나오는데, 3부 정리 39의 주석에는 "각자는 자신의 정서에 따라 좋은 것, 나쁜 것, 더 좋은 것, 더 나쁜 것, 끝으로 가장 좋은 것과 가장 나쁜 것을 판단하고 평가한다"라는 구절이 나온다. 두 문장의 구조로 볼 때 "기질"(ingenium)과 "정서"(affectus)가 거의 같은 의미로 사용됨을 알 수 있다. 김은주는 스피노자의 "기질" 개념이 "라캉의 인격 개념과 흡사하다"라고 지적한다(김은주, 「라캉, 스피노자의 독자: 심신 평행론에서 신의 지적 사랑까지」, 『철학』, 120집, 140쪽). 또 진태원은 (데카르트의 정념론에서 제1의 기초 정서인) "놀람"(admiratio)이 스피노자의 정념론에서 차지하는 핵심적 역할에 대해 들뢰즈가 언급하지 않음에 주목하면서, "놀람이라는 상상이 가져오는 고착 효과"에 대해 설명한다(진태원, 『스피노자 윤리학 수업』, 298쪽).

영원히 상실된 대상인 '대상a'—처럼 자리하고 있으며, 그가 캐서린을 떠난 후에도, 또 캐서린이 세상을 떠난 후에도, 그의 욕망이 그녀를 중심으로 빙빙 돌고 있음을 알 뿐이다. 『윤리학』 3부에서 제시되는 스피노자의 정서 목록에서 보자면, 캐서린에 대한 히스클리프의 평생에 걸친 간절하고 집요한 정서는 "사랑하는 것의 부재에서 생겨나는 슬픔"인 "갈망"(desiderium)에 가까워 보인다(『윤리학』 3부 정리 36의 주석). 스피노자의 설명에 따르자면 "갈망"은 필연적으로 상실감을 수반하며, 정의상 충족될 수 없는 욕망이다. "이전에 자신에게 즐거움을 주었던 사물을 기억하는 사람은 처음에 이 사물을 향유했을 때와 똑같은 상황에서 그것을 소유하기를 욕망"하지만 "그 상황 가운데 하나가 결여되어 있음을 발견하고 슬픔에 빠지게" 되며, 이렇게 "사랑하는 것의 부재와 관련되는 슬픔"이 갈망이라 불리기 때문이다(『윤리학』 3부 정리 36의 따름정리; 3부 정리 36의 주석). 어떤 경우에도 우리는 과거의 기쁨과 향유를 똑같은 상황에서 누릴 수 없다는 점에서 스피노자가 설명하는 갈망은 라캉의 '욕망'에 가깝다.[56] 캐서린에 대한 히스클리프의 독특한 정서는 결여와 상실로 인한 슬픔에 기반한 스피노자의 '갈망'이자 라캉이 말하는 "욕망의 실재 대

---

56 김은주가 지적하듯이 라캉의 욕망(désir)은 스피노자의 욕망(cupiditas)의 한 갈래인 갈망(desiderium)으로 볼 수 있다. 김은주는 스피노자의 "desiderium"을 "아쉬움"으로 번역하면서 "라캉이 말하는 욕망(désir)은 … 스피노자가 말하는 욕망(cupiditas) 자체가 아니라 욕망이 취할 수 있는 수많은 형태 중 하나에 불과하며 … 욕망의 파생 정서"라고 말한다(김은주, 「라캉 주체 개념의 형성과 스피노자의 철학: 인간 경험의 상상적 구조와 욕망의 윤리」, 『철학』, 130집, 109쪽).

상이자 영원히 상실된 대상인 대상ₐ"에 대한 욕망으로 볼 수 있다.[57] 캐서린이 죽은 후 유령이 되어서라도 자신에게 나타나 달라고 애원하거나, 미쳐도 좋으니 그녀 없는 심연에 혼자 내버려두지 말아 달라는 히스클리프의 울부짖음은, 그에게 캐서린이 의미하는 바가 '보통'의 연애 관계를 넘어 스피노자적 갈망의 대상이자 라캉적 욕망의 대상ₐ로 존재함을 드러낸다.

캐서린에 대한 갈망만큼 중요한 히스클리프의 독특한 욕망은 "복수심", 즉 "우리에게 손해 끼친 사람에 대한 미움으로 그에게 해로움을 가하도록 추동될 때 지니는 욕망"(『윤리학』 3부 정서에 대한 정의 37)이다. 『워더링 하이츠』의 후반부를 이루는 그의 복수 행보는 히스클리프를 고딕적 악한으로 부르기에 손색이 없을 정도로 처절하고 잔인하다. 그는 자신을 학대했던 힌들리와 캐서린의 남편 에드거에 대한 복수로 결국 워더링 하이츠와 스러쉬크로스 그레인지 두 저택을 모두 손아귀에 넣을 뿐 아니라, 힌들리의 아들 헤어튼을 글 한 자 모르는 무식한 농부로, 또 에드거(와 캐서린)의 딸인 캐시를 무일푼으로 만든다.

나아가 그 과정에서 홀린 듯 자신과 결혼한 에드거의 여동생 이사벨라를 학대하고, 그녀와 자신의 아이인 병약한 린튼을 잔인하게 죽음으로 내몬다. 이러한 복수의 과정에서 두드러지는 것은 연

---

57 김은주, 「라캉 주체 개념의 형성과 스피노자의 철학: 인간 경험의 상상적 구조와 욕망의 윤리」, 『철학』, 130집, 109쪽.

스피노자로 영국 소설 읽기

민이나 인간애, 의무 등 소위 '인간적 가치'에 대한 히스클리프의 경멸이다. 가령 그는 에드거가 죽어 가는 아내 캐서린을 정성으로 돌보고 있다는 넬리의 항변에 "자네 주인이 기대는 게 겨우 그 흔한 인간애와 의무감뿐이라니 그럴듯해. 하지만 그의 **의무감**과 **인간애**에 내가 캐서린을 맡길 거로 생각해?"라며 에드거의 "의무감"(duty)과 "인간애"(humanity)를 비웃는다(*Wuthering Heights* 131, 강조는 원문). 마찬가지로 히스클리프는 죽음을 앞둔 캐서린과 마지막으로 만나는 장면에서 넬리를 향해 "이빨을 갈고 미친개처럼 거품을 뿜으면서, 탐욕스러운 경계심으로 [캐서린]을 자신 쪽으로 끌어"당긴다(*Wuthering Heights* 141). 또 자신의 아들 린튼과 에드거의 딸 캐시에 대해 "만일 내가 법이 덜 엄격하고 취향이 덜 세련된 곳에서 태어났다면 저 둘을 즐거운 저녁 식사 거리로 천천히 조각조각 잘라 먹을 텐데"(*Wuthering Heights* 238)라고 언급하기도 한다. 이런 장면들은 모두 히스클리프가, 선 윤리는 말할 것도 없고, 소위 정상성의 규범에서 벗어나 거의 인간과 비인간의 경계에 서 있는 그로테스크한 인물 혹은 고딕적 악한임을 잘 드러낸다.

그런데 스피노자적 관점에서 볼 때, 선 윤리의 대표적 덕목인 '연민'(commiseratio)에 대한 히스클리프의 경멸은 넬리가 암시하듯 단순히 '악'이나 '광기'라기보다 오히려 연민이나 친절 같은 기존의 도덕 개념을 되돌아보게 하는 측면이 있다. 스피노자는 뜻밖에도 "이성의 인도 아래 살아가는 사람에게 연민은 그 자체로는 나쁘며 무용하다"라고 말한다. "연민은 슬픔이기에 그 자체로 나쁜 것"

일 뿐만 아니라 "모든 것이 신의 본성의 필연성으로부터 나오며 영원한 자연법칙에 따라 일어난다는 것을 이해하는 사람은 … 연민을 느낄 어떤 것도 결코 발견하지 못하기" 때문이다(『윤리학』 4부 정리 50; 4부 정리 50의 증명). 연민은 기본적으로 "우리와 유사하다고 상상되는 타인"의 정서에 대한 모방, 즉 스피노자가 인간의 사회성을 이루는 핵심적 원리로 제시하는 '정서 모방' 원리에 기반한다. 또 연민은 정서 모방을 기반으로 하는 대표적 정서인 '시기심'(invidia)이나 '야심/명예욕'(ambitio)과 그 뿌리를 같이한다.[58] "인간이 연민을 느낀다는 사실을 설명해 주는 바로 그 동일한 인간 본성의 특징으로부터 인간이 시기심이 많고 야심이 높다는 사실도 따라 나온다"라고 스피노자는 지적한다(『윤리학』 3부 정리 32의 주석). 이렇게 볼 때 연민(공감)을 도덕적 정서로 내세워 선을 위한 희생을 장려하고 이타주의와 연관된 죄의식이나 비대해진 초자아를 도덕의 내용으로 삼는 것은 위험하거나 심지어 비도덕적일 수 있다. 오히려 연민뿐 아니라 시기심, 경쟁, 지배의 야심/명예욕 등의 부정적인 사회적 정서를 부추기는 정서 모방 기제를 의식하고 거리를 두면서, 타자의 욕망과 구분되는 자신의 독특한 욕망 및 정서를 독특한 본질로 인정하는 것이 스피노자적 욕망의 윤리이자 자유로운 인간으로 가는 윗길일 수 있다.[59] 물론 스피노자는 "연민으로부터 따라 나오는 좋은 것", 즉 연

58 스피노자의 정서 모방 원리 및 시기심과 야심/명예욕에 대해서는 이 책의 2부 6장 참조.
59 라캉 역시 "욕망에 접근하려면 일체의 공포만이 아니라 일체의 연민 역시 넘어가야 한다"라고 말한다(『세미나 7』, 278쪽; 김은주, 「라캉 주체 개념의 형성과 스피노자의 철학: 인간 경험의

스피노자로 영국 소설 읽기

민의 대상을 향한 우리의 이성적 노력과 욕망을 인정할 뿐 아니라 "이성에 의해서건 연민에 의해서건 타인을 돕도록 이끌리지 않는 사람은 정당하게 비인간적이라 불러야 한다"라고 말한다(『윤리학』 4부 정리 50의 증명). 연민을 도덕적 정서로 규범화하는 것은 인간 중심적 선악 개념과 마찬가지로 자연의 필연적 법칙에 부합한다고 할 수 없지만, 연민을 느끼지 못하는 인간은 아예 언급할 만한 가치도 없다는 것이다. 이는 마치 "희망"의 정서가 우리의 통념과 달리 "슬픔 없이 주어지지 않을" 뿐만 아니라 "인식의 결핍과 정신의 무능력을 지시"함에도 불구하고(『윤리학』 4부 정리 47의 증명과 주석), "인간이 이성의 명령에 따라 살아가는 것은 드물기 때문에 … 희망과 공포가 손해보다는 유용성을 더 가져다줌"을 직시하는 것과 유사하다(『윤리학』 4부 정리 54의 주석).

연민이나 친절 혹은 의무 같은 인간적·도덕적 덕목에 대한 히스클리프의 경멸이 자유로운 인간의 모델이 될 만한 것이 아님은 분명하다. 하지만 연민에 대한 그의 경멸을 들어 히스클리프를 광인으로 낙인찍는 것 역시 연민을 도덕적 선으로 찬양하는 것만큼이나 적절하지 않다. 스피노자는 『윤리학』에서 소위 정상인과 광인의 구별에 대해 흥미로운 지적을 한다. 우리는 "사랑으로 불타올라 낮이나 밤이나 애인을 꿈꾸는 사람"처럼 어떤 하나의 정서에 집착하는 사람을 미쳤다고 말한다. 하지만 실상 "탐욕적인 사람이 돈이나 이익

상상적 구조와 욕망의 윤리」, 『철학』, 130집에서 재인용, 118쪽).

만 생각하고, 명예를 추구하는 사람이 명예만 생각하는" 데서 볼 수 있듯이, "탐욕, 명예욕, 정욕은 질병으로 분류되지 않지만 실제로는 광기의 일종"이라는 것이다(『윤리학』 4부 정리 44의 주석). 이런 관점에서 볼 때 『워더링 하이츠』의 전체 화자인 록우드의 짐짓 점잖은 체하는 나르시시즘적 속물주의나 타인의 시선에 대한 지나친 의식은 히스클리프의 과도한 집착 혹은 비인간성과 그다지 멀어 보이지 않는다. 오히려 자신의 욕망에서 물러서지 않은 채 캐서린에 대한 갈망 그리고 복수라는 자신의 독특한 욕망의 길을 꾸역꾸역 미련없이 가는 히스클리프의 형상은 록우드 같은 도시인의 얄팍하고 관습적인 이타주의 행세나 넬리의 기독교적 박애주의로 대표되는 고정적 선악 개념을 해체하는 측면이 있다. 광기와 마찬가지로 인간과 비인간의 경계를 사유할 수 있게 해 주는 고딕 소설 특유의 미학적 중심에 히스클리프 같은 고딕적 악한이 있는 것은 이상하지 않다.[60]

"나의 천국": 히스클리프의 죽음과 독특한 본질

그런데 히스클리프가 스피노자적 욕망의 윤리의 일단을 보여 준다고 할 때, 그 핵심이 캐서린에 대한 그의 독특한 욕망보다 복수가 완

---

60 인간의 이성과 광기가 역사적으로 다양한 변형태를 지니는 분신 관계임을 집요하고 인상적으로 풀어낸 저작으로 미셸 푸코의 『광기의 역사』가 첫머리에 올 수 있을 것이다. 고딕 소설에서 데카르트적 이성이 차지하는 모순된 역할에 대해서는 다음 참조. Daniel Cottom, "I Think: Therefore, I am Heathcliff", *ELH*.

성되기 직전 자신의 '죽음'과 맺는 관계에서 더 잘 드러난다는 게 『워더링 하이츠』의 궁극적 통찰이다. 혹은 히스클리프의 독특한 본질을 더 인상적으로 보여 주는 것은 그가 죽기 전 내비치는 기이한 변화, 즉 그의 정서와 욕망에 일어난 묘한 변화와 그 변화의 종착지인 그의 죽음이다. 스피노자가 말한 대로 "기쁨과 슬픔은 … 욕망 또는 욕구 자체"(『윤리학』 3부 정리 57의 증명)라면, 한 개인의 기쁨과 슬픔을 이루는 내용의 '변화' 역시 개인 간의 본질 차이만큼 무게를 지닐 것이다. 작품의 끝머리에 등장하는 히스클리프의 "이상한 변화"(*Wuthering Heights* 287)는 그의 내부에서 일어나는 어떤 본질적 사건의 외화다. 또 이는 죽음이라는 궁극적 사건과 더불어 히스클리프라는 인물을 이해하는 열쇠가 되어 준다. 히스클리프를 죽음으로 이끄는, 혹은 죽음이란 고지를 향해 급박한 속도로 그를 이끌었던 변화는 언제 어디에서 시작된 것일까? 시점은 명확하다. 때는 힌들리에 이어 평생의 숙적인 에드거가 죽고, 자신(과 이사벨라)의 아들인 병약한 린튼이 죽어, 마침내 히스클리프가 (헤어튼으로부터 뺏은) 워더링 하이츠에 이어 (캐시에게 뺏은) 스러쉬크로스 그레인지의 합법적 소유자가 되었을 때, 즉 록우드가 스러쉬크로스 그레인지의 세입자로 들어오고, 아버지와 남편의 죽음 후 절망과 냉소로 일관했던 캐시가 자신에게 다가오는 헤어튼과 마침내 친구가 되어 그에게 글을 가르쳐 주며 사랑과 희망을 키워 가기 시작했을 때다. 다시 말해 두 원수의 저택을 완전히 소유하고 그들 자식의 인생을 망치고자 한 그의 복수가 거의 완성되었을 바로 그때, 히스클리프의 이상하기 짝이 없는 변화가 시작된다. 일상적이었던 폭력적 언행을 멈추고, 음식과 잠을 등한시하며, "거의 밝고 명랑"하거나, "몹시 흥분한 채로 미칠 듯이 기뻐하고", 또 "눈에서 이상한 기쁨의 빛을 내뿜는" 등 전에 없던 모습을 보이기 시작한 것이다(*Wuthering Heights* 290~291).

좀 더 구체적으로 말하자면 히스클리프의 변화는 캐서린을 빼닮은 헤어튼과 캐서린의 딸인 캐시가 연인이 되어 어울리는 모습을 본 그의 반응에서 시작한다. 자신이 파멸시킨 원수의 자식들, 유서 깊은 가문의 후계자지만 집도 재산도 빼앗긴 채 무일푼의 처지에 내몰린 이 둘이 서로를 아끼면서 신뢰와 연대감을 쌓아 가는 모습은, 그 자신 넬리에게 말하듯이, 그의 복수의 결말로서는 그야말로 "형편없는 결론"(a poor conclusion)이자 그의 필사적 노력의 "어처구니없는 결말"(an absurd termination)이다(*Wuthering Heights* 287).

두 집안을 무너뜨리기 위해 지렛대며 곡괭이를 장만하고 힘든 일을 할 수 있도록 헤라클레스처럼 나 자신을 단련했는데, 그런데 모든 게 준비되고 내 힘으로 실행할 수 있게 되자 그만 기왓장 하나 지붕 위로 들어 올릴 의지조차 사라졌단 말이지! 내 오랜 원수들이 날 이긴 건 아니야. 지금이야말로 그들의 자식에게 복수할 정확한 시점이니까. 난 그럴 수 있고 어떤 누구도 날 막지 못해. 하지만 그게 무슨 소용이지? 나는 부수고 싶지 않아. 손조차 들어 올리지 못하겠어! … 이제 난 그들의 파멸을 즐길 능력을 잃었고, 아무 소용도 없이 부

수는 건 귀찮잖아. 넬리, 이상한 변화가 내게 다가오고 있고, 지금 난 그 그림자 안에 있어…(*Wuthering Heights* 287).

I get levers and mattocks to demolish the two houses, and train myself to be capable of working like Hercules, and when everything is ready, and in my power, I find the will to lift a slate off either roof has vanished! My old enemies have not beaten me— now would be the precise time to revenge myself on their representatives—I could do it; and none could hinder me—But where is the use? I don't care for striking, I can't take the trouble to raise my hand! … I have lost the faculty of enjoying their destruction, and I am too idle to destroy for nothing. Nelly, there is a strange change approaching—I'm in its shadow at present….

히스클리프 스스로 감지하는 "이상한 변화"의 직접적 내용은 그의 주요 욕망 혹은 정서라 할 복수심의 상실이다. 복수를 위해 평생 애썼고 분명히 거의 다 이뤘는데, 일생의 목표를 달성하기 직전인데, 그만 그 욕망이 사라진 것이다.

히스클리프의 이러한 변화는 크게 두 방향에서 온다. 우선 이는 헤어튼에 대한 그의 무의식적 '양가 정서'(ambivalence)와 관련된다. 헤어튼은 힌들리의 아들이자 언쇼가의 후계자로서 히스클리프의 철저한 복수의 대상이다. 하지만 그는 글도 못 읽는 문맹자로 부당하게 몰락당한 상태에서 캐시 같은 상류층에게 주눅 들며, 그런 점에서 히스클리프에게 자신의 어린 날을 상기시키는 그의 '또 다른 자아'이기도 하다. 힌들리가 죽었을 때 히스클리프는 어린 헤어튼을 탁자에 앉힌 채 "이쁜 녀석, 이제 너는 내 것이란다! 휘어지게 부는 바람에 이 나무가 다른 나무처럼 비뚤어지지 않게 자랄 수 있는지 어디 두고 보자!"라고 외친다(*Wuthering Heights* 165). 나무와 바람의 비유를 통해 그가 의미하는 것은 명백하다. 자신이 힌들리의 폭압, 즉 "휘어지게 부는 바람"에 비뚤어진 것처럼, 자신이 가하는 핍박에 헤어튼 역시 자신처럼 비뚤어진 품성을 가지게 되리란 것이다. 그런데 여기에 그의 계산이 미처 포착하지 못했던 두 가지 요소가 끼어든다. 하나는 그가 헤어튼을 진심으로 미워할 수 없다는 것이다. 소심하고 이기적인 자신의 아들 린튼과 달리, 무식하고 거칠지만 또 우직하고 신실한 헤어튼에게 히스클리프는 자신도 모르게 마음이 기운다. "한 명[헤어튼]이 보도블록 까는 데 사용되는 금이라면, 다른 한 명[린튼]은 은을 흉내 내는 반질반질한 주석"(*Wuthering Heights* 193)이라는 그의 탄식이 이를 잘 보여 준다. 하지만 히스클리프가 예상하지 못했던 더 중요한 요소는 헤어튼이 그를 아버지처럼 사랑하고 신뢰하게 되었다는 점이다. 이는 (넬리가 주장하듯) 헤어튼이 아버지 힌들리와 히스클리프 간의 오래된 원한이나 부당하게 뺏긴 자신의 권리, 혹은 히스클리프의 악한 계략을 아예 모르기 때문이 아니다. 연인이 된 캐시가 히스클리프의 악행을 알리며 복수를 부추길 때, 헤어튼은 히스클리프를 모욕하는 말은 듣지 않겠다면서 "그가 악마라도 상관없어, [난] 그의 편에 설 거야"라고 말한다(*Wuthering Heights* 286). 히스클리프가 죽었을 때, 그의 죽음을 진심으로 슬퍼한 이 역시 오로지 헤어튼뿐이었다. 넬리는 "제일 몹쓸 짓을 당한 가 없은 헤어튼만이 진심으로 슬퍼했다"라면서, 그가 "밤새 시신을 지키고 앉아 비통한 울음을 토해 냈고" "망인의 손을 꼭 잡은 채 모두가 피했던 냉소적이고 험악한 얼굴에 입을 맞추었다"라고 전한다(*Wuthering Heights* 298~299).

히스클리프에 대한 헤어튼의 뜻밖의 애정과 신뢰는 작품의 보수적 구조, 즉 히스클리프라는 타자(소수자)가 언쇼 집안에 들어와 온갖 사고를 일으키다가 결국 죽으면서 사라지고, 언쇼 가문의 정당한 후계자인 헤어튼이 기존의 권력과 질서를 되찾는 전체적 구조에 결정적 균열을 일으킨다. 작품 끝에 기존 질서가 복원됨으로써 히스클리프라는 악한이 서사에서 완전히 지워지는 것처럼 보이지만, 헤어튼의 마음에 그는 아버지의 형상으로 강렬하게 살아 있기 때문이다. 넬리는 헤어튼의 이러한 애정을 흉악한 히스클리프까지 품는 언쇼 가문 후계자의 넓은 아량 덕으로 돌린다. 하지만 히스클리프가 헤어튼에 대한 복수심에도 불구하고 은연중 그에게 지녔던 애정과 동일시가 없었다면, 정직한 헤어튼이 아버지의 원수이자 자신의 권리를 강탈한 그를 아버지처럼 사랑하기는 어려웠을 것이다. 사실 히스클리프는 캐시에게 모욕당하는 헤어튼의 심정에 대해 "나 자신이 느껴 봤기에 그의 모든 정서에 공감할 수 있다"(*Wuthering Heights* 193)라고 넬리에게 말하기도 한다. 또 "이상한 변화"가 시작될 즈음, 젊은 날의 자신과 꼭 닮은 헤어튼이 캐시와 함께 행복해하는 모습에서 자신의 지나온 삶을 떠올리기도 한다. 넬리에게 말하듯, 헤어튼의 모습은 그의 지난날의 "환영"(ghost), 그가 지녔던 "내 불멸의 사랑, 내 권리를 지키려던 미칠 듯한 노력, 내 비천한 시절, 내 자존심, 내 행복, 그리고 내 고뇌의 환영"(*Wuthering Heights* 288)에 다름 아니기 때문이다.

아버지와 남편을 잃는 상실과 전 재산을 뺏긴 절망에서 벗어나 헤어튼과 함께 새로운 삶을 모색하는 캐시 역시, 헤어튼만큼은 아니지만, 작품 끝에서 히스클리프의 변화를 끌어내는 다른 한 축이다. 캐시는 자신을 감금했던 히스클리프에게 "당신은 평생 아무도 사랑한 적이 없나요? 한 번도?"(*Wuthering Heights* 243)라고 물으면서, 복수가 아니라면 캐서린에 대한 '사랑' 말고는 아무것도 없는 히스클리프의 무의식을 건드리고, 독자에게는 극적 아이러니를 자아낸다. 또 아버지 에드거가 죽자마자 히스클리프에 의해 자기 집에서 내쫓기는 비참한 상황에서 캐시는 되려 그의 외로움을 강변한다. "히스클리프 씨, **아무도** 당신을 사랑하지 않아 … 당신은 **정말** 불행해, 그렇지요? 악마처럼 혼자이고, 악마처럼 시기심 가득하니까? **누구도** 당신을 사랑하지 않아"(*Wuthering Heights* 254, 강조는 원문). 히스클리프가 외롭고, 시기심 가득하고, 사랑을 받지도 주지도 못하는 불행한 존재라는 캐시의 언급은 확실히 십 대 소녀다운 감수성을 담고 있으며, 히스클리프가 이런 정도의 악담에 끄떡할 인물도 전혀 아니다. 하지만 히스클리프에 대한 캐시의 일관된 규정에는 그의 집착과 욕망의 밑바닥에 놓인 어떤 근원에 대한 통찰이 있다. 갈망과 복수의 정념에 고착된 히스클리프의 현 상태, 즉 "어떤 정서가 한 사람에게 집요하게 달라붙어 있는 만큼 그 정념의 힘이 그의 다른 행위나 역량을 능가하는"(『윤리학』 4부 정리 6) 수동적 정념에 사로잡힌 그의 모습을 꿰뚫고 있는 것이다. 독자에게 전달되는 이 울림에 히스클리프 자신의 고정된 관념도 금이 가고 있었다는 것은 "내가 네게는 악마보다 더 심하게 굴었구나"(*Wuthering Heights* 297)라는 그의 죽기 전 혼잣말에서 확인된다.

그런데 **히스클리프의 이런 이상한 변화가 향하는 곳은, 그의 말을 따르자면, 죽음이라기보다 어떤 열망의 성취**이다. 죽음이 두렵냐는 넬리의 질문에 그는 "죽음을 무서워하거나, 예감하거나, 희망하는 게 아니"라고 대답한다(*Wuthering Heights* 288). 아직 젊고 또 신체 건강한 자신이 죽을 이유가 없다는 것이다. 다만 먹거나 자거나 숨쉬기를 잊을 정도로 하나의 생각, 하나의 열망에 몰두해 있을 뿐이다.

내겐 오직 하나의 소원만이 있고 나의 모든 존재와 기능들은 그것에 닿기를 열망하고 있지. 너무 오래 흔들림 없이 열망해 왔기에, 거기에 꼭 **닿으리라는**, 그것도 **곧 닿으리라는** 확신이 들어. 왜냐면 그 열망이 내 존재를 삼켜 버렸거든. 이제 나는 그 열망의 성취에 대한 기대로 꽉 차 있어. … 긴 싸움이었지, 이제는 끝났으면!(*Wuthering Heights* 288, 강조는 원문)

I have a single wish, and my whole being and faculties are yearning to attain it. They have yearned towards it so long, and so unwaveringly, that I'm convinced it *will* be reached—and *soon*—because it has devoured my existence—I am swallowed in the anticipation of its fulfillment. … It is a long fight, I wish it were over!

히스클리프가 온몸으로 이루기를 "열망하는" "하나의 소원", 지금 당장 "성취"될 것 같은 기대감에 숨쉬기조차 잊는 소원의 내용은 물론 죽은 캐서린과의 만남이다. 아이처럼 함께 쏘다니는 헤어튼과 캐시의 모습에 황야로 달려가 둘만 있으면 자유로웠던 어린 자신과 캐서린의 모습이 겹쳐 보이는 듯, 히스클리프는 이제 누구 혹은 무엇과의 싸움인지도 잘 모를 "긴 싸움"이 끝나기를 간절히 바란다.

그런데 이러한 열망의 성취 형식이 죽음일 수밖에 없음은 독자뿐 아니라 히스클리프 자신 역시 잘 알고 있다. 작품은 히스클리프의 죽음이 의도적 자살이나 프로이트적 죽음본능이 아님을 분명히 한다. 하지만 그의 '유일한 소원'과 그의 '죽음'이 무관하지 않음은 묘지기 매수나 장례 형식 언급 등 자신의 죽음을 준비하는 그의 모습에서 암시된다. 그가 간절히 바라는 하나의 성취가 곧 죽음임을 그 역시 알고 있는 것이다. 여기에서 죽음에 대한 히스클리프의 태도는 죽음본능이기보다 차라리 자신의 종말에 대한 '비극적 영웅'(tragic hero)의 어떤 예감에 가깝다. **그가 죽음을 충동에 의해 빠져드는 도피처가 아니라 자기 삶의 고유한 정착지이자 일종의 능동적 "성취"로 보기 때문이다.** 그렇기에 그의 "이상한 변화"의 핵심은 무엇보다 그가 지닌 정서의 변화, 즉 일종의 '자기만족적' 정서라 할 독특한 내적 기쁨과 걷잡을 수 없는 환희의 분출이다. 이제 그는 "검은 눈썹 밑 부자연스러운 기쁨의 표정"(*Wuthering Heights* 292)으로 넬리를 기겁하게 한다. 음식이 따뜻할 때 먹으라는 넬리의 잔소리에 그는 "미소"로 대답하며, 심지어 그의 죽은 모습조차 "웃는 듯이" 보인

스피노자로 영국 소설 읽기

다(*Wuthering Heights* 298). 『윤리학』에서 "자기만족감"(acquiscentia in se ipso)은 "내부 원인에 대한 관념을 동반하는 기쁨"(『윤리학』 3부 정리 30의 주석)으로서, "타인이 칭찬한다고 상상되는 일부 우리 행위에 대한 관념을 동반하는 기쁨"(『윤리학』 3부 정서에 대한 정의 30)인 "명예심"과는 구분된다. '명예심'이나 '자만' 같은 자기의식과는 달리 "자기만족감은 진정 우리가 기대할 수 있는 최고의 것"으로서의 자기의식이기 때문이다(『윤리학』 4부 정리 52의 주석).[61]

죽기 전 히스클리프가 느끼는 '자기만족감'은, 비록 선 윤리 차원에서는 아무 의미도 없지만, 자신의 독특한 욕망에 충실한 어떤 지점을 지시한다는 점에서 스피노자적 욕망의 윤리에서는 중요한 성취라 하겠다. 인간 혐오자이자 복수의 화신이던 히스클리프의 난데없는 미소, 그가 웃는 걸 보느니 차라리 이빨 가는 걸 보는 게 낫겠다는 넬리의 발언이 이상하지 않을 정도로 뜻밖인 그의 미소는 분명 어떤 사건이자 기호다. 히스클리프라는 독특한 개체가 지닌 독특한 욕망이 도달한 어떤 고양된 역량의 차원을 지시하는 사건이자 지복에 가까운 내적 기쁨의 기호인 것이다. 비록 히스클리프의 자기만족감이 귀신이 된 캐서린과의 좀 더 친밀하고 잦은 접촉(즉 환영)에 기인한다고 하더라도, 그 만족감이 성취로서의 능동적 죽음을 향하는 이상, 그의 미소는 『윤리학』 5부에서 논의되는 3종 인식 혹은 지

---

61 "자기만족감"이 "우리가 기대할 수 있는 최고의 것"인 이유는 "왜냐하면 그 누구도 어떤 목적 때문에 자신의 존재를 보존하려고 노력하지 않기 때문"이다(『윤리학』 4부 정리 52의 주석).

복에 닿아 있다고 할 것이다.[62]

　죽음을 앞둔 히스클리프가 자신의 지난 삶을 후회하지 않는다는 사실 역시 그의 독특한 욕망의 중요한 지점이다. 넬리는 그에게 "그의 이기적이고 비기독교적인 삶"을 죽기 전에 목사에게 회개하라고 충고한다. 하지만 그는 "부당한 짓을 한 게 없고 회개할 게 없다"(*Wuthering Heights* 296)라며 자신의 장례식에 어떤 목사도 애도사도 필요 없다고 말한다. 넬리의 상식적 관점에서 그는 언쇼가와 린튼가 두 집안을 부당하게 강탈한 악인이다. 하지만 히스클리프는 마치 비극적 영웅처럼 자신의 실패한 삶에 대해 후회하거나 뉘우치지 않은 채로 죽음을 향해 성큼성큼 나아간다. "나는 **나의** 천국에 거의 도달했어. 다른 사람들의 천국은 내겐 아무런 가치도 없고 또 전혀 부럽지도 않아!"(*Wuthering Heights* 297, 강조는 원문)라는 히스클리프의 발언은 그의 독특한 욕망 혹은 독특한 본질을 집약한다. "각 개인의 욕망과 다른 사람의 욕망 사이에는 그의 본질과 다른 사람의 본질 간 차이만큼의 거리가 존재한다"(『윤리학』 3부 정리 57의 증명)라는 『윤리학』의 논의를 입증하듯, 히스클리프는 그의 천국은 오로지 그 자신의 고유하고 독특한 욕망과 본질에 속함을 강변한다.

　히스클리프의 천국은 캐서린과 함께 있을 수 있는 곳이다. 그곳이 어릴 때 둘이서 달아나 종일 머물며 자유로웠던 황야든, 혹은 그가 죽은 뒤 마을 아이가 울먹이며 봤다는 "히스클리프와 어떤 여

62　3종 인식 및 지복과 관련한 『윤리학』 5부에 대한 좀 더 자세한 논의는 1부 4장 참조.

인"(의 귀신)이 떠도는 곳이든, 그에게는 그곳이 자유롭고 태연한 공간이다(*Wuthering Heights* 299). 이제 그는 자신의 말대로 허우적대던 물속에서 빠져나와 팔만 뻗으면 닿는 거리에 있던 바로 그 기슭에 당도한다. 죽은 히스클리프에 대한 넬리의 묘사는 그녀를 포함해 세상의 기존 질서를 향한 그의 비웃음("[his eyes] seemed to sneer at my attempts") 못지않게, 자신만의 천국의 기슭에 도달한 그의 기이하고 섬뜩한 기쁨("that frightful, life-like gaze of exultation")을 보여 준다(*Wuthering Heights* 298). 열린 창문으로 들이친 비에 깨끗이 씻긴 채로 누워 있는 히스클리프의 시체. 어릴 때 캐서린과 함께 자던 참나무 침대에서 격한 환희의 눈을 부릅뜬 채, 벌린 입술과 날카로운 이빨, 세상을 조롱하는 미소를 지으며 죽어 누워 있는 히스클리프의 얼굴. 이 얼굴이야말로 관습적 선악 개념을 넘어 개별적이고 독특한 욕망을 그 본질로 하는 스피노자적 욕망 윤리의 고딕적 형상화가 아닐까.

3부

상상 역량의 덕(훌륭함)
스피노자 미학과 문학 활용법

8장

스피노자적 일의성의 뒤틀린 거울 공간

『걸리버 여행기』의 후이늠-야후 세계

"스피노자의 세계는 존재가 곧 생성인 역동적인 세계이다."

—이정우, 『세계철학사』

"야후가 번식했고 순식간에 전역을 뒤덮을 정도로 종족 수가 늘어났다.
후이늠은 이 악(惡)을 없애기 위해 대대적인 사냥을 했고
마침내 무리 전체를 가두었다. 이후 나이 든 야후를 모조리 죽이고는
집마다 새끼 야후 두 마리씩을 우리에 가두어 길렀다."

—조너선 스위프트, 『걸리버 여행기』

조너선 스위프트는 이 책에서 다루는 작가들 중 스피노자와의 관련성이 상대적으로 직접적인 작가다. 앤 가디너는 스위프트가 스피노자의 저서를 모두 가지고 있었다면서, 그가 18세기 당대의 대표적 이신론자(deist)인 매튜 틴들을 비판하기 위해 스피노자의 『신학정치론』을 읽었을 가능성을 언급한다. 또 『걸리버 여행기』 4부에 등장하는 이성적 말(馬) 후이늠의 형상이 당대의 무신론 철학자들, 특히 스피노자를 연상시키며, 여기서 풍자의 대상으로 겨냥하는 것이

스피노자주의임을 알 수 있다고 주장한다.[1] 18세기의 신구(新舊) 논쟁에서 구(舊)를 옹호했던 스위프트의 입장이나 『걸리버 여행기』에 드러나는 근대성에 대한 그의 비판을 고려할 때, 후이늠랜드가 흔히 말하듯 스위프트의 유토피아적 공간이기보다 스피노자적 이신론 혹은 무신론에 대한 비판이라는 가디너의 주장은 나름 설득력을 지닌다. 무엇보다 스피노자 철학이 18세기 유럽 지식계에 미친 영향이 역사적 문헌에서 드러나는 것보다 훨씬 더 강력하고 비밀스러운 것이었다는 조너선 이즈리얼의 주장을 고려할 때,[2] 영국 국교회의 대주교였던 스위프트가 말의 몸과 완벽한 이성을 지닌 후이늠의 형상을 통해 당대의 급진적 무신론 및 이신론의 중심에 있던 스피노자(주의)를 비판한다고 읽을 여지는 충분하다.[3]

그런데 스위프트가 당대 '급진적 계몽주의'의 핵심 인물이었던 스피노자를 비판했으며 그 비판이 『걸리버 여행기』에 나타난다고 하더라도, 관련 비평들이 제시하는 스피노자 철학이나 스피노자

---

[1] 다음 참조. Anne B. Gardiner, "'Be ye as the horse!': Swift, Spinoza and the Society of Virtuous Atheists", *Studies in Philosophy*.

[2] 이즈리얼은 『급진적 계몽주의: 철학과 근대의 형성 1650-1750』(*Radical Enlightenment: Philosophy and the Making of Modernity 1650-1750*)에서 20세기 후기구조주의에 의해 무차별적으로 비판되는 근대 계몽주의를 새롭게 볼 필요성을 강조하면서, 급진적인 스피노자 철학이 17세기 후반~18세기 중반의 유럽에 중요한 영향력을 행사했음을 주장한다. 로크나 볼테르 등 우리가 아는 계몽주의는 "온건한 계몽주의"(moderate Enlightenment)로서 스피노자를 중심으로 한 "급진적 계몽주의"(radical Enlightenment)와 함께 범유럽적 계몽주의를 이룬다는 것이다.

[3] 『걸리버 여행기』 4권의 비평 지형은 후이늠을 유토피아적 존재로 읽는 강경파와, 반대로 풍자와 아이러니의 대상으로 읽는 온건파로 크게 나뉜다. 가디너의 입장은 후자에 속한다.

에 대한 스위프트 비판의 이해는 충분하지 않은 듯하다. 가령 앤서니 울만은 가디너의 논의를 유연하게 발전시키면서 "스위프트는 스피노자 등이 권유한 순수이성의 원리에 따라 사는 삶을 반박한 것이 아니라 단지 그것이 불가능하다고 주장한다"라고 지적한다.[4] 그런데 이때 울만은 스피노자가 권유했다는 "순수이성의 원리에 따라 사는 삶"의 내용을 규명하기보다 이를 '완벽하고 불가능한 삶'이라는 관습적 이해로 대체하면서, 모든 초월성에 철저한 반기를 든 내재성과 일의성의 철학자를 초월적 이상주의자로 만드는 느낌을 준다. 또 스위프트가 스피노자(적 이성)를 교조적으로 이해한다는 인상을 주면서, 스위프트가 스피노자와 맺는 복잡한 관계를 단순화시킨다. 그럼에도 불구하고 18세기 영국 문학의 큰 봉우리인 스위프트와 17~18세기 유럽의 급진적 계몽주의의 핵심인 스피노자의 관계를 규명하는 연구들이 조금씩 축적되고 있으며, 스피노자의『윤리학』과 스위프트의『걸리버 여행기』를 함께 읽는 이번 장 역시 그러한 연구의 일환이다.

이번 장에서는 스위프트와 스피노자의 역사적 연관성을 규명하는 문헌학적 연구를 염두에 둔 채,[5] 스피노자에 대한 스위프트의 태도가 전자로 대표되는 이신론에 대한 배격이기보다는 '급진적 계

---

4   Anthony Uhlmann, "The Eyes of the Mind: Proportion in Spinoza, Swift and Ibn Tufayl", *Spinoza's Philosophy of Ratio*, p. 165.

5   앞서 언급한 가디너 외에도 다음 참조. Rosalie Colie, "Spinoza in England, 1665-1730", *Proceedings of the American Philosophical Society*.

몽주의'에 대한 복잡하고 착종된 반응임을『걸리버 여행기』를 중심
으로 살펴보려고 한다. 이를 위해 후이늠이 그들의 본성으로 내세우
는 '이성' '선' '덕' '자연' 등의 실질적 내용과 이 개념들에 대한『윤리
학』의 이해를 함께 검토한다. 울만이 주장하는 대로『걸리버 여행
기』가 "스피노자가 알고 있는 픽션의 잠재력"을 잘 보여 주는 "스피
노자적 소설"이라면, 그건 스위프트가 '신의 섭리를 부인하고 신을
자연과 등치시킨' 스피노자의 철학을 전면적으로 부인하는 방식으
로 드러나지 않는다.[6] 흥미로운 건 스피노자가『윤리학』에서 일의
성의 존재론을 바탕으로 이성이나 선, 덕, 자연 등에 대해 새로이 사
유하는 것처럼, 방향은 반대지만 스위프트 역시 말의 몸과 '순수이
성'을 지닌 후이늠의 세계를 통해 앞선 개념들에 대해 일종의 사고
실험을 하고 있다는 점이다. 후이늠랜드가 등장하는『걸리버 여행
기』4부는 시대를 앞서 나간 급진적 계몽주의자 스피노자와 근대의
도래를 비판적으로 본 보수주의자 스위프트의 간접적 대결 공간으
로 손색이 없다. 그런 의미에서라면『걸리버 여행기』는 일종의 거꾸
로 된 스피노자적 소설이라 불릴 수 있을 것 같다.[7]

6   Anthony Uhlmann, "The Eyes of the Mind: Proportion in Spinoza, Swift and Ibn Tufayl", *Spi-
      noza's Philosophy of Ratio*, p. 167.

7   "스피노자 문학"을 들뢰즈적 맥락에서 살펴본 시도로는 다음 참조. Sean Winkler, "The Nov-
      el of Spinozism: An Introduction", *Studia Philosophica Europeanea*.

후이늠의 이성: 초월적 일자성의 공허한 기표

『걸리버 여행기』4부에서 일종의 이상적 종(種)으로 등장하는 후이늠은 언뜻 보기에 스피노자가 『윤리학』에서 추구하는 인식론적·윤리적 방향과 나란히 가는 듯하다. 후이늠은 정념이나 상상에 휘둘리는 대신 '이성'만을 지니며, 그러한 이성에 따라 사는 것이 '덕'이고, 또 그 덕은 '자연'을 따르는 것으로 설명되기 때문이다. 이성이 곧 덕이고 덕은 자연을 따르는 것이라는 후이늠의 가치 체계—후이늠이란 이름의 어원은 "자연의 완벽함"(a perfection of nature)이다(*Gulliver's Travels* 219)—는 '신 즉 자연'이라는 『윤리학』의 명제를 상기시키며, 이는 정념에 휘둘리지 않고 이성의 빛에 의지해 덕과 자유로 나아가는 스피노자의 윤리적 기획과 표면적으로 비슷해 보인다. 그렇기에 후이늠을 스위프트의 '유토피아적 이상'이 아니라 '비판적 아이러니의 대상'으로 보는 비평 쪽에서는 이성-덕-자연이라는 후이늠의 이상을 스위프트가 근대성의 증후로 비판했던 이신론과 등치하는 전략을 구사한다. 나아가 후이늠은 이신론의 구현이고 스피노자는 이신론의 상징적 인물이기에 후이늠에 대한 풍자는 스피노자에 대한 비판이라고 주장하기도 한다.

그런데 인간의 이성이 인간의 본성(=자연)이고 또 자연(=본성)을 따르는 게 덕이라는 사유는 17~18세기의 이신론이나 계몽주의 특유의 사고라기보다 멀리 고대 그리스의 아리스토텔레스까지 거슬러 올라가는 서양 고전 사상의 특징이라 할 수 있다.[8] 다시 말해 이성=덕=자연의 후이늠적 공식을 곧바로 이신론과 등치시키고 이를 스피노자(주의)에 대한 스위프트의 비판으로 보는 것은 다소 성급해 보인다. 후이늠이 내세우는 이성이나 선, 덕, 자연 등의 개념은 근대의 이신론뿐 아니라 자연과 이성과 덕을 으뜸 가치로 여기는 서양의 고전 사유와도 가깝기 때문이다. 나아가 이 덕목들에 대한 『윤리학』의 이해는 틴들 등 18세기 이신론자의 견해와 차별될 뿐 아니라 이성이나 덕에 대한 서양의 고전적 이해를 살짝 비튼 후이늠의 이해와도 사뭇 다르다. 다시 말해 후이늠의 '이성적' 세계를 스피노자의 합리주의와 비슷한 것으로 보고, 다시 이를 스피노자에 대한 스위프트의 비판 및 풍자로 보는 것은 그다지 설득력이 없다.

사실 이성, 선, 덕, 자연 등에 대한 후이늠적 개념화와 스피노자적 이해의 '먼' 거리는 『걸리버 여행기』 비평사에서 4부 후이늠랜드에 대한 비평적 합의가 왜 그렇게 어렵고 심지어 대립적인지를 부분적으로 설명해 준다. 클로드 로손(Claude Rawson) 같은 소위 강경파 비평가가 기본적으로 후이늠을 스위프트의 '유토피아적 비전'으로 보는 것은 후이늠이 체화하는 고전적 이성 개념을 스위프트도 지지한다고 보기 때문이다. 반면 스위프트가 후이늠을 '풍자의 대상'으로

---

8   이에 대한 기본적 논의로는 다음 참조. Arthur Lovejoy, "The Parallel of Deism and Classi-cism", *Essays in the History of Idea*. 바흐친적 문화 연구사라 할 다음 책 역시 근대 계몽주의 (이신론 전통)와 서양 고전주의의 친연성을 짚는다. Peter Stallybrass and Allon White, *The Politics and Poetics of Transgression*.

묘사한다고 여기는 온건파 비평은 후이늠의 이성 개념이 근대 계몽주의의 이신론에 가깝다고 본다(그리고 근대 이신론의 대표 주자로 스피노자를 소환한다). 후이늠의 이성이 서양의 고전적 이성 개념인지, 아니면 근대 계몽주의의 합리적·도구적 이성인지를 텍스트 내 증거나 역사적 사실을 근거로 확정하기는 어렵다.[9] 또 후이늠이 말의 몸과 인간의 이성을 지닌 그로테스크한 상상의 존재라는 점에서 이러한 비결정성은 기하급수적으로 증폭된다. 이 장에서는 후이늠의 이성이 근대적 이성주의의 기호라기보다 서양 고전 사유의 근간이 되어 왔던 '초월적 일자'로서, 언뜻 비슷해 보이는 스피노자의 내재적·일의적 사유의 비틀리고 왜곡된 거울임을 살펴보려고 한다.

걸리버가 네 번째 여행에서 만난 후이늠을 이상적 종(種)으로 여기며 탄복하는 가장 큰 이유는 후이늠이 정념에 휘둘리지 않고 오로지 이성에 기반해 사고하고 행동한다고 판단하기 때문이다. '정서'가 없고 '상상'이 없는 후이늠 세계에는 따라서 현상과 실재의 괴리도 없다. 즉 이중성(duplicity)이 존재하지 않기에 인간 세계에서 일어나는 온갖 거짓, 즉 사기, 불신, 배신, 거짓말 등이 없다. 또 안과 밖, 겉과 속의 구별 없이 모든 것이 투명하기에 권력, 전쟁, 정부, 법, 형벌, 부(富)가 없으며, 이와 관련된 권력욕, 탐욕, 사치, 우울, 오만 등도 없다. 이처럼 '없다'가 반복되는 묘사에서 드러나듯, 후이늠랜

---

9 서양철학에서 이성(reason)의 개념이 어떻게 변해 왔는지에 대한 상세한 논의 중 하나로 찰스 테일러의 『자아의 원천들: 현대적 정체성의 형성』(권기동·하주영 옮김, 새물결, 2015) 참조.

드는 기본적으로 인간 사회에서 일어나는 온갖 부정적 현상이 존재하지 않는 곳, 소위 '이것도 저것도 없는 나라'(neither-nor-country) 다. 이는 또 '부재함으로 존재하는 장소'라는 유토피아(utopia)의 어원을 충실하게 반영하는 공간이기도 하다. 널리 알려져 있듯, 토마스 모어의『유토피아』는 모어가 만든 신조어인 '유토피아'를 그리며, 이 신조어는 그리스어로 '이상 사회'(eu-topia/good place)이자 '부재 장소'(u-topia/no place)라는 이중적 의미를 지닌다. 다시 말해 '지금, 여기'와 다른 이상적 세계를 꿈꾸는 '유토피아 문학'은 '지금, 여기'의 모순을 비판하는 '풍자 문학'과 동전의 양면을 이룬다. 따라서 유토피아는 현실에서 벌어지는 '악'(惡)의 현상을 뺀 마이너스 문법으로 성립되기 쉽다. 모어의 유토피아 국가에는 그가 16세기 당시 현실의 '악'으로 본 인클로저 운동에 따른 영국 기득권 세력의 부패와 착취가 없다.[10] 마찬가지로 후이늠랜드에는 걸리버가 살던 18세기 영국 및 유럽에 만연한 현실적 '악'이 존재하지 않는다. 배신이나 전쟁 같은 현실의 '악'이 부재한다는 점에서, 즉 마이너스 문법으로 지탱된다는 점에서, 후이늠의 공간은 모어의 유토피아를 연상시키는 '이상 사회'이자 '부재 장소'다. 하지만 '사유재산'과 '사적 욕망'의 부재를 핵심으로 하는 모어의 유토피아와 달리, 스위프트가 그리는 후이늠랜드의 초점은『유토피아』가 '이상 국가'의 영원한 숙제로 남겨 둔

---

10 토마스 모어의 유토피아 국가는 사적 재산(private property)이 없기에 사적 욕망(private desire)이 없는 장소다.

인간의 끔찍한 '오만'(pride), 혹은 그 오만의 근원이 되는 정서와 상상의 부재라 할 수 있다. 나아가 유토피아의 거주민과 달리 후이늠은 말의 몸을 가지고 있다는 점에서 이러한 '부재'의 놀이는 비전과 풍자를 오가며 현기증이 날 정도로 팽창해 나간다.

여기서 우리는 이런 질문을 할 수 있다. 정서와 상상이 아예 존재하지 않는 후이늠에게 이성은 무슨 역할을 하는가? 후이늠의 이성의 내용은 무엇이고 또 무엇을 할 수 있는가? 단적으로 말해 후이늠의 이성에는 아무런 내용이 없다. **후이늠의 이성은 그 자체의 역량 혹은 역할을 가진다기보다 오직 정서와 상상과 욕망의 부재에 따른 결과의 명목적 이름으로 존재하기 때문이다.** 사실 후이늠은 감성과 상상을 지니지 않을 뿐 아니라 이성이란 인식 능력 역시 필요로 하지 않는다. 왜냐면 후이늠은 어떤 사안의 참과 거짓을 이성으로 구별할 필요 없이 딱 보면 그 진실을 "즉각적 확신"(immediate Conviction, *Gulliver's Travels* 249)으로 알 수 있기 때문이다. 즉 후이늠에게는 각 개체에 따른 사사로운 정서와 욕구가 없을 뿐 아니라 개별적 의견이나 논쟁, 의심 혹은 개연성 따위가 존재할 가능성이 없다. 후이늠에게 이성은 세계를 파악하거나 진릿값을 확인하는 어떤 역량이라기보다 '딱 보면 진리를 그냥 아는' 자동적 기제의 이름인 것이다. 정리하자면 후이늠의 이성은 어떤 내용을 지닌다기보다 마치 유토피아가 현실적 악의 '부재'에 기반해 성립하듯, 정서·상상·욕망의 '부재'의 상관항으로 성립한다.

후이늠이 지닌 이성의 이러한 공허함 혹은 내용 없음은 스피노자 철학에서 이성이 행하는 중요한 역할과 선명히 대조된다. 스피노자는 『윤리학』이나 『신학정치론』 등 대부분의 저서에서 이성을 '자연의 빛'으로 제시하고 그 빛을 통해 자유와 덕으로 나아가려 한다는 점에서 계몽주의 및 합리주의 전통에 속한다고 할 수 있다. 하지만 동시에 인간의 본질로서 욕망과 정서의 선차성을 주장하고, 정신(이성, 의지)이 신체나 정서를 통제할 수 있다고 보지 않는다는 점에서 합리주의와 멀기도 하다. 먼저 스피노자의 이성은 부분적 인식 능력이라기보다 본유관념 등 이성을 실체화하는 방향과 거리를 둔 '사유 역량'으로서, 계속해서 생성하고 변해 가는 동사로서의 특징을 지닌다.[11] 2종 인식의 '공통 관념'은 이러한 **스피노자적 이성의 형성적 특징**을 잘 보여 준다. 인간은 태생적 조건으로 인해 수동적 정념과 부적합한 관념을 가질 수밖에 없는데, 외부 사물과의 만남에서 '합성'되는 비/관계의 표상인 공통 관념을 형성함으로써 적합한 관념, 즉 원인에 대한 인식이자 전체에 대한 인식을 확장해 나갈 수 있다.[12] 그런데 스피노자적 이성을 이루는 공통 관념의 형성은 특히 상상력과 밀접히 연관되어 있다. 들뢰즈가 지적하듯이 "공통 관념의 형성 조건 자체는 상상에 있을" 뿐 아니라, "공통 관념의 적용은 이

---

11 들뢰즈 역시 스피노자적 이성이 정서와 연관된 사유 역량 전체임을 지적한다. "이성은 이해 역량, 영혼의 활동 역량이다. 따라서 기쁜 정념은 이성과 합치하며, 우리가 이해하도록 이끌거나 이성적이 되도록 규정한다"(Gilles Deleuze, *Expressionism in Philosophy: Spinoza*, p. 274).

12 들뢰즈는 "우리의 실존 조건을 고려하면 [공통 관념의 형성]이 우리로서는 적합한 관념에 다다를 수 있는 유일한 길이다. **우리가 갖는 최초의 적합한 관념**이 공통 관념이다"라고 언급한다(*Ibid.*, pp. 279~280, 강조는 원문).

성과 상상, 이성의 법칙과 상상의 법칙 간의 묘한 조화를 함축"하기 때문이다.[13] 스피노자에게 공통 관념 혹은 이성은 인간의 정서나 상상과 별개로 존재하는 것이 아니며, 정서와 상상을 발생적 조건으로 해서 형성되는 사유 역량이다. 후이늠의 이성이 정서와 상상의 '결핍'과 '부재'로 인한 **결과**라면, 스피노자의 이성은 정서 및 상상과 동떨어질 수 없되 거기에서 시작해 적합한 관념으로 나아가는 **역량**이란 점에서 둘 사이의 거리는 확연하다.

그런데 후이늠적 이성의 문제는 실질적 내용이 없다는 데에만 있지 않다. 후이늠랜드에는 정서가 없고 이성만 있기에 논쟁이 없고 증오가 없고 거짓과 악 그리고 병이 없다는 부재의 언표와 달리, 이 모든 것이 실제로 이곳에 존재함이 서사가 진행될수록 폭로되기 때문이다. 이러한 서사의 굴곡과 파열은 특히 후이늠의 '대의회'(Grand Assembly)를 다룬 4부 9장에서 예상치 못했던 거대한 굉음과 함께 분출된다. 여기서 우리는 '후이늠랜드에는 논쟁이 없다'라는 앞선 선언과 달리, 후이늠의 역사만큼이나 오래된 논쟁이 과거에 있었고 또 지금도 진행되고 있음을 본다. 또 '후이늠에겐 이성만 있고 증오 같은 부정적 정서는 없다'라고 처음부터 언급되었지만, 같은 장면에서 우리는 후이늠의 오래되고 "격렬한 증오"(violent Hatred, *Gulliver's Travels* 253)를 목격한다. 무엇보다 후이늠의 본성에 반하는 듯 보이

---

13   *Ibid.*, p. 294. 스피노자 철학에서 공통 관념과 상상의 관계에 대한 더 자세한 논의는 이 책의 3부 9장, 3부 10장 참조.

는 그들의 논쟁과 증오의 대상은 동일하다. 그 대상은 다름 아닌 야후, "완벽한 인간의 형태"(a perfect human Figure, *Gulliver's Travels* 214)를 지녔으되 이성이나 언어를 지니지 못한 채 후이늠의 노예 혹은 가축 역할을 해온 야후이다. 뿐만 아니라 즉각적으로 진실을 아는 후이늠이 오랫동안 찬반양론으로 갈려 논쟁해 온 주제 역시 "야후를 지구상에서 완전히 박멸해야 하는가"이다(*Gulliver's Travels* 253). 후이늠이 예외적으로 증오하는 대상은 후이늠랜드의 "토박이"(Aborigines, *Gulliver's Travels* 253)일 리가 절대 없는 그들의 노예 야후인 것이다.[14] 왜 후이늠은 논쟁과 증오가 없다는 자신의 본성을 위반하면서까지—이것이 가능하다면—이토록 야후를 증오하고 또 야후 종 전체의 대학살을 고려하는 것일까?

중요한 것은 『걸리버 여행기』 4부 9장에 와서야 선명해지는 후이늠과 야후의 기이한 관계가 예외적이거나 일시적인 현상이 아닌 후이늠랜드를 이루는 '구조적' 축이라는 점이다.[15] 구조적으로 볼 때, 정서와 상상은 없고 이성만 있다는 후이늠의 본성은 모든 부정적 정서 및 그로 인한 현상들—사기, 불신, 배신, 의심, 거짓말, 권력, 전쟁, 부, 권력욕, 탐욕, 사치, 우울, 오만—을 야후라는 '절대적 타자'에 전가했기에 가능한 것이기 때문이다. 예를 들어 후이늠랜드에 '악'과

---

14 탈식민주의 관점에서 후이늠-야후의 관계를 읽는 논의로는 필자의 「근대적 (반)주체로서의 걸리버: 『걸리버 여행기』의 식민주의적 맥락을 중심으로」, 『영미문학연구』, 18권 참조.

15 조르조 아감벤은 예외(exception)가 범례(example)가 되는 경우로 호모 사케르를 설명한다 (알렉스 머레이, 『조르조 아감벤 호모 사케르』, 김상운 옮김, 엘피, 2018).

'병'이 없는 것은 악과 병을 체현한 야후가 '비천한 주체'(abject subject)로서 후이늠랜드에 실존하기에 구조적으로 가능하다. 걸리버를 처음 발견한 주인 후이늠은 인간 세계에 존재한다는 '병'에 대해 듣자 "그토록 설명 불가능한 악"(Gulliver's Travels 236)에 깜짝 놀라면서 후이늠에게는 병에 대한 '개념'도 '언어'도 없음을 암시한다. 하지만 독자는 곧 이곳에 "야후의 악"(the Yahoo's Evil, Gulliver's Travels 255)이라 불리는 '병'이 존재하고 있음을 알게 된다. 즉 후이늠랜드에는 병이 존재할 뿐 아니라 병의 개념과 이름 역시 야후를 빙자해 엄연히 존재한다. 마찬가지로 후이늠의 세계에는 '악'도 존재한다. 걸리버는 4부 9장 끝에서 "후이늠 언어에는 야후의 기형이나 악한 성품에서 빌려 온 것 말고는 악을 표현하는 단어가 없다"라고 지나치듯 말한다(Gulliver's Travels 257). 하지만 앞서 인간이 지닌 '악'이라는 개념에 놀라고 분노했던 주인 후이늠의 반응을 고려할 때 이는 앞뒤가 맞지 않다. 후이늠에게는 사실 '악'의 개념과 용어가 있으며, 이들은 모두 야후와 관련되기 때문이다. 정서와 상상뿐 아니라 인간 사회의 더러운 기만과 부패 역시 부재한다는 후이늠랜드의 비밀은 실제로 그곳에 악도 병도 존재한다는 데서 그치지 않는다. 후이늠랜드의 더 큰 비밀은 그곳에 엄연히 존재하는 악과 병을 부재하는 것처럼 위장했다는 것, 또 그러기 위해 악과 병을 야후라는 절대적 타자에게 전가한 후 그 야후를 부재의 존재로 만들었다는 데 있다.

후이늠에게 이중성이 없어야 하는 것은 근본적으로 그들의 세계가 욕망과 생성·변화·개별성을 부인하는 **'초월적 일자의 세계'**이기 때문이다. 겉과 속, 현상과 실재가 다르지 않기에 이중성이 없는 게 아니라, 병이나 악 같은 현상(시뮬라크르)을 야후라는 구조적·절대적 타자에게 전가한 후 그 타자를 자신의 초월적 일자의 세계에서 배제한 세계가 후이늠랜드인 것이다. 선과 악의 이중성을 없애기 위해 선악 이분법의 자의적 잣대를 내려놓는 대신, 시뮬라크르를 배제하고 타자를 억압하면서 선(善)만을 표면에 남겨 둔 납작한 투명성. 이것이 후이늠랜드의 초월적 일자의 세계다. 후이늠의 이성은, 개체가 자신의 존재를 유지하려는 노력인 코나투스를 자신에게 진정 유리한 방식으로 활용하는 스피노자적 역량으로서의 이성과는 거리가 멀다. 후이늠의 이성은 오히려 생명체의 특징이라 할 욕구·감각·정서를 억압하고 또 타자를 억압하는 일자의 논리를 합리화하는 명목적 기호로 역할한다. 즉 초월적 일자성의 공허한 기표일 뿐이다.

'악은 없다' vs '선도 없고 악도 없다'

스피노자는 '인간은 선을 욕망한다'는 식의 중세 기독교적 선악관에서 벗어나, 홉스 및 마키아벨리와 함께, 선악이라는 도덕관념의 근본적 토대가 인간의 욕망임을 주장한다. 이는 "우리는 어떤 것을 좋다고 판단하기 때문에 그것을 위해 노력하고 원하고 욕구하고 욕망하는 것이 아니며, 반대로 우리가 어떤 것을 위해 노력하고, 원하고, 욕구하고, 욕망하기 때문에 좋은 것이라 판단한다"라는 『윤리학』 3부 정리 9의 주석에서 분명히 드러난다. 스피노자에 따르면 인간의 선악 개념은 실체적이거나 절대적이지 않으며, 근본적 차원에서 인간의 욕망에 따라 결정되는 것이다. 혹은 들뢰즈가 간결히 언급하듯이 "선과 악은 부적합한 관념"이다.[16] 선악 이분법에 대한 이러한 급진적 해체는 무엇보다 스피노자가 사물의 본질이 '형상'이나 '유' 및 '종차'가 아니라 자신의 존재를 보존하려는 노력인 코나투스에 있다고 보는 데서 출발한다. 선악 개념은 도덕적·이성적 진리라기보다 인간의 욕망(코나투스)이나 정서와 뗄 수 없는 관념이며—이 간단한 명제의 엄청난 파장은 '악에 관한 편지' 논쟁에서 잘 드러난다—사람들은 자신이 욕구하는 것을 선으로, 그렇지 않은 것을 악으로 여긴다는 걸 알지 못한 채, 선악이나 미추 개념을 절대화하면서 스스로를 자유롭다고 여기는 것이다.[17]

이러한 스피노자의 주장에 비춰 볼 때, 후이늠이 내세우는 선악 개념 역시 그들에겐 없다는 정서와 욕구의 반영이자 구조적 귀결이 아닐까 하는 의심이 생긴다. "만일 인간이 자유롭게 태어난다면, … 어떤 선악 개념도 형성하지 않을 것"(『윤리학』 4부 정리 68)이라는 『윤리학』의 통찰처럼, 어떤 욕구도 얽매임도 없이 오직 이성만을 지닌 후이늠이 선과 악에 대한 개념을 가지고 있다는 것은 어떤 면

---

16   Deleuze, *Expressionism in Philosophy : Spinoza*, p. 254.

17   '악에 관한 편지'는 스피노자가 블리엔베르그와 주고받은 여덟 통의 편지를 지칭하며, 여기서 스피노자는 선과 악 및 보상과 처벌에 관한 블리엔베르그의 교조적이고 기독교적인 주장에 대해 자신의 의견을 상세히 밝히고 있다. 들뢰즈, 『스피노자: 실천철학』 3장 '악에 관한 편지들: 블리엔베르그와의 서신' 참조.

에서는 매우 이상하다. 초월적 일자의 논리로서 오직 선만을 내세우든, 아니면 야후를 빌미로 비밀리에 악을 도입하든, 만일 그들에게 욕망과 정서가 부재하고 보는 즉시 진실을 확신하는 이성만 있다면, 옳고 그름(진실)을 가리는 선악 개념 또한 필요치 않을 것이기 때문이다. 이는 후이늠랜드에 악에 대한 개념이나 용어가 없다는 주인 후이늠의 말이 거짓으로 밝혀지고, 그들의 악 개념이 후이늠과 야후의 배타적 구조를 바탕으로 성립됨이 드러남에 따라 더욱 분명해진다.

사실 후이늠랜드에 '선만 있고 악은 없다'라는 후이늠의 주장은 신플라톤주의와 이를 발전시킨 성 아우구스티누스의 기독교 논리, 즉 '악이란 것은 실체가 없으며, 오직 일자·이데아·초월적 신의 선만이 존재한다'라는 주장과 일치한다.[18] 즉 후이늠의 '악은 존재하지 않는다'라는 주장은 '선'의 동의어로 '형상'이나 '이데아' 혹은 (신플라톤주의의) '일자'를 두는 서양의 전통 사유와 나란히 간다. 이에 반해 스피노자는 '악은 없다'라는 초월적 일자의 논리가 아니라 '악도 없고 선도 없다', 즉 선악 **이분법**이 인간의 욕망과 인식의 한계에서 비롯된 부적합한 관념임을 지적한다.[19] 나아가 주체(나, 인간)가 욕

---

18 '악이란 없다'라는 명제는 성 아우구스티누스가, 당대 큰 세력을 지녔으며 선악 이분법 사상에 기반한 마니교(현재 이슬람교의 바탕)의 논리를 극복하기 위해 동원했던 신플라톤주의 사상으로, 그의 유명한 '원죄' 개념과 함께 초기 기독교 교리의 중요한 부분을 차지한다.

19 "자유인[은] … 악에 대한 어떤 개념도 가지고 있지 않다. 또 선과 악은 상관적이기에 그는 또한 선에 대한 어떤 개념도 가지고 있지 않다"(『윤리학』 4부 정리 68의 증명).

구하는 것이 '선'이고 그렇지 않은 것은 '악'이라 여기는 경향이 인간 중심주의 및 지배 세력의 기득권 옹호와 무관하지 않음을 암시한다. 블리엔베르그와의 논쟁이 담긴 소위 '악에 관한 편지'에서 스피노자가 강조하는 것은 '악은 존재하지 않는다'와 같은 기존의 초월적 논리가 아니다. 선악 이분법이 근본적으로 인간의 욕구나 자기중심성에 따라 만들어진 부적합한 관념이기에 본래는 선악이란 게 따로 없다는 것이 그가 말하는 바다. 선악 이분법의 해체는 '객관적'이라 여겨지는 선악 개념을 내세워 '나는 선이고 너는 악이다'라는 심판을 가하는 인간의 자기중심성에 돌이킬 수 없는 균열을 낸다. 또 이렇게 스피노자가 "악이 의미가 없는 것처럼 선도 의미가 없음"을 강조하는 것은 인간의 본질이 독특한 욕망(코나투스)에 있다는 그의 사유의 연장선상에 있다.[20] 스피노자의 윤리는 기존의 선악 개념─인간 중심주의에 기반할 뿐만 아니라 인간의 인식적 한계를 반영하는 이분법적 선악 개념─을 도덕의 이름으로 따르는 데에 있지 않다. 수동적 정념에 예속되지 않으면서 "각자 자신을 사랑하고" "자신에게 진정으로 유용한 것을 추구"하라는 것─이것이 "자연에 대립하지 않는 어떤 것도 요구하지 않는" 스피노자적 이성의 내용이며, 나아가 『윤리학』이 제시하는 윤리의 방향이다(『윤리학』 4부 정리 18의 주석).

그리고 이렇게 자신을 사랑하고 "더욱 큰 완전성"으로 나아가

20 Deleuze, *Expressionism in Philosophy: Spinoza*, p. 308.

는 존재의 역량이 스피노자의 덕(훌륭함)이다. 통상 영어 virtue는 '덕'으로 번역되고 '악덕'으로 번역되는 vice와 쌍을 이루면서 선악 개념과 마찬가지로 이분법적 '도덕' 개념을 이루기도 한다. 하지만 스피노자의 virtus 개념은, 마키아벨리의 virtú 개념과 마찬가지로, 이분법적인 덕-악덕 개념에 기반한 덕 개념과 큰 차이가 있다. 스피노자에게 덕은 무엇보다 '역량'이기 때문이다("나는 덕과 역량을 동일한 것으로 이해한다", 『윤리학』 4부 정의 8). 좀 더 구체적으로 말하자면 스피노자의 덕 개념은 현실적 힘을 지시하는 '권력'(potestas)이기보다 잠재적 힘이라 할 '역량'(potentia)을 의미한다. 라틴어 potestas와 potentia는 비슷하지만 또 구별되는데, 전자가 현실적 힘 혹은 권력을 의미한다면 후자는 잠재적 힘을 의미하며, 스피노자에게 덕은 바로 잠재적 역량이기도 하다. 게다가 스피노자의 덕은 "오직 인간의 본질에 의해 규정되는 인간의 역량"(『윤리학』 4부 정리 20의 증명), 즉 "인간의 본질 혹은 본성 그 자체"(『윤리학』 4부 정의 8)이기도 하다. 다시 말해 스피노자에게 사물의 본질은 '코나투스'이고, 인간의 코나투스는 곧 '욕망'이기에, 인간의 욕망은 인간 덕의 기초가 된다. 그렇다면 윤리학에서 중요한 위치를 차지할 뿐 아니라 전통적으로 유사한 의미군을 이루는 '덕'과 '선'이 스피노자 철학에서는 매우 다른 의미를 지님을 알 수 있다. **'선'이 인간의 욕망을 포장하는 부적합한 관념이라면, 코나투스(욕망)와 뗄 수 없는 '덕'은 인간의 본성이자 역량**인 것이다. 다시 말해 스피노자 윤리학은 선악 이분법이 근본적 차원에서 적합한 관념이 아님을 지적하고, 인간의 역량이라 할 덕 혹은 훌륭함의 기초를 욕망(코나투스)에서 찾음으로써, 선(이데아, 형상, 초월적 신)을 중심으로 하는 기존의 종교나 도덕과는 다른, 급진적이고 새로운 윤리학을 모색한다.

걸리버가 숭배하는 후이늠의 경우, 사적인 욕구나 정서, 상상의 흔적을 지운 채, 자연을 악이 배제된 선으로 규정하고 또 자연과 선을 따르는 것을 덕으로 내세운다. 하지만 스피노자의 관점에서 보자면 후이늠은 "각자가 자신에게 유용한 것을 추구해야 한다는 원리가 덕이나 도덕성이 아니라 부도덕의 토대라고 믿는" 어리석고 비이성적인 사람들과 가깝지 않을까. "이성의 명령"이 앞서 말한 바대로 "각자 자신을 사랑하고" "자신에게 진정으로 유용한 것을 추구하라는 것"이라면, "자신에게 진정으로 유용한 것"을 알기 위해서는 자신의 욕구나 정서를 알아야 하기 때문이다(『윤리학』 4부 정리 18의 주석). 덕(훌륭함)이란 "자신에게 유용한 것을 추구할수록, 즉 자신의 존재를 보존하려고 노력할수록 그만큼 갖추게 되는"(『윤리학』 4부 정리 20) 것인데, 오로지 '이성적'이기만 한 후이늠의 세계에는 애초부터 욕망이나 코나투스가 끼어들 틈이 없다. 후이늠에게나 스피노자에게나 덕(훌륭함)과 이성이 상호 연결되는 것은 마찬가지다. 그러나 정서와 욕구가 없는 **후이늠에게 이성이란** 선악 이분법에서 선을 자신에게 또 악을 타자(야후)에게 귀속시키는 초월적 일자의 기표일 뿐이다. 반면 **스피노자의 이성은** 선악 개념이 근본적으로 인간의 욕구에 기초함을 인정하고, 또 선악 개념의 이분법에 깔린 자기중심성(나는 옳다, 옳지 않은 것은 타자다)을 직시한다. 나아가 양태의 본질을 생존의 역량, 즉 코나투스(욕망)에 두며 그것을 덕의 기초로 삼는다는 점에서 스피노자의 이성은 후이늠의 이성과 실제 내용이 확연히 다르다 하겠다.

요약하자면, 후이늠의 이성은 정서와 상상의 결핍에 상응하며 타자를 억압하는 일자의 논리를 합리화하는 명목적 기호, 즉 초월적 일자성의 공허한 기표다. 반면 스피노자의 이성은 수동적 정념과 부적합한 관념에서 공통 관념을 형성함으로써 적합한 관념을 늘려 나가는 사유 역량이다. 또 후이늠의 이성이 악이 부재하는 선을 주장한다면, 스피노자의 이성은 선도 악도 없음을, 근본적 차원에서 선악 이분법이 부적합한 관념임을 함축한다. 나아가 후이늠의 덕이 덕–악덕 이분법의 한 축이라면, 스피노자에게 덕(훌륭함)은 인간의 본성인 욕망(코나투스)에 기초한 역량이며, 자신에게 진정으로 유용한 것을 추구하는 이성의 요구에 따르는 것이다. 이렇듯 일종의 사유 실험이라 할 스위프트의 이성적이고 언어적인 말인 후이늠이 지니는 이성, 선, 덕에 대한 개념은 스피노자가 『윤리학』에서 제시하는 새로운 사유로서의 이성이나 선, 덕에 대한 개념과 거의 정반대의 내용을 갖는다.

픽션의 역량과 걸리버라는 사건: 후이늠랜드와 야후랜드

인간의 현행적 본질인 욕망과 그 기호인 정서에 대한 스피노자의 긍정을 보지 못한 채 그를 전통적 의미의 이성 및 선과 덕의 철학자로 여기는 입장의 또 다른 난점은 그것이 상상과 픽션의 역할에 대한 스피노자의 중요한 기여에 대한 도외시로 이어진다는 것이다. 스피노자의 일의성의 철학을 잇는 들뢰즈가 문학을 비롯해 회화, 음악, 영화 등 예술에 대해 적극적이고 생산적인 논의를 펼치는 반면, 예술에 대한 스피노자의 구체적 언급은 찾아보기 어려우며, 그렇기에 스피노자의 미학이라고 할 만한 것이 없다고 주장되기도 한다.[21] 하지만 박기순이 「스피노자에서의 픽션 개념」에서 주장하듯, 스피노자에게 픽션은 자기 본성의 필연성에 따라 역량을 펼쳐내는 신과 달리 외부 사물의 역량에 좌우되는 인간의 불가피한 한계인 "우연과 가능의 지평에서 이루어지는 인식 역량의 표현"이다.[22] 박기순에 따르면, 스피노자의 초기작 『지성개선론』에서 비판의 대상이 되는 것은 픽션 자체이기보다 "픽션을 자의적 창조로 바라보는 통속적 이해"이다. 반면 『윤리학』에서 전개되는 '상상'에 대한 논의는 스피노자가 픽션을 "오류"와 구분되는 "적합한 관념으로서의 상상"으로 보고 있음을 드러낸다.[23] 박기순은 상상이 **어떠한 논리**를 따라 다른 관념들과 연결되고 있는가에 따라 오류도 될 수 있고 적합한 관념도

---

21 관련 논의로 김성호, 「미학에 이르는 길: 스피노자와 예술」, 『안과밖』, 43호 참조.

22 박기순, 「스피노자에서의 픽션 개념」, 『인문논총』, 56집, 29쪽. "인간의 역량은 다른 사물의 역량에 의해 제한되며, 외부 원인의 역량에 의해 무한히 압도당한다"(『윤리학』 4부 정리 3의 증명).

23 앞의 글 20쪽. 박기순의 상상과 픽션에 대한 논의는 상상을 1종 인식(부적합한 관념)뿐 아니라 2종 인식(적합한 관념)과 적극적으로 연결한다는 점에서, 공통 관념이 "이성과 상상의 기묘한 조화"를 포함한다는 들뢰즈의 주장과 통하는 면이 있다.

될 수 있다고 말한다. 즉 관념들의 연쇄가 신체들의 우연적 만남의 연쇄에 따라 이루어지는 경우 상상은 부적합한 관념인 1종 인식에 머문다. 하지만 반대로 그것이 "지성의 질서"에 따라 이루어지는 경우 적합한 인식이 된다.

『윤리학』 2부 정리 17의 주석은 상상과 픽션에 대한 스피노자의 생각을 뚜렷이 보여 준다. "정신의 상상은 그 자체로 고려될 경우, 어떤 오류도 포함하지 않으며 … 실존하지 않는 사물을 현존하는 것처럼 상상하면서 **동시에** 그 사물이 실제로 실존하지 않음을 알고 있다면, 정신은 **상상의 역량을 악덕이 아니라 자신 본성의 덕(훌륭함)으로** 간주할 것이다"(『윤리학』 2부 정리 17의 주석, 강조는 필자). 한편으로 스피노자에게 상상이란 외부 사물에 의한 신체 변용의 관념인 이미지의 작용으로, 이는 외부 사물의 본성보다는 신체의 구성 상태를 지시하기에 오류의 근원이자 부적합한 관념이다. 하지만 상상이 "지성의 질서에 따라 형성되는 관념들"과 연쇄될 경우(『윤리학』 2부 정리 18의 주석), 혹은 어떤 것을 상상하되 그것이 현존하지 않음을 동시에 알고 있는 경우, 상상은 적합한 관념이 된다. 즉 상상에 기반한 픽션은 인간의 인식적 한계를 반영하지만, 상상을 상상인 줄 아는 인식이 동반된다면 픽션은 창조적 덕(훌륭함)을 이루는 "인간의 인식 역량의 발현"이 될 수 있다.[24]

---

24 앞의 글, 11쪽. 인간이 자신의 상상이 상상임을 메타적으로 알 경우 오히려 덕(훌륭함)이 된다는 스피노자의 인식론은 그의 정서론과 상관적이다. 어떤 정념을 느끼되 그것이 수동적 정념임을 알 경우 그 정념은 더 이상 수동적이지 않기 때문이다. "수동인 정서는 우리가 그

상상하는 동시에 그것이 상상인 줄 아는 것, 혹은 픽션이 픽션인 줄 아는 것. 이 경우 상상이나 픽션은 "오류"가 아니라 오히려 인간 특유의 "덕(훌륭함)", 즉 역량이라는 스피노자의 주장은 아리스토텔레스의 고전적 문학 옹호와 가까워 보인다. 아리스토텔레스는 『시학』에서 '문학'은 '역사'와 달리 '있었던 일'(사실)이 아니라 '있을 수 있는 일'(개연성/허구)을 말하기에 '거짓'이 아니며, 나아가 역사보다 더 '보편적'이라는 문학 옹호론을 펼친다. 개연성 혹은 픽션의 부재는 후이늠 세계의 중요한 특징 중 하나며, 이성만 있을 뿐 정서나 상상이 없는 후이늠 인식 체계의 상관물이다.[25] 주인 후이늠은 걸리버가 설명하는 인간의 '거짓말'이란 단어에 놀라워하는데, 후이늠어에서 '거짓말'이란 단어는 없으며 단지 "존재하지 않는 것"(the thing which is not)이 있기 때문이다(Gulliver's Travels 219). 후이늠 세계에서 참과 거짓 사이의 모호한 지대, 아리스토텔레스가 '있을 수 있는 일'로 지칭한 '개연성'이나 '상상' 혹은 '픽션'이 존재할 가능성은 거의 없다. 이는 후이늠에게 '옷'의 개념이 없다는 데서도 잘 나타난다. 인간의 옷은 전통적으로 인간의 '이중성'이나 '가장'(disguise) 혹은 '변신'(metamorphosis)이나 잠재성(virtuality)에 대한 은유로 문학에 오랫동안 소환되어 왔다. 후이늠에게 이중성의 의미를 담은 '옷' 개념이 없

것에 대한 명석하고 판명한 관념[적합한 관념]을 형성하자마자 수동이기를 그친다"(『윤리학』 5부 정리 3).

25 후이늠랜드에 '시'가 없는 것은 아니며, 다만 시의 성격이 다를 뿐이다. 또 흥미롭게도 후이늠에게는 '말'은 있지만 '글'이 없다.

다는 것은 그들의 세계가 현상과 실재의 괴리 없이 오로지 실재만 존재하는 투명한 세계임을 반증한다. 그런데 이를 뒤집어 볼 경우, 후이늠은 눈에 보이는 실재만 인식할 수 있을 뿐, 흐르고 생성되고 사라지는 것들, 가령 꽃이 피고 달이 지며 새가 우는 세계의 생성·소멸·변화를 인식하고 상상하지 못하는 매우 제한된 인식을 지니고 있음을 알 수 있다.

'픽션'(문학)은 마치 '옷'처럼 실재와 현상의 '이중성'과 '가능성'을 함축한다. 후이늠이 상상과 개연성에 기반한 픽션을 이해하지 못한다는 것은 그들의 세계에 없는 것이 정서와 욕구만이 아님을 드러낸다. 후이늠 세계에는 시간, 생성, 사건이 없으며, 독특한 본질을 지닌 독특한 개체가 없다. 혹은 없어야 한다. 이는 후이늠의 세계가 스피노자의 세계에서 얼마나 동떨어져 있는지를 또 한번 잘 보여준다. 스피노자의 세계는 존재의 일의성 안에서 각 개체의 고유한 독특성 혹은 개별 본질이 있는 그대로 존중되는 세계다. 본질에 대한 그의 독특한 정의─사물의 본질을 "그것 없이는 그 사물이 존재할 수도 또 그것을 사유할 수도 없는 것"이라는 전통적 정의와 함께, "그 사물이 없으면 존재하지 않거나 사유될 수 없는 것"(『윤리학』2부 정의 2)으로 정의하는 것─즉 보편성이 아니라 개별자의 독특성을 본질로 보는 그의 이해가 이를 잘 드러낸다. 그런데 이렇게 독특한 본질을 지니는 스피노자의 개체는 외부 사물과의 마주침에서 늘 변용되고 변용시키는 '생성'의 존재다. 개체 또는 개별 사물은 연장 속성의 측면에서 끊임없이 외부 사물과의 만남을 통해 합성되고 분해·생성·소멸해 간다(가령 음식 섭취와 배설). 사유속성의 측면에서 역시 신체의 변용과 변용 관념에 따른 정서의 지속적 이행과 관념들의 질서와 연관이 일종의 '정신적 자동기계'를 이루며 끝없이 진행된다. 한마디로 스피노자의 양태는 늘 생성과 변화와 소멸을 겪는 '동사'(verb)로서 존재한다. 마치 스피노자의 '신 즉 자연'이 자기 본성의 필연성에 따라 무한히 많은 방식으로 무한히 많은 것들을 생산하는 역량과 동사의 존재인 것처럼 말이다. 이정우가 언급하듯 "스피노자의 세계는 존재가 곧 생성인 역동적인 세계"이다.[26]

이러한 스피노자적 생성의 세계와 대척점에 놓인 공간이 독특한 개체가 없고, 생성과 변화가 없으며, 사건이 부재하는 후이늠랜드다. 그런데 정지된 그림 같은 후이늠랜드에 "완벽한 야후"(a perfact Yahoo)인 걸리버가 흘러들어 오는 '사건'이 발생한다(*Gulliver's Travels* 221). 걸리버를 처음 발견한 주인 후이늠은 야후의 몸을 가졌으나 "기본적 이성"을 지닌 이상한 존재인 걸리버에 대해 놀라워하면서 그로부터 온갖 정념과 부패, 부조리가 난무하는 인간 사회에 대해 흥미롭게 듣는다. 걸리버 역시 자신의 야후적(인간적) 신체에 수치심을 느끼지만 이내 후이늠어를 배워 능숙하게 의사소통할 뿐 아니라 후이늠의 덕을 흠모해 그곳에서 영원히 살고자 한다. 하지만 곧 그는 후이늠랜드의 큰 골칫거리가 된다. 야후의 몸과 정서를 지녔으되 후이늠의 덕을 닮고자 하는 그의 존재 자체가 후이늠-야후의 구

---

26 이정우, 『세계철학사 3: 근대성의 카르토그라피』, 233쪽.

조적 이분법에 맞지 않으면서 후이늠랜드의 정적 질서를 교란시키기 때문이다. 급기야 후이늠은 앞서 언급한 대의회에서 걸리버를 죽일지 말지 논의한 끝에 나라 밖으로 추방하기로 결정한다. 이 결정은 욕구와 정념 없이 오직 이성과 덕만을 따른다는 후이늠의 세계가 사실 타자와 사건을 억압하는 정태적인 초월적 일자의 세계임을 또 한 번 폭로한다. 더 중요한 것은 후이늠이 걸리버를 추방하는 이유다. 후이늠은 걸리버가 그의 족속인 야후를 선동해 반란을 일으킬 것이라 의심한다. 비록 걸리버는 후이늠을 숭배하다 못해 말처럼 말하고 걸을 정도로 충성을 다하지만, 그들은 그를 믿지 못하고 그와 그의 종족이라 여기는 야후의 반란을 두려워하는 것이다. 사실 걸리버의 추방은 후이늠이 정착하던 초기에 이 땅의 원주민이었던 야후를 거의 절멸시켰던 불편한 역사에 대한 그들의 불안을 반영한다.[27] 정착 초기에 야후의 수가 급격히 늘어나자 "이러한 악을 제거하기 위해 [야후를] 대대적으로 사냥하고, 무리 전체를 가두"면서 "나이 든 것들은 죽이고, 어린 야후들은 개집에서 길렀던" 역사 말이다(*Gulliver's Travels* 253). 사건이 없고, 악과 병이 없으며, 욕구와 정서, 독특성과 생성이 없는 후이늠의 '이성적' 세계 안에는 종족 대학살(genocide)의 역사 및 야후의 잠재적 반란을 경계하는 그들의 '비이성적' 불안과 두려움이 도사리고 있다.

---

27 야후가 이 땅의 원주민일 리 없다는 후이늠의 강박적 주장은 거꾸로 야후가 후이늠랜드의 원주민이었다는 의심을 증폭시킨다.

이 불안하고 정태적인 공간에 걸리버라는 뜻하지 않은 사건이 발생하자, 후이늠은 걸리버가 야후의 반란을 선동할 가능성이 있다고 판단하고 그를 없애 버리려 한다. 사실 어떤 사안에 대해서도 "즉각적 확신으로 진실을 아는"(*Gulliver's Travels* 249) 후이늠이 걸리버에 대해 이러한 '의심'을 하고 반란을 '추측'하는 것은 논리적으로 맞지 않다. 하지만 후이늠랜드의 주민들은 걸리버가 "[야후]의 타고난 악함에 더해 초보적 이성을 가지고 있기에, [야후] 무리를 이끌고 산간 지역으로 간 후 한밤중에 후이늠의 가축을 파괴할 수도 있다고 주장"(*Gulliver's Travels* 261)하면서 그의 추방을 결정한다.[28] 후이늠랜드에 일어난 걸리버라는 사건이 결국 그의 추방으로 종결되는 과정은 어떻게 그곳에서 일어났던 여러 사건이 억압되고 사라지면서 그 자리에 공허한 이성의 선과 덕만이 자연이란 이름으로 남아 있는지를 어렴풋이 암시한다. 야후의 대학살 역사가 보여 주듯이, 걸리버 이전에 또 다른 걸리버들이 후이늠랜드에 나타났다 사라지는 '사건들'이 과거에 있지 않았을까? 애초에 후이늠랜드는 이성의 타자로서의 욕구나 정서, 상상이 부재하는 공간, 후이늠의 어원인 자연의 완벽함이 펼쳐지는 공간으로 제시되었다. 하지만 서사가 진행됨에 따라 후이늠랜드는 사실 '야후랜드'임이 밝혀진다. 완벽한 '이성'의 후이늠은 '악'과 '병'을 담지하는 야후라는 시뮬라크르적 분신과 이

---

28   여기서 "주장"에 해당되는 단어는 "allege"인데, 이 단어는 주로 증거 없이 혐의를 제기한다는 의미를 함축하기에, 후이늠이 주장하는 그들의 이성적 인식, 즉 보는 즉시 진실을 안다는 인식론에 맞지 않다.

중 구조를 이루고 있으며, 후이늠-야후랜드에서는 사실 '사건'과 '변화'가 늘 있어 왔음이 폭로되는 것이다. "스피노자의 세계는 존재가 곧 생성인 세계"임을 떠올린다면, 후이늠의 초월적 일자의 세계가 어떻게 스피노자의 내재적·일의적 세계의 비틀린 거울 공간인지가 더욱 분명해진다. 이렇듯 『걸리버 여행기』는 놀라운 풍자적 압축과 그로테스크 미학으로 상상적 공간을 창조해 내는 픽션의 역량을 여실히 보여 준다.

9장

사랑의 정서와 스피노자의 공통 관념

『단순한 이야기』 읽기

> "사랑은 외부 대상의 관념을 동반하는
> 기쁨에 다름 아니다."
> —스피노자, 『윤리학』 3부 정리 13의 주석

> "[기쁨의 정념]은 공통 관념의 전조, 어두운 전조다."
> "[정서] 기호에는 [공통] 관념을 준비하는 동시에
> 그것을 두 겹으로 만드는 무언가가 있다."
> —질 들뢰즈, 「스피노자와 세 권의 『윤리학』」

스피노자의 공통 관념: 상상과 이성의 분신 관계

들뢰즈가 강조하듯이 스피노자의 '공통 관념'은 스피노자의 이성 개념 전체를 변형시키고 스피노자주의를 심층적으로 재편하는 핵심 개념이며, 『윤리학』 이전에 쓰인 『소론』과 『지성개선론』에는 등장하지 않는다.[29] 스피노자 철학에서 공통 관념이 이렇게 중요한 이유

---

29 Deleuze, *Expressionism in Philosophy: Spinoza*, p. 292; *Spinoza: Practical Philosophy*, pp.

중 하나는 이 개념이 데카르트의 근대적 이성과 변별되는 스피노자적 이성의 특징을 잘 보여 주기 때문이다. 스피노자는 데카르트, 라이프니츠와 함께 보통 17세기 대륙 합리주의 철학자로 분류된다. 하지만 가령 그가 '이성의 인도를 따르는 삶이 유덕한(훌륭한) 삶이다'라고 말할 때의 '이성'이 우리를 진리로 이끄는 어떤 고정된 실체를 의미하는 것은 아니다. 스피노자적 이성의 특징은 무엇보다 경험을 바탕으로 '형성'된다는 점에 있다. 우리 정신이 더 많은 공통 관념을 가질수록 우리는 더욱 이성적이 되는 것이다. 물론 스피노자의 이성의 실질적 내용이라 할 공통 관념이 순전히 경험적인 것은 아니며, 어떤 경험적 계기(기회 원인)를 통해 형성된다고 말하는 게 더 정확할 것이다. 하지만 데카르트의 본유관념이 그 타당성을 증명할 필요가 없는 (수학적) 공리 같은 것이라면, 스피노자의 이성 혹은 공통 관념은 '수동적 정념'과 '부적합한 관념'에 둘러싸인 인간이 '적합한 관념'과 '능동적 기쁨'으로 나아가는 길 혹은 과정이다. 들뢰즈가 지적하듯이 "우리의 실존 조건을 고려하면 [공통 관념의 형성]이 우리로서는 적합한 관념에 다다를 수 있는 유일한 길"인 것이다.[30] 그렇기에 스피노자에게 이성의 형성은 경험이나 실험, 혹은 실천과 밀접

56~57. 이외에도 여러 곳에서 들뢰즈는 공통 관념이 『윤리학』의 새로운 발견임을 강조한다.

30 Deleuze, *Expressionism in Philosophy: Spinoza*, pp. 279~280. 스피노자의 '적합한 관념'은 원인에 대한 인식이자 전체에 대한 인식으로서 공통 관념(2종 인식) 및 직관지(3종 인식)로 이루어져 있으며, '부적합한 관념'인 상상 혹은 견해(1종 인식)와 함께 스피노자의 인식론을 이룬다.

스피노자로 영국 소설 읽기

하게 연관되어 있다.[31] 스피노자적 이성의 이러한 경험적·실천적 특징은 문학에 대해 그가 직접 언급하는 것 이상으로 '문학이 하는 일'에 대한 흥미로운 통찰을 제공하며, 스피노자 미학의 중요한 출발점을 이룬다.

스피노자의 공통 관념을 들뢰즈의 용어로 설명하면 "둘 이상의 신체/물체가 이루는 합성의 표상"(the representation of a composition between two or more bodies), 혹은 "신체/물체 간 합치 혹은 합성 비/관계의 표현"(express[ion of] the relations of agreement or composition between existing bodies)이라 할 수 있다.[32] 공통 관념에 대한 이러한 정의를 이해하기 위해서는 **신체/물체**(body, corp)에 대한 스피노자적 개념과 함께 **합치**(agreement, convenance), **합성**(composition, composition), 그리고 **비/관계**(relation, rapport) 개념의 스피노자–들뢰즈적 맥락을 이해할 필요가 있다. 먼저 스피노자의 신체/물체는 "가장 단순한 물체들"이 특정한 비/관계 아래 자신의 운동을 전달하며 구성하는 개체들의 복합체로

---

31 들뢰즈는 스피노자의 공통 관념을 "실천적 이념"(practical idea)이라고도 지칭한다. "공통 관념은 우리의 역량과 관련해 실천적 이념인 것처럼 보인다"(*Spinoza: Practical Philosophy*, p. 119).

32 *Ibid.*, p. 54. 들뢰즈의 불어 원문은 다음과 같다: "la notion commune est la representation d'une **composition** entre deux ou plusieurs **corps** ⋯ elle exprime les **rapports** de conve-nance ou de **composition** des corps existants"(*Ibid.*, p. 127, 강조는 필자). 스피노자의 공통 관념은 『윤리학』 2부 정리 37, 38, 39와 2부 정리 44의 따름정리 1 및 5부 초반부 등에서 개진된다. 이하 스피노자의 공통 관념에 대한 설명은 들뢰즈가 『스피노자와 표현 문제』, 『스피노자: 실천철학』, 「스피노자와 세 권의 『윤리학』」에서 논의한 내용을 바탕으로 한다. 스피노자의 공통 관념은 그 중요성에 비해 아직 충분히 논의되지 않은 듯하며, 들뢰즈는 게루 등과 더불어 일찍이 공통 관념의 중요성을 강조한 주요 논자 중 한 명이다.

서, 형태나 기능이 아니라 운동과 정지, 빠름과 느림에 의해 정의된다(『윤리학』 2부 「자연학 소론」). 즉 "가장 단순한 물체들로 구성된 개체"부터 "상이한 본성의 여러 개체로 구성된 다른 물체", 나아가 "자연 전체라는 개체"로 이어지는 다양체들의 집합이자 중중무진(重重無盡)의 세계가 스피노자적 신체/물체의 세계다. 이때 신체A는 신체B와 본성의 '합치' 혹은 '합성'을 이루는(흔히 하는 말로 '잘 맞는') 비/관계를 이루지만, 신체C와는 '불합치' 혹은 '비합성'의 비/관계를 이룰 수 있다. 가령 내 몸(신체A)이 바다(신체B)와 합치 혹은 합성의 비/관계를 이룰 경우 나는 수영을 배울 수 있지만, 반대로 내 몸(신체A)이 독버섯(신체C)을 먹고 합치되지 않는 비합성의 비/관계를 이루면 병이 나거나 죽을 수 있다. 여기서 신체A와 신체B의 경우처럼 합성의 비를 이루는 관계에 대한 표상이 공통 관념이다. 즉 공통 관념은 고유한 빠름과 느림의 비를 지닌 두 신체가 합성해 "더 큰 역량의 신체"(a composite body having a greater power)를 형성할 때의 합성비/관계에 대한 표상이다.[33] 스피노자의 공통 관념은 실체적 진리를 넘어 신체적이고 경험적인 차원이 강조되는 개념이며, 두 고정된 실체의 공통성이 아니라 계속 생성 변화하는 개체들 간의 변화하는 **관계**가 만들어 내는 제3의 무엇을 염두에 두는 **생성의 개념**이다.[34]

---

33 Deleuze, *Spinoza: Practical Philosophy*, p. 127.

34 3부 10장 '스피노자-들뢰즈적 배움과 성장 서사'에서 다루겠지만, 들뢰즈의 '배움' 개념, 나아가 그의 '되기' 개념은 부분적으로 스피노자의 공통 관념이 내포하는 생성의 함의를 바탕으로 한다.

이렇듯 스피노자적 이성의 실제 내용을 이루는 공통 관념은 신체적이고 관계적이란 점에서 우리가 통상적으로 이해하는 이성 개념과는 사뭇 다르다. 무엇보다 공통 관념은 수동적 정념과 부적합한 관념에서 시작할 수밖에 없는 인간이 어떻게 적합한 관념으로 **나아갈 수 있는지**를 설명해 준다. 스피노자에 따르면 인간은 외부 물체에 의한 신체 변용과 이 변용에 대한 관념인 정서를 통해 외부 물체를 지각(상상)하기에 외부 대상을 **직접** 알 수는 없다. 또 신체의 변용으로 발생한 관념은 "외부 물체의 본성보다 우리 신체의 구성 상태를 더욱 지시하기" 때문에 우리의 인식은 외부 물체의 본성을 **온전히** 알 수도 없다(『윤리학』 2부 정리 16의 따름정리 2). 즉 외부 물체와의 만남에서 발생한 '상상'의 관념들은 기억이나 언어를 거쳐 일정한 질서와 연관을 이루면서 '견해'(1종 인식)를 구성하며, 바로 이러한 부적합한 관념에서 인간의 인식은 시작된다. 그렇다면 우리는 어떻게 부분적 이해이자 원인을 모르는 채 결과만을 취하는 부적합한 관념으로부터 적합한 관념(2종 인식, 3종 인식)으로 나아갈 수 있는가. 여기서 핵심적 역할을 하는 것이 공통 관념이다. "우리가 갖는 최초의 적합한 관념, 그것은 공통 관념"이기 때문이다.[35]

특히 '더 보편적인 공통 관념'과 '덜 보편적인 공통 관념' 중 후자인 '덜 보편적인 공통 관념'이 앞서 언급한 "인간이 적합한 관념에 다다를 수 있는 유일한 길"의 출발점이 된다. 스피노자는 『윤리학』

---

35 Deleuze, *Expressionism in Philosophy: Spinoza*, p. 292.

에서 모든 양태에 해당하는 사물의 이치나 자연법칙 등을 가리키는 '가장 보편적인 공통 관념'(『윤리학』 2부 정리 37~38)과 인간 신체와 어떤 외부 물체에 공통적이고 또 그것들에 고유한 '덜 보편적인 공통 관념'(『윤리학』 2부 정리 39)을 구분한다.[36] 게루는 이를 각각 '보편적인 공통 관념'과 '고유한 공통 관념'으로 부른다.[37] 앞서 보았듯 인간은 외부 물체와의 마주침과 그로 인한 변용 과정에서 외부 물체에 대해 간접적으로 지각할 뿐 아니라 외부 물체의 본성보다 자신의 상태를 더욱 지각한다는 점에서, 인간의 "모든 감각적 지각은 일종의 환각"이라고 말할 수 있다.[38] 그럼에도 우리는 외부 물체와 '덜 보편적인 공통 관념'을 이루면서, 나를 넘어 자연 전체에 해당하는 '가장 보편적인 공통 관념'(가령 모든 물질은 '연장' 혹은 '운동과 정지'의 속성을 지닌다)을 획득할 수 있다.

　　여기서 '기쁨'의 정념은 '덜 보편적인 공통 관념'의 형성에서 이성의 싹을 틔울 수 있는 마중물이자 기회 원인으로 중요한 역할을

---

36 『윤리학』 2부 정리 38과 정리 39의 내용은 다음과 같다. "모든 것에 공통적이고 부분이 전체에 동일하게 있는 것은 적합하게 사유될 수 있다"(『윤리학』 2부 정리 38). "인간 신체와 이를 일상적으로 변용시키는 외부 물체에 공통적이고 또 그것들에 고유한 것이 있다면, 또 그것들 각각의 부분과 전체에 동일하게 존재하는 것이 있다면, 그것에 대한 관념 또한 정신 안에서 적합할 것이다"(『윤리학』 2부 정리 39).

37 　'더 보편적인 공통 관념'과 '덜 보편적인 공통 관념'은 스피노자의 일의적 존재론 혹은 내재성의 사유 안에서 서로 구별되지만 동시에 연속적 개념이기도 하다. 이 책에서는 (가독성이 높은 게루의 용어 대신) 두 개념의 차이가 실체적이기보다 상대적 혹은 강도적임을 드러내는 들뢰즈의 용어('더 보편적인 개념' '덜 보편적인 개념')를 따른다.

38 김은주, 「라캉 주체 개념의 형성과 스피노자의 철학: 인간 경험의 상상적 구조와 욕망의 윤리」, 『철학』, 130집, 103쪽.

한다. '덜 보편적인 공통 관념'이 형성되기 위해서는 우리의 활동 역량과 이해 역량 증가의 표시인 기쁜 정념이 전제되어야 한다. '슬픔'이나 '마음의 동요'에 시달리는 것이 아닌, 기쁘고 평온한 마음에서 진정한 배움이 일어나기 때문이다. 스피노자는 "우리 본성에 상반된 정서들에 뒤흔들리지 않는 한, 우리는 지성의 질서에 따라 신체의 변용을 질서 짓고 연쇄시키는 힘을 갖는다"라고 지적한다(5부 정리 10). 기쁨의 정념이 공통 관념 형성의 기회 원인이 된다는 것은 스피노자적 이성의 형성에서 정서가 행하는 핵심적 역할을 보여 준다. 배움에서건 사랑에서건, 우리는 우리 본성과 맞거나 기쁨을 느끼는 대상과 합성 관계를 형성하면서 제3의 무엇으로 변화한다. 반면 싫고 미운 대상에 대해서는 '정말로' 배우거나 사랑하기 어렵다. 혹은 그 대상과 "지성에 합치하는 질서"의 관념을 갖기 어렵다. 그렇기에 이성의 첫 번째 작업은 수동적 기쁨과 연결되는 좋은 마주침을 선별하고 조직하는 것이 될 수 있다.

공통 관념이 형성되는 조건이 기쁨의 정념이라는 것은 흔히 상반된 것으로 여겨지는 '상상'과 '이성'이 스피노자 사유에서 대립되거나 모순된 개념이 아님을 잘 보여 준다. 오히려 들뢰즈가 언급하듯이 "공통 관념의 형성 조건 자체는 상상에 있을" 뿐 아니라 "공통 관념은 상상될 수 있는 것에만 적용되"기에, "공통 관념의 적용은 이성과 상상, 이성의 법칙과 상상의 법칙 간의 묘한 조화를 함축한다"라고 할 수 있다.[39] 얼핏 보기에 스피노자 철학에서 수동적 정념과 상상은 단지 극복의 대상이거나 1종 인식의 부적합한 관념인 듯하다. 또 『윤리학』의 작업은 '인간의 예속, 혹은 정서의 힘'(4부 제목)을 극복해 '지성의 역량 혹은 인간의 자유에 대하여'(5부 제목)로 나아가는 (통상적인) 이성 중심의 윤리적 기획으로 간주되기도 한다. **하지만 스피노자가 말하는 이성이 신체나 정서에 초월적이거나 정신의 자유의지와 관련되기보다 오히려 신체, 정서, 상상과 뗄 수 없는 '분신'의 관계를 이루고 있음을 강조할 필요가 있다.** 스피노자에게서 "[기쁨의 정념은] 공통 관념의 전조, 어두운 전조들"이며, "공통 관념의 형성 질서는 정서와 관련되어" 있기 때문이다.[40] 들뢰즈식으로 표현하자면 **정서는 이성의 발생적 조건이다.**

그런데 기쁜 정념을 토대로 형성된 '덜 보편적인 공통 관념'은, 우리와 합성되지 않는 외부 물체와의 관계에 대한 표상을 포함해 자연 전체의 연기(緣機)된 이치를 가리키는 '가장 보편적인 공통 관념'으로 이어질 수 있다. 즉 우리는 "매우 보편적인 공통 관념"에 의해 "우리를 슬픔으로 변용하는 물체에 대해서도" 공통 관념을 형성할

---

39 Deleuze, *Expressionism in Philosophy: Spinoza*, pp. 293~294.

40 Deleuze, "Spinoza and the Three *Ethics*", *Essays Critical and Clinical*, p. 144; *Spinoza: Practical Philosophy*, p. 119. 들뢰즈는 스피노자의 공통 관념과 정서, 상상, 신체의 밀접한 관련성을 일관되게 강조한다. 인용문을 좀 더 자세히 소개하면 다음과 같다. "[기쁨의 정념은] 공통 관념의 전조, 어두운 전조들이다. 게다가 공통 관념에 도달하더라도… 부적합한 관념과 수동적 정서는 배타적이고 독재적인 특징을 상실한 채 존속할 것이고 공통 관념을 두 겹으로 만들 것이다[공통 관념의 분신으로 남을 것이다]"(Deleuze, "Spinoza and the Three *Ethics*", *Essays Critical and Clinical*, p. 144). "공통 관념의 형성 질서는 정서와 관련되며, 어떻게 정신이 자신의 정서를 정돈하고 상호 연쇄시키는지를 보여 준다"(Deleuze, "Spinoza's Evolution", *Spinoza: Practical Philosophy*, p. 119).

수 있다.[41] 우리와 합성의 관계를 이루지 않는 대상 역시 연장속성으로 이루어졌다거나 운동과 정지의 특성을 지녔기에, 자연 전체를 두고 볼 때 모든 사물은 '가장 보편적인 공통 관념'으로 이해될 수 있는 것이다. 또 우리가 '더 보편적인 공통 관념'을 지닌다는 것은 "많은 사물의 합치, 차이, 대립을 [내적으로] 이해"하는 것이기도 하다(『윤리학』 2부 정리 29의 주석). 사물 간의 "합치와 불합치의 필연성"을 이해함으로써,[42] 우리는 우리와 합성의 관계를 이루지 못하는 대상에 대해서도 **비합성의 내적 이해**를 통해 적합한 관념으로 나아갈 수 있다. 그리고 이러한 적합한 관념은 다시 우리의 정서에 영향을 미친다. "우리가 슬픔의 원인을 이해하는 한에서 슬픔은 수동이기를, 다시 말해 슬픔이기를 멈춘다"라는 『윤리학』 5부 정리 18의 증명은 '더 보편적인 공통 관념'에서 '정서'로의 인과 연쇄 작용을 잘 보여 준다. 우리가 슬픔을 개인적 차원이나 결과 중심적으로 보는 대신, "합치와 불합치의 필연성"이라는 전체적 시각(공통 관념)에서 볼 수 있다면, 슬픔의 정념에 끌려다니는 것을 어느 정도 멈출 수 있다는 것이다.

  스피노자적 이성의 경험적·신체적·정서적 성격을 잘 드러내는 공통 관념의 또 다른 중요한 특징은, 이 개념이 둘 이상 신체의 합성 관계에 관한 것일 뿐, 개별 사물의 독특한 본질/개별 본질(singu-

41 Deleuze, *Expressionism in Philosophy: Spinoza*, pp. 285~296.

42 *Ibid.*, p. 295.

lar essence)에 대한 개념이 아니라는 점이다. 스피노자는 『윤리학』 5부에서 적합한 관념을 이루는 두 인식, 즉 "2종 인식이라 말했던 보편적 인식"과 "직관 혹은 3종 인식이라 불렀던 개별 사물에 대한 인식"을 구분한다(『윤리학』 5부 정리 36의 주석). 이러한 구분의 핵심은 인식의 대상이 '개별 사물의 본질'인가 아니면 '둘 이상 신체 사이의 공통적 관계'인가 하는 점이다. 공통 관념(2종 인식)이 "어떤 개별 사물의 본질도 구성하지 않는" 반면(『윤리학』 2부 정리 37), 직관지(3종 인식)는 "사물의 본질에 대한 적합한 인식"에 대한 것이기 때문이다(『윤리학』 5부 정리 25의 증명). 부적합한 관념인 1종 인식(상상)과 달리 2종 인식(공통 관념)과 3종 인식(직관지)은 둘 다 적합한 관념에 속하지만, 공통 관념이 관계에 대한 표상이라면, 3종 인식은 개별적이고 독특한 본질에 대한 이해이다.[43]

'덜 보편적인 공통 관념'이 기쁨의 정념을 발판으로 형성된다면, 스피노자가 "외부 대상의 관념을 동반하는 기쁨"으로 정의한 **사랑**만큼 공통 관념과 밀접히 연관된 정서도 없을 것이다(『윤리학』 3부 정리 13의 주석). 사랑의 "외부 원인"이 연인이든, 음악이든, 자연이든, 어떤 대상에 대한 기쁨으로서 사랑은 공통 관념을 형성할 수 있는 좋은 환경이며, 거꾸로 공통 관념의 형성과 축적으로 사랑

---

43 들뢰즈 역시 이 점을 강조한다. "공통 관념은 그 자체로 어떤 개별 사물의 본질을 구성하지 않는다. … 또 스피노자는 5부 정리 41의 증명에서 2종 인식이 우리에게 정신의 영원한 본질에 대한 어떤 관념도 주지 않음을 상기시킨다"(Ibid., p. 398, note 10). 반면 진태원은 3종 인식이 개별 본질에 대한 인식임을 강조하는 들뢰즈의 의견을 반박한다(진태원, 『스피노자 윤리학 수업』, 323~327쪽 참조).

은 성숙해 간다. 게다가 사랑은 강력한 상상(1종 인식) 및 공통 관념(2종 인식)뿐만 아니라 운이 좋다면 나의 본질에 대한 인식(3종 인식)을 획득할 수 있는 근본적 정서이기도 하다. 하지만 사랑의 정념에는 늘 함정이 있다. 좋은 마주침에서 발생한 사랑의 기쁨이 공통 관념의 형성과 그로 인한 능동적 기쁨으로 나아가지 못할 경우, 사랑은 한시적 정념으로 그치거나 강렬한 미움, 원망, 복수 등의 부정적 정서로 전환될 가능성이 크기 때문이다. 특히 서로에게 기쁨의 대상이 되었던 두 사람이 합성되는 관계의 '덜 보편적인 공통 관념'을 늘려 가기보다 서로를 파괴하는 불합치의 관계로 나아갈 경우, 사랑의 기쁨의 불꽃이 그에 비례하는 증오의 파괴적 불길로 변하는 것은 삶에서건 문학에서건 늘 일어나는 일이다.

역설적인 것은 이렇게 사랑에 기반한 '덜 보편적인 공통 관념'이 불합치의 관계로 치닫는 경우라도, 만일 그 불합치를 통해서 "왜 바로 그 두 신체가 **그들 자신의** 관점에서는 합치하지 않는지를 이해하는" 차원으로 나아갈 수 있다면, 실패한 사랑의 경험을 통해 '더 보편적인 공통 관념'으로 나아갈 수 있다는 점이다.[44] 두 개체 간에 형성된 '덜 보편적인 공통 관념'이 여러 내적·외적 요인으로 무너지는 사랑의 실패가 여전히 '더 보편적인 공통 관념'으로 나아갈 가능성이 있기에, '모든 사랑은 남는 장사'라는 상투적 어구가 영 그른 말은 아니게 되는 것이다. 스피노자가 말한 대로 "우리가 [적합한]

---

44 Deleuze, *Expressionism in Philosophy: Spinoza*, p. 286.

개념을 형성할 수 없는 신체의 변용은 없다"면 더욱 그러할 것이다 (5부 정리 4의 따름정리).

사랑의 기쁨과 공통 관념:
'덜 보편적인 공통 관념'에서 '더 보편적인 공통 관념'으로

18세기 말 영국의 여성 작가 엘리자베스 인치볼드의 『단순한 이야기』는 두 세대에 걸친 엄마와 딸의 이야기를 통해 사랑이란 정서와 스피노자의 '두' 공통 관념, 즉 '덜 보편적인 공통 관념'과 '더 보편적인 공통 관념'의 역동적 관계를 잘 보여 준다. 자신보다 나이 많고 현명한 남성에 의해 교화되는 여성 인물이 주가 됐던 18세기 후반 여성 작가들의 소설과 달리, 『단순한 이야기』는 자신의 욕망에 솔직하고 당돌한 여주인공이 사랑을 쟁취하는 내용이 작품 전반부를, 또 그녀의 고통받고 인내하는 딸의 이야기가 후반부를 이룬다. 작가 인치볼드는 제인 오스틴 이전에 활동했던 여성 소설가이자 극작가로도 꽤 유명했던 18세기 작가다. 그녀의 첫 장편 소설인 『단순한 이야기』는 "너무 오래 소홀히 대접받은 작은 걸작"이라는 영문학자 테리 캐슬의 평가와 더불어 1980년대 후반부터 재평가되면서 현재 활발히 연구되고 있다.[45] 특히 『단순한 이야기』와 『워더링 하이츠』의 친

---

45 Terry Castle, *Masquerade and Civilization: The Carnivalesque in Eighteenth-Century English Culture and Fiction*, p. 292.

스피노자로 영국 소설 읽기

연성은 주목할 만하다. 두 작품 모두 엄마와 딸의 사뭇 다른 삶과 작품 전체에 걸쳐 존재감을 드러내는 한 남자의 이야기로 구성되어 있기 때문이다.[46]

『단순한 이야기』의 전반부는 주인공 밀너 양이 돌아가신 아버지 친구이자 자신의 후견인인 가톨릭 사제 도리포스를 남몰래 연모하는 것으로 시작된다. 사촌의 죽음으로 사제직을 면하고 귀족 작위를 물려받은 도리포스(엘름우드 경)는 우여곡절 끝에 자신을 향한 밀너 양의 비밀스러운 연모를 알게 되며, 둘은 극적으로 결혼하게 된다. 하지만 이어지는 작품 후반부는 이들 부부의 파경 및 밀너 양의 죽음이라는 급작스러운 반전으로 시작된다. 밀너 양은 딸과 함께 황폐한 북부 지역에 숨어 살다가 젊은 나이로 죽고, 도리포스는 아내의 불륜을 용서하지 못한 채 원한과 복수심에 가득 차 아내와 딸에 대한 어떠한 언급도 금지한다. 연모와 탄식, 환희 속에서 아슬아슬하게 전개됐던 두 연인의 뜨거운 사랑은 왜 행복한 결혼 생활이 아닌 파탄된 관계와 절망, 죽음과 맹목적 복수로 이어진 것일까? 이를 단순히 밀너 양의 부정(不貞) 때문이라고 보는 것은 『단순한 이야기』를 말 그대로 단순하게 읽는 것이다. 밀너 양과 도리포스의 사랑 이야기는 사랑이란 정념의 기쁨에서 형성되는 '덜 보편적인 공통 관념'이 궁극적으로 '더 보편적인 공통 관념'으로 나아가지 못할 경우

---

46 *A Simple Story*에 대한 국역본(초역)으로는 필자가 번역한 『단순한 이야기』가 있다. 엘리자베스 인치볼드에 대한 좀 더 자세한 설명과 *A Simple Story*의 문학사적 위치와 의미에 대해서는 앞의 책 '해설' 참조.

어떤 반작용과 슬픔의 정념으로 이어지는지를 인상적으로 보여 주는 중요한 문학적 예라 할 수 있다.

　　미모와 재치를 지닌 상속녀 밀너 양이 엄격하고 금지된 도리포스를 남몰래 연모하면서 그에게 가끔 듣는 다정한 말에 천상의 기쁨을 느끼는 장면들은 사랑에 대한 스피노자의 정의가 얼마나 적절한지를 잘 보여 준다. 스피노자는 사랑을 "외부 대상의 관념을 동반하는 기쁨"(『윤리학』 3부 정리 13의 주석)이라고 정의한다. 나아가 "사랑을 '사랑하는 대상과 결합하려는 의지'로 정의했던 저자들은 사랑의 본질이 아니라 그것의 특성만을 표현한" 것임을 지적하면서, 사랑의 대상과 결합하려는 "욕망" 역시 사랑의 본질이 아니라고 부연한다(『윤리학』 3부 정서에 대한 정의 6). 밀너 양이 금지된 가톨릭 사제인 도리포스를 처음에 사랑하는 것은 그를 유혹해 '결합'하고 싶은 욕망에 기인하지 않는다. 그녀의 사랑은 자신이 알지 못했던 절제와 덕의 기품을 발산하는 그의 말과 몸짓으로 인한 기쁨일 뿐이다. 그리고 그 기쁨은 상대방의 기질과 욕망에 맞춰, 즉 그의 비(比)와 합치되도록 자신의 비를 맞추고 변화시키며 만들어 가는 어떤 공통 리듬, 공통 관념의 시발점이 된다. 가령 작품 초반에 도리포스가 그녀의 저녁 외출을 금지하자 밀너 양은 이를 부당하다고 여기면서도 순순히 순종하고, 이에 그 역시 자신의 명령이 과했음을 깨닫고 사과하는 장면이 있다. 여기서 밀너 양은 도리포스를 사랑하는 기쁜 마음에 자신을 고집하지 않고 자발적 순종을 선택하며, 도리포스 역시 피후견인의 뜻밖의 순종에 자신의 명령이 강압적이었음을 깨달고 사과한다.

이렇게 스스로를 분자적 차원에서 해체하고 변화시킴으로써 상대방과 합성되는 관계를 형성하며 제3의 무엇이 되어 갈 때 발생하는 것이 공통 관념이다. 사랑이 공통 관념 형성의 좋은 토대가 되는 것은 사랑의 기쁨으로 말미암아 자신을 유연하게 열고 상대방과 합성의 비를 맞춰 가는 과정이 바로 '덜 보편적인 공통 관념'의 형성 자체이기 때문이다. 그렇게 사랑의 기쁨을 발판 삼아 나(주체)는 상대와 합성되는 새로운 비, 관계, 리듬을 갖는 다른 나, 더 큰 잠재적 역량을 지니는 제3의 무엇이 되어 간다. 들뢰즈가 모든 양태에 해당되는 '가장 보편적인 공통 관념'보다 "기쁜 정념에서 도출되는 덜 보편적인 공통 관념이야말로 더 유용하고 더 유효하다는 것을 잊지 말아야 한다"라고 강조하는 것은 기쁨의 정념이야말로 '덜 보편적인 공통 관념'의 중요한 도약대이기 때문이다.[47]

그런데 사랑의 기쁜 정념에서 비롯된 '덜 보편적인 공통 관념'이 '더 보편적인 공통 관념'으로 이어지지 못한다면, 즉 사랑하는 두 사람이 고유한 합치의 관계 형성을 지속하지 못함으로써 둘 사이에 존재하는 불합치의 관계에 대한 이해 역량이라 할 '더 보편적인 공통 관념'으로 나아가지 못한다면, 사랑의 기쁨과 이를 토대로 한 공통 관념은 일시적 역량의 증가를 낳을 뿐 능동적 기쁨으로 이어지지 못한다. 게다가 사랑은 기쁨을 느끼는 가장 흔하고 쉬운 방법이긴

---

47 Deleuze, *Expressionism in Philosophy: Spinoza*, p. 287.

하지만—가령 꽃을 사랑하면 내가 기쁘다—질투나 미움, 복수 등의 슬픈 정념으로 직접 반전될 수 있을 뿐 아니라, 그 사랑이 "과도할" 경우 쉽게 집착의 대상이 된다.[48] 수동적 기쁨에서 비롯된 '덜 보편적인 공통 관념'을 넘어 능동적 기쁨과 '더 보편적인 공통 관념'으로 나아가는 게 쉽지 않은 정서가 또한 사랑인 것이다. 『단순한 이야기』는 두 연인이 여러 갈등 끝에 서로의 사랑을 확인하고 결혼으로 끝을 맺는 결혼 플롯을 따르지 않는다. 대신 강렬한 정념으로 사랑하면서 '덜 보편적인 공통 관념'을 형성해 갔던 두 남녀가 이후 어떻게 '더 보편적인 공통 관념'으로 나아가는 데 실패하는지를 보여 준다. 나아가 그 실패가 다음 세대에 어떠한 영향을 주었는지를 주제화하면서 사랑이란 정서와 공통 관념의 역동적 관계를 추적한다.

밀너 양과 도리포스의 결혼 생활이 파탄에 이르게 되는 것은 서로를 깊이 사랑해 '덜 보편적인 공통 관념'을 형성해 가는 중에도 여전히 남아 있는 불합치되는 비/관계에 대한 각각의 이해 역량이 '더 보편적인 공통 관념'을 생성할 정도에 다다르지 못했기 때문이다. 밀너 양은 자신의 욕망과 에로티시즘을 의식할 뿐 아니라 도리포스의 멘토인 샌퍼드 신부가 대변하는 부당한 기성 권위에 당당하고 재치 있게 맞설 수 있는 당돌한 여성이다. 그런 그녀가 엄격하지만 또 다정한 후견인인 도리포스를 사랑하는 건 그가 추구하는 덕,

---

48 스피노자 역시 이 점을 지적한다. "마음의 질병과 불행은, 많은 변화에 종속되어 있고 결코 우리 권한 아래 둘 수 없는 것을 향한 과도한 사랑에 기원을 둔다"(『윤리학』 5부 정리 20의 주석).

절제, 의무 등의 가치가 주로 사교적 가치에 노출되었던 그녀에게
새롭고 멋진 미지의 세계였기 때문이다. 혹은 그로 인해 자신에게
잠재된 그러한 세계를 끄집어낼 수 있었기 때문이다. 마찬가지로 도
리포스가 밀너 양의 고통스럽고 비밀스러운 열정을 전해 들었을 때
휩싸였던 강렬한 환희는 그녀가 지닌 발랄한 생기와 환한 따뜻함이
그의 내면에도 잠재되어 있음을 보여 준다. 세상의 많은 사람 중에
누군가를 사랑한다는 것은, 내게 함축되어 있지만 펼쳐내지 못한 어
떤 것을 그 누군가가 표현하고 있음을 발견하는 일이다. 또 그 발견
을 통해 내 안의 비밀스러운 잠재성을 끄집어내는 일, "[내] 자신 안
에 에워싸인 완전히 다른 본성의 다양체들"을 발견함으로써 나 자
신도 몰랐던 잠재성을 펼쳐내는 일이기도 하다.[49] 그렇게 사랑은 기
쁨의 정서로 인해 역량이 상승하는 사건이고, 또 공통 관념을 형성
하면서 배우고 성숙하는 시간이기도 하다.

　　하지만 이후 길지 않은 약혼 기간이 파혼으로 치달을 만큼 극
단적으로 대립했던 이들의 갈등은 사랑과 배움에 있어 '덜 보편적
인 공통 관념'과 '더 보편적인 공통 관념'의 긴장된 관계를 보여 준
다. 상대에 의해 꺼내졌고 펼쳐졌던 내 잠재성, 혹은 상대와 맞춰 갔
던 공통 리듬의 '덜 보편적인 공통 관념'이 사물의 이치에 가까운 '더
보편적인 공통 관념'으로 이어지지 않는다면, 또 다른 수동적 정념
과 부적합한 관념에 포위될 수 있기 때문이다. 밀너 양이 높이 평가

49　Gilles Deleuze and Félix Guattari, *A Thousand Plateaus: Capitalism and Schizophrenia*, p. 35.

했던 도리포스의 원칙과 절제, 의무와 덕은 그녀의 지나친 사치와 불복종을 근거로 결혼을 파기하겠다고 협박하는 그의 완고한 원칙주의의 이면이다. 마찬가지로 도리포스가 사랑했던 밀너 양의 활기와 당돌함은 약혼자라면 자신의 약점조차 사랑해야 한다는, 그녀가 지닌 아집의 다른 면이기도 하다. 즉 밀너 양 입장에서는 약혼 기간만이라도 그가 그녀의 뜻대로 움직여야 하지만, 도리포스는 또 그녀의 활기를 꺾고서라도 남편 될 자신의 명령에 그녀가 복종해야 함을 주장한다.[50] 사랑의 기쁨에서 발생했던 '덜 보편적인 공통 관념'은 둘 사이의 불합치 비/관계에 대한 내적 이해 역량으로 나아가지 못한 채 점차 왜곡과 소멸로 치닫는다. 물론『단순한 이야기』전반부는 이들 사이에 여전히 남아 있는 강렬한 사랑의 정념이 강조되면서, 샌퍼드 신부의 급작스러운 중개로 가능했던 극적 결혼으로 마무리된다. 하지만 후반부가 시작되자마자 독자는 도리포스의 피치 못할 부재와 이에 대한 오해로 인한 밀너 양의 불륜 및 자기 추방에 이은 죽음, 또 아내의 부정을 단죄하려는 남편의 분노와 복수의 정념들과 맞닥뜨리게 된다. 사랑의 기쁨에서 싹튼 '덜 보편적인 공통 관념'이 전체적인 차원의 불합치나 대립에 대한 이해인 '더 보편적인 공통 관념'으로 나아가지 못한 채 발생하는 파국의 장면이 펼쳐지는 것이다. 밀너 양과 도리포스의 순수하고 뜨거웠던 사랑은 자유로운

---

50 이러한 위협과 아집에는 당대의 가부장제나 종교적 관습 등 사회적·역사적 환경의 영향이 녹아 있으며, 두 연인이 '더 보편적인 공통 관념'으로 나아가는 데 어려움을 겪는 것이 이러한 환경과 연관됨은 물론이다.

삶은커녕 비참한 결말로 끝이 난다.

하지만 밀너 양이 쓸쓸한 죽음을 맞기 전 도리포스에게 남긴 마지막 편지는 그녀가 죽기 전 그와 자신의 개별 본질(독특한 본질)에 대한 이해에 가까이 갔음을 보여 준다. 밀너 양은 유언장 같은 마지막 편지에서 딸 머틸다를 그녀의 자식이 아니라 오로지 도리포스의 절친이자 밀너 양의 아버지인 "밀너 씨"의 "손녀"로 봐 줄 것을 부탁한다. 또 그녀 자신 역시 그의 아내가 아니라 "당신의 피후견인인 밀너 양, 당신이 한 번도 청을 거절한 적이 없었던 밀너 양"이자 그가 편지를 읽을 때면 "어떤 기쁨, 어떤 슬픔도 끝났을" 사자(死者)로 봐 달라고 한다. 이렇듯 밀너 양이 자신의 현재 정체성(도리포스의 아내, 머틸다의 엄마)을 지우고 과거(밀너 씨 딸, 도리포스의 피후견인)와 미래(죽은 시체)의 모습을 내세우는 것은 자신에 대한 남편의 증오와 복수가 딸에게 전이되는 걸 막으려는 어미로서의 몸부림이다. 나아가 이는 도리포스와의 관계에서 '더 보편적인 공통 관념'으로 나아가지 못했던 지점이 어디인지를 그녀가 알고 있음을 보여 준다. 밀너 양에게 결혼이 '친밀감과 상호 소통'의 공간이었다면, 도리포스에게 결혼은 당대의 가부장적·계급적·종교적 가치에 기반을 둔 그의 '원칙'이 구현되는 장이었다. 민은경이 지적하듯이 "엘름우드[도리포스]가 결혼에서 원하는 것은 신의(fidelity)였지만, 밀너 양이 원하는 것은 충만함(fulfillment)"이었던 것이다.[51] 결혼에 대한 이

---

51 EunKyung Min, "Giving Promises in Elizabeth Inchbald's *A Simple Story*", *ELH*, vol. 77, no.

두 견해는 옳다 그르다 이전에 화해하기 어려운 차이와 대립을 드러 낸다. 밀너 양의 편지는 그녀가 자발적 유폐의 삶을 살면서 이러한 "차이와 대립에 대한 [내적] 이해"(『윤리학』 2부 정리 29의 주석), 즉 '더 보편적인 공통 관념'에 가까이 갔음을 보인다. 그렇기에 죽음 앞에서 아내와 어머니로서의 자신을 지우고 그 자리에 도리포스의 원칙과 책임을 두면서 그가 아버지의 '의무'와 '도리'로서 자신의 딸을 집에 들이도록 설득하는 것이다.

나아가 밀너 양은 마지막 편지에서 도리포스와 그녀 자신의 독특한 본질에 대한 이해에도 다가간다. 먼저 그녀는 자신을 용서하지 않는 도리포스의 완고한 고집과 원칙뿐 아니라 그의 내면에 출렁이는 '감성적 남자'(man of feeling) 역시 그의 독특한 본질임을 알고, 궁극적으로 그가 딸을 용서할 것을 예견한다(실제로 이것이 작품 말미에서 서둘러 일어나는 일이다). 또 밀너 양은 죽음을 앞두고 자신의 독특한 본질에도 가까이 간다. 비록 슬픔으로 쇠락해 몸은 죽지만, 자신의 오해와 경솔함, 얄팍한 복수심으로 사랑했던 남자를 불행하게 했음을 받아들이며 국경 변방에 숨어 살았던 삶. 그리고 그 삶의 마지막 순간에 딸과 남편의 행복을 위해 자신을 지워 버린 채 써 내려간 편지. 밀너 양이 죽으면서 남긴 편지는 그녀가 신과 세상 그리고 자기 자신과 희미하게나마 화해했음을 보여 주는 작은 징표가 아닐까.

1, p. 120.

스피노자로 영국 소설 읽기

슬픈 정념과 공통 관념: "올바른 삶의 원칙"과 상상력

밀너 양의 이야기가 전개되는 '전반부'와 그녀의 딸 머틸다가 중심되는 '후반부'로 이루어진 『단순한 이야기』의 이질성은 통상 작품의 통일성을 해치는 약점으로 거론된다. 하지만 스피노자의 두 공통 관념과 정서의 역동적 관계를 고려해 볼 때 이러한 이질성은 오히려 작품의 독특한 특징이자 일종의 성취로 볼 수 있다. 작품 전반부는 밀너 양과 도리포스 이야기를 통해 어떻게 사랑의 기쁨이 '덜 보편적인 공통 관념'의 형성으로 이어지는지를 매력적으로 펼쳐낸다. 반면 소설의 후반부는 만일 우리가 기쁨을 토대로 한 '덜 보편적인 공통 관념'을 형성할 기회를 제대로 갖지 못한다면 어떻게 적합한 관념을 가질 수 있을까라는 다소 현실적이고 우울한 질문을 던진다. 가령 어릴 때 아버지 집에서 쫓겨났을 뿐 아니라 어머니의 죽음 후 아버지의 독단적 결정에 자신의 빈약한 경제적·심리적 생존을 의탁해야 하는 머틸다의 경우 들뢰즈가 말한바, "우리가 적합한 관념에 다다를 수 있는 유일한 길"인 공통 관념을 어떻게 형성할 수 있을까?[52] 도리포스(엘름우드 경)의 경우도 마찬가지다. 전반부에서 그는 밀너 양에 대한 사랑의 기쁨으로 자신에게 중요한 타자와 의미 있는 관계를 맺으면서 공통 관념을 형성해 갈 수 있었다. 하지만 아내의 배신에 대한 분노와 복수심을 놓지 못한 채 이를 딸에게 고스란히 전가하는 후반부의 도리포스는 어떻게 딸 그리고 세상과의 관

---

52 Deleuze, *Expressionism in Philosophy: Spinoza*, p. 292.

계에서 적합한 관념을 가질 수 있을까?

이런 질문에 대답하기 위해 먼저 스피노자 철학의 실천적 성격에 주목할 필요가 있다. '이성의 인도'를 중요시하는 스피노자 철학의 합리주의적 성격으로 인해 얼핏 그의 사유가 천상의 고귀함부터 지상의 역겨움까지 파고드는 문학의 온도와 잘 맞지 않는다고 느껴질 수 있다. 그러나 이정우는 "빼어난 철학은 삶의 고뇌를 정면으로 응시하면서도 희망을 노래하는 사유이며 … 스피노자의 철학이야말로 바로 이런 철학"이라고 지적한다.[53] 들뢰즈 역시 스피노자 사유가 철학자뿐 아니라 철학을 잘 모르는 일반인들에게 더욱 벼락같은 마주침으로 다가감을 지적한다. 『윤리학』은 '정의' '공리' '정리' '따름정리' '증명' 등으로 이루어진 유유한 장강 같은 "개념의 책"만이 아니다. 스피노자의 주저는 또한 정념과 기호로 타오르는 '주석'으로 이루어진 "비밀스러운 불의 책"이자, 절대속도의 사유를 드러내는 5부를 담은 "빛의 책"인 것이다.[54] 그렇게 "세상에서 가장 훌륭한 책 중 하나"인 『윤리학』은 세상의 불편한 진실과 편견을 깨는 니체의 망치, 혹은 우리 안의 얼어붙은 바다를 깨뜨리는 카프카의 도끼로 작용한다. 스피노자 철학은 천상과 심연을 아우르면서 사유의 현실적이고 실천적인 측면, 즉 자유롭고 행복한 삶을 추구하는 외침과 무기로서의 사유다.

---

53 이정우, 『세계철학사 3: 근대성의 카르토그라피』, 195쪽의 주석 28.

54 Deleuze, "Spinoza and the Three *Ethics*", *Essays Critical and Clinical*, p. 151.

특히 스피노자의 공통 관념은 근본적으로 외부 물체에 변용될 수밖에 없는 양태라는 조건에서 우리가 실천할 수 있는 것들을 토대로 우리 삶을 자유로 이끌 수 있는 도구적 개념이기도 하다("우리가 자연의 한 부분인 한에서 … 우리는 수동적이다", 『윤리학』 4부 정리 2). 태생적으로 부적합한 관념과 수동적 정념으로 시작하는 인간이 좋은 마주침에서 비롯된 기쁜 정념을 토대로 공통 관념을 형성하면서 자유롭고 능동적인 삶으로 나아가는 것은 놀랍고도 운이 좋은 경우다. 하지만 "운이 좋지 않거나 영혼이 허약한 사람들"은 슬프고 부정적인 정념에서 벗어나지 못한 채 공통 관념을 형성할 기회조차 갖지 못한다(『윤리학』 5부 정리 10의 주석).[55] 삶의 물음에는 하나의 정답이 아니라 여러 대답과 경우들이 있으며, 문학은 다양한 삶의 조건에 놓인 주체들의 다채로운 욕망과 좌절의 행로를 포착하고 표현한다. 거기에는 밀너 양처럼 사랑의 기쁨으로 '덜 보편적인 공통 관념'을 형성하지만 '더 보편적인 공통 관념' 형성에 실패한 채 자발적 유폐로 여생을 보내는 경우가 있다. 또 도리포스처럼 중간에 좌절해 마음 문을 닫은 채 공통 관념을 획득하려는 노력을 이후 아예 외면하는 경우도 있다. 가장 딱하게는 그들의 딸 머틸다와 같이 처음부터 슬픔의 정서에 압도되어 기쁨을 토대로 하는 '덜 보편적인 공통 관념'을 형성할 기회를 거의 지니지 못하는 경우를 들 수 있다. 세

---

55 그런 만큼 모든 사람이 공통 관념을 형성할 기회를 가질 수 있는 기쁨의 공동체를 만드는 것이 중요하며, 그러한 정치적 실천에 대한 강조가 스피노자 철학에 깊게 배어 있다.

상과 문학에는 이렇듯 다양한 경우들이 있고, 그런 만큼 스피노자의 실천철학 역시 분노, 증오, 복수심, 공포 같은 슬픔의 정서로 인해 공통 관념을 형성하지 못하는 삶의 경우에 대해 역시 사유한다.

『윤리학』 5부 정리 10의 주석에서 스피노자는 "우리가 **우리의 정서에 대한 완전한 인식을 갖지 않는 경우**, 우리가 할 수 있는 **최선은 올바른 삶의 원칙** 혹은 **확실한 삶의 격언들을 인식**하고, 그것을 **기억에 새긴 후**, 삶에서 마주치는 개별 경우에 계속 적용하는 것이다. 이러한 원칙들로 **우리의 상상은 광범위하게 변용되고**, 우리는 이를 손쉽게 활용할 수 있을 것이다"(강조는 필자)라고 말한다. 기쁨의 정서를 소유하고 이를 기회 원인으로 공통 관념을 형성하기 어려운 많은 경우, 즉 슬픈 정념에 억눌려 다른 신체와 합성되는 관계를 만들어 가기 어려운 경우, 우리가 할 수 있는 최선은 "올바른 삶의 원칙 혹은 확실한 삶의 격언들"을 인식하고, 이를 우리의 "기억"에 새기고 "적용"하면서 "상상"의 내용을 "변용"하고 "활용"하라는 것이다. 즉 기쁨의 정서를 발생 조건으로 하는 '덜 보편적인 공통 관념'의 형성이 어려운 경우 우리가 할 수 있는 최선은 어떤 '지혜'가 담긴 "올바른 원칙"을 붙들고 그 원칙에 따라 기억과 상상을 기쁨의 정서와 긍정의 사유로 이끄는 것이다. 여기서 "올바른 원칙"은 삶의 오래된 지혜가 담긴 '더 보편적인 공통 관념'이라 할 수 있다. 나와 외부 대상의 불합치되는 관계의 필연성에 대한 내적 이해, 즉 전체적 이치를 담은 적합한 관념인 '더 보편적인 공통 관념'을 언어로 고착화시킨 것이 "올바른 원칙"이라면 말이다. 물론 진태원이 언급하듯이 "올바른 삶의 규칙에 따른 삶은 아직 능동적인 삶이라 할 수 없"으며 "진정한 의미에서 능동적-되기에 필수적인 **독특하게 되기**…에 이르지 못한 것"이라 할 수 있다.[56] 하지만 앞서 말했듯이 인간은 "자연의 한 부분"인 한에서 "수동적" 존재이며, 자연 내 모든 존재처럼 각각 처한 조건에서 자신의 코나투스에 따라 최선을 다해 살아가는 양태일 뿐이다. 그렇기에 기쁨에 기반한 '덜 보편적인 공통 관념'의 형성이 능동적 기쁨으로 나아가는 길이라면, 그보다는 수동적이지만 어떤 현명한 '더 보편적인 공통 관념'("올바른 원칙")에서 시작해 거꾸로 기쁨으로 나아가려는 노력 역시 우리에게 주어진 하나의 길이라 하겠다.

중요한 것은 슬픔의 정념에 휩싸여 "올바른 원칙"을 붙들 수밖에 없는 경우에도 그 "원칙"의 역할이 정서를 다스리는 게 아니라 정서나 기억, 상상의 내용을 변용시키는 데 있다는 점이다. 『단순한 이야기』 후반부에서 머틸다가 자신에게 주어진 불리한 상황에서 움직일 수 있는 폭은 그녀가 어떤 내용의 기억이나 상상을 선택할 수 있을 것인가에 주로 달려 있다. 머틸다는 아버지 집에서 당장이라도 쫓겨날지 모른다는 두려움과 아버지에 대한 그리움을 동시에 지니며, 그렇기에 아버지와의 관계에서 기쁜 정념에 기반한 '덜 보편적인 공통 관념'을 형성할 기회를 가지기 어렵다. 하지만 머틸다는 어머니가 당부하고 또 샌퍼드 신부와 우들리 양이 힘주어 옹호하는 "올바른 삶의 원칙

---

56 진태원, 「스피노자의 『윤리학』: 욕망의 힘, 이성의 역량」, 『동서인문』, 9호, 59쪽.

혹은 확실한 삶의 격언들", 즉 아버지를 원망하는 대신 감사와 존경의 마음을 가지고, 미래에 대한 희망을 놓지 않으며, 또 귀족의 영애다운 교양과 품위를 닦는 방향으로 생각하고 기억하고 상상하려고 애쓴다. 이는 앞선 인용문 바로 뒤에 스피노자가 "올바른 삶의 원칙"의 예로 드는 상상의 방향과 일치한다. "예를 들면 우리는 삶의 격언으로, 미움은 미움으로 되돌려주는 것이 아니라 사랑 혹은 관대함으로 극복해야 한다는 것을 정립한 바 있다"(『윤리학』 5부 정리 10의 주석). 아버지에 대한 슬픈 정서, 즉 원망과 복수심에 굴하지 않은 채 '더 보편적인 공통 관념'인 "올바른 원칙"을 받아들이고 이를 중심으로 상상과 기억을 질서 짓는 힘이 머틸다가 지닌 이해 역량이자 덕(훌륭함)인 것이다.

또 이것이 『단순한 이야기』의 마지막 문단에 나오는 "신중함의 학교"(school of prudence)에서 머틸다가 배운 "올바른 교육"(PROPER EDUCATION)의 내용이다(*A Simple Story* 338). 물론 늘 문제는 이 "올바른 원칙"이 개인의 삶을 얽매는 당대의 지배 이데올로기와 밀접히 얽혀 있는 경우가 빈번하다는 점이다. 그런 만큼 머틸다의 신중함과 인내가 가부장적 이데올로기에 대한 투항으로 아쉽게 읽히는 지점도 분명히 있다. 하지만 작품은 머틸다의 순종이 주어진 상황에서 그녀가 취할 수 있는, 스피노자가 말한 "최선"의 선택임을 설득하려 한다. 나아가 머틸다가 역경을 통해 배운 인내와 신중함이 그녀의 어머니인 밀너 양이 배우지 못했던 어떤 것, 하지만 자신의 딸이 배울 수 있기를 강렬히 바랐을 뿐 아니라 마지막 편지를 쓰는 순간

전체적 조감 아래 순간적으로 포착했던 것임 역시 강조한다.[57]

　　"올바른 삶의 원칙"을 붙드는 머틸다와 달리, 후반부의 도리포스는 아내와 딸에 관한 어떤 언급도 금지한 채 딸과 주변 사람들의 삶을 슬픔과 공포로 내모는 냉혹함과 완고함을 보인다. 자신의 불행을 모두 아내 탓으로 돌리면서, 스피노자가 말한바 "각 사물의 좋은 면에 주목하여 결과적으로 우리의 행위가 항상 기쁨의 정서에 의해 결정되도록" 하는 대신, "[명예]의 남용"과 "세상의 공허함" 혹은 "인간들의 변덕"을 원망하는 자기 파괴적 모습으로 굳어 가는 것이다(『윤리학』 5부 정리 10의 주석). 후반부에서 두드러지는 도리포스의 과도하게 방어적이고 억압적인 태도는, "역경의 학교"에서 끝까지 슬픔의 정서에 굴하지 않으려는 머틸다와 달리, 그가 자신을 공허하고 변덕스러운 세상의 피해자로 규정하고 있음을 보여 준다. 그런데 스피노자에 따르면 이러한 분노나 원망은 사실 "영혼의 질병을 겪는 사람들"의 특징이며, 또한 "명예의 남용과 세상의 공허함을 크게 외치는 이들이 사실 가장 명예를 욕망하는 자들"이다(『윤리학』 5부

---

57 『단순한 이야기』의 마지막 장면을 어떻게 읽을 것인가는 여전히 논쟁적이다. 개인적인 독서 실감으로는 후반부의 서사적 흡입력이 전반부에 비해 상대적으로 떨어지는 만큼 밀너 양과 달리 머틸다가 받았다는 "올바른 교육"에 대한 작가의 교훈을 곧이곧대로 받아들이기는 어렵다. 하지만 작가의 의도를 당대 젠더 이데올로기에 대한 적극적 투항이라고 보기 어려운 만큼이나 당대 여성상에 대한 반어적·저항적 제스처처럼 보기도 어렵다. 오히려 『워더링 하이츠』에서처럼 엄마와 딸의 밀접한 관계를 다루되, 두 삶의 우열이나 이에 대한 가치 평가보다는 각기 다른 환경과 선택의 두 이야기 계열을 엄마-딸의 관계를 통해 구현함으로써 하나의 서사로 수렴되지 않는 당대 여성의 다양한 삶을 보여 주려 한 게 아닌가 싶다. 엄마와 딸의 사뭇 다른 삶을 다루는 18세기 여성 작가의 또 다른 작품으로 Amelia Opie, *Adeline Mowbray, or The Mother and Daughter: A Tale*을 들 수 있다.

정리 10의 주석). 이렇게 본다면 도리포스의 경직된 금지와 협박 혹은 권력의 횡포는 심리적 자기방어의 차원을 넘어 그의 지나친 명예욕 혹은 오만함과 맞닿아 있음을 알 수 있다. 작품 전반부에서 밀너 양은 도리포스의 파혼 위협에 맞서, 그가 그 자신의 행복을 소중히 여기기에 그녀와 헤어지지 못할 것이라 장담한 바 있다. 그러나 결과적으로 도리포스에게 더 소중한 것은 자신의 행복보다 원칙과 명예를 지키는 것이었다. 그렇기에 그의 명예에 오점을 남긴 죽은 아내에 대한 복수를 딸에게 고스란히 전이하는 고딕적 상황이 후반부에 펼쳐지는 것이다.

작품은 머틸다가 망나니 귀족인 마그레이브 자작에게 겁탈당할 위험에 처하면서, 즉 그녀의 위기가 도리포스의 명예훼손과 일치하는 상황이 만들어지면서, 아버지에게 구출되고 용서받을 뿐 아니라 그의 후계자 러시브룩과 결혼하는 것으로 마무리된다. 이는 점증하던 서사적 긴장의 맥 빠지는 해소일 뿐 아니라 여성의 순결을 갈등 해결의 지렛대로 삼는 가부장적 논리에 따른 진부한 해피 엔딩임이 분명하다. 하지만 도리포스를 중심으로 볼 경우, 이렇게 충격적이고 폭력적 사건을 통해서만 그가 자신의 과장된 상처와 오만을 돌아볼 수 있다는 점에서 이는 피치 못할 전개인 측면도 있다. 그가 "부당함 혹은 거기서 생기는 미움이 상상의 아주 작은 부분을 차지"하게 하면서 슬픈 정서에서 벗어나 딸과 새로운 관계를 만들어 가는 데에는 이런 극단적 사건이 요구되는 것이다(『윤리학』 5부 정리 10의 주석). 『단순한 이야기』는 전혀 변할 것 같지 않던 후반부의 도리포

스피노자로 영국 소설 읽기

스가 다소 억지스러운 사건 전개를 통해 딸 머틸다를 온전히 받아들이고, 또 샌퍼드 신부와 우들리 양, 러시브룩과 화해하면서 행복해지는 서사로 마무리된다. 도리포스를 사랑했던 독자들은 마지막에 그가 완고한 고집을 내려놓고 딸 머틸다와 화해하는 모습에 작은 서사적 만족감을 느낄 것이다. 비록 그러한 서사적 만족감이 독자가 작품을 읽으면서 형성해 갔던 공통 관념 혹은 스피노자-들뢰즈적 배움과 반드시 같이 가는 것은 아니지만 말이다.[58]

---

[58] 스피노자-들뢰즈적 배움에 대해서는 다음 장에서 자세히 다뤄진다.

10장

스피노자-들뢰즈적 배움과 성장 서사

『오만과 편견』을 중심으로

"스피노자주의에서 이러한 형성 과정이 갖는 중요성을
소홀히 해서는 안 된다. 가장 덜 보편적인 공통 관념,
우리가 형성할 수 있는 최초의 공통 관념에서 출발해야 한다."

—질 들뢰즈, 『스피노자와 표현 문제』

"누군가가 어떻게 배우는가를 말하는 게 그토록 어려운 것은
바로 이런 이유 때문이다. 거기에는 선천적이든 후천적이든
기호들과의 실천적 친밀성이 있다. 즉 모든 교육에는
애정의 성격을 띨 뿐 아니라 치명적인 어떤 것이 있다."

—질 들뢰즈, 『차이와 반복』

'교양 소설'(Bildungsroman)은 한 개인이 방황과 갈등을 겪으며 성숙해 나갈 뿐 아니라 주어진 사회에서 자신의 자리를 찾아 나가는 과정을 다루는 소설의 주요 하부 장르다. 게오르크 루카치는 『소설의 이론』에서 교양 소설의 주제를 "문제적 개인이 구체적 사회 현실과 화해하는 것"(the reconciliation of the problematic individual … with concrete social reality)으로 규정하면서 괴테의 『빌헬름 마이스터의 수업시대』를 전형적 교양 소설로 제시한다.[59] 루카치의 고전적 정의가 잘 보여 주듯이, 교양 소설은 한편으론 "문제적 개인"의 성숙의 측면을, 다른 한편으론 개인과 사회의 "화해"의 측면을 부각하면서, 한 개인의 성장이 그가 속한 역사적·사회적 조건과 밀접히 연관되어 있음을 주제화한다. 19세기에 특히 활발히 쓰였던 교양 소설은 괴테, 발자크, 오스틴, 디킨스, 톨스토이 등 대표적인 리얼리즘 작가들이 즐겨 다뤘던 형식이기도 하다. 그런데 교양 소설을 "근대의 상징적 형식"으로 규정하는 프랑코 모레티가 지적하듯이, 교양 소설적 화해는 성장의 의지를 지닌 개인과 그 개인의 모험을 수용할 수 있는 어느 정도 열린 사회를 전제한다.[60] 그렇기에 교양 소설은 주체의 분열과 역사·사회의 파편화를 배경으로 하는 20세기 모더니즘 소설에서는 찾아보기 어려우며, 20세기 초 '예술가 소설'(Künstlerroman)을 마지막으로 더 이상 가능하지 않거나 역사적 의미를 담보하지 못하는 형식이 된다.[61]

'스피노자-들뢰즈적 배움'(Spinozist-Deleuzian learning)은, 교양 소설의 역사적 의미와는 좀 다른 맥락에서, 한 개인이 배움을 통해 성

---

59 Georg Lukacs, *The Theory of the Novel*, p. 132.

60 Franco Moretti, *The Way of the World: The Bildungsroman in European Culture*, p. 5.

61 최선령은 D. H. 로렌스가 반-교양 소설이 대세가 된 20세기 초반에도 『아들과 연인』이나 『무지개』를 통해 교양 소설의 전통을 새롭게 잇고 있음을 지적한다. '예술가 소설'은 모더니즘 운동이 활발했던 20세기 초반 예술가의 성장을 다룬 서사이며 일종의 교양 소설로 구분된다. 대표적으로 제임스 조이스의 『젊은 예술가의 초상』을 들 수 있다.

장한다는 것이 무엇인지, 또 왜 성장의 서사가 21세기에도 여전히 중요하며 다양한 서사 형식으로 표출되는지에 대한 실마리가 되어 준다. 스피노자의 『윤리학』에서 배움과 성장의 문제는 예속을 벗어 난 인간의 자유로운 삶과 직결되는 주제다. 자유를 향해 내딛는 스 피노자적 걸음으로서 '성장' '배움' 혹은 '형성'은, '개인과 사회의 화 해' 같은 교양 소설적 개념과는 거리가 있지만, 그의 윤리적 기획에 서 빼놓을 수 없는 요소이기 때문이다. 특히 스피노자의 경험적·실 천적 사유가 배어 있는 '공통 관념'의 형성을 통한 주체의 성장과 궁 극적 자유는 어떤 삶을 살 것인가라는 그의 윤리적 물음에 핵심적이 다. 들뢰즈는 스피노자의 공통 관념이 지니는 실천적 문제의식을 다 음과 같이 적절히 포착한다. "스피노자주의에서 이러한 형성 과정 이 갖는 중요성을 소홀히 해서는 안 된다. 가장 덜 보편적인 공통 관 념, 우리가 형성할 수 있는 최초의 공통 관념에서 출발해야 한다."[62] 나아가 그는 "공통 관념, 즉 우리의 능동적-되기는 배움의 전 과정 과 연관된다"라고 말하면서 공통 관념과 배움 그리고 능동적-되기 를 적극적으로 연결한다. 스피노자의 공통 관념이 주체의 배움이나 성장과 밀접히 연관되어 있음을 분명히 하는 것이다. "스피노자에 게 이성, 힘 그리고 자유는 성장, 형성 과정, 그리고 도야와 불가분 하다."[63]

62 Gilles Deleuze, *Expressionism in Philosophy: Spinoza*, p. 288.

63 *Ibid.*, p. 288, 262.

이 장에서는 들뢰즈가 『차이와 반복』과 『프루스트와 기호들』에서 논하는 '배움'(learning/apprentissage)이 스피노자의 공통 관념이 함축하는 형성적 측면을 발전시킨 개념임을 살펴보고, 19세기 영국의 대표적 교양 소설인 제인 오스틴의 『오만과 편견』을 (개인과 사회의 화해에 집중하는 교양 소설이기보다) 스피노자-들뢰즈적 배움을 담은 성장 서사로 읽으려 한다. 교양 소설의 '교양'이 19세기 독일 낭만주의의 이상뿐 아니라 '문화/도야'(cultura)나 '교육'(paideia)이란 넓은 의미를 지닌다면, 21세기 탈근대 시기에도 넓은 의미의 교양 소설은 여전히 유효할 것이다. 사실 교양 소설을 "생성 과정에 있는 인물"(man in the process of becoming)을 중심으로 논하는 미하일 바흐친의 논의는, 개인과 사회의 변증법적 관계를 내세운 루카치와 달리, 교양 소설이 본질적으로 지니는 생성/되기 혹은 배움의 측면을 강조하기도 한다.[64]

인간이 성장이나 성숙, 혹은 배움에 관한 관심과 열망에서 완전히 벗어날 수 있을까? 20세기 이후 교양 소설이 더 이상 의미 있는 소설 하부 장르로 여겨지지 않더라도, 개인의 성장을 다루는 다양한 서사들이 '성장 이야기'(initiation story)나 '성장 소설'(coming-of-age novel) 등의 새로운 범주 아래 활발히 생산되고 있음이 목격된다. 또 『해리 포터』, 『반지의 제왕』, 「블러드 차일드」 등 소위 판타지 소설이나 SF

---

64 Mikhail Bakhtin, "The Bildungsroman and Its Significance in the History of Realism", *Speech Genres and Other Late Essays*, p.19.

소설 같은 대중 서사, 나아가 영화나 게임 등 다양한 매체에서도 많은 경우 서사의 축이 주인공의 성장이나 변화임이 지속적으로 확인되기도 한다. 흥미롭게도 들뢰즈는 20세기 모더니즘 소설인 『잃어버린 시간을 찾아서』의 핵심이 다양한 기호에 대한 해독, 즉 배움·도야·수련임을 『프루스트와 기호들』에서 주장한다. 개인과 사회의 화해가 강조되는 교양 소설의 대척점에서 주체의 분열과 세계의 파편화, 모호한 결말이 강조되는 대표적 모더니즘 소설을 궁극적으로 배움에 관한 책이자 일종의 성장 서사로 읽는 것이다. 그런데 들뢰즈가 프루스트의 소설에서 읽어 내는 배움은 스피노자가 말하는 공통 관념의 형성뿐 아니라 『오만과 편견』이 주제화하는 성장의 문제와도 연결된다. 스피노자의 공통 관념이 외부 사물과의 마주침에 의한 주체의 해체와 변용이라는 들뢰즈의 배움과 연관되는 만큼, 다양한 차원의 기호 해석으로서의 배움이나 공통 관념 형성을 통한 주체의 성장은 또한 『오만과 편견』의 주요 관심이기 때문이다. 나아가 『오만과 편견』은 소설(픽션)이 독자가 인물이나 화자와 공통 관념을 형성해 나가는 배움의 공간임을 여실히 보여 준다는 점에서 역시 스피노자-들뢰즈적 배움의 중요한 측면을 구체화한다.

스피노자의 공통 관념, 들뢰즈의 배움, 성장 서사

들뢰즈가 강조하듯이 공통 관념은 "『윤리학』의 가장 근본적 발견 중 하나"이자 실천적 개념으로서, 스피노자가 일종의 수학적 진리를 다루는 『지성개선론』을 미완성으로 남긴 채 『윤리학』을 집필하게 된 주요 동기이기도 하다.[65] 스피노자의 공통 관념은 둘 이상의 신체가 이루는 합성/합치 관계의 표현으로 스피노자적 이성의 실질적 내용을 이룬다. 들뢰즈의 설명을 따르자면, 공통 관념은 "둘 이상의 신체 간 합성의 표상"이며, 이는 "현존하는 물체 사이의 합치되거나 합성되는 비/관계를 표현한다".[66] 2종 인식인 공통 관념은 3종 인식(직관지)과 함께 '적합한 관념'을 구성하며, 상상·견해·추상에 기반한 '부적합한 관념'인 1종 인식과 구별된다. 스피노자의 공통 관념은 무엇보다 데카르트적 진리관, 즉 외부 대상과 그 대상에 대한 정신적 표상의 일치를 '참'으로 간주하는 근대의 규범적 진리대응설에 대한 비판을 내포한다. 인식 주체와 인식 대상의 분리, 혹은 주체의 능동성과 대상의 수동성을 참된 인식의 전제로 삼는 데카르트적 인식론과 달리, 스피노자의 공통 관념은 어떤 신체가 자신과 합성되는 관계를 지닌 외부 신체와 마주치고 그로 인해 변용되는 과정에서 발생한다. 두 신체 간에 합성되는 관계가 이루어진다는 것은 두 신체 "각각의 부분과 전체에 동일하게 존재하는 것"이 있다는 것이고, 여기에서 필연적으로 참인 개념인 공통 관념이 나오는 것이다(『윤리

---

65 Deleuze, *Expressionism in Philosophy: Spinoza*, p. 292. 들뢰즈는 『스피노자: 실천철학』에서도 "실제로 공통 관념은 『윤리학』의 구체적 기여인 것처럼 보인다. 공통 관념은 이전 저작에는 등장하지 않는다"라고 언급한다(Deleuze, *Spinoza: Practical Philosophy*, p. 114).

66 *Ibid.*, p. 54. 공통 관념에 대한 『윤리학』의 정의라 할 2부 38과 정리 39의 내용은 이 책의 각주 77번 참조. 공통 관념에 대한 좀 더 자세한 논의로는 이 책의 3부 9장 1절 참조.

학』 2부 정리 39).

　다른 한편, 데카르트적 진리는 '정신'과 '신체'가 독립적으로 구분되는 '실체'로서 실재적 인과관계를 이루는 동시에 정신의 우월성이 전제된 심신이원론에 기반하는 반면, 스피노자의 공통 관념은 정신과 신체를 동일한 것의 두 표현으로 보는 심신평행론과 나란히 간다. 신체에서 독립된 정신 능력의 결과라기보다 두 신체의 합치하는 변용 관계에 따른 공통성을 표상하는 관념인 것이다. 특히 공통 관념은 두 고정된 실체의 공통성이 아니라 계속 생성·변화하는 두 신체 간의 가변적이고 유연한 합성의 관계 혹은 일종의 공통 리듬이 만들어 내는 생성의 개념이라는 점이 중요하다. 즉 공통 관념은 실체적·본질적 진리가 아니라 다양한 차원의 개체들이 이루는 '복합체-개체'로서의 신체들이 마주침에 따라 변용되는 비/관계에 기반하며, 그렇기에 경험적이고 형성적인 특징을 지닌다.[67]

　이러한 공통 관념(2종 인식)은 앞서 말한 대로 직관지(3종 인식)와 함께 스피노자의 적합한 관념, 즉 전제 없는 결론이자 우리를 수동적 정념과 오류로 이끄는 부적합한 관념(1종 인식)과 달리, '원인'

---

67 『윤리학』 2부의 소위 「자연학 소론」에 나타나는 스피노자의 개체(individual) 개념은 상당히 독특하다. 스피노자의 개체는 형태나 기능에 의해 정의되는 대신 운동과 정지, 빠름과 느림에 의해 구별되는 "가장 단순한 물체들"이 특정한 비/관계 아래에서 자신의 운동을 전달하면서 구성하는 개체들의 결합이다. 즉 "가장 단순한 물체들로 구성된 개체"로부터 "상이한 본성을 갖는 여러 개체로 구성된 다른 개체", 나아가 "자연 전체라는 개체"로 이어지는 다양체로서의 개체들의 집합이 스피노자의 개체다(『윤리학』 2부 「자연학 소론」 보조정리 7의 주석).

에 대한 인식이자 '전체'에 대한 적합한 인식을 이룬다. 스피노자의 적합한 관념은 그가 치른하우스에게 보낸 편지(편지 60)에서 밝히 듯 "관념과 대상 사이의 일치"를 넘어서는 개념, 즉 진리대응설을 넘어서는 개념이다. 『윤리학』에서는 좀 더 명확히 적합한 관념을 "**대상과 관계없이** … 참된 관념의 내생적 특징을 지니는 관념"으로 규정하면서, 그의 '적합한 관념'이 진리대응설의 진리 개념과 다름을 명시한다(『윤리학』 2부 정의 4, 강조는 필자). 즉 스피노자의 적합한 관념은 대상과 관념의 일치를 진리의 근거로 삼는 데카르트적 진리론에 대한 스피노자의 비판을 함축한다. 혹은 들뢰즈가 언급하듯 스피노자의 적합한 관념은 "데카르트의 명석판명 개념을 적합성의 개념으로 대체"하려는 의도를 지닌다.[68] 그리고 이러한 스피노자의 인식론적 기획의 중심에 발생적이고 관계적이며 실천적인 공통 관념이 있다.

흥미롭게도 스피노자의 공통 관념은, 직접 언급되지는 않지만, 들뢰즈의 '배움' 논의의 바탕이기도 하다. 들뢰즈는 공통 관념에 대해 "합성되는 두 신체가 마주침을 통해 더 큰 역량(a greater power)을 지닌 복합체 신체를 형성"할 때의 표상이라고 설명하는데, '주체'의 입장에서 "더 큰 역량"을 지닌 신체가 된다는 건 공통 관념이 지닌 배움 혹은 형성의 측면을 잘 보여 준다.[69] 또 앞서 보았듯이 들뢰즈

---

68 Deleuze, *Expressionism in Philosophy: Spinoza*, p. 151.

69 Deleuze, *Spinoza: Practical Philosophy*, p. 54.

는 공통 관념과 배움·형성·학습·수련·도야의 연관성을 강조하면서 "공통 관념과 배움 그리고 우리의 능동적-되기는 배움의 전 과정과 연관된다"라고 언급하기도 한다.[70] 나아가 들뢰즈는 『차이와 반복』과 『프루스트와 기호들』에서 '스피노자의 공통 관념'과 '대상-관념의 일치로서 진리'(진리대응설)를 "배움"과 "앎"으로 재공식화하면서, 두 개념 사이의 본질적 차이와 그 차이의 의미를 좀 더 자세히 설명한다. 배움이 "문제(제기)"라면, 앎은 "답" 혹은 "해(解)"다.[71] 마찬가지로 배움이 "기호 읽기", 즉 "해독"이라면, 앎은 "재인", 혹은 "재현"의 사유다.[72] 들뢰즈에 따르면 배움과 앎은, 배움을 통해 앎으로 나아간다는 점에서 비슷해 보이지만, 사실 문제와 해의 차이만큼이나 다른 것이다. 배움은 "본질적 학습"으로서 "문제(이념)의 객체성과 마주하여 일어나는 주관적 활동"인 데 비해, 앎은 "개념의 일반성을 지칭하거나 해를 가능케 하는 규칙을 평온하게 소유한 상태"를 지칭하기 때문이다. 비록 배움의 중요성이 "앎의 경험적 조건들에 대해 표하는 어떤 경의" 정도로 치부되며, "동굴 바깥의 철학자는 그 결과인 앎만을 취해 초월론적 원리들을 이끌어" 내지만, 사실 더 본질적인 것은 주어진 문제에 대한 답이나 일반성보다는 "실천적이거나 사변적인 어떤 본연의 문제들을 구성하고 공략"하는 것

70 Deleuze, *Expressionism in Philosophy: Spinoza*, p. 288.

71 Deleuze, *Difference and Repetition*, p. 164.

72 Deleuze, *Proust and Signs*, p. 27.

이란 게 들뢰즈의 주장이다. 배운다는 것은 이러한 "문제 제기적 장 (problematic field)을 형성"하는 것이며,[73] 이러한 배움은 주체가 외부 사물과 마주침에서 합성되는 관계를 만들면서 더 큰 역량의 신체로 변해 가는 공통 관념의 형성 과정에 다름 아니다.

들뢰즈가 배움의 예로 들고 있는 수영은 무언가를 배운다는 것이 어떻게 앎의 습득이 아니라, 배우는 주체와 배움의 대상이 합성되는 관계를 형성해 가는 과정인지, 즉 공통 관념의 형성인지를 잘 보여 준다. 수영은 물결의 운동을 닮거나, '나처럼 해 봐라'라는 스승을 모방하는 것으로는 배울 수 없다. 수영을 배운다는 것은 "신체의 특이점들을 물결의 특이점들과 합성"하면서 "다름을 포괄하는" "어떤 반복의 원리"를 체득하는 것, 즉 내 신체와 합성되는 물결의 비/관계를 찾고 맞춰 가면서 공통의 리듬을 만들어 가는 과정이다.[74] 이때 내 신체는 고정되어 있지 않은 다양체이고 물결 역시 수시로 변하는 다양체이기에 이 둘이 이루는 합성의 관계는 고정되어 있지 않다. 하지만 내 신체의 특이점과 물결의 특이점이 합성되는 관계가 이루는 어떤 리듬, 즉 공통 관념이 존재하며, 그 리듬에 몸과 마음을 맞춰 감으로써 우리는 수영을 배울 수 있다. 물론 이때 공통 관념을

---

73 Deleuze, *Difference and Repetition*, pp. 164~166.

74 *Ibid.*, p. 23. 'singular point'는 통상 '특이점'으로 번역되며 여기서도 관례를 따른다. 다만 이 책에서는 'singular'를 대개 '독특한' 혹은 '개별적'으로 번역했기에, 경우에 따라 병기한다. 중요한 것은, 들뢰즈 사유에서 중요한 독특한/독특성(singular/singularity)의 개념이 스피노자가 『윤리학』에서 언급하는 '독특한 실재/개별 사물'(res singulares)의 독특한/개별의(singular)와 밀접한 관련을 지닌다는 점일 것이다.

형성하면서 변화하는 것은 나뿐만이 아니며 바다 역시 나와의 마주침으로 인해 변한다. 하지만 배우는 사람(주체)의 입장에서 볼 때 나와 바다가 합치의 관계 혹은 리듬을 맞추어 가는 과정은 "기호들과 부딪히는 마주침의 공간을 만들어" 가면서 기호를 해독하는 법을 배우는 것이 된다. 즉 주체의 입장에서 볼 때 바다와 함께 맞추고 또 찾으며 만들어 가는 공통 관념이 바로 배움이며, 이때 배움은 "재현적 사유인 재인식"이 아니라 "참다운 인식을 주는 인식론 모델인 기호 해독"에 다름 아니다.[75] 이렇듯 수영을 배운다는 것, 즉 바다와 내(신체)가 합을 맞추면서 합성의 관계를 이루는 공통 관념을 형성하는 것은, 물결이나 선생의 운동을 해로 모방하는 것이 아니라, 물결과 함께 문제 제기적 장을 만들어 가는 일이다.

그런데 위에서 수영을 예로 설명한 배움이 스피노자가 말한 두 가지 종류의 공통 관념, 즉 '더 보편적인 공통 관념'과 '덜 보편적인 공통 관념' 중 주로 후자를 지칭함에 주목할 필요가 있다.[76] 이 둘의 차이는, 범박하게 말해, '더 보편적인 공통 관념'이 사물의 이치나 자연의 법칙 등 모든 양태에 해당되는 공통성과 관련된다면, '덜 보편적인 공통 관념'은 내 신체와 외부 사물이 마주칠 때 합성되는 독특

75 들뢰즈, 『프루스트와 기호들』 서동욱·이충민 옮김, 역주 1번, 55쪽.
76 게루는 주로 들뢰즈가 사용한 용어인 '더 보편적인 공통 관념'을 '보편적인 공통 관념'으로, 또 '덜 보편적인 공통 관념'을 '고유한 공통 관념'으로 지칭한다(진태원, 『스피노자 윤리학 수업』, 285쪽).

한 관계를 가리킨다는 데 있다.[77] 그런데 들뢰즈는 공통 관념의 형성 과정에서 실천적으로 더 중요할 뿐 아니라 순서로도 먼저 오는 것은 '덜 보편적인 공통 관념'임을 강조한다. 태생적으로 수동적 정념과 부적합한 관념으로 시작할 수밖에 없는 인간이 적합한 관념으로 나아가는 첫걸음은 '덜 보편적인 공통 관념'일 수밖에 없다는 것이다.[78] 나아가 그는 '덜 보편적인 공통 관념'의 형성에서 수동적 기쁨의 중요성 혹은 기회 원인의 역할에 주목하면서, 수동적 기쁨으로 증대된 역량을 기반으로 '덜 보편적인 공통 관념'이 형성되고 여기서 발생한 이성적 욕망이 다시 능동적 기쁨(지복)으로 나아가는 과정인 스피노자의 윤리적 기획을 설명한다. 이에 따르면 수영을 배우기 위해서는 우선 물놀이를 좋아해야 하고, 즉 물과의 관계에서 기쁨을 느껴야 하고, 그로부터 물과의 공통 리듬 혹은 공통 관념을 만들어 가면서 궁극적으로 어떤 능동적 자유라 할 '지복'으로 나아갈 수 있다.

---

77 『윤리학』 2부 정리 37과 정리 38이 '더 보편적인 공통 관념'에 대한 설명이라면("모든 것에 공통적이고 부분과 전체에 동일하게 있는 것은 어떤 개별 사물의 본질도 구성하지 않는다" "모든 것에 공통적이고 부분이 전체에 동일하게 있는 것은 적합하게 사유될 수 있다"), 정리 39는 '덜 보편적인 공통 관념'에 대한 설명이라 할 수 있다("인간 신체와 이를 일상적으로 변용시키는 외부 물체에 공통적이고 도 그것들에 고유한 것이 있다면, 또 그것들 각각의 부분과 전체에 동일하게 존재하는 것이 있다면, 그것에 대한 관념 또한 정신 안에서 적합할 것이다").

78 앞서 인용한 구절을 반복하면 다음과 같다. "가장 덜 보편적인 공통 관념, 우리가 형성할 수 있는 최초의 공통 관념에서 출발해야 한다"(Deleuze, *Expressionism in Philosophy: Spinoza*, p. 288). 『스피노자: 실천철학』에서도 같은 지적이 반복된다. "공통 관념의 이론적 해명의 질서는 가장 보편적인 것들에서 가장 덜 보편적인 것들로 갔던 반면에, 공통 관념의 실천적 형성의 질서는 가장 덜 보편적인 것들에서 가장 보편적인 것들로 간다"(*Spinoza: Practical Philosophy*, p. 119).

스피노자로 영국 소설 읽기

그런데 수영을 배우는 데 실패하는 경우는 어떨까? 내 신체와 물결이 합성의 관계를 맞추지 못해 물만 봐도 두렵고 물에 들어가기만하면 경기를 일으키는 경우 적어도 나는 물과 합성되는 관계 혹은공통 관념을 이루었다고 말할 수 없을 것이다.

공통 관념의 역설은 우리가 배움의 성공뿐 아니라 오히려 실패를 통해서 '더 보편적인 공통 관념'을 형성할 수 있다는 것이다. 우리가 우리의 신체를 변용하는 외부 사물과 합성되는 비를 형성하지 못할 경우, 만일 그 불합치로 인해 파괴되지 않는다면, 합성의 관계를이루지 못한 원인에 대한 인식이자 전체적 인식이라 할 '더 보편적인 공통 관념'을 얻을 수 있기 때문이다. 나와 잘 '맞는' 외부 사물과합성되는 비/관계에 기반한 '덜 보편적인 공통 관념'뿐 아니라, 나와합성되지 않는 물체와의 만남에서 깨닫는 불합치·비합성의 관계를포함하는 '더 보편적인 공통 관념' 역시 적합한 관념이다. 가령 내가나와 합성되는 관계가 아닌 독버섯을 먹되 죽지 않을 경우, 독버섯의 독성을 포함한 자연의 원리에 대한 '더 보편적인 공통 관념'을 획득할 수 있다. 『윤리학』 2부 정리 29의 주석에서는 적합한 관념의 특징으로 "사물들의 합치"뿐만 아니라 사물들의 "차이와 대립에 대한[내적] 이해"가 언급된다. 이는 '덜 보편적인 공통 관념'(가령 수영 배우기에서처럼 나의 관점에서 본 나와 물의 합성의 관계)과는 다소 다른 '더 보편적인 공통 관념'(나를 넘어선 전체적 관점에서 본 중중무진자연의 이치)의 형성 방식을 보여 준다. 즉 우리는 '비합성의 내적 이해'를 통해 혹은 사물 간의 "합치와 불합치의 필연성"을 이해함으로

써 더 보편적인 공통 관념으로 나아갈 수 있다.[79]

나아가 스피노자는 『윤리학』 5부 정리 3에서 "수동인 정서는 우리가 그것에 대한 명석하고 판명한 관념[적합한 관념]을 형성하자 마자 수동이기를 그친다"라면서 수동적 정념을 적합한 관념으로 인 식했을 때 획득되는 능동적 정서이자 지성의 힘에 대해 언급한다. 수동적 정념(가령 사랑하는 이의 죽음에 대한 슬픔)에 끌려가는 대신 그에 대해 적합한 관념(살아 있는 모든 것은 죽는다)을 형성함으로 써 능동적 정서로 전환하는 힘은 데카르트가 말하는 신체에 대한 정 신의 지배력과는 본질적으로 다르다. 이때의 적합한 관념은 '덜 보 편적인 공통 관념'(주체의 고유한 배움)보다는 '더 보편적인 공통 관 념'(주체를 넘어선 자연 전체 이치의 깨달음)에 가깝다. 기쁜 정념을 느끼는 좋은 마주침을 통해 '덜 보편적인 공통 관념'을 형성하는 것 은 배움의 첫걸음이다. 하지만 또한 예상치 못한 우연한 마주침에서 겪게 되는 충격을 통해, 즉 나와 맞지 않는 불합치 관계에 대한 이해 를 통해, 전체적 차원의 '더 보편적인 공통 관념'을 획득하고 나아가 수동적 정서를 능동적 방향으로 전환해 나가는 것 역시 배움의 중요 한 부분일 것이다.

들뢰즈에 의하면 배움은 "선한 의지"를 전제하는 "방법"을 따르 는 것이 아니다. 대신 배움은 "이념을 구성하는 보편적 관계들에 상 응하는 독특성 안으로 침투하는 것"이며, 그렇기에 "언제나 무의식

---

79 Deleuze, *Expressionism in Philosophy : Spinoza*, p. 295.

의 단계를 거친다".[80] 주체의 배움 혹은 교양·형성을 특히 사회화의 관계에서 주목한 '교양 소설'은 부르주아 계급을 중심으로 성립되던 근대의 대표적 문학 형식이며 그런 맥락에서 20세기 들어 그다지 유효한 형식이라 여겨지지 않는다. 하지만 들뢰즈가 말하는 문제 제기적 장으로서의 배움 혹은 교양은 (탈)주체 형성에서 지금도 그리고 앞으로도 여전히 핵심적 부분이 아닐 수 없다. 또 이러한 배움은 스피노자가 『윤리학』에서 말한 공통 관념의 형성, 즉 스피노자적 이성의 안내를 따라 자유로운 삶으로 나아가는 윤리의 길에서 포기할 수 없는 지점이기도 하다.

　물론 들뢰즈의 초기 저작에서 중요하게 다뤄졌던 '배움'은 『의미의 논리』 이후로는 거의 자취를 감추었으며, 이후 『천 개의 고원』에서 펼쳐지는 탈주체적이고 급진적이며 정치적인 '되기'(생성)의 개념이 그 자리를 대신하는 듯하다. 배움이 교양·형성·학습·수련·도야 등 고전적 의미에서 주체 형성의 문제를 다룬다면, 동물-되기, 여성-되기, 아이-되기, 지각 불가능하게-되기 등의 소수자-되기들은 자본주의와 오이디푸스적 정신분석학에 대항하는 탈주체의 지도를 그리는 데 역점을 둔다. 그럼에도 '되기' 역시 두 신체의 만남에서 발생하는 사건이자 타자(외부 사물)와의 마주침에서 자기동일성을 해체하고 분자적 차원에서 상대와 공통 리듬을 만들어 간다는 점에서 공통 관념의 형성과 통하는 점이 있다. 공통 관념이든 되기이

80　Deleuze, *Difference and Repetition*, p. 165.

든 두 개체의 만남에서 근방역 혹은 공통의 생성 블럭이 형성되면서 각 개체가 새로운 무엇으로 되어 가는 사건이 일어나기 때문이다. 물론 스피노자의 공통 관념과 들뢰즈의 되기 개념은 여러모로 차이가 있다. 그중 하나는 '공통 관념'이 개별 사물의 '본질'에 대한 직관지인 3종 인식과 구분되는 '관계'에 대한 이해를 도모한다면(2종 인식), 들뢰즈의 '되기'는 2종 인식을 뛰어넘어 3종 인식 자체를 겨냥한다는 점이다.[81] 그럼에도 공통 관념이나 되기는 어떤 마주침을 통해 주체가 잠재적 차원에서 해체되고 변화하면서 다시 더 큰 역량의 새로운 주체로 현실화되는 창조 과정의 반복이란 측면에서 상통한다. 관념-대상의 일치로서 진리가 아닌 관계적이고 실험적인 만남의 과정이 스피노자-들뢰즈적 '배움'이자 이의 독특한 진화인 '되기'라 할 것이다.

『오만과 편견』에서의 배움과 성장

『오만과 편견』은 가정 소설, 로맨틱 코미디, 풍속 소설 등 다양한 방식으로 읽혀 왔으며, 19세기 영국의 대표적 교양 소설로서의 역사성 또한 주목되었다.[82] 중간 계층의 윤리 감각을 대표하는 엘리자베스

---

81 가령 들뢰즈는 여성-되기와 동물-되기가 지각 불가능하게-되기를 "향해 간다"(rush toward)고 언급하는데, 이는 지각 불가능하게-되기가 함축하는 3종 인식(직관지)의 차원을 보여 준다(Deleuze and Guattari, *A Thousand Plateaus: Capitalism and Schizophrenia*, p. 279).

82 가령 프랑코 모레티는 『세상의 이치』에서 『오만과 편견』을 괴테의 『빌헬름 마이스터의 수

베넷이 귀족에 가까운 최상위 젠트리 계층인 다아시와 만나 부딪치고 깨닫는 과정에서 내면적으로 '성숙'해지며, 종국에는 결혼이라는 사회적 '화해'로 서사가 끝나기 때문이다. 하지만 오스틴의 소설은 두 가지 점에서 교양 소설이 전제하는 인물과 구도에서 벗어나며, 오히려 스피노자-들뢰즈적 배움의 서사, 즉 두 인물이 마주침을 통해 수동적 정서와 부적합한 관념을 넘어 공통 관념을 형성하면서 자신과 세상을 배우고 변해 가는 성장 서사라 할 수 있다. 먼저『오만과 편견』의 주인공 엘리자베스는 루카치가 언급한 교양 소설의 전형적 주인공—사회와 불화하고 방황하며 비판적인 "문제적 개인"—과는 다소 거리가 있다. 그녀는 자신이 속한 사회의 계급적 편견과 젠더 유형화에 비판적이기는 하지만 그 모순으로 갈등하거나 방황하는 것은 아니며, 대신 다양한 마주침을 문제 제기적 배움의 장으로 만들면서 공통 관념을 획득하고 성장하는 인물에 가깝다. 둘째, 엘리자베스에게 배움과 성숙의 과정은 교양 소설에서 발견되는 어떤 목적론적(teleological) 일직선의 서사를 이루지 않는다. 결혼 플롯이라는 큰 줄기를 지니기는 하지만, 작품이 실질적으로 집중하는 지점은 다아시의 편지로 인한 엘리자베스의 결정적 깨달음 이후에도 계속되는 작은 배움들, 가령 리디아와 위컴의 도망 사건이나 무엇보다 레이디 캐서린의 계급적 오만과의 대결을 통해 그녀가 마주친 기호를 해독하고 공통 관념을 형성해 가는 과정 자체이기 때문이다.

업시대』에 필적하는 영국의 대표적인 고전 교양 소설로 꼽는다.

즉『오만과 편견』에서 성장 혹은 배움은, 마치 삶이 그러하듯, 서사의 끝에서 정점에 이르는 게 아니라, 교차하는 서사의 계열들을 따라 이루어지며 이는 서사가 멈출 때까지 들쭉날쭉 계속된다. 들뢰즈의 표현을 빌리면 "도덕적 삶 속의 습관적 일반성 아래에서 [그럼에도] 어떤 독특한 배움의 과정들을 재발견"하는 스피노자-들뢰즈적 배움이 작품 전체에 깔려 있다.[83]

　『오만과 편견』이 주제화하는 주요한 배움의 대상 중 하나는 작품 제목에서 드러나듯 '오만'(pride)이다. 오만은 중세까지 기독교의 7대 죄악 중 으뜸가는 죄로 여겨졌으며, 르네상스 시기의『유토피아』나 18세기의『걸리버 여행기』에서 역시 오만은 인간의 원죄로 제시되곤 했다. 하지만 스피노자는 이러한 종교적 함의를 뒤로한 채 오만(superbia)을 인간 욕망의 현행적 표현이자 역량 증감의 이행을 나타내는 일종의 정서(affect)로 본다. 그가 주목하는 오만의 특징은 크게 세 가지다. 우선 오만은 "자신에 대한 사랑 때문에 자신을 부당하게 높이 평가하는 것"으로 "자기애의 결과 혹은 특성"이며, 넓은 의미에서 자신을 부당하게 낮게 평가하는 "비참"(abjectio)의 정서와 대조된다(『윤리학』 3부 정서에 대한 정의 28). 그런데 스피노자는 오만이 한편으론 인간의 자연스러운 자기애의 발현이지만, 다른 한편 자신에 대한 잘못된 평가에 기반한 일종의 "정신착란"이자 "눈을 뜬 채 꾸는 꿈"임을 신랄하게 지적한다. 오만이란 오직 "상상" 혹은 상

83　Deleuze, *Difference and Repetition*, p. 25.

상의 부족("자신의 행위 역량을 제한하는 것들을 상상할 수 없음")에 기인하는 수동적 정념이라는 것이다(『윤리학』 3부 정리 26의 주석). 따라서 오만은 비록 역량의 일시적 증가를 가리키는 수동적 기쁨이기는 해도, 그 정념에 대한 적합한 관념을 형성하지 못한다면 인간을 예속과 슬픔으로 몰아가는 강력한 정서다. 나아가 스피노자는 오만이 '개인적' 정서일 뿐 아니라 타인을 부당하게 얕보고 무시하는 '사회적' 감정임을 지적하면서, 어떻게 오만이 시기심, 즉 정서 모방에서 핵심적인 부정 정서와 연결되는지를 지적한다. "오만은 한 사람이 다른 사람보다 자신이 우월하다고 여기는 잘못된 억측에서 생겨난 기쁨이다. … 오만한 사람은 필연적으로 시기하는 자"이다(『윤리학』 4부 정리 57의 주석).

  '오만과 편견'이란 제목은 흔히 '다아시의 오만'과 '엘리자베스의 편견'으로 해석되곤 한다. 하지만 다아시뿐 아니라 엘리자베스에게도 스피노자적 윤리라 할 능동적 자유로 나아가는 데 주요 걸림돌이 되는 것은 오만의 정서다. 오만은 다아시와 엘리자베스처럼 지적으로 뛰어난 개인조차, 아니 어떤 점에서는 뛰어나기에 더욱, "다른 사람들보다 내가 우월하다"라는 부적합한 관념에 수반되는 정서다. 그렇기에 제인-빙리 커플이 순하고 너그러운 만큼 기존 지배 질서에 순응하는 반면, 엘리자베스와 다아시는 기성의 계급 질서와 젠더 역할에 대한 지적인 비판 능력과 정서적 독립 못지않게 오만의 정념을 공통으로 내보이는 맞수다. 이들이 따로 또 같이 형성해 가는 공통 관념이자 배움의 핵심 내용 역시 자신의 오만한 정서에 대한 아픈 자각인 것이다.

　엘리자베스의 오만은 그녀의 뛰어난 이해 능력과 유머 감각, 위트 있는 말솜씨와 무관하지 않다. 중간 젠트리 계급인 베넷가의 다섯 딸 중 둘째인 엘리자베스는 스물넷이라는 적지 않은 나이와 빼어나지는 않은 외모, 한정상속제에 의해 결혼이 아니면 무일푼이 될 전망, 그리고 허영 많고 사리 분별력 없는 어머니와 여동생들에게 둘러싸인 채 '결혼 시장'에 진입해야 하는 현실에 직면해 있다. 이때 엘리자베스의 큰 특징이자 그녀를 뛰어난 개인, 매력적 주인공으로 만드는 것은 무엇보다 그녀가 결혼 시장이라는 현실의 조건을 인정하되 자신을 그 시장에서 가격이 매겨지는 상품으로 여기거나 더 비싼 가격으로 거래되기 위해 애쓰지 않는다는 점이다. 단적인 예가, 재산 없는 그녀에게 선심 쓰듯 청혼한 콜린스―교구 목사로서 좋은 집과 안정된 직업을 지녔으나 비굴하고 오만하며 여성을 깔보는 남성―의 청혼을 미련 없이 거절한 사건이다. 하지만 엘리자베스의 높은 자존감은 그녀의 오만과 아슬아슬하게 맞닿아 있기도 하다. 빙리 여동생의 계급적 허영과 위선을 감싸려는 착한 언니 제인의 순진함을 은근히 타박하거나, 자신에게 거절당한 콜린스의 딱한 청혼을 만족스럽게 얻어 낸 절친 샬롯을 가차 없이 비판하는 데에는 엘리자베스의 우월감이 묻어 있다. 또 나중에 제인에게 털어놓듯이, 그녀가 처음부터 다아시를 오해했던 데에는 자신을 은근히 무시했던 다아시를 "아무런 이유 없이 단호히 싫어함으로써 예사롭지 않게 똑똑해 보이려고 했던"(*Pride and Prejudice* 168) 그녀의 허영심이 있다.

다아시가 콜린스의 청혼 못지않은 무례함으로 엘리자베스에게 청혼하고, 이를 거절한 그녀가 다음 날 새벽 건네진 그의 편지를 읽으며 자신의 오만을 뼈아프게 반성하는 장면은 작품 전체에서 핵심적 장면이자 배움과 성장이라는 주제가 명시적으로 드러난 부분이기도 하다. 엘리자베스는 다아시의 편지를 읽으며 제인과 빙리의 관계에 대한 자신의 섣부른 판단뿐 아니라 위컴과 다아시의 관계에 대한 오해가 자신의 오만에 기인했던 것임을 깨닫는다. 사실 사기꾼에 가까운 위컴에 대한 엘리자베스의 호감과 신뢰는 메리튼 무도회에서 자신을 "봐줄 만하다"(tolerable)며 무시했던 다아시와 그 일행인 빙리 자매의 계급적 우월감에 대한 그녀의 반감과 밀접히 연관되어 있다. 그녀는 위컴을 만난 초기에 "[위컴]의 [잘생긴] 얼굴에는 진실이 있잖아"(*Pride and Prejudice* 65)라고 말하는가 하면, 콜린스와의 결혼을 통한 샬롯의 독립에는 비판적이면서도 위컴이 돈 많은 상속녀 킹 양에게 접근하는 것에 대해서는 "돈이 목적인" 게 아니라 능력은 있되 가난한 남자의 "독립의 소망"이라고 주장한다(*Pride and Prejudice* 113, 115). 이는 그녀가 위컴을 다아시의 계급적 우월감과 위선에 도전하는 인물로 착각하지 않고선 가능하지 않았을 일이다.[84] 하지만 다아시의 편지를 재차 읽으며 위컴의 사기 행각을 확신하

---

84 샬롯은 결혼에 대해 "지성적이지만 재산이 적은 젊은 여성에게 주어진 유일하게 괜찮은 생계"이자 "가난을 막아 줄 가장 유쾌한 방부제"라고 말한다. 멜리나 모우(Melina Moe)는 최근 이러한 샬롯의 결혼관을 비판하는 대신, 엘리자베스의 결혼관과 더불어 『오만과 편견』에 나타난 두 가지 근대성의 형식으로 보는 흥미로운 주장을 펼친다.

게 된 엘리자베스는 결국 "자신에 대해 극심한 부끄러움을 느끼면서"(*Pride and Prejudice* 155) 다음과 같이 고백한다.

'내가 정말 비열하게 굴었구나!' 그녀가 외쳤다. '분별력을 자랑하던 내가! 능력에 대해 자신했던 내가! 난 언니의 착한 성정을 곧잘 무시하고, 쓸데없이 부당하게 불신하면서, 잘난 척만 했던 거야. 이런 줄 알게 되니 얼마나 부끄러운지! 하지만 또 얼마나 정당한 부끄러움인지! 사랑에 빠졌더라도 이보다 더 어리석을 수 없었을 거야. 하지만 사랑이 아니라 허영이 나의 어리석음이었지. 나를 좋아하는 사람[위컴]에 혹해서, 또 처음 만났을 때부터 나를 무시하던 사람[다아시]에게 기분이 상해서, 이들에 관해서라면 편견과 무지를 좇고 이성을 멀리했으니까. 여태껏 나는 나를 까맣게 몰랐구나'(*Pride and Prejudice* 156).

'How despicably have I acted!' she cried.—'I, who have prided myself on my discernment!—I, who have valued myself on my abilities! Who have often disdained the generous candour of my sister, and gratified my vanity, in useless or blamable distrust.—How humiliating is this discovery!—Yet, how just a humiliation!—Had I been in love, I could not have been more wretchedly blind! But vanity, not love, has been my folly.—Pleased with the preference of one, and offended by the neglect of the other, on the very beginning of our acquaintance, I have courted prepossession and ignorance, and driven reason away, where either were concerned. Till this moment, I never knew myself.'

여기서 "허영[오만]이 나의 어리석음"이라거나 "여태껏 나는 나를 까맣게 몰랐다"라는 엘리자베스의 결정적 인식은 관념과 대상의 합일로서의 진리나 해로서의 앎이 아니다. 이 순간 엘리자베스의 깨달음은 그동안 자신의 판단과 행동이 오만이라는 정서와 맞물린 상상 혹은 견해, 즉 1종 인식에 근거했다는 인식과 그에 대한 문제 제기다. 그동안 오만이라는 수동적 정서에 휩쓸려 다아시와 합성·합치의 공통 리듬을 이루는 '덜 보편적인 공통 관념'을 형성할 수 없었을 뿐 아니라, '더 보편적인 공통 관념', 즉 오만의 정념이 정신을 예속하며 자유롭고 능동적인 삶을 방해한다는 이치에 가닿지 못했음을 인지하는 것이다. 그녀의 이러한 인식은 기호에 대한 재해독으로서의 인식이자 자신의 무의식적 오만에 대해 문제 제기적 장을 설정하는 들뢰즈적 '배움'에 다름 아니다. 나아가 이는 공통 관념(2종 인식)을 넘어 자신의 독특한 본질에 대한 직관지(3종 인식)를 향하는 적합한 관념 혹은 거기서 발생하는 능동적 정서의 순간과 연결되기도 한다. 그런 배움의 순간이 있었기에, 이후 리디아가 킹 양에 대해 "누가 그런 볼품없고 왜소한 주근깨투성이에게 관심을 갖겠어?"라며 빈정댈 때, 자신이 그렇게 "천박한 **표현**"(such coarseness of *expression*)은 하지 않았으나 그런 "천박한 **감정**"(the coarseness of the *sentiment*)을 품었던 것을 통렬히 반성할 수 있었던 것이다(*Pride and Prejudice* 164, 이탤릭체는 원문).

다아시가 자신의 오만을 성찰하게 되는 과정, 특히 그가 '신사답지 못해' 청혼을 거절한다는 엘리자베스의 발언을 통해 자신의 계급적·가부장적 오만을 깨닫고 배우는 성장 서사는 소설에 명시적으로 드러나는 주제이므로 긴 논의가 필요치 않을 것이다.[85] 더 흥미로운 것은 『오만과 편견』의 두 주인공이 교양 소설에서처럼 어떤 성숙과 화해라는 목적을 향해 나아가기보다, 오히려 결정적 배움 이후에도 계속 마주치고 부딪히면서 때론 지리멸렬하게, 또 때론 극적으로 상대방과 더불어 공통 관념을 형성해 간다는 점이다. 이들은 끊임없이 새로운 문제 제기적 장을 만들고 공통 관념을 형성하면서 자신과 상대와 세상에 대해 배워 나간다. 다아시의 편지 이후 펨벌리 저택에서 마주친 그의 겸손한 모습에 마음이 끌리는 엘리자베스, 리디아와 위컴의 도망으로 풍비박산된 베넷가를 몰래 도와주는 다아시, 무엇보다 엘리자베스가 다아시의 이모 레이디 캐서린의 계급적 오만과 안하무인에 당당하게 맞서는 장면은 배움이 사랑과 별개가 아니라는 것, 또 배움이란 삶처럼 이야기처럼 끝이 없는 것임을 보여 준다. 엘리자베스는 레이디 캐서린과의 대결을 통해 오만의 정서가 개인적 성찰의 대상인 사적 정념을 넘어 위계적 권력과 무관하지 않은 사회적 정서임을 배운다. 이는 이후 다아시 부인으로서 그녀의 현명

---

85 영문학사의 맥락에서 볼 때 다아시의 성장에서 흥미로운 것은 남성 주인공의 배움이 노골적으로 여성 주인공의 주도권 아래 일어난다는 점일 것이다. 제인 오스틴 이전까지만 해도, 철없고 미성숙한 여성 주인공이 현명하고 나이 많은 남성 주인공에 의해 교육받고 결혼하는 '교화된 여주인공'(reformed heroines) 전통이 18세기 여성 작가 작품의 주류를 이뤘기 때문이다. 프랜시스 버니의 『이블리나』(1778)나 오스틴의 『에마』(1816) 역시 이런 전통에 속한다. 교화된 교태녀(reformed coquettes)의 전통에서 비켜난 예외적인 18세기 후반 여성 작가 작품으로 이 책에서 다룬 인치볼드의 『단순한 이야기』를 들 수 있다. 다음 참조. Jane Spencer, *The Rise of the Woman Novelist: From Aphra Behn to Jane Austen.*

한 처신으로 이어질 것이다. 또, 다아시는 당대의 가부장적 성 규범 뿐 아니라 계급적 우월감에 대한 엘리자베스의 비판적 시각을 배우고 공유하며 지지해 나간다.[86]

따라서 『오만과 편견』 서사의 끝은 결혼이지만, 결혼이 서사의 목적인 것은 아니다. 엘리자베스와 다아시는 결혼 후 서로를 사랑하고 존중하며, 다아시의 여동생 조지아나는 올케 엘리자베스가 오빠를 대하는 활달하고 장난기 가득한 태도에 적잖이 놀라지만 곧 엘리자베스를 최고로 존경하며 사랑하게 된다. 하지만 베넷 부인은 여전히 허영과 신경증을 시전하고, 엘리자베스는 돈을 요구하는 리디아에게 모아 둔 쌈짓돈을 주며, 또 레이디 캐서린의 무례한 간섭에서 자유롭지 않다. 『오만과 편견』이 클라우디아 존슨이 말한 대로 "행복한 소설"인 것은 결혼 플롯으로 끝나기 때문이 아니다.[87] 그건 자신의 오만에 대한 결정적 배움의 과정을 통과했을 뿐 아니라 이후에도 사랑의 기쁨에 기반한 공통 관념을 통해 능동적 기쁨으로 나아가는 엘리자베스와 다아시, 그들이 이룬 유연하고 창조적인 공동체가 새로운 중심이 된 결말이 독자들에게 작은 서사적 만족감을 선사하기 때문이다. "내 철학을 배워야 해요. 기쁜 기억의 과거만 생각하세

---

86 다아시가 '여성 교양'(accomplishments)의 중요한 요소로 독서를 꼽는다거나 이모 레이디 캐서린의 계급적 오만을 부끄러워하는 모습("Mr. Darcy looked a little ashamed of his aunt's ill-breeding", *Pride and Prejudice*, p. 130) 등은 그의 열린 태도를 잘 드러낸다.

87 Claudia Johnson, "*Pride and Prejudice* and The Pursuit of Happiness", *Jane Austen: Women, Politics, and the Novel*, p. 73.

요."(You must learn some of my philosophy. Think only of the past as its remembrance gives you pleasure, *Pride and Prejudice* 275)—자신의 오만을 자책하는 다아시에게 건네는 엘리자베스의 발랄하고 유머러스한 농담은 『오만과 편견』의 삶과 배움에 대한 긍정적 태도가 독자 또한 기쁨의 정서로 물들이는 과정을 유쾌하게 집약한다.

소설 읽기와 공통 관념의 형성: 독자의 스피노자-들뢰즈적 배움

『오만과 편견』은 대중과 학계 모두의 지속적 사랑을 받는다는 점에서도 행복한 소설이다. 당대의 사회·역사적 현실을 바탕으로 심리적 깊이를 지닌 인물들이 펼치는 생생한 드라마, 19세기 영국 지방 젠트리 계층의 자기중심적 허위의식을 꼬집는 일품인 사회 풍자, 아이러니하고 경쾌한 문체 등이 이 소설을 지금도 사랑받는 고전으로 만드는 힘일 것이다. 물론 『오만과 편견』은 중간 계급의 여성이 최상위층 남자와 결혼한다는 점에서 일종의 신데렐라 스토리이며 그런 점에서 강한 보수성을 내비치기도 한다. 하지만 이에 못지않게 여주인공 엘리자베스가 보여 주는 긍정적이고 건강한 비판 의식과 유머러스한 활력은 오스틴의 작품 중 『오만과 편견』을 특히 사랑받는 소설로 만들기도 한다. 신분이 맞지 않는다며 자신의 조카 다아시를 포기하라는 레이디 캐서린의 협박에 "그는 신사이고, 나는 신사의 딸이니, 우리는 평등하지요."(*Pride and Prejudice* 265)라는 엘리자베스의 당당한 언급은 계급적 위계와 오만의 합리화에 대한 그녀의 비판적 거리를 잘 보여 준다. 동시에 '지금 여기'의 중요성을 긍정하고 배우면서 자신을 변화시켜 나가는 엘리자베스의 생동감은 다아시뿐 아니라 독자의 마음을 사로잡는다. "내 오만함[당돌함] 때문에 나를 좋아했나요?"(Did you admire me for my impertinence?)라는 그녀의 도발적 질문에 "당신 마음의 활달함 때문에 좋아했지요"(For the liveliness of your mind, I did, *Pride and Prejudice* 284)라는 다아시의 대답은 엘리자베스가 벌이는 슬픔을 기반으로 하는 모든 정념에 대한 스피노자적 투쟁을 상기시킨다. 엘리자베스의 활기는 계급과 젠더의 위계적 권력관계가 스며든 주체의 방어적 꼿꼿함이 아닌, 우연한 마주침을 통해 자신과 외부 사물의 비(比)를 맞추면서 공통 관념을 형성해 나가는 과정들, 배우고 바꾸고 성장하는 순간들에 있기 때문이다.[88]

『오만과 편견』이 잘 보여 주듯이, 소설(픽션) 읽기란 인물들에 대한 정서 이입 혹은 동일시의 메커니즘을 한 축으로 성립되는 상상의 작업이다. 소설 읽기의 효용성으로 흔히 거론되는 '정서 교육' 혹은 '공감 능력의 확장'은 소설의 공간이 기본적으로 독자가 등장인물들에 의해 변용되고 또 인물들의 정서를 모방하는 상상과 기억의 장임을 잘 보여 준다. 그런데 독자가 소설 인물과 동일시할 때 일어나는 일을 좀 더 세밀히 들여다볼 경우, 우리는 그것이 단순한 감정 이입이라기보다 오히려 공감(sympathy)과 거리(distance)가 반복되는

---

[88] 제인 오스틴으로 이어지는 17~18세기 여성 작가들의 희극적 전통과 셰익스피어 희극과의 밀접한 관련에 대해서는 필자의 "Women, Comedy and *A Simple Story*", *Eighteenth-Century Fiction* 참조.

과정임을 알게 된다. **그리고 그 공감과 거리 두기의 반복 과정을 통해 독자가 얻는 것이 인물들과의 '공통 관념'이다.** 공통 관념, 특히 '덜 보편적인 공통 관념'이 두 신체의 전체 및 부분에 걸쳐 성립되는 합성 관계의 표상이라 할 때, 독자가 인물과 합치되는 관계를 통해 형성하는 공통 관념은 단순한 정서 이입(상상적 동일시)과 구별되는 소설 읽기의 주요 기제이자 교육 효과라 할 것이다. 정서 이입이 주로 수동적 정서나 준-자동적 상상(1종 인식)을 토대로 이루어진다면, 공통 관념은 "이성과 상상 간의 묘한 조화를 함축"하는 2종 인식이기 때문이다.[89] 또 소설의 독자가 '인물과 형성하는 공감과 거리의 반복 과정'을 통해 형성하는 공통 관념이 곧 들뢰즈가 말하는 배움이기도 하다. 앞서 말한바 배움이란 앎과 달리, 해가 아닌 본연의 문제 즉 초월적 이념이 아니라 생성과 잠재성, 순수 사건으로서의 이념에 관한 것이며, 그렇기에 늘 과정일 수밖에 없다. 독자의 개별적 독특성(특이점)과 소설 인물들의 독특성(특이점)이 만나 합성의 비/관계를 이룰 때 발생하는 사건이 스피노자의 공통 관념이자 들뢰즈의 배움이며, 그것이 바로 독자가 소설을 읽을 때 일어나는 일인 것이다.

흥미롭게도 스피노자는 한편으론 상상을 부적합한 관념이나 오류의 인식 작용으로 설명하지만, 다른 한편 인간 정신이 지니는 덕(훌륭함)으로 제시한다. "정신의 상상은 그 자체로 고려될 경우, 어떤 오류도 포함하지 않"으며, "실존하지 않는 사물을 현존하는 것

---

89 Deleuze, *Expressionism in Philosophy: Spinoza*, p. 294.

스피노자로 영국 소설 읽기

처럼 상상하면서 **동시에** 그 사물이 실제로 실존하지 않음을 알고 있다면, 정신은 상상의 역량을 악덕이 아니라 자신 본성의 덕(훌륭함)으로 간주"하기 때문이다(『윤리학』 2부 정리 17의 주석, 강조는 필자). 소설은 독자가 상상(허구)의 세계에 빠져들어 인물과 공감하고 또 거리를 두는 과정의 반복을 통해 희로애락을 느끼는 언어적 공간이다. 하지만 동시에 그 세계가 허구임을 독자가 알고 있다는 점에서, 소설은 정확히 스피노자가 말하는 상상의 덕(훌륭함)이 펼쳐지는 장이라 할 수 있다.[90] **소설 읽기란 한편으론 인물들과 함께 울고 웃으며 상상과 정서에 푹 빠지는 일이지만, 다른 한편 인물과 공감과 거리의 반복을 통해 공통 관념, 즉 스피노자적 이성을 형성하는 과정이기도 한 것이다.** 다시 말해 소설을 읽는다는 것은 정서와 상상을 통해 "많은 사물의 합치, 차이, 대립을 이해"하는 "내적" 작업으로(『윤리학』 2부 정리 29의 주석), 주어진 문제의 원인과 전체에 대한 통찰인 적합한 관념을 습득하는 배움의 과정이다. 그렇기에 소설(픽션)을 읽는다는 건 수동적인 동시에 능동적이고 적극적인 창조의 작업이 될 수 있다. 또 소설(픽션) 읽기에 대한 이러한 관점은, 독자가 소설(의 인물)에 어떤 식으로든 관심이 있을 때만 독서가 지속될 수 있다는 점에서, 들뢰즈가 강조하듯 기쁜 정념이 공통 관념 형성의 기회 원인

---

90 18세기 중반 쓰여진 샬럿 레녹스의 『여성 돈키호테』(1752)가 잘 보여 주듯이, 18세기에 부적합한 독자의 으뜸은 현실 세계와 소설(픽션) 세계를 잘 구별하지 못하는 (여성) 독자였다. 소설(픽션) 읽기에서 상상을 상상인 줄 아는 메타적 인식이 초기 소설 독자의 주요 자질로 여겨졌음을 알 수 있다.

이 됨을 보여 준다. 동일시하며 읽던 인물인 엘리자베스가 오만을 깨우쳐 가는 과정을 통해 독자가 자신의 오만을 돌아볼 수 있다면, 그는 엘리자베스와의 공통 관념 형성을 통해 그만큼 더 배우고 성장한 것이고 또 그만큼 스피노자적 의미에서 이성적이고 능동적이 되었다고 할 수 있을 것이다.

그런데 소설 읽기에서 획득되는 공통 관념은 독자와 '인물'의 관계에서만 일어나는 것이 아니다. 소설을 읽을 때 형성되는 또 다른 중요한 공통 관념은 독자가 작품의 '화자'와 맺는 관계에서 또한 나타난다. 이는 공통 관념이 '덜 보편적인 공통 관념'과 '더 보편적인 공통 관념' 두 가지로 나뉘는 것과도 연관된다. 독자는 **인물들**과 공감과 거리의 반복을 통해 문제 제기적 배움의 장을 형성하고 그로부터 '덜 보편적인 공통 관념'을 끌어낸다. 마찬가지로 독자는 전체적이고 발생적인 시각에서 인물들과 거리를 조정하면서 서사를 이끌어 가는 **화자**와 '더 보편적인 공통 관념'을 형성한다. 바흐친은 소설 장르, 특히 3인칭 화자의 장편 소설이 한 사람의 목소리가 아니라, 인물들과 화자, 그리고 (내포된) 작가의 목소리가 때로는 화음을, 때로는 불협화음을 이루는 대위법적 다성음악(polyphony)의 장르임을 주장한다.[91] 마찬가지로 소설의 독자는 개별 인물과의 관계에서 '덜

---

91 바흐친의 「소설의 담론」("Discourse in the Novel") 참조. '자유간접화법'(free indirect dis-course)은 바흐친이 말하는 소설의 다성성을 잘 보여 주는 중요한 소설 기법이며, 들뢰즈가 『시네마 II: 시간-이미지』에서 현대 영화를 설명하는 주요 개념틀 중 하나다. 독자의 스피노자-들뢰즈적 배움이라는 맥락에서 오스틴의 소설에서 빼어나게 활용된 자유간접화법에 대한 논의는 빼놓을 수 없지만, 이는 궤를 달리해 논의해야 할 문제이므로 추후 다른 글에서

보편적인 공통 관념'을 형성해 갈 뿐 아니라, 소설 내 사건에 대해 전체적 인식과 메타적 관점을 지니는 화자가 제시하는 세상사의 "합치, 차이, 대립"에 대한 "내적 이해"를 통해 '더 보편적인 공통 관념'을 형성한다. 그러한 다양한 목소리들이 엮어 가는 다성적 화음들의 비/관계, 즉 공통 관념을 만들어 가는 과정이, 마치 수영을 배울 때처럼, 독자가 소설을 읽을 때 일어나는 배움일 것이다.

사실 『오만과 편견』의 아이러니한 '화자'는 주인공 엘리자베스만큼, 혹은 그보다 더 독자들을 매료시킬 뿐 아니라 적합한 관념의 배움으로 이끄는 존재이기도 하다. 또 이 화자의 대표적 특징으로 여겨지는 '아이러니'는, 화자와 독자의 공감대나 어떤 합치의 관계 즉 공통 관념을 전제해야 그 효력이 나타날 뿐만 아니라, 정해진 의미(텍스트)보다 유동적 맥락(컨텍스트)이 더욱 중요한 문학적 수사법이다. 『오만과 편견』을 펼치자마자 들리는 화자의 목소리는 어떻게 독자가 언어적 아이러니를 통해 관습적 통념을 넘어 '더 보편적인 공통 관념'에 이를 수 있는지를 인상적으로 보여 준다. 『오만과 편견』은 세계 소설사에서 가장 유명한 첫 문단 중 하나로 시작한다.

재산깨나 되는 미혼남이 아내가 꼭 필요하다는 것은 **보편적으로 인정되는 진리**다.

다루려 한다.

그와 처음 이웃이 될 때 그의 정서나 관점에 대해 알려진 바가 거의 없더라도 주변 사람들의 마음에 이 진리는 너무나 확고히 박혀 있기에, 그는 **이 집 딸 혹은 저 집 딸의 정당한 재산**으로 여겨진다(*Pride and Prejudice* 3, 이탤릭체는 필자).

It is *a truth universally acknowledged*, that a single man in possession of a good fortune, must be in want of wife.

However little known the feelings or views of such a man may be on his first entering a neighbourhood, this truth is so well fixed in the minds of the surrounding families, that he is considered as *the rightful property of some one or other of their daughters*.

『오만과 편견』의 첫 문장은 19세기 초 영국 지방 젠트리 사회에 만연한 결혼 시장의 논리 혹은 그 시장에 진입하는 딸을 가진 부모의 무의식적 욕망이 투영된 명제를 "보편적 진리"(a truth universally acknowledged)로 제시한다. 하지만 "재산깨나 되는 미혼남"이 "이 집 딸 혹은 저 집 딸의 정당한 재산으로 여겨진다"라는 다음 문장은 이 문장의 애매한 진리치가 '보편적 진리'를 가장한 '적나라한 욕망'에 발판을 둔 것임을 또한 드러낸다. 작품 첫머리에서 화자가 짐짓 점잖게 제시한 두 문장은 '보편적 진리'에 관한 것이기보다 곧이어 등장하는 베넷 부인—악의는 없지만 주책맞고 허황된 인물—의 견해(1종 인식)에 대한 가벼운 조롱인 것이다. 동시에 젊은 남녀가 돈과 지위, 애정에 따라 값이 매겨지고 교환되는 결혼 시장이라는 현실에 대한 다소 냉소적 묘사이기도 하다.

『오만과 편견』을 끝까지 읽은 독자는 화자의 첫 발언이 베넷 부인이나 마을 사람들의 계산적이고 세속적인 세태에 대한 풍자임을 알고 빙그레 웃거나, 혹은 자신 역시 이러한 세태에서 예외가 아님을 알고 쓴웃음을 지을 것이다. 적어도 화자의 첫 문장을 문자 그대로 받아들이면서 결혼에 대한 보편적 진리를 알게 되었다고 여기는 나이브한 독자가 아니라면 말이다. 그런데 이 소설에서 정말 흥미로운 것은 화자의 아이러니한 첫 두 문장이 실제로 작품 마지막에서 현실화된다는 것이다. 베넷 부인 입장에서 보자면, 그녀는 동네로 이사 온 부자 총각과 큰딸 제인을 결혼시켰을 뿐 아니라, 덤으로 둘째 엘리자베스와 더 큰 부자인 다아시의 결혼을 성공시킨 셈이다. 즉 베넷 부인 자신이 결국 옳았고, 화자가 처음에 말한 문장의 진리치는 참으로 입증되었다! 『오만과 편견』의 화자는 결혼 시장의 관습적 통념을 보편적 진리로 합리화하는 당대의 세태를 위트 있게 비판하지만, 동시에 결혼 시장이라는 강력한 현실을 부인한다거나 베넷 부인을 악인으로 못 박지 않는다. 이는 마치 『윤리학』에서, 태양이 엄청나게 크고 또 멀리 떨어져 있다는 걸 우리가 이성적으로 알아도, 여전히 우리의 감각 혹은 상상에서는 태양이 200보가량 떨어진 것으로 인식되는 현실을 인정하는 것과 비슷하다.[92] 돈 많은 독신

---

92 "태양의 참된 거리를 알 때 오류는 당연히 제거되지만, 태양에 의해 신체가 변용되는 한에서 바로 그 태양의 본성을 설명하는 태양에 관한 관념, 즉 상상은 제거되지 않는다. 따라서 그것의 참된 거리를 안다고 하더라도 우리는 태양이 우리와 가까이 있다고 상상하게 될 것이

남을 자기 딸의 정당한 재산으로 간주하고 이를 보편적 진리로 여기는 결혼 시장의 논리는 이성적으로 생각할 때는 비도덕적이고 우스꽝스럽고 불합리하다. 하지만 그 '진리'를 철석같이 믿는 베넷 부인 같은 인물이 내 이웃이고, 내 엄마이고, 혹은 나와 직접 관련이 없더라도 정서 모방을 주고받는 인간 공동체의 일원인 한, 마치 뻔히 알면서도 태양이 200보가량 떨어진 것처럼 느껴지듯, 이를 완전한 '거짓'이라 하기도 어려운 것이다.

『오만과 편견』의 화자는 아이러니를 통해 세련된 방식으로 독자들을 끌어들이면서 당대의 결혼 풍속 세태를 풍자하지만, 또한 그만큼 인간 인식의 필연적 조건이자 실정적 한계로서 상상, 혹은 "혼동되고 절단된 인식"인 1종 인식의 불가피함을 결혼과 사랑, 배움의 서사를 통해 펼쳐낸다(『윤리학』 2부 정리 40의 주석 2). 소설의 상상적 공간은, 다시 비유하자면, 태양이 수천 광년 떨어져 있음을 알면서도 감각적으로는 여전히 태양이 우리에게서 200보 떨어져 있다고 느낄 수밖에 없는 인간 인식의 조건을 반영한다. 하지만 소설(문학)은 스피노자가 말한바 인간 인식의 조건인 상상을 적극적으로 활용하되 그것이 상상인 줄 아는 정신의 "덕(훌륭함)"이 탁월하게 구현되는 공간이기도 하다. 그리고 이러한 상상 역량의 덕(훌륭함), 혹은 지성의 질서에 따라 이루어지는 "적합한 관념으로서의 상상"과 밀

다"(『윤리학』 4부 정리 1의 주석).

스피노자로 영국 소설 읽기

접히 연관된 개념이 스피노자의 공통 관념이다.[93] 혹은 들뢰즈의 표현을 빌린다면 소설은 "이성과 상상 간, 이성의 법칙과 상상의 법칙 간의 묘한 조화가 함축되고" 정서가 공통 관념과 "두 겹을 이룬" 공간이다.[94] 『오만과 편견』은 바로 그 소설의 상상 역량과 덕(훌륭함)을, 혹은 어떻게 소설(픽션)이 스피노자–들뢰즈적 배움의 공간이 될 수 있는지를 쾌활하게 보여 준다.

93 박기순, 「스피노자에서의 픽션 개념」, 『인문논총』, 56집, 11쪽.

94 Deleuze, *Expressionism in Philosophy: Spinoza*, p. 294; "Spinoza and the Three *Ethics*", *Essays Critical and Clinical*, p. 144.

참고문헌

영국 소설

Austen, Jane. *Pride and Prejudice*. Oxford University Press, 2004. [제인 오스틴.
　　『오만과 편견』. 조선정 옮김. 을유문화사, 2013]

Brontë, Emily. *Wuthering Heights*. Oxford University Press, 2009. [에밀리 브론테.
　　『워더링 하이츠』. 유명숙 옮김. 을유문화사, 2010]

Defoe, Daniel. *Robinson Crusoe*. Oxford University Press, 2008. [대니얼 디포.
　　『로빈슨 크루소』. 윤혜준 옮김. 을유문화사, 2008]

_____. *Roxana*. Oxford University Press, 1998. [대니얼 디포.『행운의 여인
　　록새너』. 김성균 옮김. 지식을만드는지식, 2015]

Inchbald, Elizabeth. *A Simple Story*. Oxford University Press, 1988. [엘리자베스
　　인치볼드.『단순한 이야기』. 이혜수 옮김. 문학동네, 2022]

Shelley, Mary. *Frankenstein*. Oxford University Press, 2018. [메리 셸리.
　　『프랑켄슈타인』. 김선형 옮김. 문학동네, 2012]

Swift, Jonathan. *Gulliver's Travels*. Oxford University Press, 2008. [조너선 스위프트.
　　『걸리버 여행기』. 이혜수 옮김. 을유문화사, 2018]

스피노자 저작

Spinoza, Baruch. *Ethics. The Collected Works of Spinoza: Complete Digital Edition*. Ed.
　　and Trans. Edwin Curley. New Jersey: Princeton University Press, 1984. [스피노자.
　　『스피노자의 윤리학』. 박기순 옮김. 미발간; 스피노자.『윤리학』. 진태원

옮김. 미발간]

_____. *A Critique of Theology and Politics. The Collected Works of Spinoza: Complete Digital Edition*. Ed. and Trans. Edwin Curley. New Jersey: Princeton University Press, 1984. [스피노자. 『신학-정치론』. 강영계 옮김. 서광사, 2017]

_____. *Letters. The Collected Works of Spinoza: Complete Digital Edition*. Ed. and Trans. Edwin Curley. New Jersey: Princeton University Press, 1984. [스피노자. 『스피노자 서간집』. 이근세 옮김. 아카넷, 2018]

_____. *Short Treatise on God, Man, and His Well-Being. The Collected Works of Spinoza: Complete Digital Edition*. Ed. and Trans. Edwin Curley. New Jersey: Princeton University Press, 1984. [스피노자. 『신과 인간과 인간의 행복에 대한 짧은 논문』. 강영계 옮김. 서광사, 2016]

_____. *Treatise on the Emendation of the Intellect. The Collected Works of Spinoza: Complete Digital Edition*. Ed. and Trans. Edwin Curley. New Jersey: Princeton University Press, 1984. [스피노자. 『지성교정론』. 김은주 옮김. 길, 2020]

이차 문헌

김석. 「선의 윤리와 순수 욕망의 윤리: 크레온과 안티고네를 중심으로」. 『미학예술학연구』. 38권, 2013: 69~100.

김성균. 「*Roxana*는 완성된 소설인가?」. 『영어영문학』. 32권 4호, 1986: 783~803.

김성호. 「미학에 이르는 길: 스피노자와 예술」. 『안과밖』. 43호. 2017: 103~131.

_____. 「로렌스와 스피노자: 접점들과 분기점들」. 『D. H. 로렌스 연구』. 27권 2호, 2019: 57~74.

_____. 「정동적 미메시스: 정동 순환의 매체로서의 소설」. 『안과밖』. 48호,

2020: 14~40.

김은주.「라캉, 스피노자의 독자: '심신 평행론'에서 신의 지적 사랑까지」.

『철학』. 120집, 2013: 131~158.

_____.「라캉 주체 개념의 형성과 스피노자의 철학: 인간 경험의 상상적

구조와 욕망의 윤리」.『철학』. 130집, 2017: 99~126.

_____.「"네 이웃을 네 몸과 같이 사랑하라"?: 스피노자의 감정모방 이론」.

『철학연구회 학술발표논문집』. 2019: 31~49.

김재인.「들뢰즈의 '아펙트' 개념의 쟁점들: 스피노자를 넘어」.『안과밖』.

43호, 2017.

내들러, 스티븐.『에티카를 읽는다』. 이혁주 옮김. 그린비, 2006.

마슈레, 피에르.『헤겔 또는 스피노자』. 진태원 옮김. 그린비, 2010.

마트롱, 알렉상드르.『스피노자 철학에서 개인과 공동체』. 김문수·김은주

옮김. 그린비, 1988.

모로, 피에르-프랑수아.『스피노자 매뉴얼: 인물, 사상, 유산』.

김은주·김문수 옮김. 에디토리얼, 2019.

박기순.「스피노자에서의 픽션 개념」.『인문논총』. 56집, 2006: 1~33.

_____.「스피노자의 '자유로운 인간': 데카르트의 이원론에 대한 비판을

중심으로」.『동서인문학』. 41권, 2008: 55~72.

박하정.「가정소설로서의『로빈슨 크루소』: 가정 관리와 하인 교육」.『18세기

영문학』. 6권 2호, 2009: 27~59.

서동욱.「들뢰즈의 문학론은 일관성을 가지고 있는가?: 프루스트론과

카프카론을 중심으로」.『현상학과 현대철학』. 38집, 2008: 101~124.

서동욱·진태원 엮음.『스피노자의 귀환: 현대철학과 함께 돌아온 사유의

혁명가』. 민음사, 2017.

서양근대철학회 엮음.『서양근대윤리학』. 창작과비평, 2010.

성기현. 「신체론으로서의 감각론: 스피노자의 물음 '신체는 무엇을 할 수
　　있는가'에 대한 들뢰즈의 답변」. 『탈경계인문학』. 6권 2호, 2013: 171~198.

손기태. 『고요한 폭풍, 스피노자: 자유를 향한 철학적 여정』. 글항아리, 2016.

이수영. 『에티카, 자유와 긍정의 철학』. 오월의봄, 2013.

이정우. 『세계철학사 3: 근대성의 카르토그라피』. 길, 2021.

_____. 「스피노자와 탈주체 철학의 기초」. 『아카필로』. 5호, 2001: 28~42.

이찬웅. 『들뢰즈, 괴물의 사유』. 이학사, 2020.

이혜수. 「"내 당돌함 때문에 나를 좋아했나요?": 『오만과 편견』의 새로움과
　　낯익음」. 『근대영미소설』. 14권 1호, 2007: 123~141.

_____. 「『워더링 하이츠』와 어른이 된다는 것: 상실 혹은/그리고 성장」.
　　『19세기 영어권 문학』. 16권 2호, 2012: 87~113.

_____. 「히스클리프를 위하여?: 안드레아 아놀드 감독의 「폭풍의
　　언덕」(2011)」. 『문학과 영상』. 13권 3호, 2012: 595~623.

_____. 「다니엘 디포와 근대 개인주의: 『록사나』를 중심으로」.
　　『근대영미소설』. 21집 3호, 2014: 155~177.

_____. 「근대적 (반)주체로서의 걸리버: 『걸리버 여행기』의 식민주의적
　　맥락을 중심으로」. 『영미문학연구』. 18권, 2010: 35~62.

_____. 「『뉴 아틀란티스』와 『로빈슨 크루소』에 나타난 신대륙에 대한
　　상상력: 식민주의와 유토피아 사용법」. 『18세기 영문학』. 10권 1호, 2013:
　　37~68.

_____. "Woman, Comedy, and *A Simple Story*", *Eighteenth-Century Fiction*. vol. 20,
　　no. 2, 2007-8: 197~217.

진태원. 『스피노자 윤리학 수업』. 그린비, 2022.

_____. 「스피노자의 『윤리학』: 욕망의 힘, 이성의 역량」. 『동서인문』. 9호,
　　2018: 31~63.

_____.「변용의 질서와 연관: 스피노자의 상상계 이론」.『철학논집』. 22권,

    2010: 103~140.

_____.「스피노자의 공통 통념 개념 I」.『근대철학』. 1권 1호, 2006: 31~64.

진태원·박기순.「스피노자의 윤리학: 어떻게 수동성에서 벗어날 것인가?」.

    『서양근대윤리학』. 창비, 2010: 79~121.

추재욱.「19세기 과학소설에 재현된 의과학 발전양상 연구:

    『프랑켄슈타인』에 나타난 생명과학 실험을 중심으로」.『의사학』. 23권

    3호, 2014: 543~572.

최선령.「교양 소설: D. H. 로렌스『아들과 연인』과『무지개』」.『영미소설 속

    장르』. 한국근대영미소설학회 편. 신아사, 2019: 147~176.

현영종.「스피노자의 감정 치료법」.『근대철학』. 13권, 2019: 99~118.

Agamben, Giorgio. *Homo Sacer: Sovereign Power and Bare Life*. Trans. Daniel Heller-

    Roazen. Stanford: Stanford University Press, 1998.

Bakhtin, Mikhail. "The Bildungsroman and Its Significance in the History of Realism

    (Toward a Historical Typology of the Novel)." *Speech Genres and Other Late*

    Essays. Trans. Vern W. Mcgee. Austin: University of Texas Press, 2004: 10~59.

_____. "Discourse in the Novel." *The Dialogic Imagination*. Trans. and Eds. Caryl

    Emerson and Michael Holquist. Austin: University of Texas Press, 1981: 259~422.

Berman, Jeffrey. "Attachment and Loss in *Wuthering Heights*." *Narcissism and the Novel*.

    New York: New York University Press, 1992: 78~112.

Bersani, Leo. *A Future for Astyanax: Character and Desire in Literature*. New York:

    Columbia University Press, 1976.

Botting, Eileen Hunt. "Mary Shelley's 'Romantic Spinozism.'" *History of European Ideas*.

    vol. 45, no. 8, 2019: 1125~1142.

Brown, Homer. "The Displaced Self in the Novels of Daniel Defoe." *ELH*. vol. 38, no. 4, 1971: 562~590.

Calder, Simon. "George Eliot, Spinoza and the Ethics of Literature." *Spinoza Beyond Philosophy*. Ed. Lord Beth. Edinburgh: Edinburgh University Press, 2012: 168~187.

Castle, Terry. *Masquerade and Civilization: The Carnivalesque in Eighteenth-Century English Culture and Fiction*. Stanford: Stanford University Press, 1986.

_____. "'Amy, Who Knew My Disease': A Psychosexual Pattern in Defoe's *Roxana*." *The Female Thermometer: Eighteenth-Century Culture and the Invention of the Uncanny*. Oxford: Oxford University Press, 1995: 44~55.

Colie, Rosalie. "Spinoza in England, 1665−1730." *Proceeding of the American Philosophical Society*. vol. 107, no. 3, 1963: 183~219.

Cottom, Daniel. "I Think; Therefore, I am Heathcliff." *ELH*. vol. 70, 2003: 1067~1088.

Damasio, Antonio. *Looking for Spinoza: Joy, Sorrow, and the Feeling Brain*. London: Heinemann, 2003.

Deleuze, Gilles. *Expressionism in Philosophy: Spinoza*. Trans. Martin Joughin. New York: Zone Books, 1990. [질 들뢰즈. 『스피노자와 표현 문제』. 현영종·권순모 옮김. 그린비, 2019]

_____. *Difference and Repetition*. Trans. Paul Patton. New York: Columbia University Press, 1994. [질 들뢰즈, 『차이와 반복』. 김상환 옮김. 민음사, 2004.]

_____. *Spinoza: Practical Philosophy*. Trans. Robert Hurley. San Francisco: City Lights Books, 1988. [질 들뢰즈. 『스피노자의 철학』. 박기순 옮김. 민음사, 2001]

_____. *Proust and Signs*. Trans. Richard Howard. Minneapolis: University of Minnesota Press, 2000 [질 들뢰즈. 『프루스트와 기호들』. 서동욱·이충민 옮김. 민음사, 2019]

_____. "Spinoza and the Three *Ethics*." *Essays Critical and Clinical*. Trans. Daniel W.

Smith and Michael A. Greco. London: Verso, 1998: 138~151.

_____. "Bartleby; or, the Formula." *Essays Critical and Clinical*. Trans. Daniel W. Smith and Michael A. Greco. London: Verso, 1998: 68~90.

_____. *Essays Critical and Clinical*. Trans. Daniel W. Smith and Michael A. Greco. London: Verso, 1998.

Deleuze, Gilles, and Félix Guattari. *Kafka: Toward a Minor Literature*. Trans. Dana Polan. Minneapolis: University of Minnesota Press, 1986. [질 들뢰즈·펠릭스 가타리. 『카프카: 소수적인 문학을 위하여』. 이진경 옮김. 동문선, 2001]

_____. *A Thousand Plateaus: Capitalism and Schizophrenia*. Trans. Brian Massumi. Minneapolis: University of Minnesota Press, 1987. [질 들뢰즈·펠릭스 가타리. 『천 개의 고원』. 김재인 옮김. 새물결, 2021]

_____. *What is Philosophy?* Trans. Hugh Tomlinson and Graham Burchell. New York: Columbia University Press, 1994.

Della Rocca, Michael. "Egoism and the Imitation of Affects in Spinoza." *Spinoza on Reason and the "Free Man"*. Ed. Yirmyiahu Yovel. Little Room Press, 2004: 123~147.

De Man, Paul. "Literary History and Literary Modernity." *Blindness and Insight: Essays in the Rhetoric of Contemporary Criticism*. London: Methuen, 1983.

Dijkstra, Bram. *Defoe and Economics: The Fortunes of Roxana in the History of Interpretation*. London: Macmillan, 1987.

Eagleton, Terry. *Myths of Power: A Marxist Study of the Brontës*. London: Macmillan, 1975.

_____. *Trouble with Strangers: A Study of Ethics*. London: Wiley-Blackwell, 2009.

Ellis, Kate. "Emily Brontë and the Technology of Self." *The Contested Castle: Gothic Novels and the Subversion of Domestic Ideology*. Chicago: University of Illinois Press, 1989: 207~222.

참고문헌

Gallagher, Catherine. *Nobody's Story: The Vanishing Acts of Women Writers in the Marketplace 1670-1820*. Berkeley: University of California Press, 1994.

Gardiner, Anne B. "'Be ye as the horse!' Swift, Spinoza and the Society of Virtuous Atheists." *Studies in Philosophy*. vol. 97, 2000: 229~253.

Gatens, Moira. "Compelling Fictions: Spinoza and George Eliot on Imagination and Belief." *European Journal of Philosophy*. vol. 20, no. 1, 2012: 74~90.

_____. "*Frankenstein*, Spinoza, and exemplarity." *Textual Practice*. vol. 33, no. 5, 2019: 739~752.

_____. "The Art and Philosophy of George Eliot." *Philosophy and Literature*. vol. 33, no. 1, 2009: 73~90.

Gilbert, Sandra and Susan Gubar. "Looking Oppositely: Emily Brontë's Bible of Hell." *The Madwoman in the Attic: The Woman Writer and the Nineteenth-Century Literary Imagination*. New Haven: Yale University Press, 1979: 248~308.

Halmi, Nicholas. "Coleridge's Ecumenical Spinoza." *Spinoza Beyond Philosophy*. Ed. Lord Beth. Edinburgh: Edinburgh University Press, 2012: 188~207.

Hauser, Helen. "*Spinozan Philosophy* in Pierre." *American Literature*. vol. 49, no. 1, 1977: 49~56.

Henson, Miriam. "George Eliot's *Middlemarch* as a Translation of Spinoza's *Ethics*." *George Eliot Review: Journal of the George Eliot Fellowship*. vol. 40, 2009: 18~26.

Homans, Margaret. "The Name of the Mother in *Wuthering Heights*." *Bearing the Word: Language and Female Experience in Nineteenth-Century Women's Writing*. Chicago: University of Chicago Press, 1989.

Hughes, Clair. *Dressed in Fiction*. New York: Berg Publishing, 2005.

Hulme, Peter. *Colonial Encounters: Europe and the Native Caribbean 1492-1797*. London: Routledge, 1994.

Hunter, Paul. *The Reluctant Pilgrim: Defoe's Emblematic Method and Quest for Form in Robinson Crusoe*. Baltimore: Johns Hopkins University Press, 1966.

Israel, Jonathan. *Radical Enlightenment: Philosophy and the Making of Modernity 1650-1750*. Oxford: Oxford University Press, 2001.

Johnson, Claudia. "*Pride and Prejudice* and the Pursuit of Happiness." *Jane Austen: Women, politics, and the Novel*. Chicago: University of Chicago, 1988: 73~93.

Lord, Beth. Ed. *Spinoza Beyond Philosophy*. Edinburgh: Edinburgh University Press, 2012.

_____. Ed. *Spinoza's Philosophy of Ratio*. Edinburgh: Edinburgh University Press, 2018.

Lovejoy, Arthur. "The Parallel of Deism and Classicism." *Essays in the History of Idea*. Baltimore: Johns Hopkins University Press, 1948.

Lukács, Georg. *The Theory of the Novel*. Trans. Anna Bostock. Cambridge: MIT Press, 1973.

Maddox, James. "On Defoe's *Roxana*." *ELH*. vol. 51, no. 4, 1984: 669~691.

Mcinelly, Brett. "Expanding Empires, Expanding Selves: Colonialism, the Novel, and *Robinson Crusoe*." *Studies in the Novel*. vol. 35, no. 1, 2003: 1~21.

Meyer, Susan. "'Your Father Was Emperor of China, and Your Mother an Indian Queen': Reverse Imperialism in *Wuthering Heights*." *Imperialism at Home: Race and Victorian Women's Fiction*. New York: Cornell University Press, 1996.

Min, Eun Kyung. "Giving Promises in Elizabeth Inchbald's *A Simple Story*." *ELH*. vol. 77, no. 1, 2010: 105~127.

_____, and Hye-Soo Lee. "The Boy and the Sea: Translating *Robinson Crusoe* in Early Twentieth-Century Korea." *Robinson Crusoe in Asia*. Eds. Steve Clark and Yukari Yoshihara. New York: Palgrave, 2021.

Moe, Melina. "Charlotte and Elizabeth: Multiple Modernities in Jane Austen's *Pride and Prejudice*." *ELH*. vol. 83, no. 4, 2016: 1075~1103.

Moglen, Helene. *The Trauma of Gender: A Feminist Theory of the English Novel*.
Berkeley: University of California Press, 2001.

Montag, Warren. "Commanding the Body: The Language of Subjection in *Ethics* III, P2S."
Spinoza's Authority Volume I: Resistance and Power in Ethics. Ed. A. Kiarina Kordela
and Dimitris Vardoulakis. London: Bloomsbury Publishing, 2018: 147~171.

_____, and Ted Stolze. Eds. *The New Spinoza*. Trans. Ted Stolze. Minneapolis:
University of Minnesota Press, 1997.

Moreau, Pierre-François. "Imitation of the Affects and Interhuman Relations." *Brill's
Studies in Intellectual History*. vol. 196. Brill Academic Publishers. 2011: 167~178.

Moretti, Franco. *The Way of the World: The Bildungsroman in European Culture*.
London: Verso, 1987.

Morrison, James. "Why Spinoza Had No Aesthetics." *The Journal of Aesthetics and Art
Criticism*. vol. 47, no. 4, 1989: 359~365.

Mullan, John. "Introduction." *Roxana*. Oxford: Oxford University Press, 1998: vii~xxvii.

Nerlich, Michael. *Ideology of Adventure: Studies in Modern Consciousness, 1100-1750*.
Trans. Ruth Crowley. Minneapolis: University of Minnesota Press, 1987.

Rice, Lee C. "Spinoza's Relativistic Aesthetics." *Tijdschrift voor Filosofie*. vol. 58, no. 3,
1996: 476~489.

Spencer, Jane. *The Rise of the Woman Novelist: From Aphra Behn to Jane Austen*. Oxford:
Blackwell, 1986.

Saint Augustine. *Confessions*. Oxford: Oxford University Press, 2009.

Stallybrass, Peter, and Allon White. *The Politics and Poetics of Transgression*. Ithaca:
Cornell University Press, 1986.

Starr, George. *Defoe and Spiritual Autobiography*. Princeton: Princeton University Press,
1965.

Taylor, Charles. *Sources of the Self: The Making of The Modern Identity*. Cambridge: Cambridge University Press, 1989.

Uhlmann, Anthony. "The Eyes of the Mind: Proportion in Spinoza, Swift, and Ibn Tufayl." *Spinoza's Philosophy of Ratio*. Ed. Beth Lord. Edinburgh: Edinburgh University Press, 2018: 155~168.

Watt, Ian. *The Rise of the Novel: Studies in Defoe, Richardson and Fielding*. Berkeley: University of California Press, 2001.

Williams, Raymond. "Charlotte and Emily Brontë." *The English Novel from Dickens to Lawrence*. London: Chatto & Windus, 1973: 60~74.

Winkler, Sean. "The Novel of Spinozism: An Introduction." *Studia Philosophica Europeanea*. vol. 3, no. 2, 2013: 129~142.

https://www.webdeleuze.com/textes/43

찾아보기

【ㄱ】

다시 만난 문학이라는 세계 02

스피노자로 영국 소설 읽기 신, 정서, 픽션

초판1쇄 펴냄 2024년 10월 24일

지은이 이혜수
펴낸이 유재건
펴낸곳 (주)그린비출판사
주소 서울시 마포구 와우산로 180, 4층
대표전화 02-702-2717 | **팩스** 02-703-0272
홈페이지 www.greenbee.co.kr
원고투고 및 문의 editor@greenbee.co.kr

편집 이진희, 구세주, 민승환, 성채현, 박선미 | **디자인** 이은솔, 박예은
물류유통 류경희 | **경영관리** 이선희

이 저서는 2020년 대한민국 교육부와 한국연구재단의
저술출판지원사업의 지원을 받아 수행된 연구임. (NRF-2020S1A6A4046154)

ISBN 978-89-7682-883-5 93840

독자의 학문사변행學問思辨行을 돕는 든든한 가이드 _(주)그린비출판사